Christa Schmieg

Winterfrühling

Christa Schmieg

Winterfrühling

Roman

swb media publishing

Diese Geschichte ist fiktiv. Auch ihre Figuren sind erfunden, wenngleich sie im einen oder anderen Charakterzug real existierenden oder bereits verstorbenen Personen ähneln mögen.
Der Roman spielt im Filstal, auf der Münsinger Alb, in Stuttgart, Freiburg und in kleineren süddeutschen Städten.

Bibliografische Information der Deutschen Nationalbibliothek:
Die Deutsche Nationalbibliothek verzeichnet diese Publikation in der Deutschen Nationalbibliografie; detaillierte bibliografische Daten sind im Internet über http://dnb.d-nb.de abrufbar.

1. Auflage 2018
ISBN 978-3-946686-78-1

Lektorat: Rose Bienia, Tübingen
Titelgestaltung: swb media publishing
Titelfoto: © abc-bild
Satz: swb media publishing
Druck, Verarbeitung: Rosch-Buch, Scheßlitz
Für den Druck des Buches wurde chlor- und säurefreies Papier verwendet.

www.suedwestbuch.de

für Joachim

Prolog

Christina schreckt auf und lauscht. War da ein Geräusch am Hauseingang? Thomas liegt schlafend neben ihr und der Wecker zeigt kurz nach zwei Uhr mitten in der Nacht.

Als es klingelt, fährt Thomas hoch. Er macht Licht und ist schnell bei der Haussprechanlage. „Ja bitte?"

„Entschuldigen Sie, dass wir Sie aus dem Schlaf reißen müssen. Hier ist die Polizei. Wir möchten Frau Christina Nillin-Maier sprechen."

Christina springt aus dem Bett und schnappt sich ihren Bademantel.

„Ja, einen Moment bitte, zweiter Stock." Thomas drückt auf den Türöffner. Er eilt kopflos ins Bad, schlüpft ins T-Shirt und merkt erst später, dass die Nähte nach außen zeigen.

Währenddessen schaut Christina durch einen Türspalt ins Kinderzimmer, kommt zurück zu Thomas und bedeutet ihm, dass Jakob noch schläft. Was ist bloß los?

Thomas hat die Wohnungstür vorab geöffnet und angelehnt. Die Wohnungsnachbarn sollen nicht durch ein weiteres Klingeln gestört werden. Die Beamten weisen sich aus.

„Frau Christina Nillin-Maier?" Der ältere der beiden Männer schaut Christina an. Sie nickt. „Polizeiobermeister Huber, mein Kollege Polizeimeister Eislin", stellt er sich und seinen Kollegen kurz vor.

„Frau Nillin-Maier, es tut uns leid. Wir müssen Sie darüber informieren, dass Ihre Mutter am späten Abend einen Unfall hatte. Sie ist im Krankenhaus in Stuttgart."

Gottlob, wer im Krankenhaus liegt, ist nicht tot, durchfährt es Christina.

„Wie schlimm ist es denn? Was hat sie für Verletzungen? Waren andere Autos beteiligt?", sprudelt es aus ihr heraus.

„Nein, es handelt sich nicht um einen Verkehrsunfall. Näheres wissen wir nicht, auch über die Verletzungen ist uns nichts bekannt. Ihre Mutter, Frau Johanna Bäcker-Nillin, liegt in der Notaufnahme im Katharinenhospital in Stuttgart. Alles Weitere erfahren Sie in der Klinik."

„Wie haben Sie denn so schnell meine Freiburger Adresse ausfindig gemacht?"

„Ihre Mutter hatte den Personalausweis dabei, und als die Kollegen in Sieglingen klingelten, ist eine Nachbarin aufgewacht. Die kannte Ihre Adresse."

Über dieses reibungslos funktionierende Netz der Polizei in Baden-Württemberg staunt Christina trotz der schockierenden Nachricht. Sie bedankt sich bei den Polizisten und verabschiedet sie.

Kaum hat sie die Wohnungstür geschlossen, beginnt das Zittern. Ihre Nervenbahnen an den Beinen, bis eben noch normal funktionstüchtig, geraten außer Kontrolle. Christina wird blass, ihr wird übel, sie muss sich setzen. Thomas bringt ihr ein Glas Wasser. Nun erst dringt der Inhalt dieser Nachricht in ihr Gehirn. Wie schwer ist die Mutter verletzt? Sie will schnell zu ihr ins Krankenhaus.

Thomas übernimmt. Eigentlich will er Jakob bei einer befreundeten Familie unterbringen, damit er seine Frau nach Stuttgart fahren kann. Sie soll nach dieser beunruhigenden Nachricht nicht allein ans Steuer sitzen.

Christina will es aber anders. Denn mitten in der Nacht soll nicht auch noch die befreundete Familie aufgeschreckt werden. Es ist besser, wenn er bei Jakob bleibt. Da Christina sich wieder gefasst hat, gibt Thomas nach. Er recherchiert im Internet die Adresse des Katharinenhospitals in Stuttgart, sucht nach der günstigsten Parkmöglichkeit beim Klinikum und programmiert die Adresse der Parkgarage ins Navigationsgerät des Familienautos.

„Danke, Tom, für alles." Christina fährt gegen drei Uhr in Freiburg los. Gut, dass noch genügend Diesel im Tank ist. Sie wüsste gar nicht, ob ihre Tankstelle über Nacht offen hat. Müsste man am Automaten tanken und mit Münzen oder mit Karte bezahlen? Hätte sie genügend Münzen parat? Seltsam, dass sie jetzt in dieser Situation an solche Nebensächlichkeiten denkt.

Thomas rät ihr, nicht auf dem kürzesten Weg quer über den Schwarzwald zu fahren. Sie müsste dort die steilen Abschnitte Höllental und Himmelreich passieren. Namen, die jetzt bedrohlich klingen, früher witzelte die Familie jedes Mal beim Befahren der Etappe darüber. Diese direkte Strecke ist zu riskant bei den unkalkulierbaren Straßenverhältnissen in der heutigen Winternacht.

Christina wählt also die Autobahn-Alternative, die sanftere Steigungen und Gefällstrecken hat als die Schwarzwaldroute. Ab Freiburg A5, nach dem Dreieck Karlsruhe geht es auf der A8 über Pforzheim zum Kreuz Stuttgart, dann weiter bis zur Ausfahrt Stuttgart-Degerloch. So kann sie einen Großteil der Strecke im milderen Rheintal fahren und hat nur bei Pforzheim die Schwarzwaldberge zu überwinden.

Kaum zu glauben, dass dieser tagsüber so stark frequentierte Autobahnabschnitt auch mal ruhig ist. Der Straßenbelag im Rheintal ist feucht, über die Pforzheimer Berge sogar leicht schmierig. Hier heißt es aufpassen. Tempo runter, keine abrupten Bewegungen mit dem Steuerrad. Konzentration. Es geht gut. Das Navigationsgerät leitet. Es entlastet.

Mein Gott, wenn ihr etwas Schlimmes passiert ist. Wie wird sie ihre Mutter vorfinden? Waren die Polizisten richtig informiert? Wollte man sie schonen, damit sie in der Lage sein würde, die Fahrt nach Stuttgart überhaupt zu bewältigen?

Notaufnahme? Intensivstation? Hoffentlich wird ihre Mama wieder ganz gesund. Sie braucht sie doch. Gerade jetzt, wo sie sich so gut verstehen. Christina denkt daran, dass ihr Verhältnis nicht immer so problemlos war wie derzeit. Vor allem nicht nach Papas Tod. Ja, versteht Christina, ihre Mama hatte es als alleinerziehende Mutter nicht leicht. Sie musste den Tod des Ehemanns verkraften und sich gleichzeitig mit ihrer Tochter in der Sturm-und-Drang-Phase auseinandersetzen. Seit sie wieder in Freiburg lebt und seit Jakob vor zehn Jahren geboren wurde, harmonieren sie alle bestens. Wenn es irgendwelche Missverständnisse zwischen ihnen gibt, glättet Tom die Wogen.

„Mama. Bitte. Bleib bei mir." Als ob sie mit dieser beschwörenden Bitte über viele Kilometer hinweg ihre Mutter erreichen könnte. Kurz nach fünf Uhr an diesem Montag nach dem dritten Advent biegt Christina in die Tiefgarage Stadtgarten ein.

„Hallo Tom, hoffentlich hab ich dich nicht aufgeweckt."

„Nein, ich bin froh, dass du anrufst. Ging alles gut?" Er fand nur oberflächlich Schlaf seit Christina abgefahren war. Irgendwie muss Jakob die Aufregung in der Wohnung doch mitbekommen haben, denn er kam gleich nach ihrem Aufbruch zu ihm. Beide dösten mehr oder weniger unruhig vor sich hin, warteten auf diesen Anruf.

„Ja, ich bin hier vor dem Krankenhaus. Alles lief gut."

„Warte kurz, Jakob will mit dir reden."

„Hallo Mama, sag Jomi gute Besserung von mir und viele Grüße."

„Danke mein Schatz, das will ich gern tun. Schlaf noch ein bisschen."

Während der Fahrt ist Christina etwas Wichtiges eingefallen: Man muss Vera informieren, die Mitbewohnerin ihrer Mutter. Vera war vermutlich übers Wochenende bei ihrem Partner in Bad Mergentheim und schaut sicher vor ihrem Unterricht heute Morgen noch in der Wohnung in Sieglingen vorbei. Sie soll nicht von der Nachbarin in Unruhe versetzt werden, sondern von Thomas erfahren, warum nachts die Polizei geklingelt hat.

Durch die automatische Drehtür betritt sie das Foyer des Krankenhauses. Ein riesiger Christbaum steht in der Vorhalle. Christina nimmt ihn nicht wahr. Sie riecht nicht den nach Tabak stinkenden Raucher im Bademantel, der hinter ihr aus dem ausgelagerten Raucherbereich wieder ins geschützte Foyer kommt. Ebenso wenig beachtet sie die bettflüchtige Patientin, die im Jogginganzug aus einem Aufzug steigt und ihr rollendes Gestänge samt Infusionsflasche vor sich her schiebt.

Das Leitsystem weist Christina den Weg zur Notaufnahme. Im Schwesternpoint weiß man Bescheid. Eine Krankenschwester zeigt ihr den Weg und meldet sie dort übers hausinterne Telefon an.

Im Intensivbereich herrscht Hochbetrieb. Ein Arzt und ein Pfleger erwarten Christina schon. Der Arzt stellt sich vor und zeigt auf die beiden Polizeibeamten, die nachher mit ihr sprechen wollen: Eine nette junge Polizistin in Zivil und ihr gestresst aussehender, doch freundlich auf Christina zukommender etwas älterer Kollege. Beiden sieht man an, dass sie wohl aus dem Schlaf geholt wurden. Ihre Namen kann sie sich in der Aufregung nicht merken.

Die Sorge um ihre Mutter überlagert alles, würgt alle anderen Gedanken ab. Die Angst schnürt ihr die Kehle zu. Die Fragen des Pflegers und des Arztes kann sie nur unter großer Anstrengung beantworten. Auch Angaben zu den Personalien ihrer Mutter gehen jetzt fast über ihre Kräfte. Sie muss zu ihrer Mutter!

Der Arzt begleitet Christina zum Bett der Verletzten. Endlich.

„Hallo Mama. Mama, wie geht's dir?"

Bestürzt schaut sie auf die klein anmutende Gestalt zwischen Apparaturen und Schläuchen. Nur mit Mühe kann man ihre Mutter erkennen. Ihr Gesicht ist kaum zu sehen, von Pflastern und Verbänden weitgehend verdeckt.

Mein Gott, das ist doch nicht möglich, sie alle waren doch erst gestern, nein vorgestern, so fröhlich und unbeschwert bei ihrem Geburtstagsfrühstück in Freiburg. Und jetzt liegt sie hilflos hier im Krankenhausbett. Was ist ihr widerfahren?

„Die Polizei wird Ihnen genau erklären, was passiert ist." Der Arzt ahnt Christinas Gedanken. Er beruhigt sie: „Vorher ist sie kurz aus ihrer Bewusstlosigkeit erwacht. Sie ist zeitlich und örtlich orientiert. Ein gutes Zeichen. Wir gehen nicht von schwerwiegenden Schädigungen des Gehirns aus. Jetzt döst sie wieder. Wir haben ihr Medikamente gegeben. Lassen wir sie noch eine Weile schlafen." Der Arzt streicht behutsam über die Bettdecke. „Sie träumt schöne Sachen. Das wird ihr gut tun."

„Mama", Christina beugt sich zu ihr, „Mama."

✧

„Mama..., Mama..."

Bei diesen Worten gleitet Johanna in ihre Kindheit zurück. Ein Wohlgefühl, eine tiefe Geborgenheit durchströmt sie.

Von Mama hatte sie zu Ostern ein paar neue Kniestrümpfe bekommen. Rotgrundig mit Blümchenmuster. Richtig schön. Und heute, an diesem Sonntag im Mai musste sie zum ersten Mal in diesem Jahr nicht die blauen Strickstrümpfe tragen, die juckten und sie einschnürten, befestigt an einem unbequemen Straps-Leibchen. Nein, weil es heute warm war, durfte sie mit ihren neuen Kniestrümpfen in die Kirche gehen. Wie jeden Sonntag, an der Hand von Tante Hella.

Elegant mit Kostüm und Hut herausputzt, nahm die Tante sie mit in den Gottesdienst. Festliches Glockengeläut begleitete die Gläubigen zur Weisenthaler Stiftskirche mit ihren beiden dominant über den geduckten Fachwerkhäusern aufragenden Zwiebeltürmen. Nette Leute begrüßten sie beim Betreten des Gotteshauses. Johanna knickste wohlerzogen, reichte die rechte Hand, lächelte freundlich, schaute dem Gegenüber offen ins Gesicht. Wie das die Tante gern sah.

Da Tante Hella seit vielen Jahren im Kirchenchor sang, durfte sie auf der Empore sitzen. Auf ihrem privilegierten Stammplatz. Neben der vornehmen Tante verfolgte das Kind brav den Gottesdienst. Das Parfüm *Siebenundvierzigelf*, den leichten Mottengeruch von Tantes Kleidung und den Lederduft ihrer Handtasche in der Nase.

Tante Hella erlaubte ihr, auf die Kniebank zu stehen, so dass sie die Messe genau verfolgen konnte. Sie staunte über das prächtige Gewand des Priesters, die fröhlichen Schellen der Ministranten, deren synchron ausgeführte Kniebeugen, das abgestimmte Niederknien und Aufstehen der Kirchenbesucher. Und dann die Lieder, die harmonischen Töne, die fröhlich singenden Menschen. Zum Schluss der gewaltige Orgelklang beim Verlassen des Gotteshauses.

Tante Hella achtete streng auf traditionelles Leben: Ein *Verhalten, das dem lieben Gott gefällt*.

Doch sie lernte ihre Tante auch anders kennen.

„Warum war Lisa mit Johanna gestern Abend nicht in der Kirche? Eine Schande vor den Leuten!" Empört beschwerte sich Tante Hella bei Papa.

„Wieso? Warum sollen die beiden sogar werktags in die Messe gehen?"

Das In-die-Kirche-Gehen war überwiegend Frauensache. So wurde von Tante Hella nur kritisiert, dass der weibliche Teil der Familie abwesend war. Dass Papa fehlte, wurde akzeptiert.

„Gestern war doch der Todestag deines Vaters. Es sind jetzt genau zehn Jahre her, dass ihn der Herrgott zu sich geholt hat." Tante ließ am Jahrestag ihres Bruders immer eine Messe lesen. Natürlich wurde erwartet, dass die Verwandtschaft zu diesem Gedenkgottesdienst kam.

Papa wurde wütend. Aber nicht auf seine Frau und Tochter, wie das die Tante erwartet hatte. Nein, Papa war böse auf Tante Hella. Sie hatte Mama nicht rechtzeitig an die Todestags-Messe erinnert, sondern im Nachhinein angeschwärzt.

Vater stand bei allen Sticheleien der Tante solidarisch zu Mama und irgendwann unterließ Tante Hella das Intrigieren und duldete wohl oder übel die Eingeheiratete, auch wenn diese nur evangelisch war, also die falsche Religion hatte. Eine Wüstgläubige eben.

Papa erzählte Johanna, dass Tantes Verlobter nicht aus dem Krieg zurückgekommen war. Zeitlebens blieb sie unverheiratet und war mit ihrem Dasein unzufrieden.

Ganz anders Mama, sie war eine erfüllte und glückliche Frau. Und kämpferisch. Mama dachte ziemlich fortschrittlich. Couragiert hielt sie dagegen, wenn Papa mit seinen gestrigen Ansichten daher kam. Obwohl Mamas Geist rege war, lebte sie nicht nach ihrem Bewusstsein. Aber das sah Johanna erst später. Mama führte das Leben, das von ihr erwartet wurde. Ihr tatsächliches Sein war von altem Rollenverhalten geprägt, dem sie nicht entgehen wollte oder konnte. Das brave Leben einer Hausfrau. Ein Dasein für Mann, Kind, Haushalt. So gefiel es der Verwandtschaft von Papa, so gefiel es der Nachbarschaft.

Doch Mama begehrte auf. Kaum merklich. Familie versorgen, Kochen, Backen, Häkeln, Stricken – alles schön und gut. Aber der Haushalt füllte sie nicht aus. Sie wollte noch anderes. Man merkte es daran, dass sie las. Ja, sie war eine begeisterte Leseratte. Alle Texte, die sie bekommen konnte, wurden geradezu aufgesaugt. Jeglichen Lesestoff verschlang sie, angefangen von der Illustrierten *Revue*, die sie regelmäßig von einer Nachbarin ausgeliehen bekam, über Romane, Biografien, alles was ihr mit schwarzen Buchstaben auf weißem Papier in die Hände kam, ob gebunden, geheftet oder lose. Sie holte sich andere Welten in ihr Leben.

„Frau Bäcker, am Samstag gibt's einen neuen Film mit Ruth Leuwerik." Nachbarin Brunhilde, Platzanweiserin im Lichtspieltheater Weisenthal, informierte Mutter beim zufälligen Treffen im Städtle. Neben dem Lesen war das Kinogehen eine Leidenschaft von Mama. Es gab kaum einen Film in den fünfziger und frühen sechziger Jahren, den Mama nicht gesehen hatte. Die Kino-Abende, meist samstags, waren die Frauenabende. Mama durfte ausgehen, Papa blieb bei Johanna.

✧

„Mama." Christina merkt, dass ihre Mutter die Augenlider bewegt. Die Wimpern zucken.

Johanna taucht auf. Der Film, der in ihrem Hirn ablief, verblasst. Sie öffnet die Augen, schaut um sich, bewegt ihre Augäpfel vorsichtig hin und her, versucht den Kopf zu drehen, realisiert, wo sie ist, erkennt Christina. Johanna lächelt. Ein etwas schiefes Lächeln. Verzerrt. Die Schwellungen im Gesicht verfälschen die Mimik.

„Christina, du hier?"

Kaum zu verstehen. Christina kämpft gegen einen Kloß im Hals. „Mama, wie geht's dir?" Müdes Senken der Augenlider signalisiert, dass sie verstanden hat. „Gut", gurgelt es aus dem verquollenen Mund.

„Mama, hast du Schmerzen?" Leichte Kopfbewegung hin und her. „Mama, was ist passiert?"

Johanna reagiert mit einem unsicheren, beinah ängstlichen Blick und schließt wieder die Augen.

„Mama – bis später."

Teil I – UMBRUCH

Wenige Wochen zuvor

Skatschwester?

Donnerstag, 29. Oktober

Ab morgen ist sie also frei. Keine beruflichen Pflichten mehr. Und das nach so vielen Jahren des Eingebundenseins. Vorbei der berufliche Zwang, ständig unter Zeitdruck entscheiden zu müssen. Abgehakt, der Ärger über unsinnige Anweisungen der Behördenleitung. Überstanden, die ganzen Probleme mit unzufriedenen Steuerzahlern. Passé, das Aufstehen in aller Herrgottsfrühe. Schluss mit dieser Dauer-Hektik im Alltag.

Ja, sie würde sich im Müßiggang üben können, künftig viel frei verfügbare Zeit haben, all das zu tun, was seither hintangestellt wurde. Wie sehr hat sie sich das in Stresszeiten gewünscht, dieses Leben *danach* herbeigesehnt, davon geträumt, nichts mehr *zu müssen*, nur noch *zu dürfen*.

Nach der Pflicht, jetzt die Kür. Dennoch kommt ein seltsames Gefühl in Johanna hoch. Das Berufsleben war zwar anstrengend, doch es gab ihr auch viel. Sie fühlte sie sich beschützt in der festen Tagesstruktur, gefordert von ihrer anspruchsvollen Arbeit, konnte private Tiefs einebnen, war anerkannt und eingebunden im Kollegenkreis. Sie gehörte dazu.

Und jetzt?

Es kommt ihr vor, als fahre sie gegen eine Wand. Ihr Magen verkrampft sich. Und dann noch dieser Anruf. War sie unhöflich gewesen zu Gitti? Ja, zugegeben, ziemlich kurz angebunden. Gitti und Gabi wollten sie einbeziehen, sie in ihre Gruppe einladen. In ihren Rentnerclub. Sie sei willkommen in ihrer Spielrunde. Über eine dritte Frau im Damen-Skat würden sie sich freuen. Johanna fuhr ihre Stacheln aus. Sie ist doch kein unmündiges Kind, dem man sagen muss, was nun zu tun sei, das nicht weiß, was es mit seiner Zeit anfangen soll. Als sei sie eine *Berufslose*, die man bespaßen muss, mit der man zusammen in den Tag hineinleben kann.

Sie will sich nicht in den öden Ruhestands-Aktionismus von Gitti und Gabi einklinken. Mit den beiden auch noch *vergnügliche* Ausflüge machen, Busreisen, gar Verkaufsfahrten, zusammen mit lauter grauhaarigen Menschen. Kommt das auf sie zu? Horror. Nach solchen Altleutevergnügen sehnt sie sich nicht.

Sie will auch nicht an ihrer früheren Arbeitsstelle im Rathaus auftauchen, wie das Gitti und Gabi immer wieder mal machen. Hier reden, da schwätzen und die Leute von der Arbeit abhalten. Nein, bloß das nicht. Auf diese Weise will sie nicht ihre Zeit verbringen. Zeit, die unendlich verfügbar scheint und doch immer knapper wird. Das war nun wirklich nicht ihr Traum für die Zukunft. *Zeit totschlagen* zusammen mit Gitti und Gabi. Das ganz bestimmt nicht!

Aber was dann? Gedanken wegschieben. Jetzt nicht grübeln.

Zugegeben, sie hat vielleicht etwas dünnhäutig reagiert bei Gittis Anruf. Aber vermutlich, so entschuldigt sich Johanna vor sich selbst, steckt sie diesen Verabschiedungszauber doch nicht so locker weg. Es kommt alles so nah, alles wird real! Ja, okay, es gibt nichts daran zu deuteln. Sie gehört jetzt bald zu diesem Kreis der Ruheständlerinnen und Ruheständler.

Jetzt nicht daran denken. Zunächst muss der morgige Tag überstanden werden. Bloß nicht verrückt machen! Entspannen, ablenken beim Backen. Das hilft. Fast immer.

Johanna darf nichts vergessen, morgen früh muss alles wie am Schnürchen laufen. Ihren Hefeteig will sie noch vorbereiten. Der Vorteig ist inzwischen gegangen. Dann kommt das Kneten und nochmals kneten. Kneten bis der Teig Blasen bildet und Fäden zieht. Das erledigt die Küchenmaschine. Danach das Ganze über Nacht in den Kühlschrank stellen. Die Masse wird bis morgen früh wunderbar aufgegangen sein. Ein bewährter Trick ihrer Mutter. So kann sie die Schneckennudeln für ihren Rosenkuchen gleich nach dem Aufstehen backen und noch kurz vor der Fahrt ins Büro mit Puderzucker-Zitronen-Glasur bestreichen. Während die Küchenmaschine arbeitet, nimmt sie den eingefrorenen Rhabarber-Quark-Kuchen und die beiden Mohnküchlein aus dem Gefrierschrank. Das Gebäck muss über Nacht auftauen. Ihre Kolleginnen und Kollegen sollen bei dem kleinen Abschiedsfest morgen nochmals richtig verwöhnt werden.

Die Backvorbereitungen haben abgelenkt. Doch das ungute Gefühl kommt zurück, wieder der flaue Magen. Wo hat sie bloß den Zettel mit ihrem Konzept? Nochmals alles memorieren. Das beruhigt. Die kleine Ansprache will sie möglichst frei halten.

„Sehr geehrter Herr Oberbürgermeister, liebe Kollegen, liebe Kolleginnen ...“

Der Chef muss natürlich zuerst erwähnt werden. Danach der Kollegenkreis. Bewusst dreht sie die von Männern gönnerhaft praktizierte Reihenfolge um.

„Kaum zu glauben, wie schnell die Zeit verflog. Vor zwanzig Jahren, also noch im vorigen Jahrtausend, habe ich hier beim Städtischen Steueramt in Sieglingen als Oberinspektorin angefangen. Davor gab's eine zehnjährige Familien- und Besinnungspause.“

Das passt. Was es mit dem flapsig eingeworfenen Begriff der *Familien- und Besinnungspause* auf sich hat, wissen ja die Eingeweihten im Zuhörerkreis. Die Formulierung zum vorigen Jahrtausend bringt die Leute vielleicht ein bisschen zum Schmunzeln. Gut so, nur nicht zu nachdenklich werden an so einem Tag. Wichtig ist, dass dieser Tag gut über die Bühne geht. Es ist ein wirkliches Über-die-Bühne-Lancieren, denn bei solch speziellen, vor aller Augen zu absolvierenden und doch irgendwie privaten Anlässen kommt es schon darauf an, dem Publikum nicht zu zeigen, wie's backstage aussieht. Jedenfalls sieht das Johanna so. Vielleicht überhaupt eine Wesensart von ihr, nach außen als erfolgreiche, kompetente, immer engagierte Chefin der Steuerabteilung zu agieren. Und im Innern? Nie zu tief gehen, nichts Problematisches anrühren, alles ruhen lassen.

„Es gab natürlich auch ein Berufsleben vor Sieglingen. Alles hat vor fast fünfzig Jahren begonnen, in den Sechzigerjahren mit einer Verwaltungslehre auf dem Rathaus meiner Heimatstadt Weisenthal. Nach Landratsamtszeit und Inspektoren-Prüfung an der Verwaltungsschule in Stuttgart ging's für mich hinaus in die Welt: ins Badische! Für jemand,

der im Schwäbischen groß geworden ist, also ins ‚feindliche Ausland'. Das wollen wir aber jetzt nicht vertiefen, eine spezielle Geschichte ...“

So könnte es passen. Jetzt müssen noch die Ebenen *Fachliches*, vergangene und künftige Herausforderungen in der Steuerverwaltung, *Organisatorisches,* die Veränderungen durch die Digitalisierung seit ihrer Übernahme der Abteilungsleitung, möglichst launig, kurz, prägnant angesprochen werden. Dann vor allem noch die Schiene *Persönliches.* Wohlwollend, konziliant. So werden alle zufrieden sein. Nicht gut wäre eine Abrechnung irgendwelcher Art am letzten Arbeitstag. Johanna will nicht als frustrierte Ex-Chefin in die Annalen der Steuerabteilung eingehen. Nein, der Tag soll positiv rüberkommen. Bei ihr und bei den andern.

Okay, gesteht sie sich ein, eine mehr oder weniger allgemeine Laber-Rede. Tiefere Einblicke in ihr Privates will sie nicht vor der ganzen Abteilung ausbreiten. Keiner soll merken, wie nah ihr das Ganze geht.

„Ja, ich werde schon einiges ganz schmerzlich vermissen“, so will Johanna den Schlussteil ihrer Rede einleiten. *„Fehlen werden mir die alljährlichen Besuche unseres Herrn Abele, unseres liebsten Steuerzahlers.“* An dieser Stelle will sie eine Pause einlegen und ihre Zuhörer schelmisch anschauen. *„Er hätte mich fast weichgekocht und sein Waldi wäre doch noch als Wachhund eingestuft worden.“* Alle Sachbearbeiter in der Abteilung kennen die Story von diesem Unikum eines renitenten Steuerschuldners. Herr Abele beschwerte sich alljährlich über den Hundesteuerbescheid, indem er bei ihr als Chefin der Abteilung vorsprach und ihr klar legen wollte, dass sein altersschwacher Dackel ein *Wachhund* sei, der von der Hundesteuer befreit werden müsse. Denn der Hund bewache sein Haus und erfülle somit die Bedingungen für eine Hundesteuer-Befreiung. Johanna bereitete sich jedes Mal auf die Argumentation vor, recherchierte zur *Hunderasse der Dackel.* Offensichtlich brachte sie ihre Kenntnisse deutlich und wohl auch überzeugend an. Denn anschließend beglich Herr Abele seine Steuerschuld Jahr für Jahr pünktlich. Aber, wieder eine Spezialität dieses Originals, er bezahlte nicht per Überweisung oder mit Karte, sondern immer mit Bargeld. In Noten und Münzen!

„Nein, liebe Kollegen, liebe Kolleginnen, nun aber ernsthaft, nicht nur unser Herr Abele, Sie und ihr alle werdet mir sehr fehlen.“ So will

sie ihre Ansprache beenden. *„Bevor ich nun in Tränen ausbreche und wir alle zusammen zu heulen anfangen, wollen wir noch ein bisschen feiern. Greift zu! Das Buffet ist eröffnet!"*

Ja, so wird's gehen.

Johanna hört den Schlüssel in der Wohnungstür.

„Hallo Johanna, so spät noch auf? Wie geht's dir vor deinem großen Tag?"

„Geht so. Mein Magen tut mal wieder weh. Und das ohne Schoko-Orgie. Hab in meinem Depot vergeblich nach Schokoküssen gesucht."

„Sei froh. Sonst wär's noch schlimmer. Ist alles halt doch ein bisschen aufregend für dich. Wärst du mit mir ins Fitness-Studio gegangen, hättest du dich abreagieren können und es ginge dir jetzt besser."

„Vielleicht hast du recht. Gesünder wäre eine Runde Fitness allemal gewesen als hier rumzuhängen, sich bescheuerte Telefonate anzuhören, wie eine Verrückte Kuchen zu backen und die Predigt an die Kollegen zu pauken."

„Ich hatte Frustabbau auch nötig." Vera sackt auf den nächstbesten Stuhl. „Hab mich derart geärgert. Fehlen doch zwei Mädels bei der Klassenarbeit. Wieder Zusatzarbeit. Und ich hab wirklich momentan genug zu tun. Muss doch meine Fortbildung vorbereiten."

„Gut, dass ihr Lehrer ab morgen eine Woche Ferien habt."

„Johanna, kann ich dir noch helfen?"

„Nein, danke, bin fertig. Auch meine Ansprache passt jetzt, dank deiner Tipps von gestern."

„Das klappt schon. Gute Nacht, Johanna."

Johanna kann nicht einschlafen. Der Krampf in ihrem Magen löst sich nicht. Jetzt beruhigen, nichts Ungutes aufkommen lassen. Nur nicht grübeln, nicht an die Ängste, nicht an die befürchtete Leere denken. Alles Negative wegschieben. Nur das Positive sehen: Sie wird künftig frei sein.

Der Kloß in ihrem Oberbauch wird etwas weicher. Vielleicht ein paar Gallen-Tröpfchen. Die lösen das Ganze. Aber ein Schnäpschen wäre auch nicht schlecht. Ist besser. Ja ein Schlückchen Grappa hilft bestimmt.

Sorgen

Freitagmorgen, 30. Oktober

„Bin krank. Kann nicht zur Schule." Jan vergräbt sich unter der Bettdecke.

Ben macht keinen weiteren Versuch, seinen Zwillingsbruder zum Aufstehen zu bewegen. Er geht zurück in sein eigenes Zimmer. Noch schnell die Wasserflasche in den Schulrucksack gepackt und nichts wie weg. Er muss sich beeilen. Der Bus fährt in zwanzig Minuten. Keinesfalls darf er sich verspäten. Noch vor der ersten Stunde ist einiges zu erledigen. Die Präsentation seiner Hausarbeit zum Thema *Ethik in der Werbung* muss heute super laufen, deshalb wird er vor Stundenbeginn den PC und die Beamer-Technik im Klassenzimmer checken. An diesem letzten Schultag vor den Herbstferien will er nochmals brillieren. Ja okay, zugegeben, er ist ehrgeizig. Vielleicht sogar ein Streber, wie Jan immer wieder behauptet.

Die besten Schülerarbeiten des Projekts werden im Rahmen einer Ausstellung der Schule zum anstehenden Jubiläum präsentiert und in der Schülerzeitung veröffentlicht. Seine Arbeit soll dabei sein. Er wäre dann in aller Munde, alle würden ihn anschwärmen.

„Schau", würden die kleinen Fünftklässler in der Pausenhalle auf ihn zeigen, „das ist Ben Berger, der Projektsieger." Die Schulleitung, die anderen Lehrer, die Mitschülerinnen und Mitschüler, vor allem Sarah, seine Freundin aus dem Schulorchester, sie alle würden seine Leistung bewundern. Auch Mama und ihr neuer Freund Frieder würden sich freuen. Und Papa könnte stolz auf ihn sein.

„Morgen Mama. Hab's eilig. Keine Zeit zum Frühstücken. Jan liegt noch im Bett, kann heute nicht zur Schule gehen."

„Guten Morgen Benni. Was hat er denn? Ich schau gleich nach ihm. Nimm doch wenigstens ein Brot mit auf den Weg. Schau, ich hab dir ein Käsebrot gerichtet. Und hier die Thermosflasche mit Kakao. Ist besser als nur Wasser zu trinken." Karen steckt in aller Eile die Verpflegung in Bens Rucksack. „Bis später. Mach's gut! Ich drück dir die Daumen für deine Präsentation!"

Das läuft bestimmt gut bei Ben. Da ist sich Karen sicher. Er erreicht alles, was er will. Aber was ist heute wieder mit Jan? Karen klopft an die Tür von Jans Zimmer, wie mit den Jungs vereinbart. Sie tritt dann aber ohne zu warten ein. Ihr Sohn scheint tief zu schlafen.

„Wach auf, Jan!" Karen hebt behutsam die Bettdecke. „Hallo Jan, was ist denn mit dir? Dein Bus fährt in fünfzehn Minuten!"

Jan taucht verschlafen auf. Sieht aus Augenschlitzen seine Mutter an. „Mama, mir geht's so schlecht. Ich hab Kopfweh und mir ist schwindelig."

„Lass mal sehen." Mit der Routine einer erfahrenen Medizinerin misst Karen den Puls und fühlt die Stirn. „Fieber hast du nicht. Wo genau sind die Kopfschmerzen?"

Schon gibt Jan klein bei. Es ist ihm klar, dass er seiner Mutter nicht lange den Kranken vorgaukeln kann. „Mama, ich kann heute nicht. Wir schreiben eine Mathe-Arbeit. Ich konnte nicht lernen, kapiere den Stoff nicht. Bitte Mama", fährt Jan weinerlich fort, „ich kann nicht mitschreiben."

Karen kennt die Probleme ihres Sohnes im Fach Mathematik. Auch die Nachhilfestunden, die er seit einiger Zeit bekommt, haben nicht den großen Durchbruch gebracht.

„Jan, du weißt, dass das so nicht geht. Du musst deine Pflichten ernster nehmen, sonst baut sich dein Frustpotential immer mehr auf und irgendwann siehst du nicht mehr drüber raus."

„Du hast ja recht Mama, aber ich hab mich einfach nicht konzentrieren können. Ich hab's versucht. Bitte entschuldige mich heute an der Schule, ich kann da nicht hingehen! Bitte, nur heute. Ausnahmsweise!" Jan bettelt weiter und zieht einen Umschlag hervor, den er unter der Bettdecke versteckt gehalten hat. „Das soll ich dir noch von Herrn Mall geben."

Karen überfliegt den Brief des Klassenlehrers. Das Datum des Briefes liegt zehn Tage zurück. Der angehängte Abschnitt für die Rückantwort ist schon abgetrennt. „Ich soll heute Nachmittag um fünfzehn Uhr zu einem Elterngespräch an die Schule kommen. Was ist los, Jan? Warum gibst du mir den Brief erst jetzt?"

„Mama, ich hab mir nicht getraut, dir den Brief zu geben."

„Und die Antwort? Hat Herr Mall die schon bekommen? Schriftlich? Und meine Unterschrift, hast du die etwa nachgemacht?"

„Ja, Mama, das war blöd von mir, ich weiß. Aber ich hab solche Angst gehabt."

Karen ist alarmiert. Wie soll sie sich verhalten? Eine Unterschriftenfälschung. Schon heftig. Und diese Schulangst von Jan. Er müsste doch mit seinen inzwischen fünfzehn Jahren besser mit Schulproblemen umgehen können. Dürfte nicht ganz so sensibel reagieren. Vor allem darf er nicht unehrlich sein. Und warum dieses Elterngespräch? Wie soll sie reagieren? Muss sie darauf bestehen, dass Jan heute in die Schule geht und die Mathe-Arbeit mitschreibt?

In solchen Situationen vermisst sie den Partner. Aber es war ja nicht mehr möglich, mit Uwe weiterzuleben. Er war zwar den Zwillingen ein liebevoller Vater, ja, aber in ihrer Ehe hatten sich so viele Konflikte aufgebaut und zugespitzt. Sicher hatte die Umgebung in Sao Paulo auch dazu beigetragen. Das Leben in dieser Mega-City verursachte ihnen vermutlich latenten Dauerstress. Die Aufbauarbeit der brasilianischen Filiale für seinen deutschen Arbeitgeber hat Uwe voll und ganz gefordert. Viel Freiraum blieb ihm für die Familie nicht übrig. Die Hauptarbeit für Haushalt und Kinder hing allein an ihr. Seit der Geburt der Zwillinge war der Grundton zwischen ihnen gereizt geworden. Auch die sture Haltung Uwes in Bezug auf den Wiedereinstieg in ihren Job, als die Kinder noch Babys waren. Dass sie Jahre später den Schnitt gemacht hatte, die Scheidung einzuleiten und zusammen mit den Jungs wieder nach Deutschland zu gehen, war schon richtig. Die Jungs waren ein Jahr in die deutsche Schule in Sao Paulo gegangen und konnten problemlos die Umstellung auf das deutsche Grundschulsystem schaffen. Trotzdem fehlt ihr Uwe, der Austausch mit ihm, seine Unterstützung. Gerade jetzt wieder bei der aktuell anstehenden Entscheidung.

Gleich muss sie Jan gegenüber reagieren. Sie muss allein bestimmen. Ein Telefonat mit Uwe ist so kurzfristig nicht möglich. Außerdem könnte sie im Moment seine sicher wieder zu erwartenden Vorwürfe über ihre Erziehungsmethoden nicht ertragen.

Soll sie nun Jan gegenüber auf dem Schulbesuch heute bestehen?

Karen sieht die Gefahr, dass Jan dicht macht, wenn sie ihm gegenüber konsequent bleibt. Davor fürchtet sie sich. Das darf keinesfalls passieren. Sie darf den Zugang zu ihrem Sohn nicht verlieren. Deshalb ist es besser, wenn sie sich jetzt kompromissbereit zeigt. Lieber nachgeben, Verständnis signalisieren. Entgegen ihren erzieherischen Grundsätzen. Sie will später mit Jan ein ernstes Gespräch führen. Gut, dass sie heute keinen Dienst hat, also den Schultermin nachmittags wahrnehmen kann. Sie hat sich zwar mit Frieder verabredet und sagt ihm ungern ab. Ihre Partnerschaft ist noch jung, noch zerbrechlich. Frieder wird nicht begeistert sein, wenn etwas dazwischen kommt. Schon wieder. Aber Jan ist jetzt wichtiger.

„Jan, also, wenn's gar nicht geht, dann will ich nicht so sein. Ich rufe in der Schule an und entschuldige dich wegen Krankheit und nehme den Gesprächstermin heute Nachmittag wahr. Gut, dass ich heute nicht in die Klinik muss." Karen legt eine Pause ein. Wird lauter, nachdrücklich: „Wir reden später. Du bleibst heute den ganzen Tag zu Hause. Versprich mir, dass du mit Ben zusammen deinen Mathe-Stoff anschaust."

„Ja, klar." Jan fällt erleichtert ins Kopfkissen zurück. Drückt Karen einen Kuss auf die Wange. „Danke Mama, du bist die beste Mama der Welt."

Out

Freitagvormittag im Büro – 30. Oktober

Geschafft. Gottlob. Alles hat geklappt. Wie hat sie sich vor diesem Tag gefürchtet, nun ist er durch.

„Du, das war wirklich eine schöne Abschiedsfeier, Johanna. Die Abteilung wird das nicht so schnell vergessen." Elisabeth setzt nach: „Und jetzt hier ohne dich. Das kann ich mir gar nicht vorstellen." Elisabeth wischt Krümel von den Tellern, entsorgt die gebrauchten Servietten, leert schon mal die Spülmaschine nach dem ersten Spülgang und poliert die Sektgläser vollends trocken.

Johanna verstaut die perfekt glänzenden langstieligen Kelche gleich im Gläserfach. Fürs nächste Fest. Ein runder Geburtstag, ein Einstand, eine Beförderung, die Geburt eines Kollegenkindes? Oder wieder eine Zur-Ruhe-Setzung? Pensionierungen, fast Alltag im Innenleben einer Verwaltungsbehörde. *Personalrotation*, so Johannas Gedanken, ein normaler Vorgang, um eine Organisation am Leben zu halten, sie nicht durch Überalterung funktionsunfähig zu machen. Wie viele solcher Personalbewegungen hat Johanna in ihrer Zeit hier auf dem Rathaus miterlebt? Sie hat nicht mitgezählt. Gefühlt unzählige Male. Vor gut fünf Jahren die Verabschiedung von Gitti und Gabi, vor zweieinhalb Jahren die von Simon.

Man hat den Ruheständlern gedankt, sie himmelhoch gelobt, ein nettes Geschenk besorgt, ihnen alles Gute gewünscht. Routine. So richtig mitgefühlt hat sie wohl nie, in keinem Fall die Dimension der Verabschiedung für die Betroffenen nachempfinden können. Jetzt betrifft es sie selbst, elementar, rüttelt an ihren Grundfesten, an ihrem Ich.

„Ja, das sagt sich so. Aber auch ich werde schnell *out* sein. Ist so. Der Alltag hat euch bald wieder, alles wird glatt laufen, auch ohne mich." Klingt da etwa Bitterkeit durch? „Gut, dass wir beide Verbindung halten. Wie lang kennen wir uns eigentlich, Elisabeth? Schon *vor* meiner Beförderung hatten wir doch immer wieder miteinander zu tun."

„Fast eine Ewigkeit, Johanna. Dass du als Abteilungsleiterin mich gleich zu deiner persönlichen Sekretärin gemacht hast, war schon klasse. Eine echt gute Zeit mit dir."

„Stimmt schon, seither sind wir beide ein tolles Team." Johanna korrigiert sich: „Sorry, *waren* wir ein tolles Team. Aber keine Wehmut." Erleichtert weiter: „Ich bin ja so froh, dass alles ohne Tränenausbrüche gelaufen ist."

„Ja, du hast dich gut gehalten. Auch beachtlich, dass sich der OB zu dieser Lobesrede aufgeschwungen hat. Erlebt man selten bei ihm. Hast du aber auch wirklich voll und ganz verdient." Elisabeth bringt die Platten in die Büroküche. Die Kollegen haben kräftig zugelangt. Auf den Tabletts liegen nur noch vereinzelt Petersilienröschen, Tomatenstücke und Krümel der leckeren Fingerfood-Schnittchen. „Der OB weiß gut, was er an dir verliert."

„Übertreib mal nicht, Elisabeth. Der Nachfolger wird's bald genauso drauf haben."

Auch mit dem süßen Teil des Buffets war Johanna zufrieden. Ihre Kuchen kamen bei den Kollegen gut an. Jetzt wird die Spülmaschine mit dem weiteren Geschirr beladen. Sie arbeiten Hand in Hand, wie schon so oft. Die Abteilungschefin und ihre Sekretärin.

„Es war echt schön, dass auch Simon da gewesen ist." Beide erinnern sich gern an die Zeit mit diesem Ex-Kollegen.

„Bloß schade", bedauert Johanna, „dass ich nicht lang mit ihm reden konnte. Als Gastgeberin – du weißt ja. Aber wir haben abgemacht, dass wir uns bald mal treffen."

„Das tut Simon bestimmt gut. Er hat keinen guten Eindruck auf mich gemacht, hat sich zu seinem Nachteil verändert."

Johanna will sich Elisabeth gegenüber nicht näher über ihren früheren Kollegen auslassen. Sie wechselt das Thema. „Eure Musikdarbietung war so super. Ihr habt euch übertroffen. Das hat mich riesig gefreut."

„Ja, das Einüben war auch schon ganz witzig. Musste doch vor der Chefin geheim gehalten werden. Hat Spaß gemacht."

„Mit eurem Geschenk habt ihr voll ins Schwarze getroffen. Diese tolle Opernkarte. Ich freue mich schon darauf, wenn wir beide unseren Opernabend genießen dürfen."

„Das wird gut, Johanna. Du, jetzt lässt du bitte alles andere stehen. Ich erledige das. Geh du nochmals in dein Büro und packe das Restliche ein."

Johanna leert ihren Schreibtisch vollends aus. Sie ist froh, dass sie die Papiere aus den Schränken und Regalen schon die ganzen letzten Wochen über sortiert, weggeworfen oder für ihren Nachfolger bereit gelegt hat.

„Tschüss, Elisabeth. Ich gehe dann. Wir hören voneinander!"

„Ja, ich melde mich. Erhole dich erst mal von diesem Verabschiedungsstress."

Das ist sie nun, die letzte Stunde ihres Berufslebens. Ganz bewusst schaut sie sich noch einmal an ihrem Arbeitsplatz um. Über zehn Jahre, seit ihrer Beförderung zur Abteilungsleiterin, ist ihr dieser Raum berufliche Heimat gewesen. Sie nimmt zum letzten Mal den Ausblick aus ihrem Bürofenster im dritten Stock in sich auf, die Sicht auf die Altstadthäuser, auf die Stadtkirche. Wie oft hat sie diese mittelalterliche Kulisse betrachtet. Sie war ihr Rückzugsmöglichkeit in Stresszeiten, hat sie bei frisch verschneiten Dächern in Verzückung geraten lassen. Bei Problemen, die es zu wälzen gab, konnte sie sich mit Hilfe dieses Anblicks sammeln. Sonne, Schatten, Wolken, Nebel, Regen, Schnee, dieses Bürofenster war ihr Anker in die Natur in den vielen, vielen Stunden, die sie in diesem Arbeitsraum verbracht hat. Passé.

Mit krampfhaft aufeinander gepressten Lippen und fast schmerzendem Druck auf den Kiefergelenken schließt sie energisch und konzentriert die schwergängige Tür. Sie geht den bekannten, so vertraut gewordenen Weg an den jetzt zur Mittagszeit geschlossenen Büros der Kollegen vorbei, den Flur entlang, passiert die Besucherecke mit Stühlen, Sodabereiter und Zeitschriftenständer. Wie sehr hat sie für diesen Kundenservice gekämpft. Ihre altvorderen Kollegen in der Abteilung hatten das Bild des bittstellenden, wenn auch nicht unbedingt untertänigen Steuerpflichtigen verinnerlicht. Und das noch im einundzwanzigsten Jahrhundert! Sie wollten partout nicht davon abgehen, konnten den Schritt kaum nachvollziehen, steuerzahlende Bürger als *Kunden* zu betrachten, denen man mit Freundlichkeit entgegenkommen sollte. Geschichte.

Weiter geht sie die Steintreppe aus schwarz-weiß-gesprenkeltem Granit hinunter und hinaus zur sich automatisch öffnenden Glastür des Rathauses der Stadt Sieglingen. Gut, dass sie keinem begegnet ist. Durchatmen. Das war's nun also. Jahrelanger, ja eigentlich lebenslanger Kampf um ein gutes Auskommen, einen befriedigenden Beruf, die richtige Position im Erwerbsleben. Das war durch. Abgehakt, das Bangen vor Prüfungen, Kämpfen um Beurteilungen. Vorbei, die Pflicht sich Fakten ins Hirn *rein knallen* zu müssen. Kein Pauken, kein Büffeln mehr. Durchgestanden, alle weichenstellenden beruflichen Entscheidungen. Welche Mühen, welche Höhen und Tiefen, welchen Verzicht, welche Belastung, welche Schufterei hat es doch insgesamt gekostet, bis hierher zu kommen.

Und der Anfang? Schon lang hat sie nicht mehr an ihren Start ins Berufsleben gedacht. Wie schwer war das doch gewesen, als Sechzehnjährige, auf dem Rathaus in *Weisenthal*.

✧

Praxisschock

Eigentlich war sie darauf vorbereitet. Ihr Klassenlehrer Herr Hofmeister hatte seine Abschlussklasse in der letzten Schulstunde gewarnt: „Zieht euch warm an, der Praxisschock wird fürchterlich. Draußen weht ein rauer Wind, da geht's nicht so sanft zu wie hier in der Schule."

Sie saßen an ihren Tischen im Klassenzimmer, Dorothee links neben ihr, rechts von ihr Elfi. Die Köpfe tief gen Tisch gesenkt, verdrehten sie unmerklich die Augen, getrauten sich nicht zu grinsen. Musste er sie zum Abschied nochmals niedermachen? Das konnte er gut, der Herr Hofmeister. Von wegen *sanft*. Er hat seine Schülerinnen und Schüler nie mit Samthandschuhen angepackt, beschimpfte sie, stellte sie bloß, *kaufte ihnen den Schneid ab*, erzeugte Ängste. Ein strenger Lehrer, der viel gebrüllt hat. Bestimmt war er auch, wie Johannas Vater, im Krieg gewesen, hat dort autoritäres, befehlerisches Verhalten verinnerlicht und dies unreflektiert an seine Schüler weitergegeben. *Geduld* war ein

Fremdwort für ihn. Klar, sie haben alle viel bei ihm gelernt. Aber vor allem die Unsicheren unter seinen Schülerinnen und Schülern waren eingeschüchtert. Und Johanna gehörte zu diesen weniger Selbstbewussten. Sie fürchtete die Wutausbrüche von Herrn Hofmeister. Sogar Schmerzen in der Magengegend spürte sie, wenn er tobte. Und ausgerechnet dieser Mensch wollte behaupten, *draußen* sei es rauer als in der Schule und sie würden einen *Praxisschock* erleben.

Doch der Praxisschock wurde heftig. Schlimmer, als es Herr Hofmeister vorausgesagt hatte. Ihr Start ins Arbeitsleben begann am ersten Dezember neunzehnhundertsechsundsechzig. Der ungewöhnliche Termin ergab sich wegen der *Kurzschuljahre*. Damit konnte man in den Sechzigerjahren in Baden-Württemberg den Schuljahresbeginn von Frühjahr auf Sommer umstellen.

Dieser erste Dezember begann eigentlich ganz gut. Johanna durfte eine ganze Stunde länger im Bett bleiben. Keine frühmorgendliche Fahrt mehr zur Schulstadt Sieglingen. Jetzt musste sie von ihrem Elternhaus aus nur noch fünf Minuten zu Fuß gehen, dann hatte sie schon ihren Arbeitsplatz auf dem Rathaus in *Weisenthal* erreicht. Morgens um acht Uhr sollte ihre Arbeitszeit beim Bürgermeisteramt beginnen. Aufgeregt kontrollierte Mama nochmals Kleidung und Frisur, versorgte *das Kind* mit Vesper. Klar war das Rathaus ihrer Heimatstadt für Johanna nicht vollkommen fremd. Außerdem hatte man ihr beim Vorstellungsgespräch erklärt, wo sie sich heute melden musste. Trotzdem kam ein kribbeliges Gefühl in ihr hoch, als sie durch die schwere, zweiflügelige Rathaustür in den Flur des Gebäudes eintrat. Vorbei an der Polizeistation im Erdgeschoss und der dazugehörigen Arrestzelle, über das Treppenhaus mit den massigen Steinstufen zum Foyer im ersten Stock. Hier befand sich das Amtszimmer des Bürgermeisters, sein Vorzimmer, ein Archivraum und der historisch getäfelte Sitzungssaal, den ihr der Rathauschef schon gezeigt hatte.

Pünktlich, fünf Minuten vor acht Uhr, klopfte sie an die Tür zum Sekretariat des Bürgermeisters. Die *rechte Hand* des Gemeindeoberhaupts, Fräulein Klein, bat sie mit einem freundlichen Lächeln ins Chefzimmer. Der Bürgermeister von *Weisenthal*, Herr Geberer, war ein großgewachsener, erst gut dreißigjähriger Mann mit dunklen dichten Haaren. Er erwartete sie schon: „Fräulein Bäcker, ich wünsche Ihnen einen guten Start und einen erfolgreichen Verlauf Ihrer Ausbildung."

Nach ein paar einleitenden Worten folgte die *Vereidigung* auf die *Werte des Grundgesetzes und der Landesverfassung* sowie die *Verpflichtung zur Gerechtigkeit gegenüber Jedermann*. Mit dem Zusatz, *‚So wahr mir Gott helfe'*, hat Johanna den Eid bekräftigt. Nun war sie *Beamtin auf Widerruf* im *gehobenen nichttechnischen Verwaltungsdienst Baden-Württembergs*.

Gleich nach dieser formellen Prozedur wurde sie vom Bürgermeister zur strengen *Amtsverschwiegenheit* ermahnt. Er warnte davor, diese Pflicht zu verletzen. In schwarzer Farbe malte er die weitreichenden Folgen aus, die eine *Zuwiderhandlung*, wie er sich ausdrückte, haben würde. Johanna schluckte. All das war unbehaglich.

Die erste Zeit ihrer Ausbildung sollte sie in der *Stadtkasse* verbringen. Johanna war froh, dass sie von Stadtinspektor Glatt, dem *Fachbeamten fürs Finanzwesen*, gleich eine Arbeitsaufgabe übertragen bekam.

Man erklärte ihr, dass zum Jahresbeginn im ganzen Ort der Wasserverbrauch erfasst werden musste, um den Haushalten den *Wasserzins*, die Gebühren für *Zuwasser* sowie entsprechendes *Abwasser* berechnen zu können. Herr Glatt wies Johanna deshalb an, die Ablesekarten für alle Wasseruhren in der ganzen Gemeinde umzusortieren. Diese Belege zum Wasserverbrauch aller etwa tausend Haushalte in Weisenthal waren *alphabethisch* gruppiert in einem Karteikasten gestapelt. Da nun aber der kommunale Mitarbeiter zum Ablesen des Verbrauchs durch die Straßen der Ortschaft gehen würde, sollte Johanna die blauen Karteikarten, aus robustem Papier im DIN-A-5-Format, *straßenweise* und nach aufsteigenden Hausnummern anordnen. Eine Heidenarbeit! Mit höchster Konzentration, ohne Pause und ohne aufzuschauen, sortierte Johanna die unendliche Zahl dieser Karten neu. Nachdem dann im Büro mit dem allseits eher gelangweilt klingenden ‚*Mahlzeit*' die Mittagspause eröffnet wurde, konnte Johanna zu Hause beim Mittagessen schon mal Frust ablassen.

Doch dieser Tag war noch nicht überstanden. Johanna leistete sich gleich zum Einstieg einen Lapsus. Nach der Mittagspause war sie nämlich eine halbe Stunde zu spät zur Nachmittagsarbeit erschienen. Milde lächelnd, der *Jugend* verzeiht man ja solche Nachlässigkeiten, war sie von Herrn Glatt darauf hingewiesen worden, dass die Mittagspause pünktlich um dreizehn Uhr, nicht erst um dreizehn Uhr dreißig, zu Ende sei. Dieser Ausrutscher gleich zum Start ihrer Ausbildungszeit belastete Johanna. Sie war zur Anpassung erzogen worden, bekam immer wieder zu hören: ‚*Ecke nie an, sei zurückhaltend und bescheiden.*' Und nun das.

Nicht nur der Ärger über diesen Fehler schmerzte Johanna. Dieses neue Leben war so anders. In den Folgetagen kam schon morgens beim Aufwachen ein dunkles Gefühl der Beklemmung in ihr auf. Sollte sie überhaupt aufstehen? Warum eigentlich? Nur um trübe in diesem trockenen Büro rumzusitzen und langweilige Blätter hin und her zu drehen, sie von einem Stapel auf den anderen zu legen, sie von der rechten Schreibtischseite auf die linke zu schieben, um sie letztendlich mit irgendwelchen Zahlen und Buchstaben zu beschreiben oder um sie neu zu sortieren? Soll sie in dieses öde Büro gehen, um alle paar Minuten auf die Uhr zu schauen? Um zu warten, bis es endlich elf Uhr sein würde, nur noch eine Stunde bis zur Mittagspause? Um nachmittags nochmals die Zeit von eins bis fünf in diesem trüben Büro absitzen zu müssen? War das künftig ihr Leben? Ihre Erfüllung? Vielleicht in den nächsten fünf, zehn, fünfzehn Jahren, sogar lebenslang? War das dieses ersehnte *Berufsleben*, von dem ihre Eltern in der letzten Zeit mit einem gewissen Pathos geschwärmt haben? Wenn ihre Tochter erst mal im *Berufsleben* sei, hätten sie alle das Gröbste überstanden. Mag sein, trotzdem gefiel Johanna dieses neue Dasein überhaupt nicht. Sie vermisste die Schule, den Unterricht, vor allem fehlten ihr die Schulfreundinnen aus der Handelsschule.

Das Heulen kam ihr, wenn sie an Doro dachte. Doro wohnte in einem ganz kleinen Dorf auf der Ulmer Alb. Sie trug ihre Haare in einem dicken unmodernen Seitenzopf, die Kopfhaare mittig gescheitelt, also keine Stirnfransen wie das eigentlich viel schicker gewesen wäre. Nein, Doro hatte ihren persönlichen Stil. Sie kleidete sich nach ihrem eigenen Gechmack, bewegte sich selbstsicher, redete ungeniert in ihrem dörflich-älblerischen Schwäbisch, auch im Unterricht, dazu noch mit einem rollenden „r".

Im Gegensatz zu Johanna hatte Doro nie Gewichtsprobleme. Die Freundin genoss tagtäglich ihr wunderbar riechendes mitgebrachtes Pausenbrot, belegt mit Camembert-Käse. Wenn Johanna wieder mal gierig einen *Mohrenkopf* naschte, dieses himmlischleichte Schaumgebäck mit dem hauchdünnen Schoko-Überzug, kommentierte Doro trocken: „Oi Minut en dr Gosch ond a Johr uff de Rippa."

Auch Schulfreundin Elfi fehlte ihr. Elfi, die eigentlich Elfriede hieß, ihren Namen aber altmodisch fand und ihn deshalb abkürzte. Die Gespräche drehten sich vor allem um Mode. Johanna bewunderte Elfi wegen ihrer schicken Frisur. Blonde Haare, halblang, Stirnfransen, toupierter Hinterkopf, links und rechts in Richtung Mund je eine gedrechselte Sechser-Locke. Alles mit Haarspray fixiert. Obwohl Elfi von ihren Eltern nur geringes Taschengeld bekam und aus einem wenig modebewussten Haushalt stammte, schaffte sie es klasse auszusehen. Ihre Kleidung peppte sie mit passenden Accessoires auf. Johanna kam sich neben Elfi immer ziemlich altbacken vor.

Mama machte sich Sorgen. Dass Johanna tagtäglich geknickt von ihrer Rathausarbeit heimkam, kaum etwas essen wollte, war für ihre Tochter äußerst ungewöhnlich, deshalb umso besorgniserregender. Dass sich Johanna gleich nach dem Abendessen in ihr Zimmer zurückzog, dort stundenlang an die Decke starrte, kaum redete, war überaus befremdlich.

„Willst du vielleicht deine Schulfreundin Elfi zum Wochenende einladen?" Ja, das wäre gut. Ein Lichtblick. Sie musste der Freundin von ihren Problemen erzählen. Allerdings wohnte Elfi relativ weit weg. Im kleinen Ort *Winterhausen*, fast vierzig Kilometer von *Weisenthal* entfernt. Also schnell eine Postkarte geschickt. Denn Telefonieren konnte man mit ihr nur nach Voranmeldung. Elfis Eltern hatten kein Telefon und den Anschluss des Nachbarn sollte man nur in echten Notfällen nutzen. Elfi rief immer von einer öffentlichen Telefonzelle aus bei Johanna an. Wirklich reden konnte man am Telefon nicht, man durfte nur kurze Informationen durchgeben, denn jede Minute kostete. Bestimmt würde die Freundin die Einladung annehmen. Sie *verreiste* gern, entfloh mit Freuden dem strenggläubigen Haushalt, dem sie entstammte. Bei einem Besuch im letzten Jahr bei Elfi in Winterhausen erlebte Johanna erstmals, welche Rolle *das Gebet* bei dieser traditionell-katholischen Familie im Alltag spielte. Alle Familienmitglieder standen vor dem Essen auf, falteten die Hände, drehten sich in Richtung der mit frischen Blumen geschmückten Madonnenecke im Raum und beteten laut, fast schon geleiert, ein *Gegrüßet-Seist-Du-Maria* und ein *Vater-Unser*, schlossen mit einem deutlichen *Amen* und einem großzügig über die Stirn, den Bauch, die linke und die rechte Brust geschlagenen Kreuzzeichen. Dann erst wünschte man sich *Mahlzeit* und setzte sich zum Essen.

Elfi kaufte sich trotz ihres knappen Taschengelds jede Woche eine *Bravo, die* Zeitschrift für junge Leute. Natürlich musste Elfi das Blatt zu Hause verstecken. Die *Bravo* ging Woche für Woche in der Klasse reihum und wurde von allen Mädels gierig verschlungen.

Das alles fehlte Johanna auf ihrem Rathaus. Sie war todunglücklich. Dieses Leben machte keinen Spaß.

Warnsignal

Freitagnachmittag, 30. Oktober

Eis ist immer im Gefrierschrank. Jan findet im Vorratsraum sogar ein Glas Himbeeren. Zitronen sind auch da. Super! Er will Ben eine Freude machen. Der wird begeistert sein, wenn er nach der Schule seinen Lieblings-Nachtisch bekommt: *Heiße Himbeeren mit Vanilleeis.*

Gut, dass Mama ihm die Aufgabe übertragen hat, für Ben das Mittagessen herzurichten. Offensichtlich ist sie ihm nicht mehr allzu böse, obwohl er nicht ehrlich zu ihr war und ihre Unterschrift nachgemacht hat. Er hört Ben durch die Eingangstür kommen. Ein fröhliches Pfeifen. Sein Bruder ist wohl in bester Stimmung.

„Hi Jan, grüß dich, geht's dir wieder besser?"

„Hallo Ben, du weißt ja, dass ich's mit einer *schultaktischen Erkältung* versucht habe. Aber Mama hat alles gleich durchschaut."

„Oh Jan, übel. Bei mir ist's super gelaufen! Volle Punktzahl, Note *eins Komma null*! Wo ist Mama, das wird sie interessieren."

„Super, Ben." Jan freut sich mit seinem Bruder. „Wie machst du das bloß? Dir gelingt alles."

Jan zeigt auf den gedeckten Mittagstisch. „Mama hat sich mit Frieder über Mittag getroffen. Ich soll dir dein Essen warm machen. Um fünfzehn Uhr muss sie noch in die Schule. Der Mall bittet zum Gespräch wegen der Schummelgeschichte mit Ernesto."

„Hey Jan. Echt, Ärger. Sogar in meiner Klasse sind alle sauer auf Ernesto und dich." Ben kann seinen Bruder nicht schonen: „Ihr werdet gehasst in der Schule. Wegen euch gibt's jetzt die strengen Klassenarbeitsregeln." Ben wäscht sich im Spülbecken kurz die Hände, setzt sich danach an den Tisch. Auf seinen Stammplatz. „Aber schon ein pfiffiges System, das sich die Lehrer da ausgedacht haben. Aus meiner Klasse musste gestern einer die Nacharbeit schreiben, weil er zur Klassenarbeit nur fünf Minuten zu spät kam. Kein Pardon! Echt übel. Hammerharte Nacharbeit. Schlitzohren, diese Lehrer!"

Jan hört diese Neuigkeiten aus Bens Klasse mit Unbehagen. „Bin ich froh, dass ich eine Weile nicht in die Schule muss. Nach den

Herbstferien hat sich vielleicht der Ärger schon verzogen." Jan muss das Unangenehme verdrängen. Es bohrt in ihm, dass er und Ernesto an der Schule dieses miese Image haben.

„Du musst heute noch mit mir Mathe lernen. Aber jetzt gibt's erst mal was zwischen die Zähne."

Jan hat für seinen Bruder und sich den Tisch schön gedeckt, ein Platz-Set aufgelegt, daneben stilecht das Gedeck platziert. Er macht die Teller warm und stellt die fertig gekochte Speise in die Mikrowelle.

„Gleich ist das Essen fertig. Noch zwei Minuten. Mama hat heute mal wieder brasilianisch gekocht: *Feijoada*. Und dann noch eine Überraschung von mir!"

Ben isst eigentlich lieber schwäbische Kost oder Mamas *Mittelmeerküche*. Sie kocht normalerweise eher leichte Sachen. Viel Gemüse, wenig Fleisch, selten Pommes oder Burger. Gar nie Fertigpizza. Bestimmt hat Mama den schwarzen Bohneneintopf heute vor allem wegen Jan gemacht, so überlegt sich Ben. Vielleicht wollte sie ihn trösten, weil er Mist gebaut hat. Sein Bruder hängt noch an Brasilien, auch am brasilianischen Essen. Jan ist halt nostalgisch. Hat Anpassungsschwierigkeiten. Immer. Bei allem.

✧

Das Schulgelände ist entvölkert, der Pausenhof verstummt. Ferienbeginn. Ein goldener Herbsttag. Späte Sonnenstrahlen blinzeln durch die Blätter. Die Ahornbäume auf dem Schulgelände zeigen sich farbenfroh. Dunkelrot, hellrot, gelb, ocker, braun, golden. Eine leichte Brise stößt die zarten Zweige an, bringt sie in Schwingung. Blätter schaukeln um ihre Verankerung, manche lösen sich vom Baum, werden nach oben getragen, tänzeln durch die milde Luft, landen sanft auf der Erde. Ein faszinierendes Spiel der Natur.

Doch Karen hat keinen Sinn für diese Schönheit. Heute lief schon einiges schief. Sie hat sich auf diesen arbeitsfreien Tag so gefreut und wollte sich zusammen mit Frieder einen ausgiebigen Spaziergang auf der Alb gönnen. Aber Jans Probleme heute Morgen haben alles durcheinander gebracht. Frieder war absolut nicht begeistert, als sie den Ausflug absagte. Er muss halt zurückstehen, wenn irgendetwas mit den Jungs ist. Frieder versteht das normalerweise. Eigentlich. Sie beide sind im Klinikalltag eingespannt. Mit Mühe haben sie diesen Tag im Arbeitsplan zusammen frei bekommen. Sie wollten den Tag an der frischen Luft genießen und dabei auftanken, diesen vermutlich letzten sonnigen Oktobertag in der Natur erleben. Gut, dass sich Frieder beim Mittagessen besänftigen ließ. Er ist im Grunde verständnisvoll. Aber Karen will den Bogen nicht überspannen. Sie ist so froh darüber, dass sie ihn kennengelernt hat, nachdem sie durch die Scheidung von Uwe in ein tiefes Tal gelangt war. Frieder ist zu einer wichtigen Stütze für sie geworden.

Karen kommt abgehetzt zur Schule. Schon das Essen beim Italiener hat etwas länger gedauert als geplant, anschließend noch der Cappuccino, wohl letztmals im Straßencafé.

Das unangenehme Gespräch, das ihr mit Jans Klassenlehrer bevorsteht, liegt ihr auf dem Gemüt. Im Flur des Schulgebäudes hält sie kurz inne, zieht ihren Pulli zurecht, kämmt sich schnell, glättet ihren Rock, atmet tief durch, gibt sich einen Ruck. Fünf Minuten vor fünfzehn Uhr klopft sie an der Tür des Sekretariats.

„Ja bitte." Die Schulsekretärin, die Karen vom Telefonieren her kennt, schaut freundlich auf.

„Berger, ich habe um fünfzehn Uhr einen Termin bei Herrn Mall."

„Ja, ich bin informiert. Kommen Sie bitte mit ins Besprechungszimmer."

„Herr Mall kommt gleich. Bitte nehmen Sie so lang hier Platz."

Karen kennt Herrn Mall. Er hat als Jans Klassenlehrer den ersten Elternabend des Schuljahres geleitet. Herr Mall, das hört Karen von ihren Söhnen, hat bei den Schülern den Ruf eines eher herben Lehrers, fachlich absolut anerkannt. Im Umgang aber nicht konziliant, charmant, entgegenkommend, sondern direkt, schnörkellos, geradlinig. Der sensible Jan kommt mit ihm nicht klar, er braucht Lehrer, die persönliche Zuneigung signalisieren, Freundlichkeit. Na ja, Karen ist sich nicht sicher, ob Jan wohl überhaupt jemals mit einem Lehrer auskommen könnte, der sein verhasstes Fach *Mathematik* lehrt.

Karen wartet. Fünfzehn Uhr, fünfzehnfünf, fünfzehnzehn, fünfzehnfünfzehn. Hat man sie vergessen? Treibt man Spielchen mit ihr? Eben will sie sich bei der Sekretärin in Erinnerung bringen, da kommt Herr Mall. Der vermutlich nicht mal vierzigjährige Lehrer betritt mit Elan den Raum. Schlank, großgewachsen, Langlauftyp, kurzer sportlicher Haarschnitt, blond, erste graue Strähnen. Keine Entschuldigung wegen der Verspätung, keine Herzlichkeit, keine Freundlichkeit, bloß zurückhaltende Höflichkeit, nur eine knappe Begrüßung. Karen beginnt zu verstehen. Offensichtlich ist das Verhältnis zwischen Jan und seinem Lehrer schlechter als von ihrem Sohn geschildert. Zerrüttet?

„Guten Tag, Frau Berger. Jan wurde heute Morgen von Ihnen wegen Krankheit entschuldigt. Hoffentlich nichts Ernstes." Tonfall und Miene des Lehrers signalisieren kaum echte Anteilnahme.

„Danke. Es geht ihm wieder besser." Wie unhöflich doch dieser Lehrer ist. Bloß nicht provozieren lassen. Sie darf die Gesprächsatmosphäre nicht im Vorhinein vergiften.

„Es wäre ja tragisch, wenn er über die Herbstferien das Bett hüten müsste." Nicht zu überhörende Ironie. „Nun aber zum eigentlichen Anlass für dieses Gespräch."

Herr Mall berichtet Karen von einem Notenbetrug, in den Jan verwickelt war. Jan und sein Kumpel Ernesto gingen raffiniert vor. Alle seitherigen Sicherheitsregeln, die an der Schule bei Klassenarbeiten galten, wurden trickreich umgangen. *Arglistig*, wie der Lehrer betont. Die beiden täuschten wohlüberlegt, planten den Betrug unter Einsatz eines Zweithandys, setzten Foto-WhatsApp ein, stimmten ihr verbotenes Vorgehen bei Mathematik-Arbeiten haarfein ab, logen den Lehrer eiskalt an.

Jan verschaffte sich durch dieses Täuschungsmanöver unverdient gute Noten. Die Initiative zu dieser Betrugsmasche ging von ihm aus, er überredete seinen Freund Ernesto, bei der Sache mitzumachen. Ernesto, der selbst in Mathematik nie Probleme hatte, wurde von Jan für diese Dienste bezahlt.

Herr Mall schildert das Vorgefallene minutiös. Dabei badet er die verwerflichen Details an der Aktion mit einer gewissen Wonne vor Karen aus, betont die kriminelle Energie, die, in diesem Ausmaß, offensichtlich bei Jungs im Alter von gerade mal fünfzehn Jahren an dieser Schule noch nie da gewesen sei.

„Oder ist Jan schon sechzehn?"

„Nein, er hatte am elften September seinen fünfzehnten Geburtstag."

Der Trick klappte zwei Mal, dann wurde der Betrug aufgedeckt. Ernesto und Jan hatten sich zerstritten. Offensichtlich wollte Ernesto seinen Service besser bezahlt bekommen und forderte nachträglich von Jan eine höhere Summe. Jan weigerte sich. Ernesto verpfiff Jan. So erfuhr der Lehrer und damit die gesamte Kollegenschaft vom Betrug.

Herr Mall redet sich in Rage. Die Falte zwischen seinen Augenbrauen wird tiefer, durch das schnelle Sprechen bildet sich ein kleines Speichelbläschen in seiner linken Mundecke. Um seinen Mund vertieft sich der herbe Zug. Die Bitterkeit eines gekränkten Lehrers. In seinem Alter, geht es Karen durch den Kopf, schon desillusioniert?

Die Genugtuung, ja der kleine Triumpf, den er verspürt, als er das Entsetzen der Mutter wegen des *infamen Tuns* ihres Sohnes beobachtet, tut ihm gut. Seine geschundene Lehrerpersönlichkeit lechzt geradezu nach solch kleinen Momenten der Rache.

Karen ist fassungslos. Jan hat heute Morgen angedeutet, dass er an einer *Schummelei* bei einer Klassenarbeit beteiligt gewesen sei. Insofern war Karen vorgewarnt. Dass diese *Schummelei* aber mitnichten ein harmloser Schülerstreich war, sondern eine ausgewachsene, gewiefte, sorgfältig kalkulierte, raffinierte Betrugsmasche der beiden Jungen, das entsetzt sie. Und dass sich Jan seine unehrlichen Dienste erkauft hat, macht sie sprachlos. Ein derartig hinterhältiges Verhalten hat sie ihrem Sohn nicht zugetraut. Sie ist heute Morgen ja schon ziemlich enttäuscht gewesen, als sie seine Unterschriftenfälschung aufgedeckt hat. Absolut keine Lappalie. Aber jetzt diese Ausmaße! Welchen enormen Druck muss ihr sensibler Junge doch empfunden haben. Oder zeigt sich bei Jan tatsächlich kriminelle Energie, wie es der Lehrer behauptet?

Übelkeit steigt in Karen hoch. Sie spürt, wie ihr Ausschlag kommt, rote brennende Hautflecken am Hals.

„Was Sie sagen, ist einfach unglaublich. Ich will nichts beschönigen. Vielleicht hilft es aber, Jans Geschichte zu kennen."

Warum tut sie das? Versucht sie beim Lehrer für ihren Sohn zu werben? Karen weiß es selbst nicht.

„Jan hat sich in Brasilien in seinen Kinderjahren sehr wohl gefühlt. Bis zum achten Lebensjahr. Er war glücklich, hatte gute Freunde, mochte das brasilianische Leben, die Gelassenheit, die Lebensfreude. Wir wohnten in Sao Paulo, fuhren aber an den Wochenenden nach Santos ans Meer. Jan liebte den Strand, das Wellenreiten, das Surfen. Und vor allem: Er hatte seinen Papa. Die Beziehung zwischen Vater und Sohn war immer und ist auch heute noch sehr eng. Obwohl mein früherer Mann weiterhin in Brasilien lebt und arbeitet."

Irgendwie tut ihm diese Frau leid. Vermutlich würden die meisten Mütter reagieren wie Frau Berger. Obwohl sie von ihrem Sohn enttäuscht wurde, kämpft sie für ihn. Als Klassenlehrer muss er ihr natürlich zuhören, sie über ihr Kind, dessen Freuden und Nöte berichten lassen.

Ja, es ist wichtig, dass der Lehrer bestimmte Informationen zu seinen Schülern bekommt. Hätte er nichts von Siljas Zuckerkrankheit aus der 7b gewusst, wäre es bei ihrer Unterzuckerung vorgestern vielleicht sogar lebensbedrohlich geworden. Eventuell hätte er falsch reagiert, als Sofia aus seinem *Mathe-Plus-Wahlkurs* in der letzten Woche weinend aus dem Klassenzimmer rannte. Ihr Vater war in der Woche zuvor gestorben. Ja, es ist schon gut, über grundlegende Lebensumstände seiner Schüler Bescheid zu wissen. Doch will er auf der Hut sein. Er darf nicht zu viel Familiäres über seine Schülerinnen und Schüler erfahren, so auch über Jan. Denn Jan ist nur *ein* Schüler unter vielen, die er zu betreuen hat. In diesem Schuljahr sind es sechs Klassen, also etwa einhundertfünfzig junge Menschen. Jedes dieser Kinder hat seine Geschichte, seine persönlichen Probleme, seine Befindlichkeiten. Er erfährt tagtäglich von speziellen Situationen, in denen sie aufwachsen. Manchmal blickt er in Abgründe. Doch muss er Acht geben. Er hat *jedem* seiner Schützlinge gerecht zu werden. Das kann er seiner Meinung nach nur, indem er, bei allem menschlichen Mitgefühl, private Informationen außen vor lässt.

Er sieht seine Aufgabe darin, seinen Schülerinnen und Schülern mathematische Inhalte zu vermitteln und sie dafür zu benoten. Er weiß, wie wichtig Noten heutzutage für die Zukunft eines jungen Menschen sind. Deshalb darf keine persönliche Zuneigung oder Animosität in die Bewertung eingehen. Er versucht, möglichst gerecht zu sein, nicht zu bevorzugen, nicht zu benachteiligen. Seiner Meinung nach muss dieses Signal auch bei seinen Gymnasiasten ankommen: *Noten gibt es nur für Leistung. Da hilft kein Jammern und kein Schleimen, schon gar keine Unregelmäßigkeit.* Herr Mall ist davon überzeugt, dass er mit dieser Botschaft seinen Schülern ein wichtiges Signal fürs Leben mitgibt. Er hört Frau Berger weiter zu.

„Der Umzug nach Deutschland kam für Jan wohl zu früh. Er war für diesen gewaltigen Umbruch noch nicht reif. Sie müssen sich vorstellen“, betont Karen nachdrücklich, „welche Veränderungen die Jungs zu verkraften hatten. Allein der Klimaunterschied zwischen Brasilien und der Schwäbischen Alb, die Landschaft, die Freunde, das Schulsystem, die Lebenseinstellung der Menschen, die kulturelle Umgebung. Alles war fremd für die Jungs. Ein Leben in einer anderen Welt. Die Kinder kannten Deutschland nur durch ein paar Ferienaufenthalte bei den Großeltern in Stuttgart. Gewiss, sie hatten einen Zugang zu Deutschland über die Sprache. Außerdem besuchten sie die *Deutsche Schule* in Sao Paulo. Trotzdem, es war fast alles ungewohnt für die Kinder.“ Karen versucht dem Lehrer mit einem Schwall von Worten zu erläutern, welche Veränderungen sein Schüler zu bewältigen hatte. „Am stärksten wog allerdings die Veränderung in der Familie. Eine alleinerziehende, berufstätige Mutter, der fehlende Vater. Vor allem für Jan ein Problem.“ Karen pausiert.

Herr Mall findet beruhigende Worte für sein Gegenüber: „Hier an der Schule kennen wir ja den Lebensweg Ihrer Jungs und wissen, was die Kinder zu verkraften hatten. Wir alle schätzen Ben, der unserer Schule so viel Freude macht. In unserer Klassenkonferenz, die wegen der Betrugsgeschichte ausführlich getagt hat, haben wir uns deshalb auch darauf geeinigt, Jan und Ernesto im Rahmen des Möglichen nicht zu hart zu sanktionieren.“

Jan und Ernesto werden wegen der Täuschung bei den beiden Mathematik-Arbeiten jeweils die Note *ungenügend* bekommen. Ohne Kompromiss. Auf weitere ordnungsrechtliche Maßnahmen nach Schulgesetz verzichtet man.

„Der Fall hat nun aber für die Schülerinnen und Schüler der gesamten Schule Konsequenzen. In der Gesamtlehrerkonferenz wurde beschlossen, künftig eine sehr strenge Regelung der Klassenarbeitsorganisation für alle Jahrgangsstufen und für alle Fächer einzuführen. Damit beugen wir einem Missbrauch mit Hilfe moderner Kommunikationsmittel vor und eventuelle Nachahmer können sich keinerlei Chancen ausrechnen." Die ursprüngliche Härte bei Herrn Mall dringt wieder durch. „Das macht die beiden natürlich nicht unbedingt zu Sympathieträgern bei ihren Mitschülerinnen und Mitschülern. Aber *die Suppe* haben sie sich selbst eingebrockt. Damit müssen sie halt klar kommen."

✧

Auf der Heimfahrt kann sich Karen nur schwer auf den Straßenverkehr konzentrieren. Was ist falsch gelaufen bei Jan? Warum hat sich Jan so verhalten? Hat sie in der Erziehung Fehler gemacht? Waren es die Umbrüche durch die Scheidung? War es der Ortswechsel? Warum hat sie nichts bemerkt von den Sorgen ihres Sohnes? Warum hat er sie nicht ins Vertrauen gezogen? Im Gegenteil, vor ihr wurde verschleiert. Warum erfuhr sie auch von Ben nichts? Kann sie als Mutter die Jungs tatsächlich nicht allein erziehen, wie Uwe das immer und immer wieder behauptet?

Natürlich muss sie Uwe anrufen. Vor diesem Telefonat graust ihr jetzt schon. Er wird sie bestimmt mit Vorwürfen überschütten. Aber Frieder wird sie verstehen und aufmuntern. Sie muss unbedingt alles bald mit Frieder besprechen. Er kann das Ganze bestimmt richtig einordnen. Doch Unbehagen kommt hoch. Karen ist hin und her gerissen. Ist sie eben dabei, wieder einen Fehler zu machen? Sie beobachtet, dass Jan Vorbehalte gegenüber Frieder hat. Jan will offensichtlich nicht, dass ein neuer Mann die Rolle seines Papas übernimmt. Seit Frieder immer wieder mal in ihrem Haus übernachtet, ist Jan noch schwieriger. Karen findet keine Antwort auf ihre Fragen. Wie soll sie Jan jetzt gegenübertreten. Soll sie ganz streng sein oder seine Nöte verstehen und ihn sogar noch trösten?

✧

„Hallo ihr beiden, was macht ihr denn?“ Die Zwillinge sitzen friedlich am Esszimmertisch.

„Ich zeige Jan gerade, wie man lineare Gleichungen mit zwei Variablen löst. Mit dem Einsetzungsverfahren. Herr Doktor Hofer hat uns das im letzten Jahr echt gut erklärt.“ Ben begeistert: „Du, Mama, der kapiert das ganz schnell.“

„Ja, Mama, Benni erklärt das super. Viel besser als der Mall.“ Jan bedrückt weiter: „Wie war er?“

„Darüber reden wir später. Lernt weiter.“ Vielleicht ist alles doch nicht so schlimm?

Wohin?

Freitagnachmittag, 30. Oktober

Beim Aufschließen der Wohnungstür hört Johanna schon das Telefon.

„Hallo Mama, wie war's heute bei dir?"

„Christina, lieb, dass du anrufst", freut sich Johanna. „Du, ja, es war wirklich eine schöne Abschiedsfeier."

Johanna erzählt ausgiebig von der Rede des Oberbürgermeisters, dem Geschenk der Stadt, der gelungenen Verpflegung, den netten Gesprächen.

Über das eigenartige Gefühl, das sie bei dieser Veranstaltung befallen hat, redet sie mit ihrer Tochter nicht. Auch die Beklemmung beim Abschiednehmen von ihrem Büro und dass sie in Erinnerungen an den Berufsstart versank, behält sie für sich. Mit ihrer seelischen Verfassung will sie Christina nicht belasten.

„Meine Kollegen haben mir wunderbare Opernkarten geschenkt. *Rigoletto* in Stuttgart. Am dritten Advent, einen Tag nach deinem Geburtstag."

„Tolles Geschenk für dich als Verdi-Fan. Da hat dein Arbeitsteam aber echt ins Schwarze getroffen. Und wie hast du dich gehalten? Hast du alles ohne Tränen überstanden?" Die Tochter rührt zielsicher am wunden Punkt.

„Weißt du, die ganzen Reden, das Überreichen der Blumen und Geschenke, das konnte ich alles geschäftsmäßig abhaken. Ergreifend ist es dann geworden, als meine liebsten Kolleginnen und Kollegen das Lied *‚Für mich soll's rote Rosen regnen'* gesungen haben und mir jeweils eine rote Rose überreicht haben."

„Was ist das für ein Lied? Kenne ich nicht!"

„Ja klar, andere Generation", sagt Johanna eher zu sich selbst. „Ein bekanntes Lied von Hildegard Knef. Die kennst du doch. Der speziell für mich leicht veränderte Refrain geht etwa so:

*‚Für **dich** soll's rote Rosen regnen, **dir** sollten sämtliche Wunder begegnen, die Welt sollte sich umgestalten und ihre Sorgen für sich behalten.'*

Ich hab dazu eine CD bekommen. Die spiele ich dir vor, wenn du mit deinen Männern morgen nach Sieglingen kommst."

„Schöner Text. Auf die CD bin ich gespannt. Aber, du Mama, der Besuch an diesem Wochenende klappt nicht. Jakobs Fußballtrainer will ausgerechnet zum Ferienbeginn nochmals ein Intensivtraining mit seinen Jungs einlegen. Du weißt ja, wie wichtig Jakob seinen Sport nimmt. Deshalb will er nicht fehlen. Du verstehst das doch, Mama?"

Johanna versteht. Sie schluckt. Nun hat sie sich schon darauf gefreut, ihre Tochter, den Schwiegersohn und den Enkel am Wochenende bei sich zu haben. Sie wollte für Jakob eine Erdbeersahnetorte zubereiten, nach einem neuen Rezept, in einer Zeitschrift entdeckt. Der Junge liebt ihre Kuchen doch so. Trotz ihrer Verabschiedungshektik hat sie schon alles eingekauft, Eier, gefrorene Erdbeeren, Gelatine, Sahne. Gut, dass sie noch nicht angefangen hat, den Biskuitboden zu backen.

Dass beim ausgefüllten Leben der jungen Familie in Freiburg wenig Zeit blieb für Oma-Besuche war schon immer so. Seither für Johanna auch okay. Mütter und Omas, die krallen, waren ihr immer schon ein Gräuel. So war sie nie und will es auch nie sein! Doch jetzt, nach dem Job-Aus? Ein seither unbekanntes Gefühl kriecht in ihr hoch.

„Schade, Christina. Aber total okay", hört sie sich sagen. „Vielleicht ist's ganz gut, wenn ich ein bisschen Zeit für mich habe nach diesem ganzen Verabschiedungszauber. Mir wird's schon nicht langweilig werden."

Ist das so? Plötzlich fürchtet sich Johanna davor, am Wochenende allein in der Wohnung zu sitzen. Auch Vera wird nicht da sein. Sie wird wohl zusammen mit ihrem Lebenspartner die Ferientage verbringen wollen. Sie ist also für sich. Das ganze Wochenende. Früher kein Problem, eher Genuss und erwünschte Zeit für Entspannung. Sie liebte es, durchzuhängen, zu lesen, zu telefonieren, zu stricken, fernzusehen, Musik zu hören und – notfalls – sich einer Schoko-Orgie hinzugeben. Aber jetzt? Bei ihr bricht gerade etwas weg. Beginnt nun die Alters-Einsamkeit?

Hätte sie Gitti und Gabi doch zusagen sollen? Dann wäre sie zumindest in Gesellschaft gewesen. Soll sie ihre Absage rückgängig machen? Bloß nicht! Sie kann doch vor den beiden nicht zugeben, dass sie unausgefüllte Zeit hat. Sie doch nicht, Johanna Bäcker-Nillin, immer noch Chefin des Städtischen Steueramts der Stadt Sieglingen. Denn bis zu ihrem fünfundsechzigsten Geburtstag ist sie formal noch im Amt. Hat lediglich Urlaub. Bezieht noch keine Pension.

Kein Selbstmitleid! Sie muss mit ihrem neuen Leben klar kommen, sie hat doch schon ganz andere Klippen hinter sich gelassen.

„Grüß bitte Jakob schön von seiner Jomi. Und Grüße auch an Thomas."

„Ja, Mama, richte ich aus, mach's gut!"

✧

Erst am späten Nachmittag kommt Vera heim.

„Grüß dich Johanna." Veras Tonfall signalisiert Erschöpfung. Sie kracht auf die nächststehende Sitzgelegenheit, kraftlos, blass, müde.

„Die Autobahn war wieder mörderisch. Unglaublich viel Verkehr, jeder will schnell heim, Stau am Stuttgarter Dreieck. Der normale Freitagswahnsinn eben."

„Wie war deine Tagung?" Johanna weiß, dass sich Vera lang auf ihre Fortbildungsveranstaltung an der Akademie Comburg vorbereitet hat.

„Sehr kritische Leute. Lauter künftige *Fachberater Unterrichtsentwicklung*, also Leute, die bald an den Schulen bei der Qualitätsentwicklung mitarbeiten sollen."

Vera immer noch frustriert: „Ich sag dir, erstaunlich wenig Offenheit, kaum Bereitschaft, sich auf Neues einzulassen." Nach einer kurzen Pause weiter. „Das hätte ich eigentlich anders erwartet. Gerade bei *jungen* Kollegen und Kolleginnen. Da waren wir früher neugieriger, hungriger, begeisterungsfähiger."

Vera schiebt weg, dass sie sich eigentlich gekränkt fühlt. Sie hat für ihre Präsentation ein begeistertes Echo erwartet. Intensive Vorbereitung, alles bis ins Kleinste durchdacht, die neuesten Trends der

Didaktik eingebaut, Top-Aktualität. Und dann diese unqualifizierten Anspielungen einer jungen Kollegin. Sie merkte gut, wie diese Kollegin mit den Augen rollte, als sie bei ihrem Vortrag eine kleine Wortfindungsstörung hatte. Es war nicht mal die fachliche Kritik, die ihr zu schaffen machte, nein, die Missbilligung, die auf ihr Alter anspielte, die ins Persönliche ging, das tat weh. Das hat sie getroffen. Vielleicht umso mehr, gesteht sie sich im Stillen ein, als ihr zunehmend bewusst wird, dass sie mit ihren inzwischen dreiundsechzig Jahren nicht mehr ewig im Dienst sein kann. Trotzdem, das lässt sie sich nicht nehmen: Das Design ihrer Präsentation, der Inhalt ihres Beitrags, die methodische Einbindung ihrer Zuhörer, das alles war gekonnt. Wurde bloß von diesen jungen Besserwissern nicht erkannt.

„Vera, nimm es nicht so schwer. Die Arroganz der Jugend. Da müssen wir Alten drüber stehen. Lass die auch mal ihre Erfahrungen machen. Die Jungen werden auch noch demütiger werden." Johanna weiß, wie sehr es Vera nachgeht, wenn ihre Leistung nicht anerkannt wird. Schon immer war sie verbissen ehrgeizig. Johanna versucht es mit Ablenkung: „Entspanne dich erst mal. Jetzt hast du ja eine ganze Woche Ferien."

Auch dieser Gedanke kann Vera nicht aufheitern. Sie muss gleich nach den Herbstferien einen krank gewordenen Kollegen bei einer Überprüfung vertreten, dazu noch ihre Korrekturarbeiten. Dann gleich nach den Ferien eine Nacharbeit für die beiden Schwänzerinnen und wieder eine Sitzung in ihrer Lehrplankommission. Alles muss vorbereitet werden.

Veras Handy meldet sich. „Ja, Rolf, endlich ein paar Tage frei." Vera rückt gleich raus: „Bist du mir arg böse, wenn wir unsere Wandertour abkürzen. Ich kann nicht die ganze Woche frei nehmen."

Der *Hauptwanderweg 1* entlang dem nördlichen Rand der Schwäbischen Alb musste eben stärker gestückelt werden. Eigentlich wollten sie beide am Sonntag in Donauwörth starten und in etwa einer Woche bis nach Schwäbisch Gmünd wandern. Beide freuten sich darauf, zumal es ihrer derzeit etwas kriselnden Fern-Partnerbeziehung gut getan hätte, mal wieder gemeinsam mit dem Rucksack loszuziehen.

„Das lohnt sich ja kaum. Dass du auch immer in den Ferien arbeiten musst."

„Bitte, Rolf, versteh' doch. Ich bin momentan wirklich im Druck."

Rolf hat sich diese Woche freigeschaufelt. Hat es organisiert, dass er sein Restaurant und das Hotel in Bad Mergentheim für ein paar Tage seinen Mitarbeitern überlassen kann. Durchweg zuverlässige Leute, wie er gern betont.

„Vera, ich schlage vor, dass wir noch darüber reden." Rolf gleich wieder versöhnlich, wie immer. „Wir starten doch übermorgen wie geplant?"

„Ja, klar. Ich hab auch schon die Sachen hergerichtet, die in den Rucksack müssen." Vera packt ihr Wandergepäck penibel. Mit der Küchenwage. Jedes zusätzliche Gramm, das sie über Tage auf dem Rücken schleppen würde, musste wohl überlegt sein. Jetzt Ende Oktober muss auf jeden Fall auch Kälteschutz eingepackt werden. Ihr neuer roter Fleece-Pullover wiegt nur 246 Gramm. Oder braucht sie ihren alten, dickeren mit Kapuze, der allerdings 398 Gramm wiegt? Das wird sie kurzfristig entscheiden, abhängig vom Gesamtgewicht ihres Rucksacks und von den Wetterprognosen ab Sonntag.

„Gut, dann bleibt es bei der Hotel-Reservierung für die ersten zwei Tage. Wie abgemacht: Wir treffen uns am Sonntagnachmittag am Bahnhof in Donauwörth, schauen uns das Städtchen an, bleiben dort über Nacht. Die zweite Übernachtung habe ich in Mönchsdeggingen besorgen können. Siebenundzwanzig Kilometer für den ersten Tag sind zwar heftig, aber wir stemmen das." Rolf ist in seinem Element. Unübertroffen, sein Organisationstalent.

„Wie wir weitermachen, entscheiden wir unterwegs. Okay?"

„Ja, Rolf, so machen wir's."

„Tschüss, erhol' dich."

„Ja, tschüss."

Johanna sorgt sich. Vera nimmt ihre Arbeit zu ernst. Nun verärgert sie deshalb sogar ihren Freund. Nicht zum ersten Mal. Veras Gewissenhaftigkeit zehrt an ihrer Gesundheit. Sie erledigt ihre Aufgaben immer zu *hundertfünfzig Prozent,* hundert Prozent reichen ihr nicht. Dabei ist sie hartnäckig, kann nie locker sein. Das war immer schon so. Eine Powerfrau eben. Auch zu der Zeit, als sie beide noch Kolleginnen waren und ihre Verwaltungslehre machten. Jede von ihnen auf dem Rathaus ihrer Heimatstadt, sie selbst in *Weisenthal*, Vera in *Staufenheim*. Getroffen hatten sie sich ein Mal pro Woche in ihrem *Vorkurs, dem berufsbegleitenden Unterricht* in der Kreisstadt. Lange her. Inzwischen verstärken sich bei Vera die Eigenarten mit zunehmenden Jahren. Ihr Ehrgeiz nimmt also nicht etwa ab, obwohl sie sich auch mal hätte zurücklehnen können. Sie hat doch schon so viel erreicht. Ihre Berufskrise als junge Verwaltungsinspektorin bewältigte sie durch die Flucht nach vorn, ließ sich aus dem sicheren Beamtenverhältnis entlassen, absolvierte ein Studium, durchstand das Referendariat. Eine Tortur. Alle Examina schloss sie mit hervorragenden Noten ab. Auch in ihrer Schullaufbahn war und ist sie erfolgreich. Sie wurde als *Fachberaterin* berufen, macht Fortbildungsveranstaltungen für Lehrkräfte, veröffentlicht in Fachzeitschriften, hat einen kleinen Lehrauftrag an einer Hochschule, ist für Referendare in ihrem Fach zuständig, nimmt bei ihnen das *Zweite Staatsexamen* ab, muss Überprüfungen von Kollegen vornehmen und in verschiedenen Kommissionen mitwirken. Dazu noch ihre Unterrichtsverpflichtung an der *Kaufmännischen Schule in Sieglingen*.

Ein Superstress. Doch keiner zwingt sie dazu. Warum tut sich ihre Freundin diese Strapazen überhaupt an? Nein, Veras Einsatz kann nicht jeder nachvollziehen. Hat es mit dem Altern zu tun? Bestimmt. Vera will absolut nicht zurückstecken. Mit ihren dreiundsechzig Jahren will sie sich und den andern beweisen, dass mit ihr weiterhin zu rechnen ist, dass sie mit den *Jungen* mithalten kann.

Alles ein bisschen viel, findet Johanna. Hoffentlich würde sich ihre Freundin nicht total übernehmen. Tinnitus und Herzrasen reichten eigentlich.

„Jetzt haben wir aber genug über meine Probleme geredet. Sag, wie war *dein* großer Tag heute?“

„Komm, wie wär's mit einem Gläschen.“ Johanna holt ein Schnäpschen aus dem Depot. Grappa oder Ouzo? Beides räumt den Magen auf.

„Du, alles war okay. Meine Rede, Kuchen, Getränke, alles ist angekommen. Was bin ich erleichtert, dass das hinter mir ist." Johanna schenkt Grappa ein.

„Aber ein etwas bedrückendes Erlebnis hatte ich heute Vormittag auch." Johanna weiter: „Mein alter Kollege Simon ist auch da gewesen."

„Simon? Simon? "

„Du kennst ihn. Wir haben ihn kurz nach seiner Verabschiedung mal auf dem Markt getroffen. Länger her, mag sein, dass du dich nicht mehr erinnerst."

„Was war denn nun so bedrückend, Johanna?"

Johanna holt aus, erzählt Vera von dem Kollegen, mit dem sie in Berufszeiten eng verbunden war. Jetzt, nachdem Simon seit über zwei Jahren im Ruhestand ist, geht es ihm nicht besonders gut. Johanna sah es ihm gleich an. Seit seiner Scheidung vor vielen Jahren lebt er allein. Keine Kinder. Doch es gibt noch die alte Mutter. Simon kümmert sich rührend um sie, besucht sie täglich im Pflegeheim, obwohl die schwer demente Frau ihren Sohn nicht mehr erkennt, in einer anderen Welt lebt und nur noch im Rollstuhl bewegt werden kann. Sofern es das Wetter erlaubt, fährt Simon seine Mutter täglich im Garten des Pflegeheims spazieren. Dies alles erzählte er Johanna beim inoffiziellen Teil der Verabschiedungsfeier.

„Bewundernswert, was du für deine Mutter tust", Johanna bestärkte ihn. „Und was tust du für dich, Simon?"

„Och, ich lese viel. Jeden Tag die Lokalzeitung und die Süddeutsche. Da bin ich gut beschäftigt. Samstags ist noch Spiegeltag. Abends gibt's ein Viertele. Dann bin ich müde und ich bin froh, dass der Tag vorbei ist."

Johanna wähnte, dass es bei dem *Viertele* am Abend nicht bleibt und die tägliche Weinration wohl eher ein *Fläschle* ist. Der Alkohol hat Simons Gesicht aufgedunsen, seine Gesichtshaut lederig, großporig werden lassen. An der Nase treten rötliche Äderchen hervor, seine Augen sind leicht trüb und der Atem riecht nach abgestandenem Alkohol. Er ist dick und schwabbelig. Kaum zu glauben, was aus ihrem früher doch recht attraktiven und sportlichen Kollegen geworden ist. Er hat sich in seiner neuen Lebensphase noch nicht eingefunden.

„Weißt du, Vera, mir wird angst und bange, wenn ich daran denke, bald auch einen derart eintönigen Alltag zu haben."

„Quatsch – du doch nicht. Bei den vielen Interessen und deinem Netz aus Chor, Familie und Freundinnen. Nur keine Angst, Johanna. Wie bei vielen Rentnern wird dir die Zeit künftig auch knapp werden." „Und", fügt Vera hinzu, „in ein paar Jahren machen wir beide dann eine Rentnerinnen-WG auf."

Johanna horcht auf. Wieso erst in ein paar Jahren? Vera ist doch auch schon dreiundsechzig. Will sie etwa verlängern? Und wieso *Rentnerinnen-WG*, wollte sie nicht zu ihrem Freund nach Bad Mergentheim ziehen? Der freut sich doch schon lange darauf.

„Trotzdem, Vera, schon ein komisches Gefühl. Wieder mal stehe ich vor einem Wendepunkt in meinem Leben. Hoffentlich schaffe ich das. Aber ich habe ja schon schlimmere Umbrüche erlebt. Und überstanden, wie du weißt."

Unter Druck

Montagmorgen, 9. November, erster Tag nach den Herbstferien

„Jan, bitte, iss dein Müsli. Das macht doch keinen Sinn, wenn du mit leerem Magen in die Schule gehst."

Gleich nach den Herbstferien wieder dieser Stress. Schon während der ganzen letzten Ferientage wurde die Unruhe größer. Je näher der erste Schultag kam, umso elender fühlte er sich. Heute Morgen brauchte er schon alle Energie, um überhaupt aus dem Bett zu kommen. Schwindel, Übelkeit, Herzrasen. Die Nacht war schon fürchterlich. Im Traum sind ihm wilde Mathe-Aufgaben erschienen. Übergroße Ziffern. Krallenartige Zeichen haben nach ihm gegriffen. Die grinsende Fratze von Mall hat ihn verhöhnt. Schwitzend ist er mehrmals aufgewacht, musste auf die Toilette, hatte Durchfall. In den langen Phasen der Schlaflosigkeit gab es nur Gedanken an Mathe, Mathe, Mathe. Zahlen, Formeln, Gleichungen, Unbekannte. Dabei hat er mit Ben in den Ferien ganz gut gelernt. Sein Bruder hat ihm alles erklärt und irgendwie kapiert er das Ganze jetzt auch. Eigentlich könnte er gelassen sein. Lineare Gleichungssysteme mit zwei Variablen kann er inzwischen aufstellen und auflösen. Mit dem Einsetzungsverfahren. Das beherrscht er jetzt auch. Trotzdem schwirrt ihm wieder der Kopf. Alles ist chaotisch in ihm.

„Mama, ich krieg jetzt nichts runter."

„Trink wenigstens etwas Kakao, ein bisschen Energie. Sonst kannst du dich doch nicht konzentrieren." Jan gibt nach und trinkt ein paar Schlucke.

Schnell nochmals zur Toilette.

„Tschüss Mama, drück mir die Daumen!"

Mit einem Druck im Gedärm und dem Gefühl, gleich wieder Dünnpfiff zu bekommen, eilt er zur Bushaltestelle. Es ist noch nicht ganz hell, nebelig, regnerisch, windig an diesem frühen Morgen im November. Echtes Scheißwetter. Passt zu seiner Stimmung. Trotz allem, Jan weiß es, da muss er durch. Er rennt. Heute darf er keinesfalls zu spät kommen. Denn er will Herrn Mall nicht provozieren, sondern den *Ball möglichst flach halten*. Das hat er sich in den Herbstferien vorgenommen und mit Mama und Ben so besprochen. Er kann gegen diesen Lehrer nicht ankämpfen. Der Mall sitzt am längeren Hebel und, wie man ihn kennt und einschätzt, er spielt seine Machtposition erbarmungslos aus. Also, so haben sie es überlegt: kluges Taktieren, keinerlei Provokation!

In der ersten Stunde heute hätte er eigentlich frei. Er könnte noch im Bett liegen. Der Unterricht für seine Klasse beginnt erst in der zweiten Stunde, also erst um acht Uhr dreißig. Damit er keinen Unterricht versäumt, wird er vor Unterrichtsbeginn seine vor den Ferien nicht mitgeschriebene Mathematik-Klassenarbeit nachholen. So hat es Mama mit seinem Lehrer im Gespräch vor den Ferien vereinbart.

Es steht nicht gut um seinen Mathe-Notenschnitt. Bisher wurden in seiner Klasse zwei Klausuren geschrieben, bei denen er ja wegen der blöden Geschichte mit Ernesto jeweils eine *Sechs* kassiert hatte. Notenschnitt seither also *sechs Komma null*. Es ist wichtig, dass er heute mindestens eine *Drei* schreibt, damit er zusammen mit einer weiteren *Drei*, die er für die vierte, im Januar zu schreibende Klassenarbeit einplant, noch auf einen Schnitt von *vier Komma fünf* kommen kann. Zusammen mit der mündlichen Note von hoffentlich mindestens *vier Komma null* müsste es dann noch zu einem *ausreichend* im Halbjahreszeugnis reichen. Das könnte ihm helfen, im zweiten Halbjahr die Versetzung zu schaffen. Er muss heute also mindestens eine *Drei* schreiben, damit sein Plan aufgeht.

Jan will nichts riskieren. Er hat sich abgesichert.

Damit das mit der Mathe-Benotung so klappt, muss er sich mit dem *Mathe-Mall* gut stellen. Wegen der mündlichen Note, die er eingeplant hat. Denn, da kann man ihm nichts erzählen, Lehrer können eine mündliche Leistung nie ganz objektiv bewerten. Sympathie und Verhalten spielen doch irgendwie eine Rolle, da ist sich Jan sicher. Obwohl das die Lehrer eigentlich nicht berücksichtigen dürfen und es auch nie zugeben würden. Sind halt auch nur Menschen.

Andreas Mall ist schon seit sieben Uhr in der Schule. Wie an jedem Schultag. Bevor die anderen Kollegen kurz vor Unterrichtsbeginn eintrudeln, will er einige Kopien machen, seine dienstlichen E-Mails abrufen und den Großraum belegen. Den braucht er für ein besonderes Unterrichtsprojekt, das er zusammen mit seinem Physikkollegen ausgearbeitet hat und wozu der normale Unterrichtsraum zu klein wäre.

Er erledigte viel Schularbeit während der Ferientage. Wie üblich. Die Korrekturen der Mathematik-Arbeit seiner achten Klasse, die am letzten Schultag vor den Herbstferien geschrieben wurde, und einer weiteren Klausur seiner zwölften Klasse mussten fertig werden. Dazu die Vorbereitung der Nacharbeit für Jan und die detaillierte Planung des fächerübergreifenden Projekts. Trotzdem, er gönnte sich auch Freizeit, war fast jeden Tag beim Joggen, obwohl das Wetter in der Ferienwoche eine Kehrtwende machte. Doch von dem miesen Novemberwetter ließ er sich nicht abhalten. Ein völlig *arbeitsfreier* Ferientag war natürlich auch drin. Zusammen mit seiner Freundesclique besuchte er eine Ausstellung in der Staatsgalerie in Stuttgart. Immerhin, er fühlt sich am ersten Schultag heute gut erholt.

Wie an jedem Arbeitsmorgen genießt er die Stimmung des noch unbelebten Schulgebäudes, die langen leeren Gänge, in denen es noch weitgehend ruhig ist und man nur das Klappern der Hausmeisterarbeiten im Kiosk wahrnehmen kann. Er mag auch den Geruch nach Schule, nach Tafelkreide, nach Büchern, nach Putzmittel. Noch mehr liebt er die wuselige Schulatmosphäre, wenn das Gebäude lebt und die jungen Menschen Gänge und Räume bevölkern, Kinder und Jugendliche voller Fröhlichkeit, Neugierde und Leben.

Schon ist es sieben Uhr dreißig. Gut, dass er bereits all seine Vorarbeiten erledigt hat. Kolleginnen und Kollegen strömen jetzt ins Lehrerzimmer. Je nach Stimmungslage ein freundliches oder ein griesgrämiges *Hallo* zur Begrüßung nach der Ferienwoche. Beide Kopiergeräte sind inzwischen belegt, also Wartezeiten von fünf bis zehn Minuten für die erst jetzt Ankommenden. Andreas Mall stellt im Lehrerzimmer eine Kanne Kaffee auf, damit die Kaffeedurstigen kurz vor der ersten Unterrichtsstunde und gleich danach ihren Coffein-Input bekommen können. Die paar Schlucke des warmen Aufputschgetränks in aller Ruhe tun gut, bevor die Hektik des Tages startet.

Wie mit dem Mathe-Mall vereinbart, klopft Jan fünf Minuten vor Beginn der ersten Stunde an die Tür zum Lehrerzimmer.

„Andreas, für dich." Marlies, eine langjährige Kollegin, signalisiert ihm, dass vor der Lehrerzimmertür *Kundschaft* wartet. So benennen sie Schülerinnen und Schüler, die ein besonderes Anliegen haben und damit in den Pausen zum Lehrerzimmer kommen, um auf diese Weise den Lehrer nicht im Klassenzimmer vor oder nach dem Unterricht behelligen zu müssen. Oft auch, damit nicht neugierige Lauscher die teils vertraulichen Gespräche mitbekommen können.

Das ist sicher Jan. Das Gespräch mit Jans Mutter vor den Ferien ließ Andreas für einige Zeit nicht los. Die Situation der Familie beschäftigte ihn. Schon schwierig für die Mutter, in der heutigen Zeit zwei Jungs allein, ohne Unterstützung des Vaters zu erziehen. Obwohl Jan im Unterricht oft provozierte und ihn manchmal fast zur Weißglut brachte, hofft Andreas Mall, dass sich der Junge in der Schule wieder stabilisieren wird. Dass das auch von der heutigen Nachklausur abhängen wird, ist dem Lehrer schon klar. Bei der Erstellung dieser Klassenarbeit, eigens für Jan, bemühte er sich sehr, möglichst objektiv zu sein. Das Anspruchsniveau der Arbeit durfte also nicht zu hoch sein, aber auch nicht niedriger als das der Originalarbeit. Das verlangt die Fairness den anderen in der Klasse gegenüber. Um die Schwierigkeitsstufe dieser Klausur richtig zu treffen, hatte er sich mehrere Stunden lang geradezu verkünstelt.

„Schön, Jan, dass du so pünktlich kommst."

„Guten Morgen, Herr Mall."

„Jan, nimm bitte leere Blätter, dein Geo-Dreieck, deinen Taschenrechner und Schreibzeug aus deinem Rucksack raus. Stell ihn dann hier im Lehrerzimmer ab. Du weißt ja, dass Handys auch nicht erlaubt sind. Wenn du ein Handy in der Jacken- oder Hosentasche hast, schalte es bitte ab und deponiere es im Rucksack. Wir gehen ins Gebäude C, in den Raum *20.*"

Jan kennt diesen Raum im Gebäude C nicht. Er hat fest damit gerechnet, in den offiziellen Nachschreiberaum im Gebäude A gesetzt zu werden. Dort wäre der Lehrer vorne am Pult gesessen. Jan hätte in einer der ersten Reihen und weitgehend ungestört gearbeitet. Hier aber, in diesem schlauchartigen, winzigen Kabuff ist die Situation ganz anders. Der Raum ist so klein, dass nur ein Tisch und zwei Stühle Platz haben. Er muss sich an den Tisch setzen. Herr Mall muss hinter ihm Platz nehmen, hat ihn also ständig im Blick, beziehungsweise, was noch unangenehmer ist, Jan kann überhaupt nicht kontrollieren, ob der Lehrer ihn beobachtet, ob er liest oder irgendetwas anderes macht. Im Stillen hat er gehofft, dass Herr Mall in dieser ersten Stunde am Montag in einer anderen Klasse Unterricht hätte und ihn ganz allein, ohne Aufsicht, im Nachschreiberaum sitzen lassen würde. Aber der Lehrer richtet sich wohl hier ein.

Alles ungünstig. Jan ist verunsichert.

Nur ein kleines Glasfenster in der Decke lässt etwas Tageslicht herein. Draußen ist es noch halb duster. Die Neonlampe leuchtet den Raum in einem kalt-grellen Licht aus. Der Leuchtkörper flackert schwach. Leise Summ-Geräusche. Die Wände sind weiß gekalkt. Ungemütlich hier, schlecht geheizt. Jan fröstelt.

Sein Unbehagen steigt, als er die Aufgaben liest.

Heimlich hat er ja damit gerechnet, dass er die gleichen Fragestellungen bekommen würde wie seine Mitschüler vor den Ferien. Bei seiner Klassen-Freundin Hanna erkundigte er sich noch in der Ferienwoche. Die Arbeit ist wohl allgemein als schwierig empfunden worden. Hanna hat ihm die Aufgaben aus dem Gedächtnis geschildert, denn das Aufgabenblatt mussten alle zusammen mit ihren Lösungsblättern am Ende der Arbeitszeit abgeben. Leider alles umsonst. Er hat hier neue Fragestellungen. Herr Mall hat sich extra wegen ihm Arbeit gemacht. Eigentlich klar, der Mathe-Mall ist nicht faul. Das wissen alle Leute an der Schule.

Diese Aufgaben? Ganz anders. Wie war das gleich? Wie erstellt man aus diesem Text ein lineares Gleichungssystem? Wo sind die Variablen? Hilfe, er muss hier nicht nur eine schon vorgegebene Gleichung nach dem eingeübten Schema auflösen, sondern die Gleichung erst finden. Auch das hat er mit Ben eigentlich geübt. Trotzdem, Jan rotiert leicht. Er braucht sein Merkblatt. Ben hat ihm alles genau aufgeschrieben, jeden einzelnen Gedankenschritt. Warum hat er das bloß nicht auswendig gelernt! Klar, die Merksätze sind winzig geschrieben auf einem Zettel hier in seinem Bleistiftmäppchen. Aber kann er den rausholen? So nah beim Aufpasser? Jan dreht sich um, blickt dem Mall direkt in die Augen, lächelt ihn an, dreht sich wieder zurück. Jetzt nur nicht panisch werden.

Der Junge ist wohl nervös. Verständlich in seiner Situation.

Andreas Mall merkt deutlich, dass der Schüler mit den Aufgaben nicht zurechtkommt. Jan schaut um sich, dreht sogar den Kopf nach hinten, lächelt ihn an. Habe ich die Aufgaben doch zu schwierig gemacht?, überlegt sich der Lehrer im Stillen. Nein das Niveau passt, ist er sich sicher.

Jan taktiert. Er schreibt Formeln und Zahlen aus den Aufgaben auf sein Schmierblatt, wirkt geschäftig. Tut, als würde er überlegen. Er muss eine Gelegenheit abwarten. Wie stellt er es bloß an, dass er zu seinem Mäppchen greifen kann, um den Zettel herauszuholen. Ja, dieser Spicker wird seine Rettung sein. Er muss einen Trick anwenden. Jan überlegt.

Ein Niesanfall von Herrn Mall kommt ihm zu Hilfe. Sicher beäugt der Lehrer ihn nicht, während er schnieft, sondern ist mit sich beschäftigt.

„Gesundheit", Jan dreht sich schnell um, kontrolliert die Lage. Ja, günstig. Blitzschnell greift er in sein Mäppchen, schnappt den winzigen Zettel und hält ihn in der Faust. Sein Herz schlägt bis zum Hals. Dennoch, bis hierher ging alles gut. Nun gilt es, Ruhe zu bewahren, abzuwarten, bis das nächste Niesen kommt.

Andreas Mall überlegt, ob er sich vielleicht beim Joggen doch eine leichte Erkältung geholt hat. Heuschnupfen kann es jetzt im November nicht sein. Oder ist es die staubige Luft hier in dieser engen Bude?

Was nimmt er aus den Augenwinkeln wahr? Hat sich Jan hier verdächtig verhalten? Er ist sich unsicher, nimmt sich aber vor, besser aufzupassen.

Lästig, schon wieder ein Niesanfall.

Hier ist schon die Chance. Jan nimmt den kleinen Papierstreifen, entrollt ihn geschickt, denn als versierter Schüler hat er seinen Spickzettel nicht gefaltet, sondern gerollt. Er legt den winzigen Zettel ausgebreitet in seine Hand und liest, ohne die Kopfhaltung zu verändern die Merksätze von Ben. Ja, damit kann er wirklich was anfangen. Er streicht alle seitherigen Lösungsversuche durch und beginnt die Mathe-Aufgaben von Neuem.

Andreas glaubt seiner Wahrnehmung nicht. Getraut sich Jan doch tatsächlich, wieder zu unerlaubten Hilfsmitteln zu greifen und das in *seiner* Situation? Er hat doch heimlich etwas in seiner Hand ausgebreitet, liest, streicht seine seitherigen Lösungsversuche durch und beginnt wohl jetzt einen neuen Lösungsansatz! Das ist doch kaum zu glauben. Andreas schießt das Blut in den Kopf, seine Schläfen pochen, die Ohren dröhnen. In Sekundenbruchteilen rasen ihm wirre Gedanken durch das Gehirn. Was soll er tun? Der Junge reitet sich doch ins Unglück! Soll er das übersehen? Soll er so tun, als sei alles in Ordnung? Andreas kennt sich selbst nicht mehr. Noch nie hat er sich als Lehrer solche Gedanken gemacht. Das spricht doch vollkommen gegen seine Berufsmoral. Er selbst ist mit anderen, mit Schülerinnen und Schülern, mit Kolleginnen und Kollegen immer streng, beharrt auf der Bedeutung berufsethischen Verhaltens. Ehrlichkeit, Fairness, Gerechtigkeit, Objektivität. Ohne diese Grundsätze geht es nicht in seinem Beruf, funktioniert überhaupt nichts in einer Gesellschaft. Das predigt er immer wieder. Nein, er darf das nicht übersehen. Er muss handeln.

„Jan, zeig mir mal, was du in deiner Hand hast."

Jan schreckt auf, will sich kurz wehren, fällt dann in sich zusammen, breitet seine Hand aus, der Spickzettel liegt offen da.

„Bitte, Herr Mall, bitte. Ich brauch eine gute Note in Mathe, sonst ist doch alles verloren."

Andreas ist erstaunt. So ist ihm noch kein Schüler gekommen. Eine offene Aufforderung zur Bestechlichkeit. Hier muss er klare Kante zeigen.

„Jan, das hab ich überhört. Bitte gib das Blatt ab. Die Arbeit ist für dich damit erledigt. Die Regeln an unserer Schule sind klar. Täuschungsversuche werden mit der Note *Sechs* geahndet. Da kann es kein Pardon geben."

Halfpipe

Montagnachmittag, 9. November

Jan tobt sich aus. Raus aus der Enge, raus aus dem Mief, weg von der Schule. Endlich an der frischen Luft, auf der Halfpipe. Die Bahn hat er für sich, noch keine anderen Skater hier. Liegt wohl am Wetter. Wie schon heute Morgen, alles nebelig, kalt, nass, trübe.

Dieser Frust. Der Spickzettel. Wieder ein *Ungenügend* in Mathe.

Hier auf der Halfpipe kann er den ganzen Ärger raus lassen. Er jagt sein Skateboard von einem Ende der Bahn zur anderen Seite. Viel zu kurz, die Strecke. Er rast, in einem Affentempo. Und wieder zurück. Dann der Anlauf zum Salto, seinem speziellen Sprung, hoch angesetzt. Es klappt. Ein-, zwei-, dreimal hintereinander. Hier auf der Halfpipe gelingt ihm alles.

„Hi Jan. Du bist heut echt wild drauf. Wohl krassen Ärger, was?" Mick, selbst dick und unsportlich, bewundert Jan für dessen Künste. Er kennt seinen Freund. Wenn Jan den Salto so unglaublich hoch und so oft hintereinander springt, geht's ihm nicht gut. Dann muss er Aggressionen loswerden. Meist Schulprobleme. Oft auch Ärger über Frieder, den neuen Freund seiner Mama. Seine Eltern, so meint Jan, sollen sich doch wieder vertragen. Am meisten belastet es ihn aber, wenn seine Mama wieder mal böse auf ihn ist.

„Ja, wieder extrem stressig heute in der Schule. Dieser beknackte Mathe-Mall. Wieder eine *Sechs* in Mathe."

Mick weiß, dass sein Freund mit dem Mathe-Lehrer überhaupt nicht klar kommt. Jan behauptet, *der* sei eiskalt, freue sich heimlich sogar, wenn Schüler in seinem Fach nicht mitkommen. Er betone immer wieder, die Mathematik sei halt kein *Schwamm- und Schwafel-Fach*, wie so viele *Pseudo-Bildungsfächer*, sondern in der Mathematik würde die *Spreu vom Weizen* getrennt. Mick kannte diesen Ausdruck gar nicht, bevor er ihn von Jan gehört hat. Jans Mathe-Lehrer meint, in der Mathematik könne man um die Lösung nicht rum reden, sondern müsse klar Stellung beziehen. Hier würden nur Fakten gelten. Fakten, Fakten, Fakten.

Wenn Jan gut drauf ist, äfft er den Mathe-Mall nach, wie er rumfuchtelt und um sich spuckt, *Fakten, Fakten, Fakten*. Zum Totlachen!

Heute geht's Jan aber nicht so gut. Wieder mal. Traurig. Früher war er besser drauf. Das waren noch schöne Zeiten, schwärmt Mick im Stillen, solange Jan sich auf seinem Board austobt. Damals, als Jan mitten im Schuljahr in seine Grundschulklasse kam, sich auf den freien Platz neben ihn setzte und gleich sein Freund wurde. Inzwischen sind ein paar Jahre vergangen, so überlegt Mick, und sie beide sind immer noch gute Kumpel. Längst geht er in die Realschule, Jan aufs Gymi. Schade, dass sie nicht mehr an der gleichen Schule sind. Aber Jan muss ja unbedingt Abitur machen. Seine Eltern wollen das so.

Er beneidet Jan ein bisschen darum, dass er von zu Hause aus immer unterstützt wird. Jan bekommt sogar Nachhilfe bezahlt, wenn es nötig ist. Seine, Micks Eltern, sind nicht so versessen auf Bildung. Sie gehen nie zu den Elternabenden, denken, es wird schon alles okay sein, solange sich niemand beklagt. Sie erkundigen sich nie nach den Noten oder nach Problemen in der Schule. Mick hätte auch gern mal ein Lob von seinem Vater gehört, vielleicht nach einer guten Arbeit. Trotzdem, er lernt auch ohne diesen Druck seiner Eltern, denn er will es zum Realschulabschluss bringen. Damit er seinen *Traumberuf* erlernen kann. Anders Jan. Wenn Mick und Jan über ihre Zukunft reden, wird klar, dass bei Jan alles viel komplizierter ist: Er soll entweder Ingenieur werden wie sein Papa, oder Medizin studieren wie seine Mama. Jan selbst möchte aber ganz anders tätig sein, eher künstlerisch als Maler oder Bildhauer. Vielleicht auch als Konditor oder als Koch. Oder etwas mit Sport. *Surflehrer,* so schwärmt Jan manchmal. Dann könnte er wieder in Brasilien leben, vielleicht in Santos am Meer und wäre in der Nähe seines Papas.

Jan hat es schon schwer, findet Mick, bekommt von allen Seiten Druck. Und dann hat er noch diesen Überflieger zum Zwillingsbruder. Ben, der sogar im Gymnasium eine Klasse übersprungen hat. Deshalb ist Ben schon in der neunten Klasse und Jan erst in der achten.

„Wieso hast du die Arbeit wieder in den Sand gesetzt?"

„Du weißt doch, dass ich bei der Klassenarbeit vor den Ferien gefehlt habe. Heute in der ersten Stunde habe ich nachgeschrieben."

Mick ist informiert. „Ja, ich weiß, du hast mir doch die WhatsApp geschickt, als du wegen der Schummel-Geschichte Hausarrest bekommen hast. Allein wollte ich dann auf der Halfpipe auch nicht üben. Macht nur Spaß, wenn du dabei bist."

„Echt schwierig, die Mathe-Arbeit. Ziemlich mies."

„Hast du den Stoff nicht gelernt?" Mick weiß, dass Jan seiner Mutter das versprochen hat.

„Doch, ja, Ben hat es mir erklärt. Und ich hab das Ganze echt kapiert. Aber bei der Arbeit war plötzlich alles wieder weg. Ich war total nervös, hab gezittert, gefroren, geschwitzt. Da kannst du nicht logisch denken."

„Übel, Jan."

„Ja, das Blöde war, dass ich dann meinen Spickzettel rausgezogen hab. Das hat er gemerkt. Echter Scheiß. Sag bloß niemand was davon!"

Mick will seinen Freund von den Schulproblemen ablenken, ein angenehmeres Thema anschneiden: „Du Jan, ich hab mich erkundigt. Als Polizist muss man ganz schlank sein. Schon beim Auswahltest darf man höchstens einen BMI von siebenundzwanzig Komma fünf haben. Mein jetziger Wert liegt aber drüber."

Mick spinnt sich wieder mal seine Zukunft zusammen. Er beamt sich mit den beruflichen Träumen in seine Fantasiewelt. Weg aus der Realität. Polizeibeamter, sein Ziel. Einsteigen würde er natürlich als einfacher Verkehrspolizist. Bald wäre er dann Kriminalkommissar. Alle Leute würden ihn bewundern wegen seiner Menschenkenntnis, wegen seines Mitgefühls für andere und wegen seines tollen kriminalistischen Gespürs. Er wäre überall anerkannt und jede Dienststelle würde ihn gern zu sich holen wollen.

Jan kann noch nicht loslassen. Das Schulproblem sitzt zu tief. Er macht eine schnelle Drehung mit seinem Skateboard. „Im Unterricht heute, nach meiner Nacharbeit, hat der Mathe-Mall mal wieder den Boss rausgehängt. Übel. Hat wieder so schnell gelabert, dass sein Mund geschäumt hat." Jan außer Atem weiter: „Du, der ist so pingelig! Hätt er doch einfach weggeschaut bei meinem Spickzettel. Der hat keine Ahnung, will mich bloß in die Pfanne hauen."

Allmählich lässt Jan sein Brett auslaufen. Mick merkt, dass er sich nun abreagiert hat. Jan schaukelt mit dem Board hin und her, lässt den Kopf hängen, dreht ein paar ruhige Pirouetten und kommt zum Stehen.

„Okay Mick, du musst dünner werden. Dann müssen wir halt noch mehr trainieren. Du schaffst die Polizeiprüfung schon. Wir haben ja noch ein bisschen Zeit." Jan steigt von der Bahn, übergibt Mick das Brett. „Heute zeig ich dir, wie du den Aufschwung hinkriegst, damit du da hoch kommst." Jan zeigt auf die ansteigenden Seiten der Strecke. „Wenn du das kannst und bis zum höchsten Punkt kommst, macht's erst richtig Spaß."

„Meinst du, ich schaff das?"

„Ja. Ich helfe dir. Los jetzt."

Mick wuchtet seinen Body auf die Skating-Bahn. Er mag es gern, wenn sich sein Freund um ihn kümmert. Jan hat ihn noch nie ausgelacht, wenn er sich unbeholfen und schwerfällig auf dem Brett dreht. Inzwischen kann sich Mick halbwegs sicher auf dem Skateboard bewegen. Er hat schon gelernt, die Balance zu halten und kleine kontrollierte Schwünge auszuführen.

„Hola! Ho, ho. Was haben wir denn hier für einen dicken *Pfannkuchen*? Ein echter *Puddingdampfer*!"

Mick und Jan fahren hoch, stoppen ihr Skating-Training. Wer stört hier?

Drei Jungen, etwas älter als Jan und Mick, stehen plötzlich, wie aus dem Nichts aufgetaucht, auf dem Trainingsplatz. Einer aus der Gruppe ist groß, kahlrasiert, athletisch. Vermutlich der Leader.

Die beiden anderen Typen sind eher mittelgroß bis klein gewachsen. Alle drei lachen Mick aus, schlendern betont langsam zur Halfpipe.

Provozierend!

Sofort steigt Mick aus der Trainingsbahn. Er lässt sich nicht gern beobachten bei seinen tapsigen sportlichen Versuchen. Wenn er hinter seinem Rücken bespöttelt wird, weil er dick ist und einen watscheligen Gang hat, reagiert er sensibel.

Jetzt wird er sogar laut ausgelacht und dazu noch von Leuten, die er vorher nie gesehen hat! Mick ist vollkommen verunsichert.

„Halt die Klappe." Jan ärgert sich über die Kränkung seines Freundes, nimmt selbst das Brett und zeigt trotzig sein Können. Angeturnt durch das wieder angestiegene Adrenalin ist er in Hochform.

„Na so was. Ein Experte! Beifall!" Demonstrativ klatscht der Muskelprotz. Seine Kumpels auch.

Der Wortführer der Gruppe legt nach: „Und der Künstler gibt sich mit einem fetten *Doppel-Whopper* ab?"

Jan ballt die Fäuste. Er kann kaum an sich halten. Wieso beleidigt dieser Typ seinen Freund?

„Gib endlich Ruhe, Glatzkopf!"

„Oh, da wird jemand vorlaut. Da blökt mich einer an. Hört ihr das? Ja was machen wir denn mit so einem *Asi*? Ich glaube, dem müssen wir zeigen, wie man sich benimmt? Meint ihr nicht auch?" Das Gesicht des Kahlrasierten ist verzerrt. Er lacht laut mit offenem Mund, zeigt seinen abgebrochenen Schneidezahn. Doch Jan und Mick achten nicht darauf. Sie merken, dass die Typen aggressiv werden.

„Packt den Arsch!" Die Begleiter gehorchen aufs Wort. Sie versuchen, Jan von der Halfpipe zu holen. Der Wendigere der beiden greift nach Jan, bekommt sein T-Shirt zu fassen, reißt ihn nach unten. Jan ist flink, entzieht sich mit Schwung dem Griff und rast schon wieder die Bahn entlang.

„Los, packt ihn!" Der Leader feuert an.

Plötzlich Hundegebell. Ein riesiger Kläffer hetzt auf die Streitenden zu, ohne Leine, ohne Maulkorb. Das Tier merkt wohl, dass hier etwas Ungutes im Gang ist, bellt aggressiv auf die Jugendlichen ein.

„Weg hier." Der Anführer gibt das Zeichen zum Rückzug. Die beiden Blässlinge folgen aufs Wort. Der Spuk ist vorbei, ehe der Hundebesitzer seinen Hund zurückpfeifen kann.

Was war das denn?

Jan und Mick bleiben verwirrt zurück.

Jauchzen, Frohlocken

Montagabend, 9. November

„p – t – k – f – s – sch – ks – ks - ks", das Zwerchfell muss hüpfen.

„Strecken – Beugen – Dehnen – Joggen – Atmen – Gähnen", der ganze Körper muss mitsingen.

„Schön, dass ihr da-a-a seid", eingängige Tonfolge, in angenehmer Stimmlage.

Endlich ist sie wieder unter Leuten, nach Tagen der Abgeschiedenheit. Die Bürokontakte fallen jetzt weg, in der Wohnung blieb es während der Ferienwoche ruhig. Vera war ein paar Tage unterwegs, seither sitzt sie an ihrem Schreibtisch. Wegen des schlechten Wetters wollte Johanna nicht raus gehen. Zu kalt und unwirtlich.

Hier im Chor aber trifft sie auf bekannte Gesichter. Begrüßung, Freundlichkeit, Geplauder, Geplapper, Lachen. Sie gehört dazu.

Es gefällt ihr hier, obwohl die räumlichen Gegebenheiten im Gemeindehaus der *Katholischen Kirchengemeinde St. Cyriakus* in Sieglingen nicht eben besonders attraktiv sind. Der Übungssaal ist im inzwischen etwas schmuddeligen Charme der siebziger Jahre eingerichtet, mit entsprechend angejahrten Gardinen, abgetretenem Parkettboden und zwar zweckmäßiger, aber wenig pfiffiger Bestuhlung. Die in blau-grauem Uni gehaltenen Bezüge der Stuhlpolster sind dringend reinigungsbedürftig. Doch die Atmosphäre im Saal ist behaglich, offen, freundlich. Zum Wohlfühlen.

„Hallo Johanna!" Jochen, der nette Tenor, erst seit ein paar Wochen im Chor, kommt strahlend auf sie zu.

„Grüß dich, Jochen. Na, dann schmettern wir mal wieder."

„Ja, ich freu mich auch jedes Mal aufs Singen. Du, Johanna, wir haben doch in der letzten Woche beim *Wecklevespern* über das *Mozart-Requiem* gesprochen." Stimmt, wieder ist Jochen bei der obligatorischen Runde nach der Chorprobe neben ihr gesessen. Gemeinsam schwärmten sie von der tief ergreifenden, fast jenseitigen Musik in Mozarts Requiem.

„Am Sonntag wird das Stück in der Stadtkirche aufgeführt. Hast du Lust mitzugehen? Ich könnte Karten besorgen."

„Am Sonntag?" Johanna ist überrascht. Das kommt aber plötzlich. Mit so was hat sie eigentlich nicht gerechnet. Johanna sucht nach einer Ausrede. Ja, Jochen ist sympathisch, aber mit ihm ausgehen? Sie will lieber Abstand wahren. „Du nein, das geht nicht. Da habe ich schon mit meinen beiden früheren Kolleginnen einen Ausflug geplant." Im Stillen leistet Johanna bei Gitti und Gabi Abbitte. Nun hat sie die beiden als potentielle *Skatschwester* derart abblitzen lassen und jetzt müssen sie ihr noch als Ausrede herhalten.

„Schade, Johanna. Kann man nichts machen. Vielleicht ein andermal."

Nun aber Konzentration. Das Stück erfordert Aufmerksamkeit. Das Weihnachtsoratorium, eine besondere Musik. Sie lässt Vorfreude erahnen, in Erwartung der kommenden Weihnachtszeit. Mit Klängen, die direkt die Seele berühren. Verdrängt, der tiefgreifende Einschnitt in ihrem Leben. Die Orientierungslosigkeit. Musik lenkt ab, Musik beruhigt.

„Geklappt. Jetzt war auch ich mal im richtigen Rhythmus", raunt Johanna ihrer Nachbarsängerin Gisela zu.

„Die Männer haben noch ein bisschen geschleppt", erkennt der Chorleiter mit seinem feinen Gehör.

„Bitte nochmals dieselbe Passage, nur Bass und Tenor." Klare Anweisung von Herrn Ortner. Die Sänger machen sich bereit. Suche nach der richtigen Notenstelle, ein Nicken signalisiert Einsatzbereitschaft, aufmerksame Blicke werden zum Dirigenten geschickt. Rücken strecken sich, die Körper sind angespannt. Konzentration pur.

Vorspiel.

Einsatz.

Münder öffnen sich, Köpfe bewegen sich im Takt, Bäuche vibrieren, Doppelkinne zittern, Augenbrauen ziehen sich zusammen. Töne erklingen, Akkorde erschallen.

„Ja, passt so." Das Lob des Chorleiters tut gut.

Ein Lächeln. Entspannung.

„Jetzt nochmals den ganzen *Chorsatz Nummer eins*, tutti, bitte im Stehen."

Fünfundfünfzig Stühle werden geräuschvoll gerückt, die wenigen jungen Sängerinnen und Sänger federn nach dem langen disziplinierten Sitzen mit Elan auf. Die Älteren erheben sich mehr oder weniger mühevoll. Doch Atmung und Zwerchfellspannung, das wissen alle, können im Stehen kraftvoller eingesetzt werden. Der Chorleiter gibt einen Takt vor. Der Orchestervorspann, vom Klavier übernommen, führt in das Stück ein, im Takt dreiunddreißig beginnt das Tutti. Bass, Tenor, Alt, Sopran, alle Stimmen tönen begeistert: *Jauchzet, frohlocket, auf preiset die Tage, rühmet, was heute der Höchste getan!* Fugische Elemente, versetzte Einsätze, flottes Tempo. Mit Hilfe des Dirigenten gelingt es dem Chor, den Rhythmus zu halten: *Lasset das Zagen, verbannet die Klage, stimmet voll Jauchzen und Fröhlichkeit an!*

Johanna muss sich bei diesem anspruchsvollen Chorstück konzentrieren, alle Gedanken an ihre Umgebung, an das Gestern und Morgen ausblenden. Die schwierige Taktsetzung mit Synkopen, Verschiebungen in der Betonung, dazu Verzögerungen und Beschleunigungen im Rhythmus, erfordern höchste Aufmerksamkeit. Sie lebt in diesem Augenblick ganz und gar mit den Klängen und mit den Worten dieses Stücks. Dass die anderen Sängerinnen und Sänger ähnlich empfinden, kann man aus deren aufmerksamer, leicht entrückter Mimik schließen.

Mit gleichgesinnten Leuten am Gelingen eines Stückes zu arbeiten, macht zufrieden, vermittelt Gemeinschaftsgefühl. Das Empfinden der Zusammengehörigkeit durch dieses einträchtig angeeignete Werk, dies ist der eine Grund für Johannas Chorbegeisterung.

Oft verhilft ihr Musik aber zudem zu einem Gefühl von Glück, das man im gängigen Lebensalltag nur selten erleben kann. Für Johanna ist die Klangwelt eine ihrer Fluchtmöglichkeiten, die sie für sich gefunden hat. Ja, es gelingt ihr, durch Musik von der banalen, manchmal harten und belastenden Realitäts- und Bewusstseinsebene abzurücken und in eine tiefere Stufe der Wahrnehmung zu gelangen.

Wodurch wird diese Erweiterung ihres Empfindens ausgelöst? Sind es einzelne Töne, Klänge, Akkorde, Harmonien? Oder versetzt eher der Takt, das Gleichmaß, der Rhythmus in diese andere Gefühlswelt? Vielleicht auch der Text, eine Botschaft fernab realer Welten, nur gute Worte? Oder macht schlichtweg die Konzentration, das Ausschalten aller ablenkenden Gedanken, die Spannung vor dem ersten Ton, die Stille in den Pausen diese besondere Wirkung von Musik aus?

Wieder zupft das Singen diese Saite in Johannas Innerem an und gibt ihre Schwingungen auf direktem Weg an ihre Wohlfühl-Ebene weiter. Ein warmes, sonniges Gefühl. Diese tiefen Eindrücke hat Johanna aber kaum beim passiven Hören von Klängen und Rhythmen, sei es in einem Konzert, sei es zu Hause beim Radiohören oder beim Abspielen einer CD. Nur das aktive Musikmachen im einträchtigen Kreis mit anderen Leuten kann sie in diese Hochstimmung versetzen. Bestimmte Musikstücke, zum Beispiel das *Halleluja* von Händel, berühren Johanna so intensiv, dass sie gegen Tränen ankämpfen muss. Gottlob geht das den anderen Chormitgliedern nicht auch so. Denn, man stelle sich vor, was sie zusammen für einen traurigen Halleluja-Gesang abliefern würden.

Manchmal rührt Musik aber auch an Bereiche in ihrem Innern, in denen sie die traurigen Dinge ihres Lebens abgespeichert und verschlossen hat. Bestimmte Klänge und Worte eher tragender Musikstücke öffnen Fenster und Türen zu diesen verborgenen schmerzlichen Kammern in ihrer Seele.

Doch bei den Genuss-Harmonien des Weihnachtsoratoriums ist sie mit sich im Reinen, alles Ungute ist hintangestellt. *Lasst uns den Namen des Herrschers verehren*, die letzten Takte des Chorstücks ertönen, der Chorleiter dirigiert ein gefühlvolles Ritardando, der Schlussakkord steht, klingt aus.

„Gut, das war's. Dankeschön. Bis zur nächsten Woche. Nicht vergessen, die Altstimmen schon um halb acht zur Einzelstimmprobe, alle anderen um zwanzig Uhr fünfzehn. Eine gute Woche miteinander!"

Obwohl die Aufführung erst am vierten Advent stattfinden wird, legt der Chorleiter großen Wert auf strukturierte Vorbereitung.

Erfüllt von Melodien radelt Johanna nach Hause. *Jauchzet, frohlocket* hat sie im Kopf. Sie mag es, dass diese Musik nun in ihrem Gedächtnis gespeichert ist und sie in den nächsten Tagen begleiten wird.

Fino

Donnerstag, 12. November, nachmittags

Mick ist wohl völlig durcheinander. Die Sache mit den Rowdys an der Halfpipe hat ihn ziemlich mitgenommen. Schon wieder eine aufgeregte WhatsApp von ihm:

„typen heute schon wieder bei halfpipe –
haben mich nicht gesehen – mick"

Mick lässt sich nicht mehr blicken. Er hat Angst. Jan trainiert seit einigen Tagen allein mit seinem Board.

„Hey Künstler, echt galaktisch. Wie machst du das?" Der kahlrasierte Typ mit dem abgebrochenen Zahn taucht wieder auf. Dieses Mal ohne seine Mitläufer. Ganz allein. Jan will eigentlich nicht auf diesen Kraftmeier hören, der ist nicht sein Fall. Trotzdem tut es ihm gut, bewundert zu werden. Passiert ja sonst nie. In der Schule schon gar nicht. Zu Hause gibt's am ehesten Lob, wenn er was Schönes kocht. Aber dazu hat er momentan keine Lust mehr.

„Du, wenn man die Schwünge mal drauf hat, ist's einfach." Jan zeigt stolz seinen Salto.

Fino merkt, dass er auch diesen Kerl mit Lob packen kann. ‚Da geht noch was', denkt er für sich.

„Wir kennen uns noch nicht. Ich bin Fino. Fino, wie *die finale Nummer*. An mir kommt keiner vorbei", stellt er sich vor. Fino erzählt keinem, dass er auf die Namen *Friedrich Norbert* getauft ist und die Abkürzung seiner beiden Taufnamen etwas zurecht gebogen hat. Die Gedankenverknüpfung mit der *finalen Nummer* gefällt ihm viel besser. Er kann so gleich die Machtverhältnisse klären. Kann klarlegen, wer das Sagen hat, wer der Chef ist. Ja, er will Boss sein, will bestimmen, nicht bestimmt werden. Über ihn und über ihn hinweg wurde schon zu viel bestimmt und entschieden. Schon zu oft hat er die *Arschkarte* gezogen. Seit er den Durchblick hat, will er sich das nicht mehr bieten lassen. Nein, er will die finale Nummer, die letzte Stelle sein, die zu bestimmen hat. Keiner kann ihm was erzählen. Auch nicht diese beknackten Betreuertypen in seiner

Sieglinger Wohngemeinschaft. Wie die sich ständig aufspielen und Stress machen.

„War wohl neulich nicht so gut, unser Auftritt“, entschuldigt sich Fino bei Jan. „Der Fettkloß hat mich halt gereizt.“

“*Der Fettkloß* ist mein bester Freund. Lass ihn bloß in Ruhe.“

„Okay, okay, jeder darf seine Freunde selbst aussuchen. Soll nicht wieder vorkommen.“

Hilferuf

Donnerstag, 12. November, abends

Wo ist bloß die andere Socke? Eine seiner Lieblings-Sportsocken fehlt. Die andere lag unter dem Bett. Jan war echt schockiert, als er gesehen hat, wie staubig es unter seiner Liege aussieht. Aber die Putzaktion, längst fällig und immer wieder verschoben, von Mama im Guten und im Bösen angemahnt, kann auch heute nochmals warten. Wichtig ist, dass das Zimmer zumindest oberflächlich ordentlich aussieht. Mama hat schon recht, alles etwas chaotisch bei ihm.

Ben ist da schon ordentlicher, er stapelt alle seine Socken und seine Unterwäsche sauber sortiert in seinem Schrankfach. Vorbildlich, wie immer. Anders bei Jan. Da liegt alles kreuz und quer in einer Schublade. Die *chaotische Lagerhaltung,* wie er seine Ordnung nennt, nach einem Fachbegriff aus der Betriebswirtschaftslehre, den er mal gehört hat und so spannend fand, dass er ihn speichern musste. Er sucht halt immer in leichter Hektik nach seinen Klamotten, meist morgens, wenn er es eilig hat. Da kommt alles gleich wieder durcheinander. Das passiert seinem Bruder nicht. Ben legt sich seine Kleidung für den nächsten Tag schon am Abend vorher zurecht. Alles säuberlich.

Jetzt muss Jan sich aber beeilen. Benutzte Tassen und Gläser in die Küche, die Schulsachen ordentlich gestapelt auf dem Schreibtisch, die Jeans in den Schrank gepfeffert, den Schrank ordentlich abgeschlossen. Ach, hier die Socke auf dem Nachttisch. Wie kommt die dahin? Egal. Schnell noch in die Schublade geworfen.

Jan geht in Richtung Laptop, testet den Kamerablick. Alles sieht jetzt ganz gut aus, findet er. Papa kann beim Skypen gleich sein Zimmer sehen. Er will sich noch ein bisschen zurecht machen. Etwas Gel auf die Haare, nicht alle Fransen so gammelig herumhängen lassen. Jan weiß, dass Papa Wert auf Äußeres legt, bei Menschen und bei Sachen. Mehr als das Mama tut. Warum eigentlich? Liegt das an der unterschiedlichen Umgebung hier in Deutschland und in Brasilien? Vielleicht will man sich in Sao Paulo von den armen und oft heruntergekommenen Leuten aus den *Favelas* abgrenzen? Jan weiß es nicht, er vermutet es nur. Jedenfalls passt jetzt alles. Das Zimmer und sein eigenes Styling.

Schon den ganzen Tag über wartet Jan auf die Verbindung mit Sao Paulo. Sein Papa ist tagsüber in der Firma. Meist in den Produktionshallen unterwegs, selten im Büro. Jetzt hat er Feierabend, wegen der Zeitverschiebung in Deutschland erst um einundzwanzig Uhr, und sie können in Ruhe reden.

„Hallo Papa – endlich."

„Hi mein Junge. Du willst mich dringend sprechen? Ich hatte heute absolut keine Zeit, mich früher zu melden. Sorry, Jan."

Sein Papa sieht gestresst aus, findet Jan. Blass, Augenringe, die Furche zwischen den beiden Augenbrauen ist tiefer als sonst, eine Falte neben dem Mund ist ihm seither nicht aufgefallen, wohl neu. Vielleicht ist es auch die Farbeinstellung am Bildschirm?

„Gut, dass es mit der Verbindung gleich klappt. Wie geht's euch beiden? Und wie geht's deiner Mama?"

„Och, bei Ben ist alles okay und bei Mama auch. Aber Papa …", Jan will die Tränen zurückhalten. Es gelingt ihm nicht. Die Freude, seinen Vater auf dem Monitor zu sehen, dazu die Sorgen, die ihn drücken. Er weint.

„Hey Jan, was ist mit dir? Warum bist du so traurig? Ich bin doch jetzt da."

„Ach Papa, wenn du wirklich hier wärst, würde es mir bestimmt besser gehen. Alle hier sind gegen mich."

Uwe ist überrascht und besorgt. Er war der festen Meinung, dass sich die Situation nach dem letzten Problemfall, der Beteiligung an diesem Klassenarbeitsbetrug, beruhigt hätte. Denn Karen und er haben Jan intensiv ins Gewissen geredet und Jan hat ganz fest versprochen, neu zu beginnen und künftig alles besser zu machen. Und nun dieser verzweifelte Anruf.

„Papa, ich kann hier nicht bleiben. Kann ich nicht bei dir in Sao Paulo wohnen?"

„Nun mal langsam. Was ist denn Jan? Erzähl' schon!"

„Papa, ich komm mit meinem Klassenlehrer einfach nicht klar. Er hilft mir nicht, er haut mich nur in der Pfanne. Keine Chance lässt er aus, um mich nieder zu machen. Seit der Klassenarbeitsgeschichte hat er mich noch mehr auf dem Kieker. Ich kann das nicht mehr aushalten."

Jan kennt die angesagte Gesprächstaktik, seit er mit seinem Vater auf so weite Entfernung sprechen muss. Beim Telefonieren oder beim Skypen muss man gleich zum Punkt kommen. Anders als in einem normalen Gespräch, bei dem man sich gegenüber sitzt. Wie schön wäre es doch, wenn er seinen Papa während des Gesprächs berühren könnte, wenn Papa ihn trösten könnte. Nein, Papa ist in Südamerika und er kann nur über viele tausend Kilometer mit ihm reden. Nur Worte und die Gesichtsmimik müssen reichen, um dem Vater seinen ganzen Kummer deutlich zu machen. Alles was ihn bedrückt, kann er sowieso auf die Ferne nicht besprechen. Deshalb will er mit Papa nur über die Schwierigkeiten mit dem Lehrer und über die Notenprobleme reden. Dass er mit der Spickzettelgeschichte nochmals eine Betrügerei gemacht hat, will er Papa nicht groß erzählen. Mama und Ben wissen das auch nicht.

Die Sache mit Fino, die Streitigkeiten mit seinen Mitschülern, die Gemeinheiten seines früheren Freundes Ernesto, der Spott der vielen Strebertypen in seiner Klasse, das alles will er Papa gegenüber nicht erwähnen. Da Papa die Kumpels, seine Freunde und Feinde und das ganze Leben der Jugendlichen hier in Deutschland und speziell in Sieglingen nicht kennt, würde er im fernen Brasilien sowieso nicht verstehen, welche Sorgen man als Junge hier haben kann.

„Wieso, erzähl mir, was passiert ist." Uwe Berger kennt seinen Sohn Jan. Er weiß, wie sensibel er ist. Trotzdem weint Jan selten beim Skypen mit ihm. Es muss einen aktuellen Anlass geben, der den Jungen so aufwühlt.

„Papa, das Halbjahreszeugnis im Februar wird bestimmt ganz schlecht ausfallen. Vielleicht muss ich sogar das achte Schuljahr wiederholen." Jan redet sich in einem Wortschwall seine Sorgen von der Seele. Dass das Sitzenbleiben ein weiteres Versagen wäre und er gegenüber seinem Zwillingsbruder Ben noch weiter in Rückstand kommen würde. Denn Ben, der ja eine Klasse übersprungen hat, ist jetzt schon in der Neunten. Wenn er, Jan, tatsächlich nicht versetzt werden würde, wäre Ben im kommenden Schuljahr in der Zehnten und er, der Zwillingsbruder, erst in der Achten. Ein weiterer Grund für das Hohngelächter seiner Mitschüler und, vor allem, ein weiterer Grund für Mama, sich zu sorgen. Jan erzählt auch, dass Frieder jetzt öfters in der Wohnung übernachtet.

„Papa, könnt ihr euch denn nicht wieder vertragen? Dann wär alles wieder so schön wie früher."

„Jan, bitte, sei realistisch."

„Ist Ben zu Hause? Ich würde ihn auch noch gern sprechen."

„Nein, Papa, Ben ist ab heute und übers ganze Wochenende zusammen mit seinem Orchester auf einem Probenwochenende in der Musikakademie in Ochsenhausen. Sie sind schon heute Nachmittag nach der Schule gefahren und üben für ihr Winterkonzert."

„Großartig, dass Ben so viel Freude mit seinem Geigenspiel hat. Versteht er sich gut mit seinen Orchesterleuten?"

„Ja, Papa. Ben geht immer gern hin. Er rückt im Orchester auch dauernd auf. Irgendwann schafft er es zur *Ersten Geige*. Ihm gelingt alles."

„Jan, bitte, verzweifle nicht. Du bist halt ein Mensch, bei dem manches länger dauert, der auch mal Umwege braucht. Genau so war's bei mir auch, als ich jung war. Und schau, aus mir ist doch auch was geworden."

Das alles tröstet Jan. Papa findet halt immer die richtigen Worte.

„Jan, jetzt muss ich dir noch was erzählen: In der letzten Woche habe ich mit Geschäftsfreunden in einem italienischen Restaurant gegessen. Du, das Dessert – ein Gedicht! *Zabaglione con Café*. Eine tolle lockere Weinschaumcreme mit Kaffeegeschmack, auf Vanilleeis serviert. Willst du das mal testen? Dir traue ich zu, dass du so was hinbekommst."

„Klingt nicht schlecht, Papa. Ich schau gleich bei Chefkoch.de nach, ob ich ein Rezept finde."

„Wenn wir uns das nächste Mal sehen, hätte ich gern diese Nachspeise von dir."

Papa hat ihn wieder aufgeheitert. Dieses Rezept interessiert ihn, obwohl es sonst ja andere Probleme gibt.

„Jan, ich möchte noch mit deiner Mutter sprechen. Ist sie zu Hause?“

„Nein, Papa, sie hat heute nochmals Nachtdienst. Sie ist in der Klinik.“

„Okay, richte ihr bitte aus, dass ich morgen Nachmittag, also bei euch am Abend, anrufe. Da wird sie sicher ausgeschlafen haben nach ihrer Nachtarbeit.“

„Ja Papa, danke. Du bist der liebste Mensch. Warum kann ich nicht bei dir sein?“

„Jan, bitte, diese Diskussion lassen wir heute Abend. Schlaf gut, mein Junge!“

Ausgebuchte Leere

Mitte November

Die Ausläufer des Sturmtiefs haben sich festgesetzt. Inzwischen bleiben die Ausflügler in ihrer warmen Stube. Sie waren Ende Oktober nochmals in die verfärbten Wälder gezogen, um den sonnigen, blätterbunten, in diesem Jahr besonders früchtereichen Altweibersommer in vollen Zügen zu genießen. Nach dem Wetterumschwung zeigt sich der November nun, wie man es von diesem Monat erwartet: windig, nass, kalt, nebelig.

Die späten Früchte hängen pflückbereit an den Hecken. Die Fruchtschalen der Hagebutten geben inzwischen unter Fingerdruck ein wenig nach. Nun ist der beste Zeitpunkt für die Ernte gekommen. Nachdem heute Nacht der erste Frost über die Landschaft der Alb gezogen ist, können auch die Schlehen gepflückt werden. Die Früchte brauchen die Frosteinwirkung, um die enthaltene Gerbsäure abzubauen, im Gegenzug dafür entwickeln sie Süße. Ein Wunder der Natur, das Johanna erst im fortgeschrittenen Alter als solches begreift.

Johanna will Hagebuttenmark-Marmelade und Schlehensaft nach dem Rezept ihrer Großmutter zubereiten. Spezialitäten mit wilden Früchten aus der Heimatregion eignen sich gut als kleine Weihnachtsgeschenke. Sie muss jetzt ihre langen Tage füllen. Ja, hat auch was Gutes, Zeit zu haben für Dinge, die während der Berufstätigkeit nicht möglich waren.

Sie lässt die Frische des Morgens auf sich wirken, geht durch die Nebenschwaden, lauscht in die Stille der noch schlafenden Natur, riecht die kältestarren Wiesen, bestaunt die kleinen Kunstwerke, die gefrorener Tau auf Äste und Zweige von Bäumen und Hecken zaubert. Die Stimmung des dämmernden Tags.

Die Vorteile ihres Lebens ohne Berufspflichten nutzt Johanna inzwischen. Sie nimmt sich Zeit für ihren Sport. Und zwar täglich. Nicht nur, wie früher, an den Wochenenden. Welch ein Luxus. Sie walkt frühmorgens noch vor dem Duschen etwa eine Stunde lang. Mit ihren Stöcken geht sie an den inzwischen abgeernteten und winterfest gemachten Feldern und Wiesen entlang, horcht auf das Gurgeln und Schmatzen des Sieglinger Flüsschens Flis, das bei ihrem Heimatstädtchen Weisenthal, zwanzig Kilometer talauswärts, entspringt.

Zu Hause folgt ausgiebiges Studium der Tageszeitung. Dazu ein schöner Milchkaffee und frisch gebackene Brezeln vom *Bäcker Fischer,* der an ihrer Walking-Runde liegt. Schon zehn Uhr. Zeit, um mit dem Backen zu beginnen. Rhabarberkuchen mit dickem Baiser nach dem Rezept ihrer Mutter. Aus der letzten Saison hat sie noch Rhabarber im Gefrierschrank. Der wird jetzt im November besonders gut ankommen. Heute Nachmittag will sie ins Heimatdorf ihrer verstorbenen Mutter fahren. Tante Maria besuchen.

Eine Reise in die Kindheit, nach *Albheim.*

✧

„Mama, fahren wir am Sonntag wieder zu Oma?" Wie freute sie sich auf Albheim, auf die Verwandten, auf das vertraute Dorf.

Die Fahrzeit betrug fast eine ganze Stunde, oder kürzer? Jedenfalls kam Johanna die Strecke lang vor. Ausgehend vom Flusstal der Flis, in dem Weisenthal liegt, musste man zuerst den Albaufstieg überwinden: Haarnadelkurven, der erste Ranken und der zweite Ranken, wie diese engen Windungen genannt wurden, dann weiter bergan. Ab Schwesterheim, schon auf der Albhöhe, ging es auf buckligen kurvigen Straßen weiter in Richtung Albheim. Obwohl die neue *Isetta* eigentlich ein komfortables Reisen ermöglichte und Papa die Kurven magenschonend anfuhr, kam bei Johanna regelmäßig Übelkeit hoch. Das Lavendelkissen, das ihr von Mama auf die Nase gedrückt wurde, verbesserte das Schwindelgefühl absolut nicht. Nein, der eklige Lavendelgeruch an sich verursachte bei ihr schon Brechreiz. Aber Mama wollte das nicht einsehen. Meist musste Papa unterwegs anhalten, Johanna übergab sich und man konnte weiterfahren. Papa griff nun zur ultimativen Medizin: „Johanna ist's schlecht – wir singen jetzt!" Dann ging's los: *Druntan im Unterland, do ischt's halt fei ...* Da nur die erste Strophe parat war, kam gleich das nächste Lied: *Bunt sind schon die Wälder, gelb die Stoppelfelder* ... Johannas helle Stimme hörte sich ganz gut an, begleitet von Papas brummelndem Bass. Wenn aber Mama einstimmte, wurde es heftig. Sie konnte nie die Töne halten. Es klang immer schief. Kaum zum Aushalten war es, wenn Johannas Unwohlsein schon auf der Weisenthaler Steige begann und das Trio sein Liedrepertoire auf der Fahrt total ausreizte. Dann war der Kanon unvermeidlich: *He, ho! Spann den Wagen an. Sieh der Wind treibt Regen übers Land* ... Für musikalische Ohren eine Qual. Trotzdem wirkte Papas Medizin. Singen lenkte ab, Singen machte selbst die schlimmsten Kurven erträglich.

Endlich der Blick auf den fernen Kirchturm von Albheim. Johanna erkannte Onkels Ackerstück wieder, auf dem sie mit ihrer Cousine Anne im letzten Herbst Feldmäuse gejagt hatte. Nur noch eine Talsenke war zu durchfahren, schon sah man Häuser. Das Herz schlug höher, als sie das Straßenschild am Dorfeingang passierten.

Hier fühlte sie sich heimelig, obwohl vieles so anders war als in ihrem Heimatstädtchen Weisenthal. Schon bei der Ankunft roch man Landluft. Allein dieses besondere Aroma signalisierte Geborgenheit. Heimatgefühl. Papa, Mama und Johanna hielten es kaum aus auf der beige-blau-karierten Sitzbank ihrer himmelblauen Isetta. Endlich konnten sie aussteigen, durch die sich nach oben öffnende Vordertür des Kleinwagens. Sie schnupperten, atmeten tief durch. Hier duftete es nach Gras, Heu, Stroh, Dung, Tieren. Die Dunglege neben dem Haus gab ihre eigene Würze dazu. Der Mist-Gestank zusammen mit diesen anderen vielfältigen Gerüchen machte die vertraut riechende Luft in Albheim aus.

Wohlgeruch im herkömmlichen Sinn kam eher vom Garten, umzäunt mit Holzlatten. Oma säte in jedem Jahr Löwenmäulchen und kleine Nelken aus, Luxus im Bauerngarten. Der größte Teil der Fläche wurde für Kräuter und Gemüse genutzt. Duft kam auch von den Rosen, die in einem Bogen die Eingangstür umrankten.

Eine Holzbank neben dem Hauseingang: verwittert, immer wackelig. Manchmal, an Sonntagnachmittagen im Sommer, saßen alle Onkels, Tante Maria, die andern Tanten und die Oma vor dem Haus zusammen.

„Da hat der Adenauer gar nichts machen können", waren sich Papa und Onkel Martin einig. „Der Kennedy hat den Ulbricht die Mauer bauen lassen. Keiner will einen dritten Weltkrieg riskieren. Der Amerikaner nicht und der Russe nicht."

„Glaub ich auch, wir Deutschen hier und die in der Zone sind doch dem Kennedy und dem Chruschtschow ausgeliefert."

Johanna mochte es nicht, wenn die Erwachsenen politisierten. Das machte Angst. Johanna war mit ihrer Cousine Anne lieber irgendwo im Dorf unterwegs. Anders als in Weisenthal hatten die Straßen in Albheim kein Kopfsteinpflaster. Im Bauerndorf war nur die Hauptstraße geteert. Die Nebenstraßen und die Dorfwege hatten lediglich eine Erdbefestigung oder Steinauflage. Wenn im Sommer, nach langer Trockenperiode, Fuhrwerke auf den geschotterten Pfaden rollten, konnte man die Staubwolke schon von Weitem sehen.

Die Bauern spannten meist Pferde vor ihre Karren. So auch Onkel Martin, der den elterlichen Bauernhof übernommen hatte.

Manchmal sah man auch Kuh-Geschirre im Dorf. Kühe gingen träge ihres Weges, schwenkten bei jedem Schritt ihre schweren Körper hin und her, nickten abgestumpft im Takt mit ihren Köpfen, kämpften gleichzeitig gegen die vielen Mücken, von denen sie belästigt wurden.

Eleganter dagegen die Pferde. Würdevoll, in aufrechtem Gang, zogen sie ihren Wagen. Der Bauer auf dem Bock mahnte eher selten mit der Peitsche zur Eile, meist hatte er Geduld, paffte nebenher seine Pfeife, grüßte mit einem „Tag" Vorbeigehende oder am Straßenrand Stehende, während seine Tiere die Lasten vom Feld heimbrachten.

Ganz wenige Landwirte hatten schon einen Traktor. Stolz ratterten diese fortschrittlichen Bauern mit ihren Schleppern der Marken *Fendt* oder *Deutz* die Hauptstraße entlang, eine Wolke stinkender Abgase hinterlassend.

Kinder liebten Pferde- oder Kuh-Gespanne, weil sie große Leiterwagen zogen. Wenn diese Anhänger abgestellt waren, konnte man sie wunderbar zu Schaukeln umfunktionieren. An der Längsseite dieser Karren gab es mittig eine Lücke im Holzgestänge. Onkel brachte an dieser Latten-Aussparung eine dicke Eisenkette an und hängte sie links und rechts ein. Auf diese in Hufeisenform durchhängende Kette legte er ein Brett. Schon war die Kinderschaukel fertig.

Von früher Kindheit an hatte Johanna die Ferien bei ihrer Oma verbracht. Großmutter Schölle lebte im Ausgeding-Haus. Aber Oma half jeden Tag im Bauernhof aus, den Onkel Martin und Tante Brigitta betrieben. Tante Brigitta, genannt Gitta, stammte aus dem Nachbarort. Sie hatte leuchtend rote Haare. Gitta genierte sich wegen dieser Haarfarbe und versteckte ihren wuscheligen, in einem dicken Zopf gebändigten Schopf unter einem farbenfrohen Kopftuch.

Oma hatte ihr graues Haupthaar zu einem Knoten gebunden. Schwarzes Kopftuch. Schon seit vielen Jahren kleidete sie sich in der Witwenfarbe, mit einem langen gefassten Rock, Bluse und Strickjacke und derben ausgetretenen Schuhen. An besonderen Feiertagen trug die Ahne sogar noch Tracht. Oma hatte schon immer ein schlechtes Gehör. Man musste mit ihr ganz laut und deutlich reden, fast schreien. In Albheim waren also die Unterhaltungen stets um einige Lautstärken kräftiger als in Weisenthal.

Johanna freute sich immer darauf, wenn sie in den Schulferien bei Oma übernachten durfte. Zum Frühstück gab es dann ein wohlschmeckendes *Gsälzbrot*: Zwetschgenmarmelade, reichlich aufgetragen, auf einer großen gebutterten Brotschnitte vom kernigen Bauernbrot. Innen weich mit riesigen Löchern, durch die man sogar durchsehen konnte, außen mit dunkler krosser Kruste.

Wie aufgeregt sie war, wenn sie am Backtag mit ins Backhäusle durfte! Schon Tage vorher begannen die Vorbereitungen. Onkel sorgte frühzeitig für ausreichendes Brennmaterial: Reisig, Holzscheite und dickere Äste. Abends mussten die verschiedenen Vorteige *angelassen* werden. Frühmorgens wurde im Innern des Holzbackofens das Holz angezündet und das Feuer über ein paar Stunden sehr heiß gehalten. Das Anbrennen des Feuers war Männerarbeit. Onkel Martin gelang das ganz schnell. Tante Gitta bewachte dann die lodernden und glühenden Holzstücke. Wenn die Schamott-Steine durch die Glut genügend aufgeheizt waren, wurde das Backofen-Innere gereinigt und dann konnte der in Form geknetete und aufgegangene Brotteig *eingeschossen* werden. Bald strömte Duft nach frischem Brot ums Backhäusle. Nach dem Brot durften bei geringerer Ofen-Temperatur Hefegebäck und Kuchen gebacken werden. Der große Hefezopf nach Omas Rezept kam zuerst. Das kunstvolle Flechten mit vier Strängen beherrschte nur die Großmutter selbst. Nach dem stattlichen Hefezopf wurde der für Albheim typische *Scherr-Kuchen* in den Ofen geschoben, eine Art Fladenbrot aus salzigem Hefeteig, mit Kümmel und Salz bestreut. Für den Sonntag backte man dann noch Apfel-, Zwetschgen- oder Quarkkuchen, alles mit eigenen Zutaten.

Oma war gläubig. In Omas Stube lag immer die aufgeschlagene Bibel auf dem Tisch und für alle möglichen Lebensereignisse hatte die Großmutter ein passendes Wort parat. Als der alte Nachbar Schulzenbauer unerwartet bei schönstem Erntewetter verstorben war: „Er hat einen schönen Wandertag."

Jedes Mal gab Oma ihrem Enkelkind beim Abschied ein gütiges Bibelwort mit auf den Weg: „Was du dir vornimmst, lässt er dir gelingen, und das Licht wird auf deinen Wegen scheinen." Oder auch schlicht: „Der Herr begleite dich auf all deinen Wegen."

✧

Ihr alljährlicher Besuch bei der alten Tante ist inzwischen Tradition. Gemeinsam werden sie auch in diesem Jahr wieder zum Friedhof gehen. Viele der Lieben aus Johannas Ferienzeiten in Kinderjahren liegen nun dort. Wie immer will sie für den Kaffee nach dem Besuch an den Gräbern Kuchen mitbringen. Manchmal kann sich Cousine Anne von Mann und Enkelkindern frei machen und zur Kaffeestunde kommen. Dann wird's gemütlich.

„Oh, hier duftet es wunderbar." Vera kommt gut gelaunt aus ihrem Arbeitszimmer. Sie hat die nur dreitägige Wandertour während der noch schönen letzten Oktobertage genossen. Seither sitzt sie wieder an ihren diversen Vorbereitungen und an den Korrekturen der ersten Klassenarbeitsrunde dieses Schuljahrs. Seit den Ferien ist sie etwas erholt und verbreitet nicht nur Hektik. Wegen eines Betriebsprojekts ihrer Schüler muss Vera heute erst später zur Schule.

„Lieb von dir, dass du für mich einen extra Mini-Kuchen gebacken hast. Ich freu mich schon auf ein gemütliches Käffchen, wenn ich heute Nachmittag von der Schule komme. Jetzt muss ich mich aber beeilen. Tschüss. Gruß an deine Tante."

Ist das jetzt ihr Lebensinhalt, Besuche machen, Kuchen backen, Kaffeetermine absolvieren, Singen, Shoppen, Walken? Ist sie bald so weit wie Gitti und Gabi? Sich nur dem Zeitvertreib hingeben, nicht wirklich gebraucht werden, nichts Sinnvolles zustande bringen?

Offiziell gesehen hat sie jetzt noch Urlaub. Erst ab ihrem fünfundsechzigsten Geburtstag wird sie tatsächlich pensioniert sein. Doch für ihren Tagesablauf spielt diese Formalität keine Rolle. Die Tage gehen im Nu vorbei, auch ohne Büropflichten.

Aber womit? Sie hat nichts, wofür sie *brennen* kann.

Irrweg

Montag, 16. November

Kaum ist Karen mit Jan im Auto, kann sie sich nicht mehr bremsen.

„Jan, ich glaube es nicht. Da ruft die Schule in der Klinik an, ich soll meinen Sohn bei der Polizei abholen. Zuerst der Schock: Mein Gott, Ben oder dir sei etwas passiert. Dann aber die Erklärung: Mein Sohn hat sich auf dem Schulhof derart geschlägert, dass es Verletzte gab. Das kann doch nicht sein!"

Jan, zerknirscht, sagt kein Wort.

„Dann der Polizist. Wie er mich angeschaut hat: alleinerziehend, natürlich total unfähig. Diese Vorwürfe in seinem Blick. Jan, dass du mir das antust!" Karen lässt Wut ab. Sie hat lauter rote Flecken am Hals. Ihre Haut brennt. Sie redet schnell und laut, gestikuliert übertrieben.

„‚Hier, nehmen Sie Ihren Jungen mit und passen Sie künftig besser auf ihn auf'. So hat der Polizist mich verabschiedet. Wie ist es bloß zu dieser Schlägerei gekommen?"

„Ständig werde ich von den Schaffern aus meiner Klasse *angepisst*." Karen schluckt bei diesem Ausdruck. Jan spricht geknickt weiter. „Ich würde ja bestimmt sitzenbleiben, wäre dann zwei Jahre hinter meinem Zwillingsbruder im Rückstand, ich sei ein *Denkzwerg*, eine totale Niete. So haben sie mich zur Weißglut getrieben. Schon den ganzen Tag."

Die Wut kocht wieder hoch in Jan: „Nach dem Unterricht ging's auf dem Schulhof weiter. Vor allem der doofe Ernesto hat mich in Rage gebracht. Seit der Schummelgeschichte ärgert der mich nur noch. Da habe ich ihm einen Haken in den Bauch verpasst. Der ist gleich umgekippt, hat sich aber schnell wieder aufgerappelt. Dann sind seine Kumpels gekommen. Die sind auf mich losgegangen. Alle haben auf mich eingeschlagen. Hundert Leute, nur auf mich!" Jan hält nur kurz inne. „Ich lag am Boden. Hilflos. Plötzlich war Fino mit seiner Truppe da. Fino hat mich rausgehauen. Er hat mich vor diesen Strebertypen gerettet."

„Wer ist denn um alles in der Welt dieser Fino? Ich habe ihn kurz bei der Polizei gesehen, der Polizist hat mich informiert. Ein kahlrasierter Muskelprotz. Und", Karen fragt aufgewühlt weiter, „was ist das für eine *Truppe*, die auf einen Schulhof kommt, ein Gerangel sieht, sich einmischt und gleich draufhaut. Warum *retten* diese Kerle dich? Warum haben die sich für dich geschlägert?"

„Fino kenne ich halt so."

Karen fassungslos: „Mein Sohn kennt einen Radaubruder, der einen Schlägertrupp hat, der auf einem fremden Schulhof auf Schüler einhaut und Unbekannte dabei verletzt?"

„Die haben halt ein bisschen zu stark zugehauen. Dass Ernesto dabei so schnell einen Kieferbruch bekommt, war Pech. Die Lehrer haben auch gleich durchgedreht und die Polizei gerufen. Dabei wär's gar nicht nötig gewesen, denn da war alles schon vorbei."

„Jetzt sind wohl noch die Lehrer schuld! Klar müssen sie die Polizei rufen, wenn auf dem Schulhof eine Schlägerei derart ausufert."

Zu Hause versorgt Karen Jans Verletzungen: ein blaues Auge, Schürfwunden im Gesicht und an den Armen. Sie wollte ihn nicht mit in die Klinik nehmen. Da einige Pfleger, Schwestern, Kolleginnen und Kollegen die Aufregung nach dem Telefonat heute mitbekommen haben, wäre es ihr peinlich gewesen, ihren prügelnden Sohn in der Klinik auch noch zur Behandlung zu geben.

„Für dich gilt in dieser Woche Hausarrest. Und zwar ohne jegliche Kompromisse. Ich bringe dich selbst in die Schule und nach dem Unterricht bleibst du im Aufenthaltsraum, bis ich dich wieder abhole. Du nimmst absolut keinen Kontakt mehr zu diesen Rowdys auf. Das sage ich dir mit Nachdruck! Mein Sohn kann doch wohl nicht zur Schlägerszene von Sieglingen gehören."

✧

„Dass der Chef so schnell alle Schulgremien zusammenrufen konnte, war meines Wissens noch nie da." Andreas Mall unterhält sich mit seiner Kollegin Marlies im Lehrerzimmer über die Schlägergeschichte auf dem Schulhof.

„Ja, die Reaktion muss prompt folgen. Ganz wichtig."

„Hoffentlich haben wir auch das Richtige entschieden. Dass alle, mit Ausnahme von zwei Enthaltungen, für den Schulausschluss von Jan stimmten, war schon beachtlich." Jans Klassenlehrer reflektiert nach dem Ende der letzten Konferenz über die Beschlüsse.

„Du brauchst überhaupt nicht zu zweifeln, Andreas. Das war die einzig passende Verhaltensweise der Schule. Diese stadtbekannte Schläger-Gang darf keinerlei Bodengewinn machen. Da mussten wir klare Kante zeigen."

„Ja, schon. Aber Jan ist doch irgendwie auch Opfer. Natürlich auch Täter. Er büßt jetzt hart. Hoffentlich verkraftet er diesen Bruch. Er muss ja nun an einer fremden Schule ganz neu anfangen, ungewohntes Umfeld, neue Mitschüler, andere Lehrer. Zudem wird er um eine Bildungsstufe zurückversetzt, vom Gymi in die Realschule. Das allein ist hart. Ein Junge wie er hat daran zu beißen. Ja sicher, Realschule ist nicht schlecht für ihn. Irgendwie war er auf dem Gymnasium überfordert", überdenkt der Lehrer die Zeit mit seinem Schüler Jan, „nicht etwa wegen fehlender Intelligenz, vielmehr hat es bei ihm immer an der nötigen Arbeitsdisziplin gefehlt. Da bleibt der Lernerfolg halt aus. Hoffentlich kommt Jan nach diesem Bruch wieder in die richtige Spur."

Im Geheimen ist sich Andreas manchmal unsicher, ob er bei der Spickzettelgeschichte richtig reagiert hat. Hätte er die Täuschung übersehen, wäre Jan vielleicht nicht in dieses schwierige Fahrwasser geraten. Der Junge hätte sich in seiner Mathe-Durchschnittsnote verbessern können, wäre nicht so akut versetzungsgefährdet gewesen, wäre vielleicht von seinen Mitschülerinnen und Mitschülern nicht verhöhnt worden, wäre im Schulhof vielleicht nicht so aggressiv gewesen ...

Hätte, wäre. Vorbei, so ist es nun gelaufen. Und, ja, es war auch richtig. Er kann doch als Vertreter einer hoheitlichen Institution bei einem Rechtsbruch nicht wegschauen, wo käme man denn in einem Staat hin, wenn das öfters so geschehen würde. Korruption überall!

Eine Bananenrepublik! Wie würde er seinen Schülern künftig gegenüberstehen, sie weiter zur Wahrhaftigkeit erziehen können, wenn er sich selbst eine derartige Sache vorwerfen müsste? Andererseits, sture Gesetzes- und Regeltreue ohne menschliches Mitgefühl, auch das kann verwerflich sein. Andreas denkt dabei an diktatorische Staaten. Was wird aus einer Gesellschaft und aus einzelnen Menschen, wenn man, ohne nach der Menschlichkeit zu fragen, stur alle Gesetze anwendet? Wenn der einzelne seine persönliche moralische Verantwortung an *das Recht* abgibt?

Klar, der Vergleich ist untauglich. Das weiß Andreas auch.

✧

Jan besucht Ernesto im Krankenhaus. Ernesto sitzt erbarmungswürdig im Bett, nach der Kiefer-Operation genagelt, verdrahtet und geschient. Unfähig zu sprechen. Jan erschrickt, als er seinen früheren Freund sieht.

„Das tut mir so leid, Ernesto. Das hat keiner gewollt."

Ernesto nickt. Beide haben feuchte Augen.

Jan entschuldigt sich in aller Form bei seinem früheren Freund. So hat es ihm der Rechtsanwalt empfohlen, den seine Mutter befragte. Der Jurist konnte Karen bezüglich der juristischen Folgen beruhigen. Keiner der Beteiligten wollte einen Strafantrag gegen Jan stellen, dessen Schlag bei Ernesto keinerlei Verletzungen verursacht hat.

Ernestos Kieferbruch wurde durch die Fino-Truppe verursacht. Trotzdem wird auch die Fino-Truppe glimpflich davonkommen. Die Polizei schaltete zwar den Jugendstaatsanwalt ein. Doch vermutlich wird der Jugendrichter Fino ins Gewissen reden und ihm eine *Erziehungsmaßnahme* nach Jugendstrafrecht verpassen. Wie schon bei früheren Vorfällen.

✧

Wieder wurde Karen zu einem Elterngespräch in die Schule geladen. Dieses Mal wird die Besprechung mit dem Schulleiter und mit dem Klassenlehrer noch gewichtiger werden. Das ist ihr schon klar. Mit einiger Beklemmung geht sie durch das hohe Eingangsportal des historischen Schulgebäudes.

„Wir haben es uns nicht leicht gemacht, Frau Berger." Der Schulleiter des Gymnasiums begründet gegenüber Karen die Entscheidung seiner Schule. „In langen Konferenzstunden haben wir alle denkbaren pädagogischen und schulordnungsrechtlichen Möglichkeiten diskutiert, ein lediglich zeitweiliger Schulausschluss von Jan, die Versetzung in eine andere Klasse und ähnliches. Aber alle diese Maßnahmen erschienen uns ob der Brisanz des Vorfalls zu schwach." Der Schulleiter argumentiert weiter: „Es darf nicht geschehen, dass sich die schulfremden Schläger ins Fäustchen lachen und einen *Punktsieg* verzeichnen können. Hoffentlich verstehen Sie das, Frau Berger, so hart unsere Entscheidung für Ihren Sohn ist, wir müssen unsere anderen Schülerinnen und Schüler schützen. Es darf künftig Ähnliches auf unserem Schulgelände nicht nochmals geschehen. Deshalb waren sich alle Verantwortungsträger darüber einig, dass nur der konsequente dauerhafte Schulausschluss von Jan das probate Mittel in diesem Fall ist."

Der Oberstudiendirektor lehnt sich zurück, ist froh, seinem Gegenüber die Entscheidung beigebracht zu haben, betont nochmals: „Jan muss also unsere Schule verlassen."

Karen hat sich auf diese harte Maßnahme innerlich vorbereitet, sich selbst gewappnet. Jetzt aber, als die Entscheidung unmissverständlich fest steht, trifft es sie doch sehr. Wie soll das mit Jan bloß weitergehen?

„Frau Berger", bietet der Schulleiter seine Hilfe an, „ich habe für Jan gleich einen Schulplatz in der *Theodor-Heuss-Realschule* besorgt. Ich hoffe, das ist in Ihrem Sinn. Der dortige Direktor, den ich gut kenne, erwartet Ihren baldigen Anruf. Jan kann gleich am kommenden Montag an der neuen Schule starten. "

Fünfundsechzig

Montag, 23. November

Draußen ist es noch stockdunkel, nur die Straßenlaterne schickt ihren warm-gelben Schein ins Schlafzimmer, verklärt den kalten Novembermorgen, umhüllt ihn versöhnlich für die Frühaufsteher. Schon wieder ist Johanna so bald aufgewacht. Ohne Wecker. Sie ärgert sich. Jetzt könnte sie doch ausschlafen, muss nicht mehr in aller Herrgottsfrühe aufstehen wie einst zu Berufszeiten. Aber ihr Körper hat sich in den gerade mal drei Wochen seit ihrer Verabschiedung noch nicht an einen neuen Aufwachrhythmus gewöhnen können. Zu kurz, um sich jahrelange, jahrzehntelange Gewohnheiten abzutrainieren und sich auf die neue Lebensweise einzustimmen. Sie will noch nicht aufstehen, dreht sich nochmals um und gönnt sich Bettwärme, lässt sich von ihr einlullen. Vergräbt sich.

Aus der Ferne dringen Autogeräusche in ihr Schlafzimmer. Zeitige Autofahrer. Eine Notfallsirene, Polizei oder Feuerwehr. Notarzt? Menschen in Not? Nicht darüber nachdenken. Muss nicht sein, heute, an diesem Morgen.

Wieder einer dieser bedeutenden Tage, die es bei ihr derzeit, gefühlt, zuhauf in ihrem Leben gibt. Seltsam eigentlich. Früher gab es Tage, Monate, Jahre, die, auch das im Nachhinein *gefühlt,* dahin plätscherten und nicht diese Zäsuren mit sich brachten. Doch nun gehäuft: *Wendetage.*

Auch diesen Tag wird sie überstehen. Ab heute also, ihrem fünfundsechzigsten Geburtstag, ist sie offiziell pensioniert. Formal betrachtet, hatte sie seit ihrer Verabschiedung noch Urlaub abgefeiert. Nun beginnt die rechtmäßige Phase des Ruhestands.

Sie hört ihre Mitbewohnerin schon in der Küche hantieren, gedämpft. Johanna will noch nicht aufstehen, will ihre Ruhe haben. Mit keinem reden, auch nicht mit Vera. Obwohl schon Kaffeeduft durch die Wohnung zieht, lässt sie sich nicht aus ihrem Schlafzimmer locken. Vera wird gleich weggehen, sie will früh in der Schule sein.

Vom Spiegel im Badezimmer wird sie heute fast magisch angezogen. Er verlangt einen besonders kritischen Blick. Wie wird sie sich in den nächsten Jahren verändern? Das Altern geht schleichend vonstatten, nicht in Jahresschritten, gar in Dezennium-Stufen, nein, tagtäglich, stündlich, in minimalen Steps. So unaufhaltsam wie unmerklich.

Das Licht im Badezimmer ist sanft, kann trotzdem die Anzeichen des Alterns nicht weichzeichnen. Unter den Augen tief eingegrabene Halbmonde. Sie betonen die aufgeblähten Wangen. Dicke Wulste über den Augen. Augenlider, als hätte sich nachts eine Schnake darin verbissen. Alles ist aufgequollen, aufgedunsen. Ein Bläh-Tag. Offensichtlich ist der Transport der Unterhautflüssigkeit beim Schlafen wieder mal gestört gewesen. Warum? Ja, gestern Abend hat sie in ihren *Fünfundsechzigsten* rein gefeiert. Vera musste früh schlafen gehen. Johanna war allein, hat nachgedacht. Viel getrunken? Ein Achtel, vielleicht ein Viertel Wein? Eher weniger. Und um Mitternacht ein Glas Sekt. Das war's. Also, warum sieht sie heute so aus?

Eine Antwort darauf gibt es wohl nicht. Das ist mit fünfundsechzig halt so. Mal aufgequollen und konturlos, mal eingefallen und faltig. Auch *Runzel-Tage* gibt es immer mal wieder. An diesen Tagen liegen die Augen tief in ihren Höhlen, bläulich schimmernde Ringe ziehen sich oberhalb der Wangen hin. Unter den Augenbrauen: eingefallene Lider. Alles andeutungsweise fältelig. Dann das fallende Kinn. Die festen runden Pausbacken von früher sind abgerutscht. Der Übergang von Kinn zum Hals wird immer fließender. Dazu die zunehmende Farblosigkeit. Es ist nicht nur die Haarfarbe, die sich verändert. Auch die Farbe von Haut und Lippen. Alles wird schal.

Oft lässt sich Johanna von ihrer Selbstwahrnehmung täuschen. Der überkommene Blick auf ihre Umgebung signalisiert: die andern altern. Sie empfindet sich selbst als weitgehend unverändert. Doch wehe, sie schaut in den Spiegel. Dann wird ihr die eigene Alterung vorgeführt. Sie will den Verfall aber nicht akzeptieren, macht Lichtverhältnisse, ungünstige Farbe der Kleidung, Tagesform verantwortlich. Johanna reflektiert weiter: Altern schafft Diskrepanzen, zwischen dem eigenen sich etwas vortäuschenden Empfinden, dem sich

In-die-Tasche-Lügen und der brutalen Realität. Man ist gespalten, das *Gefühls-Ich* hängt dem *Tatsachen-Ich* nach. Irgendwann muss man sich wohl dem *Tatsachen-Ich* stellen. Demut ist angesagt. Das Alter kratzt am Ego.

Warum ist es beim Menschen nicht so eingerichtet wie beim Schmetterling? Der wird im Laufe seiner Metamorphose immer vollkommener: Vom Ei über die Raupe, nach mehrfachem Häuten entwickelt er sich zur Puppe, dann zur bestrickenden Schönheit des Falters. Nach erlangter Vollendung stirbt er.

Dass wir Menschen meist auch nach der Blüte unserer Jahre weiterleben dürfen, bezahlen wir mit dem allmählichen Verfall unseres Körpers und des Geistes. Dem müssen wir mehr oder weniger hilflos zusehen.

Oder wird auch der Mensch vollkommener, ähnlich dem Schmetterling? Nur eben auf einer höheren oder tieferen, auf einer anderen Ebene, die wir nicht wahrnehmen?

Der Mühle des Alterns kann man nicht entgehen. Wäre wohl auch nicht so toll, wenn sich der Mensch in seinen besten Jahren verabschieden müsste und, wie der Schmetterling, nur zum Zwecke der Fortpflanzung leben dürfte. Ja, überlegt Johanna weiter, wir haben eben nicht nur die biologische Aufgabe der Fortpflanzung, sondern auch die gesellschaftliche Aufgabe der Erziehung unserer Nachkömmlinge übertragen bekommen.

Und wenn die Elternrolle durchgestanden ist, die beruflichen Aufgaben vollbracht sind? Was dann? Wie füllt der Mensch dann sein Dasein mit Sinn?

✧

Lieb von Vera. Sie hat ihr doch tatsächlich heute in aller Frühe schon Brezeln besorgt. Wunderbar frisch riechende, dunkel gebackene Brezeln mit krossen Ärmchen, knuspriger Kruste und viel Salz. Heute werden morgendlicher Spaziergang und Gymnastik gecancelt. Frühstück im Bett. Genuss pur. Schwarztee mit Milch, das Laugengebäck, etwas Obst und, vor allem, die Zeitung. Wie immer zuerst der letzte Teil. Die Todesanzeigen. Niemand Bekanntes darunter. Aber gleich drei der unbekannten Verstorbenen sind jünger oder gleich alt wie sie. Ein Fingerzeig? Zufall?

Wie wird es später werden? Wie wird sie sterben? So allmählich wie ihre Freundin Luise? Sie schlich sich aus dem Leben. Kapselte sich wegen ihrer Krebserkrankung von allem und jedem ab. Magerte bis zum Gewicht eines Biafra-Kindes ab und starb dann, hoffentlich ohne Schmerzen, an vollkommener Entkräftung. Lange war es für Johanna unverständlich, dass sich Luise niemandem mitgeteilt hat, selbst ihre Mutter sollte verschont werden. Auch sie durfte von dem erbarmungswürdigen Zustand der Tochter nichts erfahren. Doch die alte Frau ahnte es wohl. Nur eine Ärztin und ein Freund wurden eingeweiht von Luise. Oder wird sie eher so überraschend und schnell sterben wie ihre Freundin Dorit, die viel zu früh von ihren beiden Mädels und ihrem Mann gehen musste. Die letzten Stunden umsorgt im trauten Kreis. Schmerzlich vermisst von ihrer Familie.

Wie diese Freundinnen fehlen. Wegschieben!

Klar, bei allem Optimismus, bei allem Lebensmut, man muss der Realität ins Auge sehen. Mit fünfundsechzig Jahren hat sie einen Großteil ihres Lebens hinter sich gebracht. Von dem, optimistisch gesehen, fünfundachtzig Zentimeter langen Maßband kann man schon mindestens drei Viertel abschneiden. Übrig ist noch, wenn's gut geht, ein Viertel ihrer Lebenszeit, gut zwanzig Zentimeter. Alles andere ist vorbei, abgeschlossen, erledigt, passé.

War es ein gutes Dreiviertel? Ein glückliches Leben? Schon auch schwierige Zeiten. Manches verkraftet, manches vergraben. Nicht anrühren!

Am besten hat sie wohl die erste Krise ihres Lebens überwunden. Der *Praxisschock* zum Beginn ihrer Berufstätigkeit hat ihr nur anfangs heftig zugesetzt.

✧

„Johanna, ich glaub, in dieser Woche bist du dran."

Wieder langer Donnerstag. Unendlich zähe Stunden im Rathaus, von morgens acht bis abends neunzehn Uhr. Noch ewig hin bis zum Feierabend. Trotzdem, irgendwie verging die Zeit dann doch, wenn man ordentlich zu tun hatte und wenn es regen Publikumsverkehr in der *Stadtkasse* gab. Die Besucher brachten Kurzweil in den Büroalltag.

Meist bediente Herr Danner die Bürgerinnen und Bürger. Johannas Fachwissen reichte noch nicht für die oft ausgefuchsten, manchmal sogar hinterhältigen Fragen, mit denen Steuerpflichtige zum Rathaus kamen. Herr Danner klärte das Steuerrechtliche meist in aller Ruhe, mit etwas Witz und machte dann mit fast allen Leuten noch ein kleines Schwätzchen.

Herr Danner, Kassenverwalter und Johannas Mentor, half ihr bei der Eingewöhnung. Er führte sie in die *Kameralistik* ein, das *kommunale Buchhaltungssystem*. Aus der Höheren Handelsschule kannte Johanna die *Doppik*, die Methode der *doppelten Buchführung* wie sie in *kaufmännischen* Betrieben angewandt wurde. Nun war also ein anderes System zu lernen.

Irgendwie merkte Herr Danner wohl, dass sich die Anfängerin im Büro noch nicht heimisch fühlte, deshalb band er sie gezielt auch in die geselligen Aktionen der Rathausbediensteten ein. Johanna wurde als *Stift* also keinesfalls ausgenutzt. Nein, sie wurde als Kollegin willkommen geheißen und machte, wie alle anderen im Wechsel, donnerstags den Brezel-Dienst.

„Wie viel Stück brauchen wir?"

„Am besten kaufst du fünfzehn Brezeln und ein halbes Pfund Butter. Das passt dann."

Alle Rathausleute trafen sich donnerstags um fünfzehn Uhr dreißig zum Brezel-Vesper. Der Chef war natürlich nicht dabei. Er bereitete sich in dieser Zeit meist auf seinen nächsten Termin vor. Ab sechzehn Uhr, wenn der Publikumstrubel begann, waren die Bediensteten dann frisch gestärkt, gut gelaunt und hatten viel Geduld für alle Anliegen der Bürgerinnen und Bürger.

Herr Danner, der große, füllige und doch erstaunlich bewegliche Mann, erzählte gern Storys aus seiner Lebensgeschichte. Als junger Mann wurde er beim Frankreichfeldzug verwundet und war fortan, auch schon vor Kriegsende, in der Gemeindeverwaltung eingesetzt. Insofern hatte er Glück. Ihm wurden die unsäglich schlimmen Zeiten in Russland erspart, die Johannas Vater durchleben musste.

„Den vierten April 1945 werde ich nie vergessen. Am helllichten Tag detonierten Bomben über Weisenthal. Tiefflieger kamen mit einem Höllenlärm ins Tal gedonnert. Sie haben Brandbomben abgeworfen, die Kirche, das Rathaus und andere Gebäude hat's getroffen. Dort drüben am Hang, auf dem Weg zur Kreuzkapelle war's." Er zeigt Richtung Norden, zum Ort des Geschehens. „Die Leute haben sich im Wald versteckt. Da ist eine junge Mutter, Gerlinde Feldle, eine Jahrgängerin von mir, zusammen mit ihren beiden Kindern getroffen worden. Alle drei tot. Dreiundzwanzig Opfer. Die Trauerfeier war arg berührend. So was vergisst man nicht." Herr Danner bekommt feuchte Augen. Jetzt noch, nach über zwanzig Jahren. „Und der Hammer: Knapp drei Wochen später war dann der Krieg auch für Weisenthal aus. Am einundzwanzigsten April sind die Amerikaner mit ihren Panzern durchs Städtle gefahren. Hätten die sich doch ein bisschen beeilt."

Immer wieder kam dieses traumatische Erlebnis bei Herrn Danner hoch. Da musste der Amtsbote, Herr Bäuerle, ihn aufmuntern. Am besten konnte er das mit seinem Lieblingsthema *Fasnet*. Zu jeder Jahreszeit, ob im Hochsommer oder kurz vor Weihnachten, Herr Bäuerle konnte immer von den närrischen Tagen schwärmen.

Im katholischen Weisenthal gab es traditionelle Fastnachtsrituale. Sie wurden in aller Ernsthaftigkeit Jahr für Jahr zelebriert. Johanna und ihre Kolleginnen schmückten das Rathaus für den Rosenmontagsumzug. Sie brachten Fähnchen in den Stadtfarben rot-blau an den Rathausfenstern an, dazu Luftschlangen, Masken und Puppen. Selbstverständlich erschien man am Rosenmontag kostümiert zur Arbeit und hatte nachmittags bürofrei. Wegen des Narrenumzugs.

Herr Bäuerle war auch außerhalb der *fünften Jahreszeit* ein sonderliches Original. Immer hatte er mehr oder weniger flotte Sprüche parat: „Die Touristen sollen es doch komfortabel haben: fließendes Wasser im Zimmer – an allen vier Wänden."

Herr Bäuerle wusste alles! Schon seine berufliche Aufgabe prädestinierte ihn dafür, alles zu wissen, alles zu sehen und mit allen Leuten über vieles im Ort zu reden. Er war also der lebende Speicher für Gerüchte und Informationen. Neuigkeiten wurden dann auf dem Rathaus beim Brezel-Vesper zusammen mit Herrn Danner *verkartet.*

„Habt ihr's schon gehört, was heute Morgen dem Gerichtsvollzieher passiert ist?" Herr Gerichtsvollzieher Grauer kam wohl ziemlich aufgelöst und mit triefend nasser Kleidung nach einem fehlgeschlagenen Pfändungsversuch aufs Rathaus. Der Amtsbote schmückte seinen Bericht aus: „Hat doch tatsächlich die Schulze aus der Bahnhofstraße vom Fenster aus eine Ladung Spülwasser auf ihn geschüttet. Und dabei ist die Schulze seit Jahren eine gute *Bekannte* vom Grauer." Herr Danner erklärte dem brezelvespernden Zuhörerkreis wichtige Details: Diese *Kundin* des Gerichtsvollziehers, immer in Geldnot, magere Rente, trank gern ein Gläschen über den Durst, kam bestimmt in Panik, als die Pfändung drohte. Sie wollte wohl ihren einzigen Schatz, den neu gekauften Fernseher, vor dem Zugriff der staatlichen Obrigkeit und vor ihren Gläubigern bewahren. Diese Story badete der *Büttel* zusammen mit Herrn Danner genüsslich in den Räumen der Stadtkasse aus.

Die Hauptaufgabe des Amtsboten bestand darin, die gesamte laufende Rathauspost zuzustellen: Steuerbescheide, Müllmarken, Renteninformationen, Wahlunterlagen, Rechnungen über Erschließungsbeiträge oder sonstige Gebühren, Briefe an Handwerker und alles, was sonst noch der Bevölkerung zukommen musste.

Doch es gab auch Sonderaufgaben: „Herr Bäuerle, gut, dass ich Sie hier erreiche." Der Bürgermeister fegte aufgeregt ins Zimmer. Er legte die Notsituation klar:

„Wir haben einen Wasserrohrbruch. An einem Hauptzuleitungs-Rohr. Böse Sache. Das Wasser muss abgestellt werden in diesen Straßen hier." Er zeigte auf dem Stadtplan das entsprechende Gebiet.

„Wir können in der Eile keinen Lautsprecherwagen organisieren. Wir haben bloß ein Megaphon. Sie müssen *ausrufen*. Die

Leute sollen sofort eine ausreichende Wassermenge zum Kochen, Spülen und fürs Klo herauslassen. Bis heute Abend haben sie kein Wasser. Hier der Textzettel für ihren Ausruf."

So fungierte der Amtsbote als *Büttel*. Er verschaffte sich mit seiner gewaltigen Glocke zunächst Aufmerksamkeit, die Leute streckten die Köpfe aus den Fenstern und lauschten den wichtigen Nachrichten, die vom Ausrufer verkündet wurden. Der Verkehrslärm war in den betroffenen Straßen nicht ständig präsent, so dass das laute Organ des Verkünders tatsächlich durchdrang und seine Worte verständlich waren.

Doch dieser *mittelalterliche* Weg der Informationsverbreitung wurde nur noch in speziellen Notfällen gewählt. Normalerweise veröffentlichte die Gemeindeverwaltung im *Ortsanzeiger* und durch Aushang am Schwarzen Brett des Rathauses.

Es gab auch Tage auf dem Rathaus, an denen es keinerlei Ruhe für Arbeitspausen gab, echte Stresszeiten. Vor allem dann, wenn die Steuerbescheide zu Grundsteuer, Gewerbesteuer, Feuerwehrabgabe, Hundesteuer, Wasserzins gerade verschickt worden waren. Dann kamen unzählige Anrufe von Bürgerinnen und Bürgern, die nachfragen wollten, Korrekturen anbrachten, sich beschwerten oder auch über diese *ungeheure* Steuerlast schimpften.

Auch die Tage vor und nach Gemeinderatssitzungen waren hektisch. Zur Vorbereitung der Tischvorlagen für das Gremium mussten von allen Abteilungen Daten und Unterlagen geliefert werden. Am Tag nach der Gemeinderatssitzung war der Chef, abhängig davon was in der Sitzung geschehen war, entweder bestens gelaunt oder gedrückt, unwirsch, kritisch. Normalerweise verliefen die Sitzungen jedoch in seinem Sinn, denn mit durchdachten und meist überzeugend vorgetragenen Argumenten, gepaart mit gekonnten Moderationstaktiken, bekam der Bürgermeister fast immer die Mehrheit der Gemeinderäte auf seine Seite.

„Fräulein Bäcker, ich habe heute eine spezielle Aufgabe für Sie." Für eine Rede des Bürgermeisters sollte Johanna die verschiedenen Erklärungsformen zur Namensgebung der Stadt zusammenstellen. Die witzigste, die Johanna in einer alten Schrift im städtischen Archiv entdeckte, gefiel dem Bürgermeister am besten:

„Als der liebe Gott unser Städtle erschuf, hatte er ein bisschen ein schlechtes Gewissen. Das tiefe Tal, in das er die Ansiedlung legte, ermöglichte es den Bewohnern nicht, über den Horizont rauszuschauen. Also waren die Bürger dieses Ortes wohl etwas engstirnig und ein bisschen einfältig. So empfand es jedenfalls der liebe Gott. Zum Ausgleich wollte er ihnen wenigstens einen klugen Namen geben. Deshalb *Weisenthal*, das Tal der *Weisen*, also der klugen Leute. Offensichtlich machten die Bewohner des Städtles ihrer schmeichelnden Bezeichnung bald alle Ehre. Sie verhielten sich *weise*: So stellte man sich dagegen, den Ortsnamen dem willkürlichen Wandel irgendwelcher Rechtschreibpäpste zu unterwerfen und blieb deshalb bei *thal* mit *h* geschrieben."

✧

Diese erste Lebenskrise als noch junges Mädchen hat sie durch *Gewöhnung* überwunden. Gelingt ihr das auch jetzt wieder? Ist sie mit ihren fünfundsechzig Jahren noch flexibel genug, mit neuen Lebensumständen zurechtzukommen?

Das Telefon klingelt. Die ersten Glückwunschanrufe. Von Christina, Thomas und Jakob.

Abwärts

Montag, 23. November

Eine Ladung kaltes Wasser ins Gesicht. Das reicht. Zum Duschen hat er keine Lust. Jan beäugt sich im Spiegel: „So sieht ein Versager aus, ein Looser, eine totale Niete." Er mag sich nicht mehr anschauen.

Es interessiert ihn überhaupt nicht, wie heute sein erster Schultag an der neuen Schule ablaufen wird. Mama will ihn hinfahren. Sie hat ihren Dienstplan extra so ändern lassen, dass sie heute Morgen Zeit für ihn hat. Als sei er ein Baby.

Es geht ihm mies. Er getraut sich nicht mehr, unter Leute zu gehen, hat Angst vor deren Getuschel. „Schau, der da, der ist von der Schule geflogen", so fühlt er sich von höhnischen Stimmen verfolgt. „Pass auf, das ist ein Schläger, dem musst du aus dem Weg gehen", meint er überall raunen zu hören.

Er ist nun ganz offiziell von einem Gymnasium in eine Realschule abgestiegen, hat das Gymi nicht geschafft. Eine Schmach. Jan schämt sich.

Aber viel schlimmer ist das andere. Es ist stadtbekannt, dass er wegen einer Schlägerei von der Schule geworfen wurde. Er ist jetzt als Raufbold verrufen. Manche Kids machen einen Bogen um ihn. Auch von Altersgenossen wird er gemieden. Das tut weh. Er fühlt sich total verlassen.

„hi jan – heute treff bei halfpipe? mick"

Nur Mick hält zu ihm. Er will ihn per WhatsApp zum Skating-Training aufmuntern. Obwohl er doch solche Schisse davor hat, auf die Fino-Truppe zu treffen.

Mick fühlt mit seinem Freund. Er kann gut nachvollziehen, wie bitter es für einen Jungen ist, *nur* in die Realschule und nicht ins Gymnasium gehen zu dürfen. Das hat er, Mick, ja schon nach der vierten Grundschulklasse erleben müssen. Alle waren enttäuscht gewesen, weil er keine Gymnasialempfehlung erhalten hatte: sein Vater, seine Mutter, sein Opa, seine Oma, sogar seine Brüder, vor allem er selbst. Obwohl sich die Eltern nie groß um sein schulisches Leben gekümmert haben, wären sie doch stolz gewesen, wenn er, Mick, als erster der Familie und als einziger von vier Söhnen das Gymnasium besucht hätte.

Schade, findet Mick, dass Jan nicht in *seine* Schule, in die zentrumsnah gelegene *Herrenstein-Realschule* der Stadt Sieglingen überwechseln durfte. Dort hätte er ihn und ein paar andere frühere Grundschulfreunde wieder treffen können. Nun hat man Jan aber extra in eine von der Stadtmitte weit entfernt gelegene Schule gewiesen. In die *Theodor-Heuss-Realschule* im Stadtteil *Neuenstadt*.

„Das wäre super gewesen, wenn du zu uns gekommen wärst." Bei einem ihrer inzwischen seltenen Treffs zeigt Mick seine Enttäuschung.

„Ja, die Alten wollen mich ganz aus meiner seitherigen Umgebung rausholen. *Anderer* Stadtteil, *andere* Schule, *andere* Lehrer, *andere* Freunde. *Chance zum Neuanfang. Ha,* die kapieren gar nichts. Jetzt bin ich total verlassen." Jan traurig weiter: „Warum nicht gleich *anderer Jan.* Ich frag mich, warum sich meine Mutter nicht einen anderen Sohn holt. Mit mir hat sie sowieso nicht das große Los gezogen."

„Dann komm doch wieder öfters zur Halfpipe. Die Schläger-Typen bleiben hoffentlich weg."

„Vor Fino und seiner Truppe brauchst du keine Angst mehr zu haben. Die kennen mich jetzt." Jan weiter: „Aber, du, Mick, das geht nicht. Ich hab kaum noch Freizeit. Wir haben Ganztagsbetrieb an der Schule. Rundumbetreuung, wie im Kindergarten. Ständig habe ich Mittagsschule."

„Stimmt. *Neues pädagogisches Konzept an der Theodor-Heuss-Realschule. Der* Zeitungsartikel hängt bei uns am Schwarzen Brett."

„Und wir müssen darunter leiden. Du kommst nicht mehr weg. Die Krallen von Schule und Lehrern lassen dich nicht mehr los. Echt übel."

„Dafür hast du keinen Ärger mehr mit deinem alten Mathe-Lehrer." Mick will Jan aufmuntern. „Komm, Jan, zeig mir deinen Spezialsalto."

Aber Jan hat keine Lust zum Skaten. Nur Mick zuliebe kommt er manchmal noch zur Halfpipe. Aber nur noch ganz selten.

✧

„Nimm es nicht so schwer." Nach dem Dienst treffen sich Frieder und Karen zum Essen in der Krankenhaus-Kantine. „Das sagt sich so leicht. Jan verändert sich. Er achtet nicht mehr auf Äußeres. Seine schönen Haare lässt er speckig herumhängen. Er duscht sich nur noch, wenn ich ihn dazu dränge. Sein Körper muffelt und er hat Mundgeruch. Ich glaube, manchmal riecht er auch nach abgestandenem Alkohol. Jan lässt sich gehen."

Frieder versteht, dass für Karen eine Welt eingestürzt ist. Ihre Zuversicht, die Jungs allein großziehen zu können, hat gelitten. Auch ihr fröhliches Wesen, wofür er sie immer besonders liebte, droht zu verschütten. Sie ist ernst und nachdenklich geworden, zweifelt an sich.

„Welche Fehler habe ich gemacht? Jan entgleitet mir. Er ist teilnahmslos, lernt nichts mehr, ist wenig zu Hause. Nach der Schule sehe ich ihn selten. Er geht ständig zur Halfpipe. Da trifft er sich mit seinem alten Grundschulfreund. Immerhin. Das ist noch irgendwie beruhigend für mich. Bei Mick hat Jan so etwas wie Stabilität. Wenn Jan mal zu Hause ist, hängt er nur rum. Weißt du, früher hat er doch so gern gekocht, neue Rezepte ausprobiert. Er konnte dabei abschalten. Hatte Erfolgserlebnisse, wurde von uns gelobt. Auch das passiert nicht mehr."

Wieder mal drehen sich die Gespräche mit ihrem Partner nur um die Sorgen mit Jan. „Weißt du, sein Zimmer ist nicht mehr nur unaufgeräumt wie früher, chaotisch war es ja schon immer. Aber jetzt, seine Sachen sind vernachlässigt, alles verkommen, verwahrlost. Er spricht nicht mehr wirklich mit mir, macht dicht. Nicht mal mit seinem Papa will er noch telefonieren."

✧

„Hallo Uwe, gut dass ich dich gleich erreiche."

„Hi Karen, was ist? Ist was passiert?"

„Uwe, Jan macht mir Sorgen. Es wird immer schlimmer. Er macht dicht. Ich hab keinen Zugang mehr zu ihm."

„Siehst du, ich habe ja schon immer gesagt, dass man Kinder in den ersten Jahren nicht von Nannys erziehen lassen darf. Aber du musstest ja unbedingt gleich wieder berufstätig werden."

„Uwe, bitte, nicht wieder diese Vorwürfe. Wir dürfen jetzt nicht streiten. Dafür ist die Lage zu ernst."

Uwe spürt, wie verzweifelt Karen ist. Er will sie nicht weiter provozieren.

„Frieder, mein Freund hatte eine gute Idee: Wir sollten vielleicht Jan eine Freude machen und ihn in den Weihnachtsferien zu dir nach Brasilien fliegen lassen. Bei euch ist es Sommer. Vielleicht könntet ihr ans Meer fahren. Ihr beide hättet die Chance, euch in Ruhe auszusprechen. Jan würde seine Freunde aus Kinderzeiten wiedersehen und seine alte Heimat. Vielleicht könnte er von seinen Sorgen hier Abstand gewinnen und würde es schaffen, nach den Weihnachtsferien neu zu starten." Karen gefällt die Idee immer besser.

„Hm, Karen, das kommt ein bisschen plötzlich. Ich wollte eigentlich an den Weihnachtstagen zusammen mit einer Freundin zu den *Iguazú*-Wasserfällen fliegen."

„Ach so." Karen ist enttäuscht. Ein Gefühl der Reue kommt in ihr hoch. Verpasste Gelegenheit. Uwe wollte während ihrer Zeit in Brasilien immer mit ihr zusammen die *Cataratas do Iguaçu* besichtigen und einige Tage im Nationalpark *Iguazú* verbringen, in diesem tropischen Gebiet mit den Hunderten von Schmetterlingsarten und den vielen, vielen verschiedenen Orchideen-Pflanzen. Nie hatte sie Zeit für diesen Wunsch von ihm.

Jetzt hat Uwe offensichtlich eine neue Frau. Ihm ist wohl die neue Beziehung wichtiger als sein Sohn? Er ist weit weg. Die ganzen Probleme mit der Erziehung der Zwillinge hängen allein an ihr.

„Und Ben? Soll Ben auch mitkommen?"

„Ben ist über die ganzen Weihnachtstage mit seinem Orchester beschäftigt. Er wird bestimmt über die Ferien nicht wegfahren wollen."

„Warte mal, Karen. Gib mir Bedenkzeit. Du hast schon recht, das könnte eine Chance für Jan sein. Sag ihm mal noch nichts. Ich melde mich bei dir."

✧

Mit dem *Neustart* an der Theodor-Heuss-Realschule, wie das beabsichtigt gewesen war, ist es nicht weit her. Schon am ersten Tag in der neuen Schule ist Jan einem Kumpel von Ernesto begegnet. Natürlich wusste der Bescheid.

Man kennt also auch an der neuen Penne die ganze Geschichte. Im Pausenhof bekommt er von den Jungs den Spitznamen *Knochenbrecher*. Seine neuen Mitschülerinnen und Mitschüler, die Lehrerinnen und Lehrer, sie alle wissen, warum er jetzt, mitten im laufenden Schuljahr, knapp vier Wochen vor Beginn der Weihnachtsferien, neu in die Klasse kommt. Man meidet ihn.

Aber, Mick hat schon recht, so tröstet sich Jan, das Ganze hat auch etwas Gutes: Er muss sich nicht mehr mit dem Mathe-Mall herumärgern. Wie er diesen Mann hasst! Na ja, ob seine neuen Pauker besser auf ihn zu sprechen sein werden? Er kann's noch nicht so richtig einschätzen. Es ist ihm auch ganz egal. Eigentlich ist ihm alles egal. Was soll's? Er hat jetzt sowieso alles verhauen.

In Mathe sind sie in der Realschule gerade bei Geometrie. Viel einfacher als im Gymi: Flächen und Körper, hat er alles schon mal gehört und versteht es so la la. Da kann er sich gut durchlavieren. Auch in den anderen Fächern. Er strengt sich nicht groß an. Den Unterricht lässt er an sich vorbeifließen. Es interessiert ihn nicht.

Klar, Ben lernt fast jeden Tag bis in den späten Abend hinein. Der ist ehrgeizig. Jan entfernt sich innerlich von seinem Zwillingsbruder, eigentlich von seinem ganzen früheren Leben. Was soll er nach der Schule zu Hause tun? Wenn seine Mutter mal da ist, meckert sie an ihm herum, weil er nicht lernt, sich nicht duscht, sein Zimmer nicht aufräumt, blablabla.

✧

Jan fühlt sich heimatlos, wie damals, als er aus Brasilien in dieses fremde Deutschland kam. Aber damals stand wenigstens seine Familie zu ihm. Jetzt ist er völlig allein.

„hi jan – heut Banhof nach schule tschillen - fino"

Ja, gute Idee. Jan hat keine Lust, nach der Schule gleich nach Hause zu gehen und die ewigen Vorwürfe seiner Mutter anzuhören. Besser ist es, mit Finos Leuten am Bahnhof zu chillen.

Irgendwie wird Fino in letzter Zeit doch zu einem Freund. Fino hält zu ihm, kritisiert nicht an ihm rum. Er akzeptiert ihn, wie er ist.

Okay, warum soll ich mich nicht Finos Leuten anschließen? Die sind halt anders. Macht doch aber auch irgendwie Spaß, beruhigt sich Jan selbst.

Dass sich Jan nun an Fino hängt, gefällt Mick gar nicht. Da er Jan nicht mehr trifft, auch nicht mehr an der Halfpipe, schickt er ihm eine WhatsApp:

„hab dich mit fino-truppe gesehen – warum – die sind böse – mick."

Er erhält von Jan sogar eine Antwort:

„weiß besser was gut für mich ist – lass mich in ruhe - jan"

Jan will reinen Tisch machen. Seit seinem Schulausschluss schämt er sich. Auch Mick gegenüber. Obwohl Mick ihn immer wieder trösten wollte. Aber Mitleid braucht er nicht. Er will nichts mehr mit Mick und mit allen früheren Freunden aus dem Gymi zu tun haben.

✧

Fino kennt Leute in Stuttgart. Dorthin geht Jan zusammen mit der Fino-Truppe am Wochenende. Der Zug fährt von Sieglingen über Plochingen nach Stuttgart. Anfangs hat sich Jan noch Zugtickets besorgt. Fino lachte ihn deswegen aus. Kontrollen gibt's so gut wie nie. Fino ist erfahren in Sachen *Beförderungserschleichung*, wie er den Fachausdruck des Strafrechts fürs Schwarzfahren betont. Weil er früher schon öfters erwischt wurde, beteiligte er sich wohl oder übel mal an einem *Bekehrungsseminar für Jugendliche*, wie er das nennt. Diese Erfahrung fand Fino cool. Er erzählt gern davon: Gericht, Jugendamt, Polizei und Bahn in Stuttgart haben sich zusammengetan, um Jugendliche darüber zu belehren, warum man nicht Schwarzfahren darf. Als Gegenleistung für den Besuch des Seminars wird dann das Strafverfahren wegen Beförderungserschleichung nicht mehr weiter verfolgt. Immerhin ist das Zugfahren ohne Bezahlung eine Straftat, für die man im Extremfall *Freiheitsentzug* bekommen kann. Bei Fino hat allerdings die Lektion nicht im Sinne des Veranstalters gewirkt, sondern eher gegenteilig. Fino ist schlau und lehrt seither seine Kumpels, wie man es am besten anstellt, bei der *Beförderungserschleichung* nicht erwischt zu werden. Deshalb fährt jetzt auch Jan *schwarz* nach Stuttgart. Und es klappt ziemlich gut. Bis auf dieses eine Mal. Das war aufregend. Der Kontrolleur wollte vierzig Euro kassieren. Die *Asche* bekam er ganz schnell von Fino, der neben Jan saß und der seit seinem *Seminar* dieses *erhöhte Beförderungsentgelt* im Voraus einkalkuliert. Als der Kontrolleur Jans Namen wissen wollte, entwischten beide ganz schnell. Beim Gedränge im überfüllten Zugwagen hatte der Schnüffler auch gar keine Chance, die beiden zu fassen und keinen richtigen Grund mehr, ihnen zu folgen.

Die Euros hatte er ja. Fino *besorgt* sich wieder neue.

✧

Fino ist zufrieden, wie es mit Jan läuft. Bald hat er ihn so weit. Jetzt ist er schon mit dem Gesetz in Konflikt gekommen. Zwar nur *Beförderungserschleichung.*

Immerhin.

Vermisstes Lachen

Mittwoch, 25. November und Freitag, 27. November

„Hallo Simon, schön, dass ich dich gleich erwische." Ein Glück. Denn Johanna weiß doch, wie schwierig es ist, mit Simon Kontakt aufzunehmen. Notfalls muss es die gute alte Karte mit der gelben Post sein.

Simon ist sturer Technikverweigerer, ignoriert alle Entwicklungen im Bereich moderner Kommunikation. Von all diesen *Neuerungen* hält er nicht viel. Es gibt keine Möglichkeit, ihn per E-Mail zu erreichen, denn einen tauglichen Computer besitzt er nicht. In einem Anfall von Fortschrittseuphorie hat er sich vor einigen Jahren, noch zu seinen aktiven Berufszeiten, einen Laptop gekauft. Das Gerät wurde allerdings nie betriebstauglich gemacht, liegt heute noch weitgehend originalverpackt im untersten Fach eines Regals seiner Abstellkammer. Ein Smartphone hat er sich noch nicht angeschafft, also bleibt die Möglichkeit einer WhatsApp außen vor. Obwohl Simon ein Handy besitzt, das er zum Erstaunen aller Anwesenden bei Johannas Verabschiedungsfeier den jungen Kollegen gezeigt hat, ist es müßig, ihn per SMS erreichen zu wollen. Er hat sein Prepaid-Handy grundsätzlich abgeschaltet. Die Technik des Versendens und des Empfangens von Kurznachrichten beherrscht er sowieso nicht. Immerhin, ein Telefon hat er und das funktioniert auch. Wobei er natürlich keinen Anrufbeantworter hat, der eine Kontaktaufnahme hätte erleichtern können.

„Hallo Johanna", freut sich Simon über den Anruf. „Eine nette Überraschung. Ich denke oft an deine Verabschiedung zurück. Hast du alles gut überstanden? Du hast Glück, dass du mich noch antriffst. Ich bin gerade auf dem Sprung ins Pflegeheim."

„Nur ganz kurz. Ich dachte, wir lassen bis zu einem Wiedersehen nicht mehr so viel Zeit verstreichen. Am kommenden Sonntag ist doch erster Advent."

„Was, schon wieder Advent? Das habe ich noch gar nicht realisiert."

„Ja, ist ja auch selten, dass schon Ende November die Adventszeit beginnt. Okay, jedenfalls gibt's am Wochenende Weihnachtsmarkt in der Stadt und übermorgen fängt es wieder mit der Feuerzangenbowle auf dem Marktplatz an. Ich bin mit ein paar Freundinnen dort, ab neunzehn Uhr. Möchtest du dich anschließen? Wäre doch schön."

Der traditionelle Weihnachtsmarkt gehört zur kulturell-kulinarischen Eventwelt von Sieglingen. Zur Eröffnung am Freitagabend wird seit Jahren auf dem Marktplatz der Rühmann-Film *Die Feuerzangenbowle* aus dem Jahr neunzehnhundertvierundvierzig gezeigt. Natürlich wird dazu das angesagte süffige Punsch-Getränk serviert. Alles Open-Air, ohne nennenswerten Regen-, Schnee- oder Kälteschutz. Ein *Muss* für Johanna und ihre Freundinnen. Ihr Start in die besinnlich-gemütliche, manchmal auch etwas hektische Phase der Advents- und Weihnachtszeit. Bei Johanna von Traditionen geprägt. Vielleicht nicht eben progressiv, ihre Bräuche. Doch sie bedeuten ihr viel.

Dazu gehört ihre Musik. Die Chorproben vor Weihnachten stimmen sie ganz frühzeitig ein. Schon ab Oktober werden die Stücke eingeübt, die beim jährlichen großen Adventskonzert und im Weihnachtsgottesdienst aufgeführt werden. Dass sie mit ihrem Chor in diesem Jahr sogar das *Weihnachtsoratorium* singen wird, ist etwas ganz Besonderes. Bestimmt *das Highlight.* Sie freut sich jetzt schon auf das Konzert.

Ganz wichtig ist ihr in jedem Jahr der Enkelbesuch am Nikolaustag. Schade, dass es diesmal nur eine knappe Stippvisite in Sieglingen gibt. Trotz Zeitnot der Eltern, auf den Nikolausbesuch bei seiner *Jomi* will Jakob nicht ganz verzichten. Von Johannas *Weckmännern,* den zu Nikolausgestalt geformten Hefestücken mit Zuckerguss, schwärmt Jakob schon wochenlang vor dem Nikolaustag. Mampfend behauptet er dann Jahr für Jahr, mit dem fröhlichen Charme seiner inzwischen zehn Jahre, dass nur seine *Jomi* dieses Gebäck so gut machen könne. Und er verdrückt dann gleich zwei der nahrhaften Teile.

„Da überfällst du mich aber, Johanna. Diesen Freitagabend, also schon übermorgen. Vielleicht, du, das kann ich dir jetzt nicht so sicher sagen. Ich muss noch, ich war schon lang nicht mehr, wäre eigentlich nicht schlecht.“ Nach einer kurzen Pause: „Du, ich ruf' dich heute oder morgen zurück.“

Mit einer spontanen Zusage hat Johanna ohnehin nicht gerechnet. Sie kennt die Unentschlossenheit von Simon. Ein Charakterzug, der sich schon während der jahrelangen gemeinsamen Berufstätigkeit zeigte und der sich im Alter bei ihm vermutlich noch verstärkt.

Ja, sicher, wir alle verändern uns mit den Jahren, wir alle bilden unsere Macken aus, besonders intensiv wohl dann, wenn man für sich lebt und das direkte Korrektiv fehlt. Johannas Marotten werden von Vera und von Christina zurecht gebogen oder zumindest thematisiert, was meist schon bewirkt, die Ticks nicht allzu sehr auszubilden. So Johannas Theorie.

Aber Simon lebt allein, hat keine Kinder, die ihn korrigieren könnten und von seinen beiden jüngeren Schwestern, die beide wohl etwas schrullig sind und in einem schwesterlich-gemeinsamen kinderlosen Haushalt leben, nimmt er sowieso nichts an. Seit der berufliche Kontakt zur Außenwelt weg fällt, kann Simon ungebremst seiner Unentschlossenheit frönen. Dabei leidet er sicher unter dieser Charaktereigenschaft. Bestimmt ist es unbefriedigend, wenn man initiativlos ist und nichts mehr gestemmt bekommt, weil man sich zu nichts entschließen kann.

Ja, so sinniert Johanna weiter, sie mag Simon. Sie beide waren als Kollegen eng verbunden, haben über eine lange Zeit miteinander einigen beruflichen Ärger ausgestanden und gemeinsam viele Kämpfe zugunsten des Städtischen Steueramts ausgefochten. Das schmiedet zusammen. Ihre kollegiale Freundschaft musste allerdings auch schon eine harte Bewährungsprobe überstehen. Damals, als sich Johanna in Konkurrenz zu Simon um die gleiche Position der Abteilungsleitung beworben hat und nicht *er*, sondern *sie* dann die Stelle bekam. Das war bitter für ihn. Diese Niederlage ging ihm nahe. Eine Frau als Chefin zu bekommen, dazu noch eine *Interne*, die zudem jünger war als er, das war hart. Sie beide hatten bei der Bewerbung die gleiche fachliche Qualifikation und auch Simon wäre geeignet gewesen, das Arbeitsteam zu leiten. Doch der Gemeinderat entschied diese Personalfrage unter politischen Aspekten. Die *Frauenquote* in städtischen Führungspositionen sollte gesteigert werden. Diese offizielle Begründung für das Votum zugunsten Johannas half Simon dann auch, mit der Situation umzugehen. Als *Kavalier* argumentierte er damals mit einer generös-großzügigen Einstellung dem weiblichen Geschlecht gegenüber. Unter vorgehaltener Hand lästerte Simon zusammen mit den Männern in der Abteilung über den *Tittenbonus*, der ihnen, den ihrer Meinung nach besser qualifizierten Männern, die Beförderungschancen nehmen würde.

Aber das alles ist längst vergessen. Die Zeit heilte auch diese Wunde bei Simon und sein Verhältnis zu Johanna konnte sich wieder normalisieren.

✧

Zum Start des Weihnachtsmarktes fehlen die erhofften dicken, vom Himmel tänzelnden Schneeflocken. Stattdessen wüstes, nasses Wetter mit Dauernieselregen, Nebelschwaden und schleichender Kälte seit Tagen. Trotzdem sind viele Leute da. Man steht im Gedränge. Das schützt ja auch irgendwie vor der Kälte.

Die Zubereitung der ersten Ration des Rum-Rotweinpunsches mit dem brennenden Zuckerhut wird unter Beifall spektakulär zelebriert. Gejohle und Gelächter gibt's bei der Vorstellung des *Schölers* Hans Pfeiffer vor seiner Klasse: *Pfeiffer mit drei f, eins vor dem ei, zwei hinterm ei.*

„Tolle Stimmung. Tut gut. Mal was anderes als Pflegeheim." Sie stehen etwas abseits von Johannas Freundinnen-Clique. „So gut wie jetzt gerade habe ich mich lange nicht mehr gefühlt." Simon legt los. „Weißt du, derzeit hat mich das Pflegeheim voll im Griff. Täglich bin ich bei meiner Mutter. Manchmal erkennt sie mich. Sie freut sich dann immer arg, wenn ich sie in ihrem Rollstuhl ins Freie fahre."

Simon und Johanna haben sich eine warme Feuerzangen-Bowle besorgt und prosten sich zu.

„Ihre Freude tut gut und entschädigt mich dann für vieles", fährt Simon fort. „Aber es belastet mich arg, dass meine Mutter innerlich so unruhig ist. Die Kriegserlebnisse, die Flucht, die verlorene Heimat, der Tod ihres Babys auf der Flucht. Das alles lässt sie nicht los. Weißt du“, erklärt Simon, „ich hätte einen älteren Bruder gehabt.“ Nach einer Pause: „Sie findet keinen Frieden, nicht nach so vielen Jahren. Schlimm. Aber was erzähl ich dir solche Geschichten, Johanna.“

„Meine Familie lebt schon seit Generationen in der gleichen Region. Sicher ein Privileg“, geht Johanna auf das Thema ein. „Ich glaube, wir Angestammten können uns gar nicht vorstellen, was Fremdsein bedeutet.“

„Ja“, bestätigt Simon. „Die vielen Flüchtlinge, die derzeit zu uns kommen, schlimme Schicksale. Das dauert.“

Eben sieht man die witzige Chorszene. Im Wechselgesang die jungen, die etwas älteren und die ältesten Schüler. Der Kanon wird zum Kampfsingen. Der Chorleiter wedelt und fuchtelt, treibt weiter an. Ein wahres Ton-Gebrüll.

Das durchgefrorene Publikum lacht laut auf, macht sich durch eifriges Klatschen mit den behandschuhten Händen etwas warm.

„Na ja, vielleicht kannst du jetzt verstehen, warum ich manchmal ein Viertele über den Durst trinke. Ich bekomme sonst die schweren Gedanken nicht aus meinem Kopf.“ Simon sieht an sich herab.

„Schau, wie ich körperlich abgebaut habe, fett und schwammig.“

„Ja, man muss aufpassen im Alter. Ich werde bei Süßigkeiten schwach. Auch nicht gerade toll.“ Johanna gibt im Stillen ihrer Freundin Vera recht, die ihr bescheinigt, trotz eines *Schnäpschens,* das sie zum *Magenräumen* ab und zu braucht, keine *Alki*, sondern eine *Fressi* zu sein.

„Einerseits ist es ja gut, wenn man gebraucht wird. Aber vielleicht muss man versuchen, sich nicht ganz vereinnahmen zu lassen.“ Johanna ärgert sich über ihre flache und besserwisserische Anmerkung.

„Das sagt sich so leicht. Seit ich nicht mehr ins Büro muss, erwartet die ganze Welt, dass ich laufend Zeit habe für Mutter. Weißt du, mir geht es seither ziemlich übel. Nichts läuft mehr. Was *hatte* ich für Träume. Was *wollte* ich alles unternehmen. Wie *hab* ich mich auf die Freiheit gefreut.“

Durch die Betonung jedes einzelnen Satzes klingt alles noch bitterer.

„Und dann – alles anders. Nicht nur wegen meiner Mutter. Die ganze Umstellung von *Büro auf Heim* war gewaltig. Keine sinnvolle Beschäftigung, nur Beliebigkeit im Tagesablauf, keine Kollegen, niemanden mehr zum Reden, keine Anerkennung, keine Späßchen mehr mit den jungen Schreibkräften. Die Heiterkeit der netten jungen Mädchen im Büro. Sie fehlt mir. Ich vermisse die Fröhlichkeit. Ich vermisse das Lachen."

„Das klingt nicht gut. Ich bin ja jetzt auch in der Rentnerphase, hab Angst *gegen eine Wand* zu rasen, Angst davor, *ins Loch* zu fallen." Hat sie sich das selbst schon so ehrlich eingestanden? Haben ihre Aktivitäten, hat ihr ruheloses Beschäftigt-Sein vor allem den Sinn, zu *strampeln, um nicht unterzugehen?* Johanna plappert weiter. „Kürzlich war ich in einem Vortrag bei der Volkshochschule, Titel: ‚*Ruhestand – Freiheit oder Leere*'. Der Referent hat eigentlich einen ganz einleuchtenden Leitsatz für ein gutes Altern formuliert. Man soll die *Drei K's* beachten: *K wie Kopf*, also die grauen Zellen fordern. *K wie Körper*, meint Kondition trainieren und auf die Gesundheit achten. *K wie Kreis oder Kommunikation*, man soll Leute um sich haben, mit denen man sich trifft und etwas unternehmen kann."

„Gute Theorie, aber setz das mal um. Nicht jeder hat deinen Optimismus und deine Lebensenergie, Johanna! Das alles kostet Zeit und Kraft. Und beides fehlt mir."

„Und deine beiden Schwestern? Können die beiden dich nicht unterstützen? Gehen die auch mal ins Pflegeheim?"

„Ja schon, aber die sind noch berufstätig und gehen nur einmal pro Woche zu Mutter."

„Könntet ihr drei euch vielleicht in einem rollierenden System abwechseln? Dann hätte eure Mutter täglich Besuch und du hättest zwei *freie* Tage, oder ihr wechselt euch wochenweise ab. Dann hättest du auch mal zwei Wochen lang *Urlaub vom Pflegeheim.*"

„Ja, zugegeben, das haben mir meine Schwestern auch schon vorgeschlagen. Aber ich weiß nicht, ob das für Mutter gut wäre. Sie erkennt mich zwar nicht immer, fühlt aber doch, wenn ich da bin."

Johanna begreift: Simon hält an seinem Tagesablauf fest, klammert sich geradezu an diese täglichen Pflichten, die ihn zwar vollkommen einengen, ihm seine Träume versagen, ihm aber dennoch Struktur und Sinn geben.

Das Publikum grinst. Die Szene ist einfach zu köstlich: Die Schulklasse von Hans Pfeiffer simuliert im Chemieunterricht die totale Betrunkenheit. Der Lehrer ist fassungslos, seine *Schöler* haben doch nur einen *wönzigen Schlock* getrunken. Der Schulleiter kommt in die grölende Klasse, ist entsetzt, schickt die Jungs vorzeitig heim zum Ausschlafen. Zweck erreicht.

„Du hast von *Träumen* geredet. Was hattest du denn für Träume für die Zeit nach deiner Pensionierung?" Johanna will das Thema wechseln. Die Pflegeheimproblematik ist zu bedrückend. Simon soll zumindest heute Abend auf andere Gedanken kommen.

„Zuerst wollte ich endlich meine lang ersehnte große Reise machen. Weißt du, mal länger als die seither maximal möglichen drei Wochen Urlaub haben. Durch Länder bummeln dürfen, nicht von Sehenswürdigkeit zu Sehenswürdigkeit hetzen müssen, sondern sich auf Land und Leute einlassen können. Vor allem Asien hat mich interessiert. Nach der Rückkehr von meiner großen Tour wollte ich ein Haus in Italien kaufen. Am Gardasee, nicht direkt am Wasser, sondern im Norden, in den Bergen oberhalb von Riva und Torbole. In einer Gegend, in der man frei atmen kann und nicht die kleinkarierten nachbarschaftlichen Eifersüchteleien und Sticheleien hat wie hier im Schwäbischen. Du weißt ja, ich bin halt kein echter Schwabe. Werde ich nie werden, ich wollte raus aus dem Schwäbischen, raus aus der Enge." Simon trinkt seine Feuerzangenbowle aus.

„Na ja, nichts davon habe ich realisiert. Meine *Weltreise* mache ich jetzt im Reisejournal der Wochenendzeitung. Mief des Pflegeheims statt italienischem Flair." Er setzt nach: „Ich weiß, das klingt schwülstig und bitter: Nur geplatzte Träume!"

Sog

Sonntag, 6. Dezember, Tage davor und der Tag danach

Inzwischen kann es Jan auch auf dem ziemlich schmuddeligen Boden in der Klettpassage aushalten. Anfangs war ihm der Belag zu dreckig. Klebrige Flecken von festgetrocknetem Bier, frische oder schon ausgetretene schleimige Spucke, unachtsam weggeschnippte Zigarettenkippen, Kaugummireste. All das störte ihn. Nun hat er von Fino eine Wolldecke bekommen, zwar auch nicht ganz clean, voller Hundehaare und nach Pisse stinkend, aber irgendwie gemütlicher als der bloße Fliesenboden dieser Ladenpassage unter dem Stuttgarter Hauptbahnhof. Hier im Abgangsbereich zwischen den Rolltreppen zum S-Bahnhof und zu den U-Bahn-Gleisen haben sie sich eingerichtet. Hier unten in der Klett-Passage ist nichts von der großen Bahnhofsbaustelle *Stuttgart 21* zu merken. Momentan wird noch anderswo gebuddelt: Eine riesige Baugrube zwischen dem Bahnhofsgebäude und den nach vorn verlegten Bahngleisen. Gigantische Erdmassen werden bewegt. Das beobachtet Jan jedes Mal, wenn er mit dem Zug aus Sieglingen am Stuttgarter Bahnhof ankommt und durch den langen Fußgängertunnel in Richtung Bahnhofshalle geht. Dieser ungemütliche provisorische Bretterverhau leitet die Bahnkunden. So kommt man vom verlegten Kopfbahnhof über die Halle zur unterirdischen Klett-Passage. Hier unten ist es fast behaglich. Und warm. Keine Bretterzäune. Kein Baulärm. Sowieso nicht an den Wochenenden.

Jan lernt dort Finos Stuttgarter Kumpel kennen. Nicht nur die blassen Jungen von der Halfpipe und von der Schulschlägerei. Es sind auch coole Typen dabei, ziemlich abgefahrene Leute. Aber auch doofe Herumtreiber, *Drogis* und *Alkis*.

„Na, Junge, wie heißt du? Ich bin Hans."

Jan wunderte sich schon, was so ein alter Mann hier an ihrem Plätzchen wohl zu suchen hat. Der passt eigentlich gar nicht zu Finos Freunden. Der Penner ist ihm schon aufgefallen. Er ist öfters hier unten und er verteilt *trottwar*, die Straßenzeitung. Dass dieser *Asi* ihn jetzt auch noch anspricht, ist Jan unangenehm. Furchen im Gesicht, unrasiert. Der schmuddelige alte Mann riecht nach Urin und hat einen widerlichen *Mundgulli*. Aber der Mann schaut Jan freundlich an.

„Ich bin Jan."

„Du bist wohl der neue Freund von Fino? Hat er wieder einen neuen Bewunderer gefunden. Pass auf, Junge! Fino ist nicht zu trauen. Der ist gefährlich!"

Jan ist verwirrt. Er mag es nicht, wenn man hinten rum schlecht über seine Freunde redet. Was soll er sich von einem grauhaarigen Penner sagen lassen.

Er wendet sich ab.

✧

Jan gefällt es mit den Kumpels hier. Sie sitzen in der Klett-Passage, quatschen, chillen, hören Musik, trinken Bier, rauchen irgendwelches Kraut und sie lachen viel. Manchmal betteln sie, werden aber nie aufdringlich oder gar aggressiv zu fremden Leuten. Auch wenn sie nicht viel Geld kriegen von den Passanten, irgendwie ist immer alles da: ein funktionierendes Handy, was zu trinken, was zu rauchen, manchmal was zu beißen. Fino besorgt das schon.

Jan ist gleich akzeptiert bei den andern. Keine Ermahnungen, keine Vorbehalte, keine unfairen Vergleiche, kein Leistungsdruck. Hier fühlt er sich angenommen. Hier versteht man sich.

Klar, manchmal schaut der Streetworker oder die Bahnpolizei vorbei. Kurz bevor die *Trachtengruppe* anrückt, kriegen sie meist per Handy einen Tipp von solidarischen Kumpels, die die Gefahr wittern oder die Sheriffs kommen sehen.

„Jan, wenn's kritisch wird, geb ich dir ein Zeichen. Dann musst du in Richtung Königsstraße pesen. Du wartest auf dem Schlossplatz. Ich hab dir die Stelle gezeigt. Wenn die Aufpasser weg sind, schicke ich dir jemand, der dich wieder hierher holt." Fino instruiert Jan. Er will verhindern, dass Jan der Polizei seine Personalien angeben muss.

✧

Fino fühlt sich *angepisst*. Wegen der Bagatelle an diesem Sieglinger *Bildungsschuppen* haben ihn die Polizisten angezeigt. Das Jugendstrafverfahren wegen dieser Sache ging für ihn und seine Leute glimpflich aus: Sozialstunden, Entschuldigung beim Opfer und eine dringende Ermahnung des Richters. Kennt er alles schon. Immer diese klugscheißerischen Worte der Rechtsverdreher. Die haben doch keine Ahnung, diese Leute.

Seit in Stuttgart-Bad Cannstatt das *Haus des Jugendrechts* so richtig funktioniert, muss man vorsichtiger sein. Das weiß er von den erfahrenen Leuten aus der Klettpassage. Es wird immer schwieriger, einzelne Stellen gegeneinander auszuspielen. Polizei, Jugendamt, Staatsanwaltschaft und Gericht arbeiten jetzt Tür an Tür, Hand in Hand. Für Jungs wie Fino ist es unangenehmer geworden. Man kann sich nicht mehr so leicht durchmogeln, muss noch mehr aufpassen. Fino schult seine neuen Leute entsprechend, jetzt vor allem Jan, damit sie nicht auf das salbungsvolle Geschwätz dieser Juristen reinfallen.

Die *Sozialstunden* muss er dieses Mal beim städtischen Gartendienst abarbeiten: Rasenmähen in öffentlichen Parkanlagen. Peinlich, wenn Leute vorbei kommen, die einen kennen. Aber man kann ja so tun, als würde man einen regulären Job machen und ein bisschen Geld verdienen. Na ja, für eine Weile muss er jetzt sauber bleiben, darf beim Jugendgericht nicht auftauchen. Sonst könnte es für ihn eng werden.

✧

Seitdem sich Jan den Leuten in der Klettpassage angeschlossen hat, sind wohl die Stuttgarter Streetworker auf ihn aufmerksam geworden. Jan muss sich in Acht nehmen, darf keine unnötigen Risiken eingehen. Denn sonst würde seine Mama erfahren, was er so treibt, wenn sie ihn auf der Halfpipe vermutet. Das wäre nicht gut, da sich das Verhältnis zu ihr etwas entspannt hat. Sie hat sich beruhigt und ist nicht mehr ganz so misstrauisch wie gleich nach der Schulschlägerei.

So hat er wieder mehr Freiheit. Mama nimmt es ihm ab, wenn er sagt, er gehe zur Halfpipe und treffe sich dort mit Mick. Sie kennt ja Mick aus Grundschulzeiten, vertraut ihm und glaubt ihren Sohn somit auf besserem Weg. Von der neuen Schule kommen keine Klagen. Jan verhält sich dort unauffällig und versucht, nicht anzuecken. Wenn er mal keine Lust auf Schule hat, entschuldigt er sich vorschriftsmäßig und bringt anschließend ein höfliches Schreiben mit. Die Unterschrift seiner Mutter beherrscht er inzwischen täuschend echt. Weil Mama nicht mehr ständig hinter ihm her schnüffelt, kann er leicht an seinen *freien* Tagen zusammen mit Fino nach Stuttgart fahren.

In der Klett-Passage lernt Jan auch *Alina* kennen, Finos *Barbie.* Sie sieht bombastisch gut aus, findet Jan. *Modeltyp*, lange blonde Haare, schlank, ein toll geschwungener Mund, schöne Augen. Sie schaut Jan lächelnd an.

✧

„Nein, Jakko, was soll denn das?"

Jakko, einer der beiden Blässlinge von der Halfpipe, der wegen seiner Ähnlichkeit mit dem verstorbenen Michael Jackson ziemlich eingebildet ist, zeigt Jan ein Handyvideo: ein Muskelprotz, von hinten zu sehen. Er tobt, brüllt, rastet aus, malträtiert mit heftigen Tritten einen am Boden liegenden Menschen.

„Ist das Fino?"

„Das habe ich dir nicht gezeigt. Okay?" Jakko, noch blasser als sonst, schaut hektisch nach hinten, bewegt seine Augäpfel unruhig hin und her, seine Augenlider flattern, die Lippen zittern. Er steckt sein Handy ein, entfernt sich schnell von Jans Platz in den Katakomben.

Jan ist verwirrt.

Das Video muss doch eine Fälschung sein!

✧

„Guten Tag, Frau Berger."

„Hallo Mick, was machst du hier im Krankenhaus?"

Karen hat Frühdienst heute am Sonntag, macht eben eine kleine Pause und trifft Mick in der Cafeteria. Er steht in der Schlange vor der Theke. Sie will sich eine Butterbrezel gönnen.

„Mein Onkel hat sich das Bein gebrochen. Wir besuchen ihn, mein Vater und ich."

„Also nichts Schlimmes. Wie geht's dir, Mick."

„Och, gut. In der Schule ist es jetzt vor den Weihnachtsferien echt stressig. Jeder Lehrer will noch seine Klassenarbeiten schreiben." Mick freut sich über das Interesse von Frau Berger an seiner Person.

„Und wie geht es Jan? Hat er sich in seiner neuen Schule gut eingelebt?"

Karen verwundert: „Wieso fragst du? Du siehst doch Jan laufend auf der Halfpipe."

„Nein, ich hab Jan schon lange nicht mehr gesehen. Er hat doch keine Zeit mehr, zur Halfpipe zu kommen. Grüßen Sie ihn bitte von mir." Mick wird an der Theke bedient, merkt, dass er Jans Mutter verwirrt hat, will aber in dieser Umgebung, vor den andern Leuten, nicht weiterfragen.

„Auf Wiedersehen, Frau Berger."

„Auf Wiedersehen, Mick. Mach's gut."

✧

„Wo kommst du her?"

Karen musste lang warten, bis Jan endlich heim kam. Bis fünfzehn Uhr hatte sie Dienst. Jan war nicht zu Hause. Der Sonntagabend-Tatort lief schon eine Weile, als endlich die Haustür aufgeschlossen wird. Längst dunkel, draußen kalt und ungemütlich. Was macht Jan so lange unterwegs? Und das im Winter? Warum ist sie nicht schon früher misstrauisch geworden? Sie hat einfach gedacht, dass alles wieder im richtigen Gleis sei. Ja, sie wollte es natürlich glauben, sie hoffte, dass sich Jan wieder einfinden würde. Von der Schule kamen keine Klagen. Hätte sie ihn mehr kontrollieren müssen? Warum war sie so leichtgläubig? Jetzt im Winter, bei dieser Kälte ist doch Jan auch früher nie so lang draußen geblieben. Das hätte sie stutzig machen müssen.

„Von der Halfpipe." Jan schnippisch . Er ist doch kein kleines Kind mehr, das von der Mama beaufsichtigt werden muss.

„Jetzt, bei Dunkelheit? War Mick auch da?"

„Ja." Die Fragerei nervt total. Was ist bloß los? Mama hat ihn doch in letzter Zeit nicht mehr so misstrauisch gelöchert.

„Du lügst mich an! Du lügst mir ins Gesicht!" Jan merkt, dass Mama ziemlich erregt ist. Sie hat schon wieder ihre Flecken am Hals. Vorwurfsvoll und laut geht's weiter: „Ich habe Mick getroffen. Er hat dich die ganze letzte Zeit nicht gesehen. Du warst lang nicht auf der Halfpipe."

„Dieser Schwätzer."

„Nein, Mick hat dich nicht verpfiffen. Wir haben uns zufällig in der Krankenhaus-Cafeteria getroffen und er hat sich ganz ahnungslos nach dir erkundigt, weil er dich lang nicht gesehen hat. Ich soll dir übrigens Grüße ausrichten."

Scheiße. War zu erwarten. Irgendwann musste ja sein Doppelleben rauskommen.

„Wo warst du wirklich, Jan? Mit wem bist du zusammen?" Karen mutmaßt Schlimmes, fürchtet sich davor, ihre Ahnung bestätigt zu bekommen, muss es trotzdem wissen.

„Ich war bei meinen Kumpels. In Stuttgart."

„Sind das die Schlägertypen mit dem Glatzkopf?"

„Es sind meine Freunde! Und ich lass sie von dir nicht als Schlägertypen bezeichnen." Sie treibt ihn noch zur Weißglut. „Du bist so was von intolerant! Fino und seine Leute sind total in Ordnung. Bei denen fühl ich mich wohl."

„Jan, das darf nicht sein. Das ist doch kein Umgang für dich."

„Was ist dann der richtige Umgang für mich, den Schulversager, den Knochenbrecher?" Jan wird total sauer. Wut steigt in ihm hoch. Alles bebt in ihm. Sein Inneres verkrampft sich. Er schreit: „Ja, Mutter, da bleibt dir die Sprache weg! Sieh endlich der Realität ins Auge!"

„Nein, Jan, bitte lungere nicht mehr mit diesen Typen herum." In der Verzweiflung immer heftiger: „Ich verbiete es dir, dich nochmals mit diesen Leuten zu treffen!"

Jan brüllt weiter. Es bricht aus ihm raus: „Ja, verbiete du nur. Was anderes fällt dir nicht ein. Zu sinnvoller Erziehung hattest du ja nie Zeit. Wärst du bei Papa geblieben, wäre alles anders gekommen. Nein, Mama, du kannst mir meine Freunde nicht verbieten. Du nicht!"

Jan kennt sich nicht mehr. So hat er mit seiner Mutter noch nie gesprochen. Er gerät richtiggehend in Rage. Ein Orkan tobt in seinem Innern.

„Ich gehe jetzt wieder zu meinen Freunden. Da nervt mich wenigstens keiner!"

„Du bleibst hier!"

„Ich lass mich von dir nicht einsperren."

Die Tür knallt. Jan ist weg.

✧

Er zittert am ganzen Körper, ist fix und fertig. Einen solch extremen Streit hat er noch nie mit Mama gehabt. Warum reizt sie ihn auch aufs Blut. Ja, er hat sie belogen, schon länger. Sie will es ja nicht anders. Ständig dieses Gelaber von wegen er würde *seine Zukunft aufs Spiel setzen,* er käme *auf die falsche Bahn* und er solle sich doch *an Ben ein Beispiel nehmen.*

Früher wurde er nie so unfassbar wütend, wie ihm das eben beim Streit mit Mama passiert ist. Darüber ist er selbst erschrocken, befremdet, verstört. Was ist los mit ihm? Er ist richtig ausgeflippt, als sie ihm Vorwürfe wegen seiner Halfpipe-Lüge und wegen Fino und seinen Leuten machte. Ja, er war so unglaublich sauer, dass er irgendwie neben sich stand, nur noch die Tür zuknallen und davonrennen konnte. Bloß weg, bevor er vollends ausrasten würde.

Den ganzen Tag über hat er sich so gut gefühlt, zusammen mit den Leuten in der Klettpassage. Eigentlich unbeschwert.

Die irritierende Äußerung von Hans, dem alten Penner, schob er schnell von sich.

Das Handyvideo kann nicht real sein. Doch Zweifel kommen auf. Wieso hatte Jakko dann eine solche Scheißangst?

Bier, Glühwein, alles was so kam, haben sie in sich rein geschüttet. Hat gut getan. Es war so lustig. Fino kam dann noch mit seinem komischen Kraut. Auch das haben sie geraucht, es macht unglaublich leicht, man vergisst alle Probleme.

Na ja, jetzt ist ihm alles andere als leicht ums Herz. Er hat sich ganz extrem mit seiner Mutter überworfen, sein Zuhause verlassen und steht am Abend des zweiten Adventssonntags mit der Kleidung, die er trägt, nur wenig Geld in der Tasche, seinem Smartphone, seiner Armbanduhr, aber sonst ohne Wertsachen bei Dunkelheit und Kälte in Sieglingen auf der Straße.

Wohin?

Schnell, übereilt, fast gehetzt, ohne zu überlegen marschiert, ja rennt er aus der am Sonntagabend ausgestorbenen Wohngegend am Hang, seinem Zuhause seit der Übersiedelung aus Brasilien.

Alles ist vertraut, die peinlich gepflegten Vorgärten der Nachbarn, der sauber gekehrte Gehweg, die vielen am Straßenrand geparkten Autos.

Und doch ist alles irgendwie fremd. Er fühlt sich ausgeschlossen. Die warmen Lichter in den Häusern der Nachbarn machen ihn traurig. Auch bei der Nachbarsfamilie Müller ist jemand da. Mit den Töchtern von Müllers hatte er und Ben früher tagtäglich den gleichen Schulweg zum Gymi. Seit dem Schulwechsel gehört er nicht mehr dazu.

Weg, schnell weg. Die Burgsteige hinunter, entlang der Goethestraße in Richtung Innenstadt, dann der kleine Stich die Weisenthaler Straße hoch, bevor es wieder abwärts geht. Das schnelle Gehen beruhigt sein Inneres. Er ist nicht mehr ganz so aufgewühlt wie eben noch. Jan nimmt jetzt sogar Dinge wahr, die er schon lang nicht mehr, oder überhaupt noch nie bewusst aufgenommen hat: weihnachtlich dekorierte Gebäude, Lichterketten an Tannenbäumen vor den Geschäften, leuchtende Girlanden um Fenster und Türen. Heile Welt.

Totaler Kontrast zu seinem aufgewühlten Inneren.

Was ist das? Ein rot-weiß verkleideter Mann mit langem weißem Bart klingelt an einer Haustür. Ja klar, heute ist Nikolaustag.

Wie war dieser Tag früher immer schön! Als sie noch in Sao Paulo gelebt haben. Die Eltern achteten darauf, dass die Jungs mit deutschen Weihnachtstraditionen aufwuchsen. Das klappte, obwohl die Weihnachtszeit in Brasilien mitten im Hochsommer liegt. Er erinnert sich noch daran, dass er als kleiner Junge dem Nikolaus versprochen hat, nie wieder an seinen Fingern zu nuckeln. Dieses Saugen an seinem mittleren Finger und am Ringfinger der rechten Hand war für ihn beruhigend. Damit lösten sich alle Probleme. Ein echter Tröster. Doch diese Gewohnheit ist zur Sucht geworden und die Fingernägel dieser beiden Finger waren durch das Dauerlutschen schon ziemlich deformiert. Also musste er dem Nikolaus versprechen, sich nie wieder auf diese Weise zu trösten. Ganz schwierig. Doch er hielt durch. Papa und Mama waren damals stolz auf ihn.

Nach fast halbstündigem Marsch merkt Jan, welchen Weg er unwillkürlich eingeschlagen hat. Als hätte er in seinem Körper ein Navigationsgerät eingebaut, das ihn leitet, steuert ihn sein Gehirn in Richtung Sieglinger Bahnhof. Es fahren noch zwei Züge so spät am Sonntagabend.

Klar, in Stuttgart wird man ihm helfen. Da ist er sich sicher. Diese Aussicht macht ihn zuversichtlich. Bestimmt zeigen ihm die Freunde von der Klettpassage ein warmes geheimes Plätzchen, das die Bahnpolizei nicht kennt und an dem er die Nacht verbringen kann, ohne aufgegriffen zu werden. Sicher ist noch ein Kumpel da, der ihm einen Schlafsack ausleihen kann.

✧

Enttäuschung. Als Jan gegen dreiundzwanzig Uhr wieder in der Klettpassage ankommt, ist das gemütliche Lager von heute Nachmittag geräumt. Die ganze Clique ist wohl schon in die Nachtquartiere gegangen. Auch hier: ausgestoßen und verlassen.

„Hey Jan, was machst du noch hier?“

„Alina!“

„Hast du Fino gesehen? Ich muss ihn unbedingt sprechen.“

„Nein, Alina, ich komme eben aus Sieglingen. Hab Fino heute Nachmittag gesehen, bevor ich heimgefahren bin.“

„Heimgefahren? Warum bist du dann hier?“ Alina spürt, dass Jan durcheinander ist und dass er vielleicht reden möchte. „Komm, hierher.“ Sie zeigt auf den Platz am Boden neben sich. Alina ist sensibel. Feinfühlig, auch anderen gegenüber. Das hat Jan schon öfters bemerkt. Alina neigt ihr Gesicht Jan zu. Dabei fährt sie sich mit den leicht gespreizten Fingern durch ihre langen blonden Haare, bindet die Haar-Enden an ihrem Hinterkopf lose zu einem Knoten zusammen. Eine schöne Geste, wie Jan findet.

Sie sitzen auf den bloßen Fliesen. Dreckig oder nicht, weder Jan noch Alina achten darauf. An diesem späten Adventssonntag ist nicht mehr viel los im unterirdischen Gangsystem mit den vielen Geschäften. Ausgestorben, die ganze Ladenpassage. Alles geschlossen. Man sieht nur noch ein paar gut gekleidete Menschen, vielleicht Opern- oder Konzertbesucher, auf dem Weg zur S-Bahn. Die Bahn wird sie heimbringen in ihr gemütliches Zuhause.

Beide denken dasselbe, als sie den Leuten nachschauen. Wie gut geht es doch diesen Menschen. Wissen sie es? Sind sie sich ihres Glücks bewusst? Sie haben ein Heim, in dem sie sich wohl fühlen können.

Jan mit gesenktem Kopf: „Oh, Alina, du ich hab echt Probleme."

„Wieso, Jan. Willst du reden?" Alina zückt ihre Wodka-Flasche, in der Innentasche ihres Mantels deponiert.

„Komm, trink einen Schluck, das hilft."

„Ich hab mich mit meiner Mutter heute total überworfen."

„Scheiße. Warum das denn, Jan?"

„Sie hat rausbekommen, dass ich sie schon eine ganze Weile belüge. Sie will nicht, dass ich mit Fino zusammen bin. Sie meint, ihr seid nicht der richtige Umgang für mich. Ich bin von daheim abgehauen. Einfach weg. Auf und davon."

„Och, das ist totale Kacke, Jan."

„Ihre ewigen Vorwürfe, diese ständigen Ansprüche, was ich machen soll und was ich nicht machen darf. Ich bin total ausgerastet." Alina hört konzentriert zu. Jan weiter: „Sie müsste als Ärztin doch auch begreifen, dass mir das mal zu viel wird. Jetzt bin ich ziemlich weit unten." Jan pausiert, sinniert weiter. „Alle sind sie mit schuldig, dass das so gekommen ist: mein bescheuerter Mathe-Lehrer, mein mustergültiger Zwillingsbruder, Mama, die ständig an mir herummäkelt, und Papa, der auf der ganzen Linie fehlt."

„Du, ich wäre froh, mein Vater würde fehlen. Jeden Tag, an dem ich meinen Alten nicht sehe, ist ein glücklicher Tag."

„Wieso? Das ist ja schlimm."

„Mein Vater ist ein gewalttätiger Typ. Er schlägt meine Mutter. Auch ich und meine Schwester müssen aufpassen, wenn er in der Nähe ist. Vor allem, wenn er gesoffen hat oder wenn ihn sonst irgendwas anstinkt. Ein kleiner Anlass und schon rastet er aus. Einmal haben die Nachbarn die Polizei gerufen, weil es bei uns in der Wohnung so laut zugegangen ist. Aber meine Mutter hat sich dann vor ihn gestellt."

Alina pausiert, setzt wütend fort: „Ist die doof, verteidigt den Typen auch noch." Ihr Gesicht verhärtet sich. „Den Kerl hätte ich längst rausgeschmissen. Seit ein paar Monaten ist er auch noch arbeitslos. Besoffen auf der Baustelle. Seither ist's total schlimm. Ständig zu Hause, ständig blau, nur noch aggressiv."

„Übel. Bist du deswegen nicht daheim und so spät noch hier?"

„Nein, ich muss Fino sprechen." Alina nimmt einen kräftigen Schluck, dann redet sie. „Fino und ich. Wir haben uns heute auch zerstritten. Eigentlich wollte ich Schluss machen, hab mich aber nicht getraut."

„Ich dachte, das sei die große Liebe zwischen dir und Fino. Wieso willst du Schluss machen? Aber", Jan hebt abwehrend die Hände „ich will nicht neugierig sein."

„Nein. Große Liebe, pah." Wegwerfende Geste mit den Armen. Alina spuckt aus. Auf den Boden neben sich, nimmt einen Schluck aus ihrer Flasche. Dann weiter: „Es tut gut, mit jemand zu reden. Fino ist schwierig. Er fängt an, aggressiv gegen mich zu werden. Direkt geschlagen hat er mich noch nicht, aber es hat nicht viel gefehlt. Er ist wie mein Vater, ganz ähnlich."

„Und das musst du ihm heute Abend noch sagen?"

„Ja, jetzt hätte ich den Mut dazu. Ich will ihn nicht mehr zum Freund haben."

Ihn zum Feind zu haben ist wohl auch nicht zu empfehlen, denkt sich Jan. Das Handyvideo lässt ihn nicht los.

✧

„Berger hier, ich möchte meinen Sohn Jan Berger aus der Klasse 8b entschuldigen. Er kann heute nicht zum Unterricht kommen."

Karen ist die ganze Nacht wach gelegen und hat jedes Geräusch im Haus wahrgenommen. Gehorcht, gehofft, danach gefiebert, dass die Haustür aufgehen möge. Im Halb-Schlaf-Zustand hörte sie irgendwann die Stimme Jans, stand auf, ging hinunter. Täuschung. Nichts.

Gegen dreiundzwanzig Uhr kam Ben zurück. Glücklich und erfüllt. Das Adventskonzert seines Orchesters war ein großer Erfolg. Karen wollte ihn vor dem Schlafengehen nicht beunruhigen und sagte ihm nichts davon, dass der Zwillingsbruder weggelaufen ist. Es reicht, wenn *sie* es war, die eine schlaflose Nacht haben würde. Ben sollte nicht auch noch beunruhigt werden. Weiter wachte sie. Was war zu unternehmen? Welche Möglichkeiten gab es? Wo könnte Jan jetzt sein? Sollte sie aufstehen und ihn suchen gehen? Würde er mit zurückkommen, wenn sie ihn finden würde? Was könnte ihm passieren, ganz allein in dieser kalten Winternacht? Soll sie gleich oder morgen früh die Polizei anrufen? Wäre es besser, noch abzuwarten?

Jan ist weggeblieben. Karen entschied sich dagegen, gleich die Polizei einzuschalten. Sie hoffte, die Situation irgendwie noch auf privater Ebene in den Griff zu bekommen. Deshalb beschloss sie, erst mal in der Schule anzurufen und so zu tun, als sei Jan krank. Sie will Zeit gewinnen, um Jan die Chance zu geben, wieder heimzukommen oder um ihn vielleicht zu finden. Und sie will sich mit Frieder und Ben besprechen.

„Aber warum rufen Sie an, Jan ist doch für die nächsten zwei Wochen krank geschrieben. Sie selbst haben uns eine Entschuldigung geschickt."

Karen, total verdattert: „Ach so, ja danke. Das habe ich ganz vergessen."

„Auf Wiederhören."

✧

Karen, Frieder und Ben sitzen im Wohnzimmer. Ben hat seine Mutter noch nie so verzweifelt gesehen. Sie ist blass, sieht übernächtig aus, fährt mit ihren Fingern ständig nervös in die Haare, hat ihre roten Aufregungs-Flecken am Hals und spricht hektisch.

„Die Probleme steigern sich seit der Schulschlägerei. Seit er in der anderen Schule ist, habe ich keine Kontrolle mehr. Alles geht so rapide: Er lügt mich an, täuscht mir vor, mit Mick bei der Halfpipe zu sein, hängt aber mit andern Leuten zusammen. Er fälscht meine Unterschrift und schwänzt die Schule. Jetzt haut er von zu Hause ab und ist seit einem vollen Tag verschwunden."

„Ja, ich denke auch, dass es an der Zeit ist, etwas zu unternehmen." Frieder kann in seiner bedächtigen Art beruhigend wirken, selbst in dieser schwierigen Situation. „Welche Möglichkeiten gibt es? Überlegen wir mal. Karen, was würdest du einer Patientin empfehlen, die dir von solchen Erziehungsproblemen berichtet?"

Karen ist die Sache eigentlich zu ernst, um Gedankenspielchen mitzumachen. Aber sie weiß keine andere Vorgehensweise.

„Man könnte sich an den Lehrer wenden", überlegt Karen laut.

Ben, der kluge Theoretiker, kommentiert den Vorschlag. „Die Frage ist, *welchem* Lehrer oder welcher Lehrerin man sich anvertrauen sollte. Kennst du Jans neue Lehrer?" Ben weiter: „Vielleicht gibt es einen Schulsozialarbeiter?"

„Ja, da habe ich auch meine Zweifel", stimmt Frieder zu. „Ich denke wie du. Lehrer sind zwar meistens fachlich gut ausgebildet und bestimmt in didaktischer und pädagogischer Hinsicht kompetent. Wir haben es hier aber mit einer speziellen Problemsituation zu tun. Schulsozialarbeiter? Notfalls. Besser wäre eine neutrale Institution. Niemand von der Schule. Ich denke, Karen, du brauchst gezielte und professionelle Hilfe. Von außen. Man könnte sich an eine private jugendpsychologische Beratungsstelle wenden, wenn's so was gibt. Oder wir fragen beim Jugendamt nach, vielleicht wissen die einen Rat."

„Ja, du hast Recht. Ich rufe Frau Schanze vom Jugendamt an. Sie war nach der Schlägerei an der Schule von Amts wegen involviert und hat mir damals ihre Visitenkarte gegeben."

Karen denkt zurück. Wie blauäugig waren sie doch, nachdem diese Sache durchgestanden war. Sie alle dachten, es hätte sich um eine harmlose Schulhof-Keilerei gehandelt und alles Weitere würde sich von selbst regeln.

„Dass ich den Rat von Frau Schanze nochmal brauchen würde, hätte ich damals bestimmt nicht gedacht." Dann wird Karen klar, dass dieses *damals* nur drei Wochen zurückliegt. Die negativen Ereignisse um Jan überschlagen sich, nehmen Geschwindigkeit auf, rasen. Wie kann man den Jungen aus diesem Abwärtsstrudel retten? Wird er ganz in die Tiefe gerissen?

Trotzdem ist Karen etwas leichter zumute. Sie wird professionellen Beistand bekommen, die Verantwortung teilen können.

„Ich will gleich heute Abend noch eine E-Mail an Uwe schreiben. Er muss informiert werden. Vielleicht wird die neue Entwicklung seine Urlaubsentscheidung für Weihnachten beeinflussen."

Traum und Trauma

Sonntag, 13. Dezember, 3. Advent

Okay, nicht so schön, die *Schlemmerrolle*, die sich zwischen Taille und Brustansatz in der letzten Zeit ausgebildet hat. Der fehlende Berufsstress und die Naschereien jetzt in der Adventszeit wirken zusätzlich. Nach Weihnachten wird sie, wie in jedem Jahr, das Brigitte-Diät-Heft kaufen. Momentan ist *Kaschieren* angesagt, vielleicht mit einem großzügigen Tuch, einer geschickten saloppen Bluse, die man darüber zieht? *Kaschieren*, das Zauberwort für die *frauliche* Figur.

Das schwarze, körpernahe Kleid, mittlere Länge, halblange Ärmel, passt Johanna eigentlich noch bestens. Vor einiger Zeit hat sie es günstig in einem kleinen Geschäft in der Altstadt von Tübingen gekauft. Dessen Inhaberin, Frau Kurz, eine engagierte Tübinger Stadträtin, kennt Johanna über ihre Mitbewohnerin. Vera, die in der Neckarstadt studiert hat, pflegt immer noch Kontakt zu ehemaligen Kommilitoninnen, die noch dort wohnen.

Diese Tübinger Freundinnen hatten wegen der Belästigungen durch eine Großdiskothek in ihrem Wohnquartier vor ein paar Jahren eine Bürgerinitiative gegründet. Frau Kurz war letztendlich das einzige Stadtratsmitglied, das diese Nachbarschaftsinitiative nachhaltig unterstützte. Dass sich eine Stadträtin, gleichzeitig Mitglied im Kreistag, trotz ihres übervollen Terminkalenders mit guten Ideen, mit Zeit und Ausdauer für die Interessen einzelner Bürgergruppen einsetzte, war schon bemerkenswert. Johanna will Verbundenheit demonstrieren und geht jedes Mal, wenn sie zusammen mit Vera in Tübingen ist, auch in das Strumpf- und Damenoberbekleidungsgeschäft von Frau Kurz im Erdgeschoss eines denkmalgeschützten Tübinger Altstadthauses.

Dieses zeitlose Kleid trägt sie gern bei *besseren* Anlässen wie diesem heute, ihrem Besuch im Stuttgarter Opernhaus. Johanna testet diverse Bekleidungskombinationen. Ja, der alte rote Blazer macht sich zu dem schwarzen Ausgehkleid am besten. Und er *kaschiert*!

Keine Probleme beim Fahren jetzt am frühen Abend, obwohl es schon dämmert. Alles ist gut gestreut auf den Straßen zu Elisabeths Wohnung.

„Hallo Johanna, komm bitte rauf." Gemeinsam werden sie heute den Operngutschein einlösen, den Johanna vom Kollegenteam zu ihrer Verabschiedung geschenkt bekommen hat.

Johanna lehnt sich gegen die Eingangstür des Mehrfamilienhauses und fährt mit dem Aufzug zu Elisabeths Wohnung im vierten Obergeschoss.

„Komm rein. Grüß dich, Johanna."

„Hallo Elisabeth. Wir haben uns lang nicht gesehen. Seit der Verabschiedung."

„Lass dich anschauen. Nicht schlecht. Der Ruhestand tut dir wohl gut."

„Ja, schon schön." Johanna will vor ihrer früheren Sekretärin nicht die *Angst vor dem Loch*, ihre Zweifel und Probleme ausbreiten. Sie will nicht, dass im Büro über sie geredet wird, will nicht diejenige sein, die mit der neuen Lebensphase hadert.

„Du Elisabeth, ich freu mich so auf die Oper. Schon seit Tagen fiebere ich dem Tag entgegen. Der Geburtstagsbesuch in Freiburg ist deshalb kurz ausgefallen: Freitagnacht haben wir auf Christinas neues Lebensjahr angestoßen, gestern ein Geburtstagsfrühstück und anschließend bin ich schon wieder hergefahren. Heute habe ich noch ein bisschen zu *Rigoletto* recherchiert. Das wird schön!"

„Ja, bestimmt. Ist auch super, dass wir mal wieder richtig klönen können. Schon ein bisschen langweilig im Büro, so ganz ohne dich."

Sie sind früh dran. Sicherheitshalber. Etwa eine Stunde für die Anfahrt, zusätzlich Pufferzeit. Von Stuttgart aus nach Sieglingen gibt es spätabends, nach Ende der Vorstellung, nur noch ungünstige Bahnverbindungen. Das Auto wollen sie im *P&R-Parkhaus Stuttgart-Degerloch, Albstraße* abstellen. Von dort aus kann man problemlos mit der U-Bahn in die Stuttgarter Innenstadt fahren.

„Gut, dass wir Puffer eingeplant haben. Ich mag es, früh im Opernhaus zu sein. Es wäre schade, wenn wir hetzen würden. Die ganze Atmosphäre muss man doch in Ruhe genießen können."

Gleich nach ihrer Ankunft im Parkhaus erwischen sie eine U-Bahn. Bei Schneeregen und Kälte gehen sie die wenigen Minuten von der Haltestelle *Charlottenplatz* bis zum *Großen Haus* zu Fuß. Natürlich tauschen beide in der Damentoilette des Opernhauses ihre nassen und derben Winterschuhe gegen ihre mitgebrachten hochhakigen Abendschuhe aus.

Elisabeth bestellt gleich nach der Ankunft in der Stuttgarter Oper für die Pause einen Prosecco und einen kleinen Snack an einem Steh-Tischchen im ersten Stock. Stilvoll. Selbstverständlich werden sie die *Einführung in das Stück* um achtzehn Uhr fünfzehn im Foyer besuchen, Hintergrundinformationen zum Verständnis von Inhalt und Inszenierung des Bühnenwerks. Bis dahin wandeln sie durch das Haus, machen sich gegenseitig auf elegant gekleidete Frauen aufmerksam.

„Schau, überall sieht man Geld. Gutbetuchte Leute. Nicht nur, aber viele."

„Stimmt", pflichtet Johanna bei, „eine bürgerliche Auslese, das heutige Opernpublikum."

Dabei hat sie unlängst gelesen, dass im neunzehnten Jahrhundert eine Vorführung in der Brüsseler Oper zum Auslöser, natürlich nicht zur Ursache, einer Revolution geworden war. *Vive la liberté,* so der Ruf des Publikums, das nach der Vorstellung durch die Straßen zog. Es gab Zerstörung und Menschenopfer.

Gottlob undenkbar beim heutigen Opernpublikum, bestehend aus überwiegend im System etablierten Menschen. Die höchste Form der Meuterei, die man sich heutzutage aus diesen Kreisen vorstellen kann, überlegt sich Johanna, wäre der Totalverriss einer Inszenierung, vielleicht sogar mit lauten Unmutsäußerungen oder mit dem demonstrativen Verlassen der Vorführung.

„Obwohl", Elisabeth unterbricht Johannas Reflexion, „man will auch benachteiligte Menschen, vor allem Jugendliche, an klassische Werke heranführen. Du kennst doch sicher den Projekt-Film *Rhythm' is it. Simon Rattle* und die *Berliner Philharmoniker* leisten da Tolles."

Sie genießen die Atmosphäre im Opernhaus mit seinen Säulen,

Erkern, den raumhohen Sprossenfenstern, den riesigen Lüstern, den Stuckverzierungen, den einladenden Sesselgruppen. Der obligatorische Blick vom Außenbalkon im oberen Rang in den *Schlossgarten* und zum *Eckensee* fällt kurz aus. Außer ein paar hartgesottenen Rauchern verweilt niemand lange draußen. Zu ungemütlich ist es im Freien an diesem Adventssonntag.

✧

Es ist schon spät, als die Aufführung endet. Schnell machen sich die beiden Frauen wieder winterfest, um zur U-Bahn-Station Charlottenplatz zu kommen. Die Bahn zu ihrem P&R-Parkhaus in der Albstraße verpassen sie knapp. Sie müssen warten.

Der Bahnhof Charlottenplatz, tagsüber pulsierend, belebt mit ankommenden, wartenden, abreisenden Leuten, ist zu dieser späten Stunde ziemlich ausgestorben. Nur wenige Fahrgäste sind noch unterwegs. Ein paar heruntergekommene Gestalten und eine Gruppe Jugendlicher warten auf dem Bahnsteig. Es ist kalt. Es zieht. Unangenehm.

Plötzlich Geschrei, Lärm, Hilferufe! Erschrocken sieht Johanna, dass in der Gruppe der drei jungen Leute Streit ausgebrochen ist. Zuerst will sie Elisabeth mit sich ziehen und sich entfernen, um selbst nicht in den Disput hineingezogen zu werden.

„Nein, der schlägt ja auf das Mädchen ein. Siehst du das?“ Elisabeth ist alarmiert.

„Schnell hin!“ Ohne Überlegung rennen Elisabeth und Johanna auf die Jugendlichen zu.

„Lass das Mädchen in Ruhe“, schreit Johanna in Richtung Angreifer.

„Hör auf! Du verletzt sie doch“, setzt Elisabeth nach.

Bei den Streitenden angekommen, schauen sich die Frauen um. Keine Unterstützung in Sicht. Die wenigen, eben noch anwesenden Menschen fehlen plötzlich. Johanna und Elisabeth sind allein. Völlig auf sich gestellt.

„Alte Fotze! Misch dich nicht ein!“ brüllt der Angreifer die Frauen an. Dieser Schläger, ein kahlrasierter Kraftprotz, haut weiter auf das Mädchen ein, lässt sich von den lauten Ermahnungen der Frauen nicht abhalten. Sein Opfer geht zu Boden. Der Gewalttätige hört nicht auf, tritt nach. „Du Nutte, du Fotze. Nicht mit mir.“

Die junge Frau liegt zusammengekrümmt am Bahnsteig. Bei jedem Schlag winselt sie. Der Glatzkopf lässt nicht locker, versetzt der Malträtierten weitere Fußtritte. Gegen Kopf und Körper. Unbarmherzig.

Johanna und Elisabeth kapieren, dass der Angreifer auf Appelle, doch aufzuhören, nicht reagiert. Verbal können Sie dem Mädchen nicht helfen. Sie greifen nun beherzt ein, versuchen den Angreifer wegzudrängen, wollen die junge Frau aus der Gefahrenzone bergen.

Das ärgert den Schläger. Er will sich nicht stören lassen. „Los, kümmer du dich um die Alten. Mach sie platt!“ Er fordert den Blonden mit den schmuddeligen Haaren auf, die Frauen abzuwehren. Der steht weiterhin abseits. Der Glatzkopf, noch drängender, brüllt den Blonden an: „Los, mach schon!“

Der kuscht jetzt, geht dazwischen, reißt Elisabeth weg. Sie verliert die Balance, fällt hin. Johanna nimmt nicht wahr, dass Elisabeth gestürzt ist, mischt sich weiter ein, versucht das Opfer zu retten. Der Kahlköpfige lässt vom winselnden Mädchen ab und gibt Johanna einen gewaltigen Schlag ins Gesicht. Ein merkwürdig krachendes Geräusch. Sie taumelt, kann sich nicht mehr halten, knickt ein. Auch Elisabeth kauert auf der Erde, sie. wimmert.

Der Angreifer tobt weiter. Mit entstelltem Gesicht peinigt er seine Opfer.

Alle drei Frauen am Boden.

Der Schläger wütet, attackiert mit den Fäusten und tritt nach. Eine Ewigkeit.

Panik pur. „Hilfe! Bitte, Hilfe!“ Johanna will schreien.

Kein Laut.

Dunkelheit.

Teil II – EINBRUCH

Ohnmacht

Ihr Körper ist starr. Wie festgefroren.

Wegrennen, nichts wie weg. Aufstehen, abhauen. Sie hebt an, mit enormer Muskelkraft. Will ihre Beine bewegen. Davonlaufen, dieser Pein entfliehen.

Nichts rührt sich. Gelähmt. Kein Entrinnen.

Schreien. Um Hilfe rufen, sich wehren, sich nicht mehr dieser Tortur aussetzen. Sie hebt an zum Schrei, brüllt. Es geht nicht. Kein Laut. Ihr Mund ist weit aufgerissen. Bleibt stumm. Sie schafft es nicht. Blockiert.

Gelähmt. Stumm. Hilflos.

Der Kahlrasierte brüllt. Verzerrtes Gesicht. Fratze. Er kommt ihr nahe. Großer Mund, abgebrochener Zahn.

Sie fällt. Will sich festhalten, irgendwo festklammern.

Keine Stütze, kein Halt.

Sie rast in ein dunkles, tiefes Loch.

Gejagt

Sonntagnacht, 13. Dezember

„Du Nutte. Nicht mit mir.“ Was diese Fotze sich erlaubt. Alina liegt zusammengekrümmt am Boden. Die beiden Alten daneben.

„Fino, hör auf! Hör endlich auf!“ Jan versucht nochmals, den Rasenden zu beruhigen.

Fino schaut um sich. „Jetzt. Los. Weg hier.“

Jan ist wie in Trance. Benebelt.

Fino denkt weiter. „Denen haben wir's gegeben. Blöde Tussis.“

„Aber – Alina – wir können sie doch nicht so liegen lassen?“

Jan kommt zu sich. Was ist eben passiert? Langsam begreift er: Sie haben etwas Schreckliches getan. Vielleicht wird es noch schlimmer, wenn sie jetzt einfach abhauen.

„Komm schon. Die sind bald hinter uns her.“ Fino zieht ihn weg.

Eben fährt die U6 ein, in Richtung Degerloch, Möhringen, Fasanenhof. Auf diese U-Bahn haben sie eigentlich gewartet. Sie wollten Alina nach Hause begleiten. Dann kam der Streit.

Alles lief aus dem Ruder.

Beide rennen jetzt. Jan zunächst noch zögerlich, doch dann schnell, den Bahnsteig entlang, Fino hinterher.

Kann das sein?

Weit entfernt hören sie ein Martinshorn.

Ist das schon die Notfallsirene?

Kommt der Notarzt?

Kommt die Polizei?

Sie sind immer noch im Bahnhof Charlottenplatz.

Wieso hat ihn diese Tussi so gereizt. Macht mit ihm Schluss. Vor den andern. Meint es ernst, lässt sich nicht mehr rumkriegen. Das ist doch *seine* Barbie. Es war doch gut mit seiner Braut. Und ihr hat es ja auch gefallen. Nein, so schnell wird man einen Fino nicht los, *die finale Nummer*. An ihm kommt keiner vorbei, nicht an ihm. *Er* hat die letzte Entscheidung. *Er* sagt, wie's läuft. Kein anderer. Schon gar keine Tussi. Auch Alina nicht. Seine Frau muss tun, was *er* will. Sie kann sich nicht so einfach von ihm trennen. *Er* bestimmt, ob Schluss ist. *Er* muss sie frei geben. Einfach Schluss machen wollen. Das kann er sich nicht gefallen lassen.

Das muss sie spüren.

Sie hat eine Grenze überschritten.

Er ist schließlich der Mann.

Fino ist klar im Kopf. Er muss jetzt funktionieren, darf nicht so weinerlich sein wie Jan.

Blitzschnelle Überlegungen.

Die automatischen Türen der eben eingefahrenen Bahn öffnen sich. Soll er mit Jan einsteigen? Haben ihn die Leute aus dem Zug heraus beobachtet? Es sind zwar nicht viele. Trotzdem. Das Risiko ist zu groß. Diese Leute haben vielleicht gesehen, dass sie beide an diesem Streit beteiligt gewesen sind. Dass er auf die am Boden Liegenden eingetreten hat. Sie würden in der Falle sitzen, wenn sie jetzt in diese Bahn einsteigen würden. Mit ein paar schwachen Frauen würde er schon fertig werden. Aber es könnten ja stärkere Leute drin sein, die sie beide dann festsetzen und die Polizei rufen würden. Dann wären sie ausgeliefert.

Deshalb macht es keinen Sinn, jetzt in eine U-Bahn zu steigen. Besser, er macht sich mit Jan zu Fuß auf. Da kann sie ein Polizeiwagen nicht so schnell verfolgen. Also schnell den unterirdischen Bahnhof Charlottenplatz verlassen.

„Wir müssen den Notarzt alarmieren." Jan zückt sein Handy: *eins-eins-zwei.* Das weiß er von seiner Mutter.

„Lass das!" Fino schlägt Jan das Handy aus der Hand. Dumpfer Aufprall. Die Schutzhülle fängt den Schlag ab, das Gerät zerbirst nicht. Jan hebt es auf, sieht, dass es noch funktioniert.

„Komm jetzt sofort mit. Die dürfen uns nicht kriegen. Du kommst mit. Wenn die dich fangen, haben sie mich auch gleich." Fino schreit voller Wut auf Jan ein: „Wenn die mich wegen dir fassen! Dann mach ich deinen Fettkloß platt."

Wieder droht Fino. Jan ahnt, was er mit *platt machen* meint. Er ist in seinen Fängen, muss tun, was Fino sagt.

„Jan, mach schon! Los! Weg." Er darf ihn nicht aus den Augen verlieren. Der ist ja so doof, ist noch nie wirklich von der Polizei verfolgt worden. Wenn er ihn jetzt allein lassen würde, wäre der bald fertig. Ihm traut er zu, dass er sich sogar der Polizei stellen würde. Der hat doch Schisse. Ein Sitzpinkler. Verwöhnter Schwächling eben. Der würde bei der Polizei auch ganz schnell zusammenbrechen, sich ausheulen und alles über ihn, Fino, aussagen. Also, Jan muss mit.

„Jan, los." Jan hastet Fino hinterher. Kopflos. Ohne viel zu überlegen. Treppen hoch. Auf die Straße. Es ist glitschig. Jan rutscht aus, strauchelt. Fino schreit ihn an, er solle doch schneller machen.

Jan rennt jetzt wieder. Ziemlich fertig. Wieder mal haben sie den ganzen Tag in der Klettpassage verbracht: getrunken, viel gelacht, Finos Kraut geraucht. Jetzt ist er k.o. Jan stolpert beim Überqueren der Straße, fällt hin, auf die Knie, sackt auf die Seite, dann aufs Gesäß, bleibt auf dem schmierigen Boden sitzen, mitten auf der Planie. Seine Klamotten sind dreckig und nass, sein Puls am Anschlag.

„Ich kann nicht mehr." Fino rennt zu ihm zurück, zerrt ihn hoch, schleppt ihn mit sich.

„Los, mach schon." Sie hetzen quer über den Schlossplatz, weiter die Königsstraße hinab. Richtung Bahnhof.

Verwundert schauen ihnen ein paar Passanten nach, denken sich vermutlich, dass hier etwas nicht stimmen kann, hoffen, dass sie nicht behelligt werden, drehen sich schnell weg, gehen weiter.

Fino ist hellwach. Sein Gehirn rattert. Schock? Nein, das gibt's nicht. Er muss für sie beide denken. Blitzschnell checkt er den Fluchtweg. Auf der unteren Königsstraße, nicht weit weg vom Abgang zum Hauptbahnhof, steht ein Polizeiwagen, in der Nähe von *Karstadt-Sport*. Fino sieht ihn rechtzeitig, reagiert blitzschnell, rennt in eine Passage auf der linken Seite der Königsstraße. Kein Sperrgitter. Schwein gehabt. Rein in die Thouretstraße. Fino zieht Jan mit sich. Sie haben Glück, diese Straße hat einen Durchgang. Schnell weiter.

So können sie über Umwege, parallel zur Königsstraße auf der Stephanstraße, zwischen zwei Gebäudeblöcken hindurch weiter in Richtung Bahnhof hasten.

Die Polizisten dürfen sie nicht sehen. Die sind vielleicht schon alarmiert, um sie zu verfolgen. Jan kann eigentlich nicht mehr. Sein Herz flattert, Angst, Übermüdung, Ekel, Panik. Übelkeit kommt in ihm hoch. Er ist erschöpft. Doch Fino zerrt ihn weiter, unerbittlich, lässt nicht locker.

Am Limit, schwer keuchend, erreichen sie den Abgang zur Klettpassage. Fino ist erleichtert. In diesem unterirdischen Netz von Fußgängerwegen und Bahngleisen kennt er sich aus. Da kennt er Ecken, die ein Polizist nicht findet. Dort muss er mit Jan hin. Möglichst unauffällig.

Mit letzter Kraft kann Jan nachkommen, knickt aber ein, fällt die Treppe runter. Fino zieht ihn hoch. Jan jammert und jault: „Mein Fuß! Lass mich! Kann nicht mehr weiter."

Hat sich wohl den Knöchel verstaucht. Doch Fino schleppt ihn mit sich. Jan zetert, hat Schmerzen.

Irgendwann, nach einer Ewigkeit, haben sie ihr Versteck erreicht: Einen ausgestorbenen Fußgängertunnel in Richtung Kriegsbergstraße. Wegen der Baustelle für *Stuttgart 21* inzwischen eine Sackgasse. Es kommen kaum noch Leute vorbei. Dieser Verschlag passt. Den sieht man nicht.

Vollkommen entkräftet kommen sie an. Beide werfen sich auf den Boden, japsen nach Luft.

Fino zu sich selbst: „Das war knapp." Und in Richtung Jan: „Denen haben wir's gezeigt." Jan kann nicht reden, ist fix und fertig.

Erst jetzt merkt Fino, dass sie nicht allein sind. Hans, der Penner, ist noch im Versteck. Schläft sich wohl seinen Rausch aus. Hat wahrscheinlich für heute Nacht keine Bleibe gefunden. Oder will nicht ins Männerwohnheim. Der Typ ist ja so wählerisch. Es stinkt ihm zu sehr im Wohnheim. Als ob er selbst nach Veilchen duften würde. Aber Hans verzichtet auf ein weiches Bett in der Notunterkunft, bleibt lieber hier auf dem harten Betonboden unter dem Bahnhof oder unter der Straßendecke. In ihrer Ecke.

„Was ist mit euch los?" Hans wacht auf. Ist sogar einigermaßen klar. Hat wohl schlafend schon seinen Blutalkoholspiegel gesenkt.

„Wie seht ihr denn aus? Jan, was ist mit dir?" Hans dreht sich zu Jan, der immer noch total ausgepowert auf dem Fußboden liegt.

„Lass mich in Ruhe, mein Fuß." Jan weint, wimmert, ist kaputt.

„Was hast du mit ihm gemacht? Du Verbrecher!" Hans ahnt, dass Schlimmes passiert ist.

„Hast du ihn in die Scheiße gezogen? Hau bloß ab! Ich will dich hier nicht sehen." Hans ist wütend. Er kennt ja Fino. Hat beobachtet, wie der sich in letzter Zeit Jan gefügig gemacht hat. Bestimmt mit einem dreckigen Trick. Er traut Fino alle Gemeinheiten zu. Hans verfolgt schon eine Weile, dass er auch das Mädchen in seine Fänge gezogen hat.

„Hau bloß ab! Weg hier."

„Ich kann nicht. Die Polizei ist hinter uns her." Fino will sich aus dem Versteck nicht vertreiben lassen.

„Weg hier, sag ich. Jan bleibt. Du gehst."

Warum Hans, der alte Penner, diese Macht hat, weiß keiner. Hans ist in der Klettpassage eine Autorität. Ihn kennen alle. Ihm würde keiner was tun. Auch Fino hat Respekt vor ihm, glaubt, er sei ein Polizeispitzel. Hans verkauft die Straßenzeitung *trottwar* wohl nur zur Tarnung, wie Fino vermutet. Da steht dann Hans, dieser heruntergekommene Penner, im Fußgängerbereich am Königsbau, macht ein schönes Gesicht, bedankt sich artig, wenn er eine Zeitung verkauft hat. Das war ihm, Fino, nie geheuer. Zu Hans ging er immer auf Abstand. Merkt schon lange, dass dieser ihn nicht leiden kann. Absolut nicht. Fino vermutet, dass Hans die andern gegen ihn aufstachelt. Er hat auch den Verdacht, dass Hans Alina aufmüpfig gemacht hat. Diesem Typen traut er nicht.

Trotzdem, gegen Hans kommt er nicht an. Er hat keine Wahl.

Fino haut ab. Allein. Rennt weiter. Aus dem Versteck heraus. Verschwindet in einem Seitenzweig dieses unterirdischen Labyrinths aus Gängen, Tunneln, Treppen, Wegen, Gleisen.

Getrieben

Sonntagnacht, 13. Dezember

Inzwischen hat sich Jan aufgesetzt, etwas erholt. Er schaut seinen geschwollenen Knöchel an, schreit auf, als er ihn bewegen will.

„Was ist los. Was habt ihr gemacht?"

Jan weint. Stockend berichtet er Hans vom Streit zwischen Alina und Fino. Er erzählt, dass Fino vollkommen ausgerastet ist und Alina niedergeschlagen hat.

„Und was hast du gemacht? Hast du dem Mädchen nicht geholfen? Zu zweit hättet ihr den Typen doch niederhalten können."

„Ja, wollte ich. Ich wollte Fino wegreißen von ihr. Aber Fino hat mich weggestoßen und mir wieder gedroht."

„Wieso kann Fino dir drohen?"

„Fino hat mich in der Hand. Er macht meinen Freund Mick *platt*, wenn ich nicht mache, was er will. Ich muss tun, was Fino zu mir sagt." Jan unterbricht, setzt nach, flennt weiter: „Fino lässt Mick durch seine Sieglinger Leute beobachten, lässt ihn auf Schritt und Tritt verfolgen Immer wieder hat er mir das mit Fotos bewiesen." Nach kurzer Pause: „Was Fino mit *platt machen* meint, ist übel." Das Handyvideo von Jakko hat sich in Jans Gedächtnis eingebrannt. Jan zerknirscht weiter: „Ich musste zusehen und filmen, als er auf Alina eingeprügelt hat."

„Was hat Fino mit deinem Freund Mick zu tun?" Hans will das genau wissen. Obwohl er merkt, dass Jan nicht klar denken kann, wohl zugedröhnt ist und dieser Ausnahmesituation nicht gewachsen, bohrt Hans weiter. Jan erzählt, dass seine Mutter wegen Mick erfahren hat, dass er sie angelogen hat. Und dass Fino in Mick einen *Verräter* sieht, den man *platt machen* müsse.

Ist das alles wirklich erst vor einer Woche passiert? Am Nikolaustag? Jan glaubt das selbst nicht. Erst seit einer Woche lebt er nicht mehr zu Hause, ist auf Finos Schutz angewiesen. Seither ist er praktisch wohnsitzlos, treibt sich im Bahnhofsbereich in Stuttgart rum, versteckt sich vor der Polizei, die ihn vermutlich sucht, schläft in diesem dunklen stinkigen unterirdischen Loch auf einem geschenkt bekommenen Schlafsack, benutzt sein Smartphone kaum noch, damit man ihn nicht orten kann, schaut trotzdem ab und zu rein und liest voller Heimweh und Bitterkeit die verzweifelten WhatsApp seiner Mutter und von Ben, wagt sich aber nicht mehr nach Hause.

„Und weil Fino dich in der Hand hat, hast du Alina nicht geholfen?"

Hans kann diesen Jungen nicht verstehen. Was *Angst* doch aus Menschen machen kann. Das hat er oft genug erlebt. Sie kann die Persönlichkeit vollkommen verändern. Alle natürlichen Bremsen, die ein Mensch normalerweise hat, können bei Angst versagen. Tabus, innere Hemmschwellen werden nicht mehr wahrgenommen. Diese moralischen Schranken, die verhindern sollen Unrechtes zu tun, sind nicht mehr funktionsfähig. Na ja, es spricht für Jan, dass er einen anderen schützen wollte. Und, wie er es schildert, wollte er Fino von Alina wegreißen.

Trotzdem, dass Jan der Prügelei zugesehen und das Ganze noch gefilmt hat, ist schon ein starkes Stück. Kaum zu glauben.

„Ja, ich schäme mich so." Jan berichtet stockend weiter, dass dann alles noch schlimmer geworden ist, als die Frauen dazu gekommen sind. Dass die zwei Frauen Alina helfen wollten.

„Ich musste die Frauen zurückhalten. Ich soll sie *platt machen*, hat Fino gerufen. Da habe ich die eine von Alina weggestoßen. Fino hat auf die andere Frau eingeschlagen." Jan pausiert. Hans fragt, wie es weiter gegangen ist: „Die Frauen waren schon am Boden. Da hat Fino weiter gemacht, bedroht und getreten."

„Und du?"

„Wieder hab ich nicht geholfen."

Ganz detailliert kann Jan den Ablauf nicht wiedergeben. Das Ganze wühlt in ihm. Sein Verhalten quält ihn.

Warum hat er nicht wenigstens darauf bestanden, den Notarzt zu rufen.

Wenn vielleicht sogar eines der Opfer stirbt? Nein, bitte, das darf nicht sein.

Alles nur, weil er zu feige war.

✧

Fino rennt weiter. Hans, diesen hochnäsigen Penner, wird er irgendwann mal fertig machen. Wie er diesen Typen hasst. Glaubt, er sei stärker als er, er könne ihm, Fino, etwas sagen. Es war ihm bloß zu stressig, jetzt, in dieser Situation mit Hans Streit anzufangen. Deshalb ist er lieber gleich weiter gerannt. Vielleicht auch besser so, dass er jetzt nicht mehr Jan im Schlepptau haben muss.

Jan, dieser Schwächling, der war vollkommen überfordert. Hat fast in die Hosen geschissen. Er hat ihn noch nicht lang genug in seiner Truppe. Da gibt's noch viel zu tun. Der kennt die Gesetze *seiner* Welt noch nicht, ist noch zu sehr verwöhntes Mama-Söhnchen. Mal sehen, wie diese Sache hier ausgeht. Wenn's gut läuft, kann er Jan weiter anlernen. Dann wären sie bestimmt bald ein unschlagbares Team.

Aber jetzt ist nicht die Zeit, von der Zukunft zu träumen. Er muss erst aus dieser Kacke rauskommen. Vermutlich ist die Polizei längst alarmiert, bestimmt sind die Frauen schon versorgt. Ist ja schon besser, wenn sie keine schlimmen Verletzungen haben. Wenn die Sache doch schief läuft und man ihn und Jan fasst, dann wären sie dran. Diesen Gedanken muss Fino jetzt wegschieben. Man darf das Pech nicht herbei denken.

Was hatten sich diese Tussis in seine Angelegenheiten zu mischen. Alina und er, das ging doch niemand was an. Sie *musste* einen Denkzettel bekommen. So kann man mit einem Fino nicht umgehen. Schluss machen wollen, die Beziehung kappen, nicht mit ihm.

Dass er jetzt allein weiter rennt, ist auch nicht schlecht. Er muss nicht jeden Schritt mit Jan absprechen, kann auch intuitiv reagieren und spontan seine Aktionen verändern. So hat er bessere Chancen, einer Verhaftung zu entkommen. Gut ist auch, dass die Bullen sicher nach *zwei* Jugendlichen Ausschau halten. Wenn er allein unterwegs ist, ist das viel unauffälliger.

Er kann so tun, als sei er ein später Partygänger, dem die letzte U-Bahn durch die Lappen gegangen ist und der jetzt halt zu Fuß heimgehen muss. Ja, das ist sowieso *die Story*, das ist *die Idee.*

Das lässt sich umsetzen, ohne Verdacht zu erregen. Er kennt zwar in der Klettpassage noch ein, zwei gute Verstecke. Dort könnte er für eine gewisse Zeit, vielleicht für ein paar Tage bleiben, ohne von der

Bahnpolizei entdeckt zu werden. Aber es wäre auch nicht gut, wenn er in seiner Wohngruppe für längere Zeit fehlen würde. Die beknackten Erzieher würden zur Polizei gehen und, so ganz doof ist die auch nicht, irgendwann würde man doch darauf kommen, dass sein Verschwinden und die Verletzungen von Alina etwas miteinander zu tun haben könnten. Denn dass Alina und er zusammen sind, das wissen ein paar Leute aus der Klettpassage und bestimmt wird man Alina befragen. Vielleicht verpfeift die Tussi ihn auch gleich? Ja, dass er sie so hart rangenommen hat, war nicht klug von ihm. Sicher ist sie jetzt sauer auf ihn und bestimmt ist ihre Wut auf ihn groß. Vielleicht größer als ihre Angst vor seiner Rache?

Er hat sich jetzt entschlossen: Er geht gemütlich zum Schlafen in seine Wohngruppe, tut so, als hätte er zu viel getrunken, als wäre ihm die letzte Bahn entwischt. Ist zwar ein ziemliches Stück zu marschieren von hier am Bahnhof bis zu seiner Wohngruppe im Stuttgarter Westen, in der Gutbrodstraße. Anstrengend. Das muss aber sein. Morgen früh wird er dann, völlig arglos, in diesen beknackten Betrieb gehen. Der Chef hat ihn noch nicht entlassen, obwohl er kürzlich einen riesigen Krach mit ihm hatte. Mit diesem Typ kommt er absolut nicht klar. Ist halt zu pingelig, muss immer den Boss raushängen.

Trotzdem muss er wieder hin. Das ist seine Chance. Er tut, als sei nichts gewesen, geht heute Nacht seelenruhig in sein Zimmer, legt sich noch für ein paar Stunden ins Bett, steht morgen früh auf und geht, müde zwar, aber willig, zur Arbeit. Pünktlich. Ohne Provokation. Lammfromm!

✧

Hans hört sich Jans Geschichte an. Unglaublich, was diese beiden Unreifen gemacht haben. Drei Frauen angegriffen, niedergeschlagen, getreten, verletzt und hilflos liegen gelassen!

„Und dann seid ihr davon gelaufen, ohne den Opfern zu helfen, ohne den Notarzt zu verständigen? Seid ihr von Sinnen?“

„Nein, doch, ich wollte den Notarzt anrufen. Hab schon *eins-eins-zwei* eingetippt. Dann hat mich Fino weggerissen. Ich dürfe nicht anrufen, man würde uns sonst kriegen, wir müssten jetzt abhauen.“

„Und du machst, was dieser Glatzkopf sagt? Kannst du nicht dein eigenes Hirn einschalten? Warum lässt du einen Typen wie Fino für dich denken? Du bist doch kein Blödmann!"

Jan weint wieder. Er zittert, seine Beine, seine Lippen, sein ganzer Körper, alles ist außer Kontrolle. Alles zappelt und bebt an ihm. Er friert, ihm ist schlecht. Er muss dringend Wasser lassen, hat kaum noch Gewalt über seine Blase, kann sich gerade noch hochrappeln, humpelt zur Pinkelecke.

Warum hat er das getan?

Warum hat er Alina nicht geschützt?

Warum hat er nicht auf Finos Drohungen gepfiffen?

Wieso hat er Finos Tat auch noch gefilmt?

Warum hat er Fino bei den Alten geholfen?

Was hat ihn getrieben?

Vielleicht war es der Alkohol, den sie den ganzen Tag über getrunken haben, oder das Kraut von Fino, das sie wieder rauchten. Er hat es schon einmal an sich festgestellt, als er mit Mama Streit hatte, am Nikolaustag. Er konnte nicht mehr denken, hatte keine innere Sperre mehr, keinen Anstand, kein Mitgefühl.

Was wird bloß aus ihm? Was wird seine Mama sagen, wenn sie das Ganze erfährt? Sein Bruder Ben? Der kann sich ja nicht mehr in der Schule zeigen, er muss sich für seinen Bruder schämen. Und sein Papa? Der will sicher gar nichts mehr von ihm wissen. Warum hat er sich bloß mit Fino eingelassen?

Ja, Fino hat ihm imponiert. Der hat schon immer gemacht, was ihm gepasst hat, hat sich nie an Regeln gehalten, sich nie reinreden lassen. Nicht von seiner Mutter oder seinen Großeltern, nicht von seinen Lehrern, von den Lehrerinnen schon gar nicht, nicht von seinen Erziehern, nicht von den Beamten beim Jugendamt, nicht von den Jugendrichtern, die ihm ins Gewissen geredet haben.

Ja, wie Fino wollte er leben. Es den andern zeigen, dem Druck ausweichen. Wenn Bedenken gegen Fino bei ihm aufgekommen sind, hat er sie zurückgedrängt.

Aber jetzt?

„Und wie soll das nun mit dir weitergehen?"

„Weiß nicht, muss mich verstecken, wie Fino."

„Natürlich. Davonlaufen! Was anderes fällt dir wohl nicht ein? Was?"

„Wieso? Sonst muss ich doch ins Gefängnis."

„Ja, vielleicht. Du hättest es ja auch verdient. Willst du so weitermachen? Ängstlich sein, dich erpressen lassen, machen, was Fino will? In den Krallen von Fino leben? Schalt deinen Verstand ein, Junge!"

„Wieso? Was soll ich sonst tun? Ich sitz doch total in der Kacke."

„Ja, schlimm", Hans pausiert, Jan kauert verängstigt auf dem Boden, hält seinen dicken Knöchel, heult wieder.

„Aber da kannst du rauskommen. Und du musst rauskommen, Junge!" Hans wird lauter, kann trotz seines Alkoholspiegels deutlich artikulieren. „Oder willst du wirklich davonlaufen? Dich tage-, wochen-, monatelang vor der Polizei verstecken müssen? Ein Leben, ständig auf der Flucht, immer mit der Furcht vor Entdeckung, ängstlich wie eine Ratte, nur kein Tageslicht. Willst du das? Ist das dein Leben, das du dir vorgestellt hast?" Hans setzt laut nach, eindringlich: „Bist das *du*, Jan?"

Jan horcht auf, hört auf zu weinen, wird still.

Hans drängt weiter: „Sei nicht blöd, Junge, so tief bist du noch nicht gesunken. Es gibt einen Weg."

Was labert der Penner da. Hat er recht? Sollte das wirklich so sein? Gibt es eine Möglichkeit, diesem Leben auf der Flucht, in Verstecken, ohne seine Mutter, ohne Papa, ohne Ben, zu entkommen?

In Jan reift ein Gedanke.

Verletzungen

Montagfrüh, 14. Dezember

„Hören Sie mich?“ Durch eine Wand von Watte, aus weiter Entfernung kommen Geräusche und Stimmen in Johannas Bewusstsein.

„Frau Bäcker-Nillin, wie geht es Ihnen?“

„Was ist? Wo bin ich?“ Kaum hörbar.

„Alles ist vorbei. Sie sind hier in der Klinik.“

Sie fällt nicht mehr in dieses dunkle Loch. Taucht auf. Johanna versucht, die schweren Augenlider anzuheben.

Allmählich dringt ein heller Strahl durch. Es blendet. Aber ihre Augen gewöhnen sich an den Schein. Sie sieht sich im Raum um. Warmes Licht aus einer Lampe an der weißen Decke, kein Tageslicht. Sind diese großen dunklen Rechtecke die Fenster? Ja, draußen ist es also dunkel. Noch dunkel oder schon dunkel? Sie weiß es nicht.

Sie greift an die Halterung des Betts. Metall. Kalt, hart. Das ist real. Diese Gewissheit dringt in ihr Bewusstsein. Ruhe. Sicherheit. Ganz langsam kommen Gedankenfetzen zurück. Der Opernabend, U-Bahnhof Charlottenplatz, Warten auf die Bahn, Streit der Jugendlichen, Schläge auf das Mädchen, Angriff auf Elisabeth.

„Elisabeth. Was ist mit Elisabeth?“ Johanna flüstert, ihre Stimme gibt kaum einen Laut von sich. Das Artikulieren fällt ihr schwer, ihr Mund, ihr Kiefer, ihr gesamtes Gesicht fühlt sich unbeweglich und leblos an. Alles tut weh. Sie ist so müde.

„Alles wird gut, auch Ihre Freundin ist in Sicherheit“, sagt eine beruhigende Stimme.

„Das Mädchen, was ist mit dem Mädchen?“

„Auch das Mädchen ist bei uns. Nun schlafen Sie noch eine Weile, das gibt Ihnen wieder Kräfte.“

Der Arzt gibt Johanna eine Spritze. Sie hängt am Tropf und dämmert weiter vor sich hin.

✧

Hinter Christina schließt sich die automatische Tür der Intensivstation. Mechanisch kommt sie der schriftlichen Aufforderung nach und desinfiziert sich die Hände am Flüssigkeitsspender. Erleichterung. Ihre Mama hat sie gleich erkannt und der Arzt konnte sie beruhigen.

„Frau Nillin-Maier, gut, dass Sie jetzt Zeit für uns haben."

„Ja, ich muss doch wissen, was passiert ist. Warum ist meine Mutter so schlimm verletzt?"

„Kommen Sie, hier haben wir einen ruhigen Raum. Wollen Sie einen Kaffee trinken? Wie geht es Ihnen?" Die junge Polizistin begleitet Christina in das Besucherzimmer, das ihnen der Stationsarzt zur Verfügung gestellt hat.

Sensibel stellt sich die Beamtin Klara Moll auf Christinas schwierige Situation ein. Das Eingehen auf geschockte Angehörige von Opfern hat sie in psychologischen Schulungen trainiert. Klara Moll und ihr Kollege berichten Christina behutsam, doch ohne zu verschleiern, was den Opfern widerfahren ist.

Details zum Tathergang wussten sie allerdings nicht. Vieles kann die Polizei nur vermuten. Unabhängige Zeugen fehlen und die Opfer sind noch nicht vernehmungsfähig. Das beteiligte Mädchen ist so schlimm malträtiert, dass es in ein künstliches Koma versetzt werden musste. Die Begleiterin von Frau Johanna Bäcker-Nillin hat einen Schock. Sie konnte nicht mal zu den Personalien befragt werden. Auch die Videoaufnahme der Tat bringt keine hinreichende Aufklärung der Sachlage, denn das Ganze geschah weitgehend im Sichtschatten zweier Überwachungskameras, in einem toten Winkel. Zur genauen Rekonstruktion der Tat ist man auf die späteren Aussagen von Opfern und Tätern angewiesen.

Die Ungeheuerlichkeit dieses Ereignisses realisiert Christina in diesem Moment noch nicht.

„Wie geht es der Freundin meiner Mutter inzwischen?" Die Beamten verweisen Christina an den Arzt. Dazu können sie keine weitere Auskunft geben.

„Und die beteiligte junge Frau?"

„Sie liegt auch auf der Intensivstation. Wir wissen nur, dass man sie in diesen künstlichen Schlaf versetzt hat. Mehr können wir nicht sagen."

„Und die Täter?" Die Polizistin muss auch hier passen. „Ich kann Ihnen versichern, die Stuttgarter Polizei ist dran. Sie wird alles tun, was in ihrer Macht steht, um diese Täter zu fassen und ihrer gerechten Strafe zuzuführen."

Der ältere Polizist, der sich mit Kriminaloberkommissar Guido Theis vorgestellt hat, übernimmt.

„Noch etwas Organisatorisches, Frau Nillin-Maier: Wir haben bei Ihrer Mutter eine *Park-and-Ride-Karte* und einen Autoschlüssel gefunden. Unsere Recherche bei der Parkhausverwaltung ergab, dass das Fahrzeug, wir konnten es anhand des Fahrzeugscheins zuordnen, noch im Bereich *U2* auf Platz einhundertfünfundfünfzig im Parkhaus Degerloch-Albstraße steht. Sollen wir das Auto durch ein Unternehmen überführen lassen oder könnten Sie das Abholen organisieren?"

„Vielleicht könnte das Vera Eisenmann machen." Christina hat eben erst von Thomas die WhatsApp bekommen, dass Vera seine Nachricht gelesen und vor Kurzem mit ihm telefoniert hat. „Sie wohnt zusammen mit meiner Mutter in der Wohnung in Sieglingen und weiß schon Bescheid, dass mit meiner Mutter etwas passiert ist. Gleich nach ihrem Unterricht heute Nachmittag will sie in die Klinik kommen. Wenn sie mit der Bahn nach Stuttgart fahren würde, könnte sie das Auto in Degerloch abholen. Wäre das in Ordnung?"

Gefasst

Montagfrüh, 14. Dezember

Es ist eigentlich gar nicht weit von den Katakomben der Klettpassage zur Polizeistation neben dem Bahnhofsgebäude. Doch für Jan ist es eine riesige Wegstrecke, physisch wegen seines kaputten Knöchels, aber erst recht psychisch.

Was tut er gerade? Ist das richtig? Hat er sich von Hans überrumpeln lassen? Ist Hans wirklich ein Polizeispitzel, wie Fino das behauptet? Spielt der Penner mit ihm ein falsches Spiel? Will dieser Alkoholiker bloß eine Prämie abkassieren oder was er sonst von der Polizei bekommt, wenn er wieder mal so einen wie ihn abliefert? Was würde Fino dazu sagen, wenn er wüsste, dass er sich jetzt der Polizei stellen will?

Jetzt wäre noch Zeit. Er könnte die Aktion sofort abbrechen, könnte einfach stehen bleiben, in die Katakomben zurückhumpeln, sich weiter verstecken, seinen Knöchel ruhig stellen, ausschlafen, sich ausheulen.

Eigentlich kann man im unterirdischen Bereich der Fußgänger-Passage ja auch leben. Er weiß das so richtig erst seit einer Woche. Immerhin hat man dort unten eine Bleibe. Man hält zusammen, gibt sich gegenseitig Schutz, solidarisiert sich gegen *die da draußen,* teilt das Wenige, das man hat, raucht sich den Hunger weg oder man dröhnt sich zu, wenn es einem schwer ums Herz wird.

Aber, wenn er ehrlich zu sich ist, machte ihm dieses Leben Angst. Er war nie ruhig, fühlte sich nie frei. Abgehauen war er doch wegen der Zwänge, aber dann hatte er wieder Druck. Halt anders. Ein Vermisster. Ein von der Polizei gesuchter Jugendlicher. Immer wenn er mit Fino unterwegs war, so auch gestern Abend, als sie Alina zur Bahn gebracht haben, musste er Schiss vor der Polizei haben. Hinter jeder Ecke vermuteten sie einen Bullen, der ihn mitnehmen würde. Ein Getriebener.

Doch jetzt klärt sich etwas auf. Irgendetwas löst sich in ihm.

An diesem frühen Montagmorgen kann er sich seit einer gefühlten Ewigkeit wieder nach oben in die *normale Welt* begeben. Ohne Furcht, gefasst zu werden.

Ganz vorn am Ausgang zur Königsstraße nehmen sie den Rollsteig. Ziemlich am Limit, alle beide. Hans, weil er nach einem Tag im Suff nicht zum notwendigen Ausnüchterungsschlaf gekommen ist. Und er? Sowieso körperlich und seelisch weit unten. Sie meiden also beide das Treppensteigen, lassen sich elektrisch nach oben befördern und stehen nun, frühmorgens gegen vier Uhr auf der Königsstraße. Alles dunkel, kein Leben auf der Stuttgarter Einkaufsmeile, die Stadt schläft noch. Nur eine nächtliche Sicherheitsbeleuchtung auf der Straße und in den Geschäften. Winterliche Temperaturen. Kalt, zugig, nass.

✧

Hans bewegt sich zielsicher zur Eingangstür des Gebäudes *Königstraße 1A,* dem Polizeiposten gleich neben dem Aufgang aus der Bahnhofsunterführung. Das macht Jan nochmal stutzig. Der ist doch hier nicht zum ersten Mal! Egal ob Hans nun ein Polizeispitzel ist oder nicht, für ihn ist es jedenfalls richtig, sich jetzt zu stellen. Soll Hans doch dafür Pluspunkte bei den Bullen bekommen. Vielleicht hat er's ja nötig.

Sie stehen vor dem unscheinbaren Gebäude in einer ebenerdigen Passage. Hans klingelt im zweiten Obergeschoss. Beim Schild:

„Bundespolizeidirektion Stuttgart – Bundespolizeirevier Stuttgart Hbf.“

Obwohl Jan nun wirklich andere Sorgen hat in diesem Augenblick, nimmt er doch wahr, dass dieses Gebäude ein ganz normales Geschäftshaus sein muss mit Raum für ein Notarbüro, eine Zahnarztpraxis, eine Haus- und Vermögensverwaltung, eine Tiefgarage.

Gibt es hier kein Gefängnis?

Der Summer wird betätigt. Hans zieht die Tür auf. Jan ist froh, dass der Polizeiposten besetzt ist. Er will das Ganze hinter sich bringen. Obwohl er wieder anfängt zu zittern. Seine Knie schlottern. Er friert. Nein, es geht ihm nicht gut, er weiß nicht, was auf ihn zukommt. Mulmiges Gefühl. Trotzdem, er will es nicht verschieben. Die Erleichterung, die er vorher verspürt hat, macht ihm Mut.

Der junge Polizeibeamte, wohl mit südländischem Migrationshintergrund, sieht gestresst aus. Augenringe, blass, wirre Haare. Übernächtig. Vermutlich hat er sich während seiner Nachtwache eben etwas hingelegt, vielleicht den ersten Schlaf gefunden in dieser Nacht. Trotzdem ist er freundlich. Er spricht die beiden höflich in einem Hochdeutsch mit gepflegtem schwäbischen Dialekt an, nicht diese laute ungehobelte Sprache, die man in den Katakomben hört. Das weckt Vertrauen bei Jan. Hans übernimmt die Gesprächsführung, so haben sie es ausgemacht.

Der Polizist ist informiert. Obwohl sie als Bundespolizei nur für die Sicherheit im Bahnhofsbereich verantwortlich sind, klappt die Kooperation mit den Kollegen außerhalb des Bahngeländes. Die Information kam heute Nacht: Angriff auf drei Frauen, der Notarzteinsatz am U-Bahnhof Charlottenplatz. Alles ist präsent.

Jans Personalien? Klar, der Kerl steht auf der Suchliste. Der junge Polizist holt seinen Kollegen aus dem Nebenraum. Offensichtlich ist ihm die Sache zu heiß, um das allein abzuarbeiten, denn der Typ könnte es sich ja kurzfristig anders überlegen und schnell wieder abhauen wollen. Ein älterer, routiniert wirkender Beamter, der Jan mit skeptischem Blick taxiert, kommt dazu. Also übernehmen nun beide gemeinsam die Befragung von Jan. In einem abgetrennten Raum.

Hans wartet währenddessen im Eingangsbereich, sitzt auf der Wartebank. Er ist froh darüber, dass er den Jungen dazu gebracht hat hierherzugehen. Nun fällt Anspannung ab. Die Wärme tut ein Weiteres. Er schläft ein, zuckt wieder hoch, richtet sich auf, schläft wieder ein.

Nach der Klärung der Personalien wird Jan detailliert zum Vorfall befragt:

„Welche Beziehung hatten Sie zu den Opfern?"

„Warum ist auf die junge Frau eingeschlagen worden?"

„Wer hat die Verletzungen verursacht?"

„Wie viele Angreifer sind Sie gewesen?"

„Was hatten die beiden älteren Opfer mit dem Streit zu tun?"

„Wie schlimm waren die Verletzungen Ihrer Meinung nach?"

„Warum haben Sie drei Menschen hilflos liegen gelassen?"

„Warum haben Sie nicht den Notarzt alarmiert?"

„Wie sind Sie zu ihrem verletzten Knöchel gekommen?" Endlos viele Fragen.

Dies sei nur die Erstbefragung, wird Jan erläutert. Details zum Vorgang soll er beim Gespräch mit den zuständigen Polizeibeamten erläutern. Die beiden Kriminalbeamten Frau Moll und Herr Theis seien demnächst erreichbar. So lange müsse er noch hier bleiben.

Auf Jans Fragen, was den Opfern passiert sei, gehen die Polizisten nicht ein.

Obwohl beide Befrager Jan bedrängen, gibt er Finos Namen nicht preis. Er schweigt, sobald das Gespräch auf seinen Kumpel kommt.

Die Sieglinger Polizei wird verständigt. Sie wird seine Mutter benachrichtigen.

Ihm ist bange und er freut sich gleichzeitig. Wie wird es sein, wenn er seine Mama nach all diesen Ereignissen wieder sieht? Nimmt sie ihn überhaupt wieder auf? Ist sie ihm böse? Trägt sie ihm nach, was er im Streit zu ihr gesagt hat?

Für heute Abend, wenn die weitere Befragung erledigt ist, will die Stuttgarter Polizei seine *Rückführung* organisieren. Offensichtlich, so wundert sich Jan, muss er nicht in *Polizeigewahrsam* bleiben.

Er soll von seiner Mutter hier abgeholt oder mit einem Polizeiwagen nach Sieglingen gefahren werden. Nur das nicht. Es wäre eine große Erniedrigung, im biederen Wohnviertel einzufahren, mit der grünen Minna heimgebracht zu werden, wie ein Schwerverbrecher vor dem Haus aussteigen zu müssen. Die Nachbarn würden das sicher mitbekommen, auch wenn es schon dunkel wäre. Das darf er seiner Mama nicht antun.

Hoffentlich hat seine Mutter heute Nachmittag und heute Abend keinen Dienst und hoffentlich kann sie ihn dann in Stuttgart abholen. Ob ihm die Polizisten vertrauen und ihn vielleicht sogar allein mit dem Zug nach Sieglingen fahren lassen würden, wagt er nicht zu fragen.

Er muss warten.

Obwohl es noch viele Unsicherheiten gibt, was den heutigen Tag, seine nahe und die ferne Zukunft betrifft, wird Jan wieder zuversichtlicher. Er will wieder ein Mensch werden, der zu seinen Taten steht und nicht gebückt und ängstlich dahinvegetiert, sondern aufrecht geht. Er will jemand sein, der sich selbst im Spiegel anschauen und jedem anderen offen ins Gesicht sehen kann. Jan hofft und glaubt, dass er das schafft. Den Anfang dazu hat er jedenfalls schon gemacht.

Doch es steht ihm noch Schweres bevor, er wird seine Mutter zum ersten Mal seit diesem Krach wieder sehen, muss sich bei ihr entschuldigen für seine verletzenden Worte. Er muss auch in der Wohngegend daheim wieder in Erscheinung treten, die Nachbarn und Nachbarinnen, die bestimmt Bescheid wissen, wieder sehen, wieder grüßen, wieder mit ihnen reden. Ihre Blicke, ihr heimliches Geschwätz aushalten.

Das alles muss er durchstehen. Und er hat Angst davor.

Die Polizeibeamten sind unzufrieden damit, dass Jan seinen Komplizen nicht verrät. Eine Befragung von Hans führt sie weiter. Hans gibt all das zu Protokoll, was er nachts in den Katakomben des Bahnhofs erlebt hat und was die beiden berichtet haben. Er beschreibt Fino, dessen Äußeres, seinen Rufnamen, eben alles was er von ihm weiß.

Fino ist nun schnell identifiziert. *Friedrich Norbert Fleischer* ist im Polizeicomputer längst erfasst. Zwei Polizisten der Stuttgarter Polizei klingeln bereits gegen sechs Uhr dreißig an der Haustür der Wohngruppe, kurz nachdem Fino aufgestanden ist und seine erste Zigarette geraucht hat. Just bevor er seine Wohngruppe verlassen wollte, um zur Arbeit zu gehen.

✧

Als Fino so früh am Morgen die Haustürklingel hört, weiß er es gleich: Das ist die Polizei, die ihn holen will. Kacke. Er hat doch die falsche Entscheidung getroffen, als er zum Schlafen in die Wohngruppe gegangen ist. Wäre er doch lieber untergetaucht. Es hätte schon noch ein paar sichere Verstecke gegeben. Dass er sich mit seiner Taktik auch so verhauen hat. Wie konnte er so affenblöd sein. Totale Scheiße.

Trotzdem, schießt es ihm durchs Gehirn, wieso sind die so schnell auf ihn gekommen? Hat es doch Zeugen gegeben? Wurden sie unbemerkt verfolgt? Haben die Bullen das sichere Versteck in der Klett-Passage schon gefunden? Ist Jan auch schon verhaftet worden?

Wie soll er vorgehen? Er darf jetzt nicht *austillen*, nicht schon wieder einen Fehler machen. Ob der Jugendrichter nochmals so mild sein wird wie seither? Es steht viel auf dem Spiel. Er muss aufpassen.

Soll er geständig sein und den Reuigen mimen? Einknicken? Das würde bei Gericht sicher gut ankommen. Aber wenn sie gar keine Beweise haben? Wenn sie pokern und ihn hereinlegen wollen, versuchen, ihn zu überrumpeln? Für diese Polizeitaktik spricht diese unverschämt frühe Haustüraktion.

Ja, richtig. Fino ist nun klar, wie er vorgehen wird. Am besten den Unschuldigen geben. Er wird's zumindest probieren. Meist blufft doch die Polizei, jedenfalls hat er das von seinen Kumpels so gehört. Erst mal die Bullen kommen lassen, bevor man auch nur einen Millimeter in Richtung *Gestehen* nachgibt.

Also cool bleiben.

Der Betreuer Alex räumt eben das Frühstücksgeschirr auf. Fast alle Jungs sind inzwischen zur Arbeit oder in die Schule gegangen. Nur Ismail ist hier. Er hat Fieber und muss heute im Haus bleiben.

Fino, der Neue, den er noch gar nicht richtig kennt, macht sich eben fertig.

„Ja bitte?" Bevor er auf den Summer drückt, will er wissen, wer schon so früh an der Haustür steht.

„Kriminalkommissarin Klara Moll und mein Kollege Kriminaloberkommissar Guido Theis von der Stuttgarter Kriminalpolizei. Würden Sie bitte öffnen?"

„Vierter Stock links." Alex verzichtet auf jede weitere Nachfrage durchs Haustelefon. Wieder mal Polizei in der Wohngruppe. Nein, Engel sind seine Jungs nicht. Sie sind Verlassene, Suchende, Malträtierte. Junge Leute, die ihren richtigen Platz im Leben noch nicht gefunden haben. Die Eltern sind meist nicht verfügbar. Das Jugendamt soll die Sache richten.

Alex begreift sich als jemand, der die Jungs in ordentliche Bahnen bringt, oder eher, der ihnen mögliche Wege aufzeigt. Die richtige Richtung dann tatsächlich einschlagen und diese auch verfolgen, das müssen diese jungen Menschen selbst. Er kann nur versuchen, sie auf ihrem Weg zu bestärken. Sein Bestreben geht dahin, einen winzigen Teil der ganzen Verletzungen und Zurückweisungen abzufedern, die diese Jugendlichen in ihrem Leben schon erfahren haben.

Alex wartet an der geöffneten Wohnungstür auf die beiden Polizeibeamten.

„Guten Morgen, entschuldigen Sie die frühe Störung. Wir müssen Ihren Mitbewohner Friedrich Norbert Fleischer sprechen. Da sind wir hier doch richtig?"

„Ja, ich rufe ihn." Alex schaut in Finos Zimmer nach. Nichts. Er sieht, dass die Toilette besetzt ist. Klopft.

„Hey Fino. Hier ist jemand für dich. Beeile dich möglichst." Nur ein Gemurmel zur Antwort. Kaum zu hören durch die Toilettentür.

Auch dieser Friedrich, genannt Fino, erst seit einer guten Woche in ihrer Wohngruppe, ist ein solch Suchender. So sieht es jedenfalls Alex. Kein unbeschriebenes Blatt, wie die meisten seiner Schützlinge. Aber Fino scheint ein härterer Knochen zu sein. Rochade zwischen verschiedenen Wohngruppen, böse gesagt *Wanderpokal*, ein ständig Weitergereichter, den eigentlich keiner will. Er kam vor Kurzem aus einer betreuten Unterkunft in Sieglingen zu ihnen. Auch bei Polizei und Gericht wurde dieser Fino wohl bereits auffällig. Genaueres weiß Alex noch nicht. Bei seinem Dienstantritt gestern Nachmittag, nach seinem dreiwöchigen Urlaub, hat ihm der Kollege nur den knappen Hinweis gegeben, dass dieser neue Wohngenosse *nicht ganz einfach* sei. Obwohl er erst so kurz da ist, sei er schon aufgefallen und habe Stress gemacht. Zum Studium der Personalunterlagen von Fino ist Alex gestern nicht mehr gekommen. Gesehen hat Alex den Neuen nur auf die Schnelle ganz spät heute Nacht, fast schon in der Frühe, wohl so gegen zwei Uhr. Eigentlich dürften die Jungs vor einem Arbeitstag nicht so lang außer Haus sein. Er wollte mit Fino heute Nacht kein Theater anfangen, hat sich aber vorgenommen, die Hausregeln in der Wohngruppe noch heute mit ihm zu thematisieren, sobald er nach Feierabend heim kommen würde.

Diese Jugendlichen müssen Konsequenz erfahren, sonst haben sie als Erzieher schlechte Karten.

„Dauert wohl noch etwas. Er ist gerade auf der Toilette. Darf ich Ihnen eine Tasse Kaffee anbieten?"

Klara Moll schaut kurz ihren Kollegen an.

„Danke nein." Da sind sie sich immer einig. Bevor man in einer fremden Umgebung eine Situation richtig einschätzen kann, bevor man den Kontakt zum Besuchten nicht aufgenommen hat, kann man keine Einladung annehmen. Sie als Polizeibeamte dürfen sich nicht umwerben lassen. Nein, sie müssen offiziell in Erscheinung treten. Zumindest anfangs.

Ihr Blick streift durch die Wohnung. Unmerklich. Nicht zum ersten Mal muss Klara Moll eine Außenwohngruppe aufsuchen, die in sozialer Trägerschaft steht und Bewohner aufnimmt, die vom Jugendamt geschickt wurden. Sie hat noch keine Zeit dazu gehabt, im Internet nachzusehen, ob diese Wohngruppe im Stuttgarter Westen von einem privaten oder einem öffentlichen Träger betrieben wird. Sie weiß, dass das Jugendamt für die zu Betreuenden den Aufenthalt in diesen Erziehungsstätten bezahlt. Ob Regresszahlungen von den Eltern geleistet werden können, steht meist in den Sternen. Die Jugendlichen sollen aus den Familien, wenn überhaupt vorhanden, herausgehalten werden. So versucht man, ihnen die Chance eines guten Zuhauses zu geben.

Große Wohnung. Und das mitten in der Stadt. Auch aufgeräumt, irgendwie gemütlich, hier in der Wohnküche. Klar, nicht alles ist so clean wie in einem Privathaushalt mit fleißiger Hausfrau. Beim Wohnungseingang stapeln sich in einem wilden Durcheinander verschiedenste Schuhe. Das hat sie gleich beim Hereinkommen wahr genommen, gesehen und gerochen. Die Ermittlerin ist darauf geschult, einen unbekannten Ort blitzschnell einschätzen zu können, in einer fremden Umgebung möglichst präsent zu sein, viele Details zu erfassen, Gewöhnliches und Außergewöhnliches zu registrieren.

Offensichtlich wird in dieser *Erziehungs-WG* auf Regeleinhaltung geachtet. Gleich im Eingangsbereich hängen etliche Listen: Spüldienst, Putzdienst, Einkaufen, Ausgehzeiten. Alles auf dem aktuellen Stand. Entscheidend ist natürlich die konsequente Durchführung der Regeln zusammen mit den Bewohnern. Klara weiß schon, dass das Knochenarbeit und Nervensache ist bei solchen Kerls. Sie hat in ihrem Beruf ja oft mit der gleichen Klientel zu tun. Mit Jungs, die ihren Platz in unserer Gesellschaft noch nicht gefunden haben, die auf der Suche nach Orientierung an die falschen Leute geraten sind und mit Mühe wieder zurückgeholt werden müssen.

„Fino, beeile dich bitte."

Endlich, erst nach etwa fünf Minuten, kommt Fino aus der Toilette. Noch feuchte Hände. Man stellt sich vor. Ohne Händedruck.

„Herr Fleischer", eröffnet Guido Theis vereinbarungsgemäß das Gespräch, „Sie werden beschuldigt, gestern Abend eine Straftat begangen zu haben."

„Was? Wer sagt das? Was für eine Straftat denn?"

„Es geht um eine schwere Körperverletzung. Eine nicht leicht zu nehmende Sache. Deshalb müssen wir Sie mitnehmen. Wir müssen Sie in unserem Polizeibüro befragen."

„Scheiße. Muss das sein? Ich wollte eben zur Arbeit. Mein Chef schmeißt mich raus, wenn ich zu spät komme. Geht das nicht später? Ich komme nach der Arbeit zu Ihnen ins Polizeigebäude. Versprochen."

„Das geht nicht. Sie müssen jetzt mitkommen. Ihren Arbeitgeber benachrichtigen wir. Ziehen Sie sich was über. Es ist kalt draußen."

Alex ist bedient. Ist ja wieder mal ein guter Arbeitsstart. Gleich wieder volle Kanne nach seinem Urlaub.

✧

Karen dreht sich im Bett nochmals um. Nach der anstrengenden Nachtwache ist sie ziemlich erschöpft gegen sieben Uhr in der Frühe zu Hause angekommen. Seit Jans Verschwinden lässt sie sich zum Nachtdienst einteilen. So kann sie dem Getuschel und dem neugierigen Geschwätz der Kolleginnen und Kollegen, der Schwestern und Pfleger im Krankenhaus entgehen. Denn es hat sich in Windeseile herumgesprochen, dass Jan von zu Hause ausgerissen ist und nun von der Polizei gesucht wird. Karen ist froh darüber, dass sie heute die letzte Nachtwache hatte, also nun drei freie Tage haben wird, bevor die neue Dienstphase wieder beginnt.

Als sie heute Morgen heimkam, machte sich Ben gerade fertig, um zur Schule zu gehen. Ja, Ben lebt seinen Alltag, als sei alles in Ordnung. Ein Dasein in *Normalität* ist im Hause Berger angesagt, also quasi *Dienst nach Vorschrift*. Doch es gibt keine Normalität, es ist nichts in Ordnung, nichts mehr wie es war, bevor Jan von daheim weggegangen ist. Seit diesem Tag vor erst einer Woche mit den sieben unendlichen Tagen, den sieben Mal vierundzwanzig, also einhundertachtundsechzig Stunden, kommt Karen nicht zur Ruhe. Ihre Gedanken kreisen unaufhörlich um Jan, ob es ihm jetzt gerade gut geht, ob ihm vielleicht doch etwas passiert ist, ob er an zu Hause denkt, ob er seine Mutter und seine Familie wohl vermisst. Noch tiefer darf sie nicht graben. Es schnürt ihr die Kehle zu, wenn sie sich klar macht, wie viele Jugendliche in Deutschland Jahr für Jahr verschwinden und einige davon nie mehr wieder gesehen werden. Ob das mit Jan auch so passiert? Ob er nie mehr auftaucht? Diese Gedanken sind zerstörerisch. Nicht weiter grübeln!

Nun hat sie doch etwas Schlaf gefunden. Eher eine Bewusstlosigkeit, kein Traum, nur weg aus dem traurigen Tal der Realität.

Sie schreckt hoch. Wer ruft schon um acht Uhr am Montagmorgen auf dem Festnetz an? Es klingelt drei Mal, sie liegt noch benommen im Bett, der Anrufbeantworter springt an:

„Sie sind bei Familie Berger. Ben, Jan und Karen freuen sich über eine Nachricht aufs Band. Tschüss."

„Guten Morgen Frau Berger, hier spricht Polizeimeister Schulz von der Sieglinger Polizei. Entschuldigen Sie die frühe Störung. Wir haben gute Nachricht. Jan ..."

Elektrisiert springt Karen aus dem Bett, rennt in Richtung Esszimmer, dort vermutet sie den kabellosen Hörer des stationären Familientelefons, stößt sich mit den nackten Füßen in der Hektik am Holzfuß des Abstelltischchens in der Diele an: Schmerz, ihr wird schwarz vor den Augen, doch das Adrenalin hilft, nicht einzuknicken.

„... ist wohlbehalten bei unseren Kollegen in ..." Karen schnappt den Hörer: „Ja, hier Berger. Sie haben Jan gefunden? O Gott, danke, danke. Wo ist er, wie geht es ihm, wann kommt er hierher, soll ich ihn abholen ...?" Karen spürt, wie ihr Hals zu brennen beginnt, ihre Haut, feuerrot.

„Frau Berger, ruhig. Alles ist in Ordnung."

Befragt – gemauert

Montagvormittag, 14. Dezember

Fino fühlt sich *angepisst*. Dass ihm das passiert ist. Seine Taktik ging vollkommen daneben. Totaler Frust. Eine Scheiße.

Jetzt sitzt er hier bei der Polizeiwache. Muss warten. Die lassen ihn schmoren, wollen ihn weichkochen. Nicht mit ihm! Was wissen die? Bluffen die? Bestimmt.

Also bei der Strategie bleiben: dumm stellen, alles abstreiten. Die Bullen *zulabern*, von wegen er hätte gestern Abend *Einen drauf gemacht*, meist allein, könne aber keine näheren Angaben dazu machen, wo und wann genau das gewesen sei. Er sei so *hacke zu* gewesen, besoffen und bekifft, dass er gar nicht mehr richtig wisse, was er vor und was er nach Mitternacht gemacht habe. Er sei sicher mal in den Katakomben gewesen, aber wann genau und wie lang? Keine Ahnung! Wie und wann er heimgekommen sei? Vermutlich zu Fuß. Ja, er erinnert sich jetzt so ganz dunkel, dass er ziemlich lang marschiert ist. Durch halb Stuttgart. Aber wann das genau war? Keine *Peilung*.

Diese Geschichte klingt nicht schlecht. Fino ist einigermaßen zufrieden mit sich. In Stresszeiten kann er sich immer auf sein Hirn verlassen. Echte *Leader*-Qualitäten halt, kein Wunder, dass er in seiner Truppe absolut anerkannt ist. Hört sich glaubhaft an und schwammig genug, man kann ihn so jedenfalls nicht festnageln. Bei dieser Behauptung will er bleiben, bis ihm die Cops das Gegenteil beweisen können. Ob die was in der Hand haben? Vielleicht wegen Alina? Ob es reine Vermutungen sind? Was auch immer: Sollen die doch was arbeiten, wenn ihnen seine Angaben nicht passen.

Den Bullen bloß nicht entgegenkommen, denen nichts schenken. Er bekommt ja auch nichts geschenkt.

✧

Endlich ein spätes Frühstück, fast schon ein Mittagssnack. In diesen ganzen Stunden seit seinem Dienstantritt in der Nacht war nicht daran zu denken. Der Verstand des Ermittlers Guido Theis lief trotzdem auf Hochtouren. Der Kaffee half dabei, wurde im Dienst immer und überall rein geschüttet. In ordentlichen Mengen. Doch das Kaffeegebräu, im Büro besonders stark zubereitet, tut ihm nicht gut. Vor allem der leere Magen verträgt das Coffein nicht mehr. Vermutlich hat er es in der Vergangenheit übertrieben. Seit seinem Fünfzigsten merkt er es: Sein Körper zeigt Anfälligkeit.

Nun rebelliert wieder der Oberbauch. Deshalb ist diese halbe Stunde Ruhe wichtig, hier in der Kantine. Herunterkommen, sich beruhigen, insgesamt auftanken. Eine Butterbrezel mit Schwarztee. Möglichst dünn. Getrunken ohne Milch und Zucker. Bekömmlich.

Alles war wieder anstrengend. Aus dem Schlaf gerissen, am frühen Morgen im Krankenhaus. Vor seinen Augen immer noch die Opfer, erbarmungswürdig in ihren Krankenhausbetten. Diese zusammengeschlagenen Frauen, das geschundene Mädchen, die Sorgen der Angehörigen. Dazu noch, und das trieb die Sache für ihn auf die Spitze, dieses kaltschnäuzige Verhalten des Beschuldigten. Sein fieses Grinsen, bei dem er den abgebrochenen Schneidezahn zeigte. Dass dieser *Fleischer* einer der beiden Schläger war, eventuell sogar der Anführer und Haupttäter, daran zweifelt weder Guido noch seine Kollegin Klara.

Die Festnahme heute am frühen Morgen lief reibungslos ab. Doch auch nach seinen bald dreißig Dienstjahren, die er *auf dem Buckel* hat, die ihn auch irgendwie niederdrücken, strengt eine solche Verhaftung immer noch an. Jedes Mal heikel. Höchste Aufmerksamkeit. Man kann vorher nie einschätzen, wie der Betroffene reagiert. Eine Ausnahmesituation. In dieser Lage zieht sich um den Festgenommenen eine Schlinge, der Raum wird enger, wie in einem Aufzug, unsicher, ob man jemals wieder an die frische Luft kommt.

Frustrierend, dass sie bei der Befragung auf Granit gestoßen sind. Was hat er denn erwartet? Dachte er, dieser Chaotentyp würde ihnen entgegenkommen, hätte ein Einsehen mit der Polizei und würde alles zugeben, nur weil er seine Befragerin und seinen Befrager so sympathisch findet? Nein, bestimmt nicht, soweit kannte er seine Kundschaft schon. Aber dass man derart abgebrüht und kalt sein kann. Und das in diesem jugendlichen Alter!

Manchmal ist Guido der Verzweiflung nahe. Ratlos. Was läuft bloß in unserer Gesellschaft schief, dass junge Kerle keinerlei Respekt vor staatlichen Vertretern haben, dass sie ihre Konflikte mit roher Gewalt lösen und dabei brutal zuschlagen. Ohne Rücksicht auf Unbeteiligte? Warum ist dieses Phänomen gar nicht so selten? Er will nicht gerade behaupten, diese Gewaltexzesse seien an der Tagesordnung, man muss den Blick aufs Ganze wahren. Doch nach seiner subjektiven Wahrnehmung, in seinem begrenzten Berufsumfeld, hat er den Eindruck, ist es schlimmer geworden als früher. Ja, was läuft bei diesen jungen Leuten schief? Das Elternhaus? Die schulische Erziehung? Die gesamte Gewaltpräsenz in Internet, Kino, Videospielen, Presse?

Doch eigentlich dürfte er sich das alles nicht mehr so nah gehen lassen. Cool bleiben! Wie man das bei den Kantinengesprächen im Polizeigebäude wohlmeinend geraten bekommt. Die andern Kollegen können das wohl besser als er. Bestimmt steckt der eine oder die andere diese täglichen Belastungen besser weg. Zweifel bleiben allerdings, fast jeder seiner *coolen* Kollegen hat doch irgendein Zipperlein. Auch schon in jungen Jahren. Seine Magenprobleme sind da noch harmlos.

„Guido, du bist zu dünnhäutig. Leg dir eine Elefantenhaut zu." Klara trifft Guido in der Kantine, sieht, dass es ihm nicht gut geht. „Lass nicht alles so an dich ran."

Will er das, sich eine Elefantenhaut zulegen, nichts mehr von alldem, das er erlebt, in sein Inneres lassen? Soll alles an ihm abprallen? Wäre das der perfekte Polizist? Hätte er dann die nötige Sensibilität im Umgang mit den Menschen, die er in Notsituationen trifft?

Klara redet ihm gut zu. Aber mutet sie sich selbst auch nicht zu viel zu? Manchmal hat sie Zuckungen im Gesicht, ihre Augenlider flattern dann wie Schmetterlingsflügel. Immer dann, wenn's brenzlig wird. Und sie ist noch so jung. Erst knapp zehn Jahre im Dienst, gerade mal Mitte dreißig.

Warum gibt sie nicht zu, wie sehr der Dienst auch sie manchmal stresst? Blässe und Augenringe, dazu ihre Zuckungen. Das ist doch nicht normal für eine junge Frau. Aber bloß nicht die *Schwache* sein. Keinesfalls zugeben, dass ihr etwas zu hart werden könnte. Geschlechterbedingt? Frauen im Beruf, dazu noch in einem sogenannten *Männerberuf*. Schwer zu verstehen.

Schon deprimierend. Auf dieses Verhör haben sie sich in bewährter Weise vorbereitet. Der Polizeicomputer konnte ihnen im Vorfeld einige Infos geben. Ziemlich aufschlussreich. Es war ihnen klar, dass ein hartes Stück Arbeit zu erledigen sein wird, bis sie diesen Beschuldigten *so weit* haben würden.

Sie sind gut aufeinander eingespielt. Klara und Guido, seit ein paar Jahren gemeinsam in einem Ermittler-Team der Kripo Stuttgart, *Kriminalinspektion-Zwei*. Sie sprechen sich ab, teilen sich die Rollen im Verhör. Klara mimt die sanftmütige, noch unerfahrene Polizistin. So erwarten es diese Machotypen von einer Frau. Vermutlich ist dieser Fleischer, zumindest nach seinem Äußeren zu urteilen, auch dieser Spezies zugehörig. Klara hat zunächst die Gesprächsführung übernommen, versuchte, den Beschuldigten zum Reden zu bringen. Gezieltes Eingreifen dann durch ihn, Guido, hart, unnachgiebig. Der Zeitpunkt dazu wurde von Klara durch ein vereinbartes Zeichen bestimmt. Eine klare Strategie, vielfach bewährt. Trotzdem hat es dieses Mal nicht geklappt. Der Typ ließ sie vollkommen ins Leere laufen. Provozierte, grinste sie an. Wie Anfänger kamen sie sich vor.

Fluchtgefahr. Sie setzen diesen Fleischer zunächst mal fest. Gut, dass der Mittäter schon wartet. Offensichtlich geständig, wie die diensthabenden Kollegen durchgegeben haben. Schon mal nicht schlecht.

Bereut

Montagnachmittag, 14. Dezember

Den jungen Mann, blond, mager, groß gewachsen, offensichtlich übernächtig, mit langen schmuddeligen Haaren, brachten Kollegen der Bundespolizei aufs Stuttgarter Polizeipräsidium. Durch das verspiegelte Glas des Vernehmungsraums taxieren Guido Theis und seine Kollegin von der *K2*, zuständig unter anderem für den Bereich *Jugendspezifische Kriminalität*, den Beschuldigten.

Gleich nach ihrem verspäteten Frühstück bekamen sie beide den schriftlichen Bericht und einen Stick der Kriminaltechnik zum Inhalt des Handys, das dem Beschuldigten Berger abgenommen wurde.

„Wieder mal schnelle Arbeit unserer KTU", freut sich Guido. „Der Handyfilm, na ja, nicht wirklich ergiebig, aber besser als nichts. Mal sehen, was wir von dem Kerl dazu gesagt bekommen."

„Hoffentlich haben die Bundeskollegen recht. Wäre ja nicht schlecht, wenn dieser Tatverdächtige wirklich geständig wäre. Nochmals eine solche Null-Nummer wie die von vorher ertrage ich nicht an einem Tag." An Klaras verbissenen Mundwinkeln sieht Guido, dass sie sauer ist. Beim Gedanken an das Verhör des Mitverdächtigen Fleischer kocht auch bei ihm der Ärger wieder hoch. Nichts, rein gar nichts Fassbares. Nur Lügen, Beschönigungen, Ausflüchte. Und dazu noch dieses impertinente, provozierende Verhalten. Zum Kotzen.

„Guten Tag, Herr Berger."

Ein Nicken von Jan als Antwort.

„Ich schalte das Aufnahmegerät ein. Unser Gespräch nehmen wir auf. Sie sind sicher damit einverstanden."

„Ja. Sie brauchen mich nicht zu *Siezen*, Sie können *du* zu mir sagen. Ich heiße *Jan.*" Ein kurzer Blick zu Klara. Guidos Haltung entkrampft sich.

Zuerst die vorschriftsmäßige Belehrung. Dann fragt Theis nochmals, ob Jan nun eine Aussage machen möchte und ob er damit einverstanden ist, erste Informationen auch ohne die Anwesenheit eines Anwalts und ohne Erziehungsberechtigte zu geben. Die ermittlungstaktische Eile gebietet es, Jan auch ohne juristische oder erzieherische Stütze schnell zu befragen. Obwohl er erst fünfzehn Jahre alt ist.

„Ja, klar. Fragen Sie."

Der Junge spricht zwar leise, aber deutlich. Scheint ordentliche Manieren zu haben. Kommt selten genug vor bei ihrer Kundschaft hier in der *K 2.*

„Fangen wir an: Was hast du gestern Nachmittag, also am Sonntag, dem dreizehnten Dezember, gemacht? Wo bist du gewesen? Mit wem hast du den Tag verbracht?"

Jan berichtet, dass er sich überwiegend in der Klettpassage am Bahnhof aufhält, seit er von zu Hause weg ist. So auch gestern.

„Ich muss leider gleich unterbrechen. Es erscheint mir wichtig. Seit wann genau bist du nicht mehr daheim?"

Jan erwähnt den Streit mit seiner Mutter am Nikolaustag. Seither habe er in den unterirdischen Gängen des Bahnhofs gewohnt.

„Also lebst du erst seit einer guten Woche in der Klettpassage?"

Guido schaut auf seine Unterlagen. Die Zeitangabe stimmt in etwa überein mit den Daten des polizeilichen Suchdienstes, die er vor sich liegen hat.

„Ja, aber vorher war ich auch oft da. Bin aber immer wieder zum Übernachten und eigentlich auch zur Schule nach Sieglingen gefahren."

In der Klettpassage habe es ihm gefallen, er habe Leute kennengelernt, die ihn so akzeptierten, wie er war. Sie hätten ihn in Ruhe gelassen. Zu Hause habe er immer Stress gehabt.

So sei er auch gestern den ganzen Tag in den Katakomben gewesen. In der üblichen Gruppe. Sie hätten gechillt, gesoffen, gelacht, gekifft, geschnorrt. Es sei spät gewesen, als Alina, eine Freundin aus der Clique nach Hause gehen wollte. Sie wolle ihren Vater nicht provozieren, habe sie gemeint. Der sei streng. Sie wolle auch am Montag, also heute, in der Schule pünktlich sein.

Er und ein anderer Kumpel hätten sie begleitet. Sie seien im Hauptbahnhof in die falsche U-Bahn eingestiegen und wollten im Bahnhof Charlottenplatz umsteigen. Alina wohnt in Fasanenhof, deshalb haben sie auf die Bahn in Richtung Degerloch – Möhringen – Fasanenhof gewartet.

Er wisse nicht mehr genau, wie es passiert sei. Der Kumpel aus der Klettpassage, der sie begleitet hat, sei plötzlich auf das Mädchen losgegangen. Dann sei es später zu dem Zoff mit den Frauen gekommen.

„Jan“, unterbricht Klara gereizt, „du hast dich nach der Tat freiwillig bei der Polizei gemeldet. Also gehen wir davon aus, dass du uns die Wahrheit sagen willst. Deine Fairness in allen Ehren. Aber den wichtigsten Namen in dieser Sache, nämlich *Friedrich Norbert Fleischer*, kurz *Fino*, haben wir noch nicht gehört. Schön, dass du ihn nicht verpfeifen möchtest. Aber wir haben aus anderen Quellen bereits seine Mittäterschaft bestätigt bekommen.“ Die Kommissarin verschweigt, von wem die Polizei diese Information bekommen hat und dass Fleischer bereits festgesetzt ist.

„Also, fangen wir nochmals von vorn an. Ohne dass du deinen Kumpel Fleischer schützen musst.“

„Mit wem hast du den Tag in der Klettpassage verbracht.“

Jan ist aus dem Konzept. Irritiert. Konfuse Gedanken. Vermutlich hat die Polizei einen Tatzeugen, den sie nicht gesehen haben. Er will doch zu seiner Tat stehen. Und Fino? Was soll er über Fino sagen? Die Polizei weiß offensichtlich das meiste schon. Vermutlich durch den Zeugen und durch seinen Handyfilm. Er ist zu kaputt, um klar denken zu können. Gestern bis in den Abend gesoffen und gekifft, nachts diese Katastrophe, die Schmerzen mit seinem Knöchel, das Gespräch mit Hans, dem Penner, heute den ganzen Tag über bei der Polizei. Er ist so fertig, will das Ganze möglichst schnell hinter sich bringen, damit er nach Hause gehen kann.

Das steht ihm ja auch noch bevor. Seiner Mama wieder gegenüber zu treten.

Also wird er es erzählen, wie es war. Aus seiner Sicht. Ist wohl für alle Teile das Beste.

Die Polizisten fragten nach Fino und Alina. „Die beiden waren also ein Paar? Wie lange schon?“

„So genau weiß ich das auch nicht. Fino hat mir Alina mal vorgestellt, er war echt stolz auf seine *Barbie*.“

Ob die beiden sich gut verstanden hätten, wurde Jan gefragt.

„Den ganzen Sonntag über ist dicke Luft zwischen denen gewesen, so weit ich das mitbekommen habe." Jan berichtet weiter, dass ihm Alina in der Nacht des Nikolaustages, in dieser Nacht, in der er von zu Hause weggelaufen ist, erzählt hat, dass sie sich von Fino trennen will, sich aber noch nicht getraut hat, es ihm zu sagen.

„Alina hat es zu Hause schwer. Ihr Vater ist gewalttätig und sie sagte, Fino sei ähnlich. Deshalb wollte sie von ihm loskommen."

Jan berichtet weiter: „Alina druckste den ganzen Tag über herum. Erst spät hat sie sich getraut, mit Fino Schluss zu machen. Wir waren alle dabei, als sie es ihm gesagt hat. Fino wollte sofort auf sie losgehen. Wir alle zusammen haben das verhindert. War nicht leicht, ihn zu beruhigen. Fino hat sich dann in eine Ecke verzogen und dort allein gesoffen."

„Berichte weiter. Wie kam es zur Tat?"

„Als Alina heimgehen wollte, hat sie mich gefragt, ob ich sie begleiten würde. Das hat wohl Fino mitbekommen. Er ist uns hinterher gerannt." Dummerweise seien sie in ihrem Suff am Hauptbahnhof in die falsche U-Bahn eingestiegen. Deshalb wollten sie im Bahnhof Charlottenplatz umsteigen und hätten auf die richtige Bahn in Richtung Fasanenhof warten müssen.

„Wie hat sich Fino während der Heimfahrt Alina gegenüber benommen?"

„Die ganze Zeit, in der wir auf die Bahn gewartet haben, hat Fino auf Alina eingeredet. Er würde sie lieben."

Jan geht nicht darauf ein, dass Fino sie unschön bedrängt hat, sie küssen wollte, ihr an die Brüste und an den Po gefasst hat. Das war jetzt nicht so wichtig.

„Wie ist es dann zur Tätlichkeit gegen Alina gekommen?"

„Alina hat ihn zurückgewiesen. Sie ging auf seine Annäherungsversuche nicht ein. Fino wurde stinkwütend. Plötzlich ist er aggressiv geworden. *Du Nutte, du Fotze. Nicht mit mir*, hat er geschrien und ist auf sie losgegangen."

„Was hast du gemacht?"

„Ich hab ihn abhalten wollen."

„Wie?"

„Fino, tu's nicht. Nein, Fino, habe ich geschrien und ihn von Alina wegzerren wollen."

Jan pausiert, kämpft mit Tränen. Erzählt, dass Fino ihn weggestoßen habe, ihm wieder gedroht habe, dass er seinen Freund Mick platt machen würde. „Ich musste mein Handy nehmen und Alina filmen." Jan berichtet weiter, dass Fino brüllte, er müsse ihr einen Denkzettel verpassen. Dieses Video bräuchte er für später, wenn sie mal wieder Stress machen würde. Jan fällt in sich zusammen. „Und ich hab das gemacht." Er pausiert, kaum hörbar weiter. „Ich kann das jetzt auch nicht mehr glauben, dass ich das gemacht habe. Fino hat Alina zusammen geschlagen und ich habe zugeschaut und gefilmt."

Die Ermittler fragen tiefer nach der Erpressung durch Fino. Wie lange schon, womit und warum er das so ernst genommen habe. Jan berichtet von seinem Freund Mick, der für Fino ein Verräter sei, von Jakkos Handyvideo, von den Beobachtungsbildern über Mick. Erst jetzt macht sich Jan wirklich klar, in welche Angst er durch Fino versetzt wurde. Warum hat er sich bloß nicht rechtzeitig dagegen gewehrt?

„Hat Alina nicht um Hilfe gerufen, als Fino auf sie eingeschlagen hat? Du kanntest doch Alina. Konntest du dir nicht vorstellen, welche Schmerzen sie haben musste?"

„Das hab ich irgendwie ausgeblendet. Mein Schiss vor Fino war größer. Ich kann das jetzt auch nicht mehr verstehen."

„Wie ging's dann weiter? Wie sind die beiden Frauen dazu gekommen?"

„Das weiß ich auch nicht mehr genau. Plötzlich ruft Fino, ich soll mich um die Alten kümmern. *Los, kümmer du dich um die Alten. Mach sie platt!,* hat er mir zugeschrien."

Da habe ich die beiden Frauen gesehen, die sich eingemischt haben. Mein Handy habe ich eingesteckt und Fino geholfen. Er hat sich mit Alina beschäftigt und ich wollte die beiden Frauen von Alina wegreißen. Eine Frau ist dann gleich gestürzt und am Boden geblieben. Die andere wollte sich einmischen. Fino hat mir dann geholfen und eingegriffen. Er hat Alina in Ruhe gelassen und einer der Frauen einen Kinnhaken gegeben. Die ist gleich eingeknickt. Auch die andere ist auf dem Boden gesessen und hat gejammert.

„Wie ging's weiter?"

„Alle drei Frauen waren unten. Fino hat in der Hektik noch auf sie eingebrüllt, sie bedroht und getreten."

„Und was hast du gemacht?"

„Ich hab ihn nicht davon abgehalten." Jan ist vollkommen verzweifelt, kaum hörbar weiter: „So feige war ich." Pause. Jan rafft sich wieder auf: „Dann kam die U-Bahn und Fino hat gerufen. *Schnell weg hier. Los ab*."

„Und dann bist du mit Fino abgehauen und hast die drei Verletzten einfach liegen gelassen?"

„Ich wollte den Notarzt alarmieren. Aber Fino hat mir das Handy aus der Hand geschlagen und mich weg gezogen."

Jan weint wieder, ist vollkommen fertig.

Guido markiert die entsprechende Stelle im schriftlichen Bericht der Kriminaltechniker und schiebt das Papier wortlos seiner Kollegin zu.

Hier der Nachweis: Die *eins-eins-zwo* wurde um dreiundzwanzig Uhr sechsundfünfzig von diesem Handy aus angerufen. Sie nicken sich zu. Tatsächlich!

Harte Realität

Montagabend, 14. Dezember

Lieb von Frieder, dass er sich frei nehmen wollte, um sie nach Stuttgart zu fahren. Aber das schafft sie schon. Sie will das allein durchstehen.

Bestimmt ist die B10 nach Stuttgart unproblematisch. Heute früh wurden Glatteisstaus und Glatteisunfälle gemeldet. Jetzt, am späten Nachmittag, ist vermutlich alles gestreut.

Heute Morgen, als der Polizeibeamte der Sieglinger Polizei bei ihr angerufen hat und ihr mitteilte, dass Jan gefunden worden sei, war die Erleichterung unbeschreiblich. Die ganze Woche über, seit Jan ganz von zu Hause weg war, hat sie eine Heidenangst in sich gespürt. Eine bohrende Furcht. Was, wenn dem Jungen etwas Ernsthaftes zustoßen würde? Was, wenn er weiter in falsche Gesellschaft geraten und noch tiefer abdriften würde? Was, wenn sich Jan, der Sensible, vielleicht etwas antun würde?

Diese Panik hat sie seit dem Nikolaustag umgetrieben, nicht mehr los gelassen. Auch vor diesem schlimmen Streit war es nicht leicht gewesen mit Jan. Sie musste wahrnehmen, wie ihr Sohn immer mehr in Schwierigkeiten geriet, wie der Junge nach und nach vom rechten Weg abkam, wie sie als Mutter mehr oder weniger hilflos zusehen musste und nicht helfen konnte. Er wollte sich nicht helfen lassen. Nicht von ihr.

Und dann die hämischen Blicke, die Neugier in der Kollegenschaft, die vorwitzigen Schwätzerinnen und Schwätzer in ihrer Umgebung. Sie versuchte, den Leuten so gut wie möglich aus dem Weg zu gehen, versteckte sich mehr oder weniger. Wenn sie von ihrem Nachtdienst heim kam und Ben bereits in der Schule war, vergrub sie sich unter ihrer Bettdecke. Bei helllichtem Tag mied sie es, in die Stadt zu gehen. Notwendige Einkäufe erledigte Ben. Er war verständnisvoll und hilfsbereit, obwohl auch er unter der Situation zu leiden hatte. Wenn sie unbedingt raus musste, tat sie dies nach achtzehn Uhr, im Schutz der Dunkelheit, wenn die Nachbarn ihr nicht auflauern würden mit ihren scheinheiligen Fragen, wie *Ist Jan krank, ich habe ihn lange nicht gesehen* oder *Es ist so ruhig bei Ihnen, ist alles in Ordnung* usw. Dem allem ging sie aus dem Weg.

Dazu die Vorwürfe aus Sao Paulo. Natürlich war sie verpflichtet gewesen, Uwe zu informieren. Dass sich die Situation derart zugespitzt hat, durfte sie ihm nicht verschweigen.

In dieser Zeit hat sie oft Menschen beneidet, die in einer Religion Halt finden konnten, die beten konnten und auf Gnade durch ihren Schöpfer hoffen durften. Bei Patienten konnte sie das beobachten. Religiöse Menschen konnten Trost bei ihrem Herrgott finden, sahen ihrem weiteren Weg zuversichtlicher entgegen. Obwohl Karen protestantisch getauft wurde und immer noch zahlendes Kirchenmitglied ist, hat sie ihr Leben ohne Religion eingerichtet. Der Glaube ist ihr im Laufe der Jahre abhanden gekommen. Sie hat das Beten verlernt.

Seit heute Morgen nun ist diese schlimme Zeit vorbei.

„Frau Berger, könnten Sie bitte hier im Flur noch Platz nehmen. Frau Kriminalkommissarin Moll möchte Sie sprechen."

Von der Sieglinger Polizei wurde Karen die zuständige Inspektion genannt, die *K2 für Jugenddelikte,* mit Angabe der Stuttgarter Adresse, einer Kontaktperson und Zimmernummer. Dort könne sie ihren Sohn abholen. Vermutlich eine Sammelabteilung für alles, was mit Jugendlichen zu tun hat, wurde sie vom Sieglinger Polizeibeamten beruhigt.

Dass sie Jan erst so spät abholen kann, viele Stunden nachdem man sie über sein Aufgreifen informiert hat, macht Karen stutzig. Sie beruhigt sich aber selbst damit, dass die *Mühlen der Bürokratie halt langsam mahlen* würden, wie man so sagt.

Doch jetzt wird sie unsicher. Die Kriminalpolizei will sie sprechen. Warum? Wieder greift eine kalte Faust nach ihr, erneut kommt Beklemmung auf. Warum kann sie Jan nicht sehen und muss hier im Flur warten?

„Ich bin Kriminalkommissarin Klara Moll. Frau Berger, Sie können Ihren Sohn gleich nachher mitnehmen. Doch muss ich Sie vorher über eine schlimme Sache unterrichten." Die Beamtin hat sich die Reihenfolge ihrer Sätze gut überlegt. Zuerst will sie der Mutter signalisieren, dass ihr Sohn gesund und wohlbehalten ist und gleich mit nach Hause gehen darf.

Dann aber muss die Realität auf den Tisch. Karen erfährt von der Straftat ihres Sohnes, von der unterlassenen Hilfeleistung, von den Verletzungen der Frauen, soweit schon absehbar. Sachlich, nicht beschönigend, nicht aufbauschend, in gegliederter Vortragstechnik setzt die Polizistin ihr Gegenüber in Kenntnis.

Jans Mutter nimmt diese Informationen auf. Wundert sich selbst darüber, wie kühl sie reagiert. Vielleicht so etwas wie eine seelische Schockreaktion, die man auch im körperlichen Bereich der Medizin kennt. Nachdem ein Mensch physisch schwer verletzt worden ist, spürt er zunächst oft keinerlei Schmerz. Diese Diagnose nimmt Karen an sich selbst vor, während sie vor der Kommissarin sitzt.

„Und was kommt nun auf uns zu?"

„Da ihr Sohn einen festen Wohnsitz hat, Fluchtgefahr oder Verdunkelungsgefahr nicht besteht und wir von einem Episodencharakter der Verfehlung ausgehen können, also wir auch keine Wiederholungsgefahr sehen, wird Jan trotz der Schwere der ihm vorgeworfenen Tat nicht in Untersuchungshaft genommen. Und sie können ihn mit nach Hause nehmen."

Die Kommissarin setzt nach: „Ihr Sohn muss sich im Bereich des Jugendgerichts Stuttgart oder an seinem Wohnort in Sieglingen aufhalten. Jan darf nicht ohne Genehmigung des Gerichts ins Ausland reisen, muss also erreichbar sein. Aber das weiß er. Er wurde von uns entsprechend gebrieft. Bald nach der Weihnachtspause wird sich das Jugendgericht bei Ihnen melden. Das weitere Verfahren bleibt abzuwarten."

✧

Sie ist innerlich wie abgestorben. Eiskalt. Kein Gefühl. Keine Nervositätsflecken am Hals. Nur langsam erfasst sie die Tragweite dessen, was ihr von der Kommissarin eben eröffnet wurde.

Eine schwere Straftat. Im Flur des Polizeigebäudes sieht sie den Mann auf sich zukommen, hinkend. Jan? Hängender Kopf, eingefallene Schultern, ungepflegt. Der Mann kommt näher, riecht unangenehm. Er stinkt. Das alles nimmt sie wie durch Watte wahr.

„Mama", Jan schluchzt, fällt Karen in die Arme.

Geschockt

Montag, 14. Dezember, gegen Abend

„Kein Problem. Ich komme heute Abend gegen achtzehn Uhr." Alex legt auf, ist erst mal bedient.

„Mann-o-Mann, das habe ich echt noch nie erlebt. Du vielleicht?" Selbst in Erzieherkreisen, bei der Betreuung ihrer *harten* Jungs, gehört das nicht zur Tagesordnung: Dass ein Kerl vom Frühstückstisch weg aus der Wohngruppe von der Polizei verhaftet wird. Und dass später ein Anruf kommt, man solle doch das Nötigste für einen mehrtägigen Aufenthalt in die Haftanstalt bringen.

„War doch klar, dass dieser Typ Stress macht. Habe ich dir ja gleich gestern Nachmittag bei der Übergabe gesagt. Aber dass es gleich so dicke kommt? Cool bleiben."

Für Alex nicht wirklich hilfreich, dieser Rat des Kollegen.

✧

„Sind die Sachen okay?"
Fino schaut kurz in die Reisetasche, in der Alex die wichtigsten Dinge verstaut hat. Ob die Gefangenen in der Untersuchungshaft ihre eigene Kleidung tragen können, weiß Alex nicht, er hat auch vergessen, den Beamten am Telefon zu fragen. Er hat aus Finos Schrank ein paar Teile mitgenommen. Warme Socken, einen dicken Pulli, Schal, Unterwäsche, Waschzeugs. Weil er Fino kaum kennt, konnte er nichts Spezielles für ihn aussuchen. Gern hätte er ihm mit Lieblingsstücken eine Freude gemacht.

Klamotten sind für Fino unwichtig. Das Wichtigste, sein Smartphone, haben sie ihm eh weggenommen. Alles andere ist doch sowieso nicht interessant. Kacke egal.

„Wie geht's dir so?"

„Wie soll's mir schon gehen? *Intergalaktisch!*" Fino grinst, setzt aber ernst fort. „Nein, ohne Scheiß: Die Bullen *sabbeln* mich stundenlang an. Lassen mich sitzen, obwohl sie wissen, dass ich nichts sage. Wollen mich weichkochen."

„Kannst du das nicht verstehen, Fino? Die Tat ist ja nicht ohne, die dir vorgeworfen wird."

„Was die sich da ausdenken. Ich hab doch nichts gemacht. Den ganzen Sonntag nur gesoffen und rumgehangen. Ist das auch nicht mehr erlaubt?"

Alex merkt, dass er zu Fino nicht durchkommt.

„Dein Chef weiß Bescheid. Ich hab dich bei ihm entschuldigt."

„Ist mir egal. War mir sowieso zu streng. Keinerlei Toleranz. Ätzend."

Alex versucht weiter, ein Gespräch anzustoßen. „Was macht man hier so in der Zelle? Wie bringst du die Zeit zwischen den Befragungen rum?"

„Höllisch." Der Gefangene redet durch fast geschlossene Lippen. Verbockt. Wütend?

„Pennen. Kein Smartphone. Nur Gefängnisbibliothek. Kann nichts damit anfangen. Fernsehen, im Gemeinschaftsraum. Wie im Kindergarten."

Fino gibt nicht zu, wie er sich tatsächlich fühlt. Eigentlich schon *ziemlich abgefahren*, mal so richtig im Knast zu sein, hat er gedacht. Er malte sich schon aus, wie er vor seinen Kumpels angeben könnte. Das würden die bestimmt cool finden. Dann hätte er sie total im Griff. Er, den sie sowieso bewunderten, hätte nun sogar Knasterfahrung. Fino, der *Superchecker*.

Bis jetzt haben ihn die Jugendrichter ganz zimperlich angefasst, die hatten ja Schisse, ihn echt zu bestrafen. *Erziehungsmaßregeln, Chance geben, ins Gewissen reden, Weisungen erteilen, Ermahnung mit Sozialstunden*, er kennt sich aus mit den Methoden der Richter, mit denen er es seither zu tun hatte. Für Fino lächerlich.

Aber jetzt, jetzt wird es eng.

Eigentlich, ja, Knasterfahrung wäre schon cool. Aber, wie das überstehen? Wie damit klar kommen, nicht mehr raus gehen zu können, bei jedem Schritt überwacht zu werden. Er ist jetzt schon, nach nur einem Tag, total bedient. Man muss hier wegen jeder Kleinigkeit um Erlaubnis bitten. Jede noch so kleine Vergünstigung bekommt man nur auf Antrag zugestanden. *Aufstehen* nach dem öffentlichen

Wecken, *Essen* genau nach vorgesehenem Plan, *zu Bett gehen*, *Einschließen*, alles vorgeschrieben. Sich mit andern unterhalten, nur nach Zeitplan. Im vorgegebenen Raster. Keine Kumpels treffen, nicht mal abhängen, wenn er es möchte. Derart kastriert kann er nicht leben.

Dieses Eingesperrt-Sein ist das Schlimmste. Die Enge schnürt ihm die Kehle zu. Er kann kaum atmen. Die schmale Zelle, die geschlossene Tür, sogar verriegelt, ganz allein, er ist nahe am Verrücktwerden, kurz vorm Durchdrehen. Fino hat schon Angst vor der Nacht, bekommt keine Luft, hat Platzangst, panische Gefühle. Alpdruck. Beklemmung.

Er ist jetzt schon am Boden. Und das am ersten Tag. Was, wenn sie ihn für längere Zeit verknacken?

Er muss sich zusammennehmen, kann hier doch nicht flennen. Doch nicht er, *Fino, die finale Nummer*!

„Ja, Fino, dachte ich mir schon, dass es hier drin hakt. Hab dir deshalb meinen CD-Player und ein paar CDs mitgebracht. Ist erlaubt. Hab gefragt. Willst du's?"

„Lass mal hier. Kann nicht schaden."

Mehr als diese Reaktion hat Alex nicht erwartet. Zumindest hat der Junge nicht total geblockt.

Die Gefängnistür wird hinter Alex wieder verschlossen. Zuvor eine Durchsuchung. Nein, er hat nichts herausgeschmuggelt.

Im Tal

Samstag, 19. Dezember und Tage danach

Johanna ist froh, dass sie allein ist. Unter ihrer Bettdecke verkrochen. Sie fühlt sich müde, schlapp, will schlafen. Die Ärzte sagen, das sei alles ganz normal bei einem leichten Schädel-Hirn-Trauma. *Gehirnerschütterung* klingt weniger spektakulär. Das hat sie also erlitten an diesem unsäglichen Abend vor ein paar Tagen, zusätzlich noch die Zahnverletzungen. Ihr ist schlecht und schwindelig. Sobald sie aufstehen will, dreht sich das Zimmer, der Boden bekommt Dellen, die Wände wölben sich, sie muss sich festhalten, um nicht zu fallen. Sie soll ihr Gehirn schonen, es in Ruhe gesund werden lassen. Deshalb müsse sie noch bis zur nächsten Woche in der Klinik bleiben.

Gut, dass Christina und Vera heimgegangen sind. Sie waren lang da. Es war anstrengend.

Der Blick aus ihrem Krankenzimmer ist düster: Tiefhängende Wolken über dem Stuttgarter Talkessel. Schon wieder wird es dunkel. Das ist ihr lieber als die Helligkeit. Sie leidet im Finstern weniger. Bei grellem Licht bekommt sie Kopfschmerzen.

Ob es draußen kalt ist? Vermutlich. Sie zieht ihre Bettdecke fester. Immerhin ist morgen *vierter Advent*. Egal. Hier im Krankenhaus interessiert das nicht. Eine eigene Welt.

Schon wieder klopft jemand. *Lasst mir doch meine Ruhe.* Johanna dreht sich demonstrativ gegen die Fensterseite, wendet der Tür den Rücken zu.

Die Tür kracht auf. Offensichtlich prallt sie gegen die Wand. Der Lärm fährt der Bettlägerigen durch Mark und Bein. Sie war doch früher nicht so geräuschempfindlich. Jetzt auch noch Schleifgeräusche. Gerede. *Was ist hier los?*

„Hallo Johanna. So sieht man sich wieder. Wie geht's dir?"

Was ist das? Elisabeths Stimme? Ja, Elisabeth.

„Oh, Elisabeth, du?"

„So Frau Bäcker-Nillin, hier bringen wir Ihnen Ihre Zimmergenossin. Für heute Nacht."

„Ja, danke. Elisabeth, was ist dir passiert?“ Vorsichtig dreht Johanna ihren Kopf in Richtung Elisabeth. „Man sagt mir nichts. Ich konnte dich noch gar nicht besuchen. Gut, dass du kommst.“ Mühe beim Sprechen.

„Was mir passiert ist? Ich hatte riesiges Glück.“ Elisabeth erzählt, dass sie nach der Schlägerei zwar nicht bewusstlos gewesen sei wie die beiden Leidensgenossinnen, doch sie habe einen *totalen Schock* gehabt. So extrem, dass der Notarzt nicht mal die Personalien aus ihr herausbekommen konnte. Doch das sei vorbei. Sie steht neben Johannas Bett, zeigt ihren Verband.

„Einer der Typen hat mir einen Stoß versetzt. Ich bin nach hinten getaumelt, gestürzt und habe mich mit meinem rechten Arm abgestützt. Dabei ist das Handgelenk gekracht. Du, das hat richtig geknackt. Ich höre das Geräusch jetzt noch. Trotzdem hatte ich Glück, wie der Arzt sagt. Ich darf morgen schon heim. Heute Nacht bleibe ich noch. Dann werde ich entlassen. Das schaffe ich schon mit einer Hand, dieses Jahr gibt’s dann halt *links* geschriebene Weihnachtskarten. Mal was Neues.“ Elisabeth plappert. Eigentlich wie immer, als sei nichts passiert. Doch sie stutzt:

„Ist alles in Ordnung mit dir, Johanna?“ Johanna verändert sich plötzlich. Sie wird blass, atmet stoßweise, zittert, öffnet den Mund, will artikulieren, ein gequälter, hilfloser, fast geräuschloser Schrei. Sie ringt nach Luft. Gestikuliert.

✧

Sie will flüchten. Dieser Marter entgehen. Hochkommen, wegrennen. Keine Chance. Sie fühlt sich wie ein Käfer auf dem Rücken. Hilflos.

Panisches Strampeln mit den Beinen. Der Körper dreht sich auf der Stelle, wirbelt um die eigene Achse, zappelt, kann nicht aufstehen. Der Herzschlag rast bis zum Kollaps.

Angst vor dem Zertretenwerden.

Der Kahlrasierte brüll sie an. Er kommt ihr nahe. Großer Mund. Abgebrochener Zahn.

Sie fällt. Will sich festhalten, irgendwo festklammern. Keine Stütze, kein Halt. Sie stürzt in ein dunkles, tiefes Loch.

✧

Der Arzt kommt schnell, nachdem Elisabeth den Alarmknopf gedrückt hat. Inzwischen ist Johanna schweißnass, wälzt sich in ihrem Bett.

„Ganz ruhig, Frau Bäcker-Nillin." Sie bekommt eine Spritze, beruhigt sich, ist erschöpft, döst, schläft ein. Der Mediziner klärt Elisabeth auf. Es sei nichts Außergewöhnliches, wenn Menschen nach dem Trauma eines derartigen Überfalls eine psychische Belastungsstörung entwickeln würden. Das Wiedersehen mit ihr als beteiligter Person, die Erinnerung an das Geschehen hätten bei Johanna den Horror wieder präsent werden lassen.

„*Sie* haben objektiv gesehen an diesem Abend dasselbe erlebt wie ihre Freundin", wendet sich der Arzt Elisabeth zu. „Offensichtlich konnten *Sie* diese böse Erfahrung wegstecken, ohne psychische Schäden davon zu tragen." Die Forschung, so erklärt der Arzt weiter, sei bei allem Fortschritt heute noch nicht weit genug, um die Wirkungen solcher traumatischer Ereignisse genau zuzuordnen. Geschweige denn, dass man das Erlebte im Gehirn und in der Psyche eines Menschen löschen könne.

„Ja, schön wär's, man könnte einen Schalter umlegen und alles wieder auf *Reset* stellen."

Während Johanna inzwischen ruhig atmet, weist der Arzt Elisabeth an, wie sie sich ihrer Freundin gegenüber verhalten soll. Wenn Johanna sprechen möchte, wenn sie beide sich heute Abend unterhalten wollen, wäre es gut, sie würden den Überfall außen vor lassen.

Elisabeth fragt den Arzt, der schon wieder die Türklinke in der Hand hat, nochmals nach der verletzten jungen Frau. Sie möchte sie gern besuchen. Der Mediziner winkt ab. Nicht sinnvoll, nicht möglich.

Was ist bloß los mit diesem Mädchen?

✧

„Ihre Mutter wird körperlich wieder vollkommen gesund werden. Die Gehirnerschütterung ist ausgeheilt. Alle Gehirnfunktionen bewegen sich im normalen Bereich. Die Schwellungen im Gesicht sind auch weitgehend zurückgegangen. Einzig die ausgeschlagenen Zähne müssen erneuert werden. Glücklicherweise haben wir in unserer Klinik eine Abteilung für Kiefer- und Gesichtschirurgie mit Implantologie. Unsere Spezialisten haben Ihre Mutter für die nächste Zeit mit einem Provisorium versehen. Unter diesem vorübergehenden Zahnersatz soll das verletzte Zahnfleisch abheilen. Dann erst kann man die Implantate einpflanzen."

Wieder ist Christina nach Stuttgart gefahren. Zum letzten Mal ins Krankenhaus. Endlich ist diese Ausnahmesituation überstanden. Denn bei ihr in Freiburg geht alles drunter und drüber. Gut, dass Thomas von daheim aus arbeiten kann. Ein Hoch auf die Onlineverbindung zur Firma! So kann er nebenher weitgehend den Haushalt versorgen und sich um Jakob kümmern. Christina merkt, dass die letzte Zeit an ihr gezehrt hat. Die Sorge um Mutter, die Autofahrt alle paar Tage von Freiburg nach Stuttgart. Zeitraubend, nervenaufreibend. Dazu die allgemeine Hektik so kurz vor den Feiertagen. Gut, dass ihre Mutter heute die Klinik verlassen darf.

Beim Abschlussgespräch im Katharinenhospital wird Christina nochmals alles genauestens erklärt. Die körperlichen Verletzungen werden also keine langfristigen Folgen haben.

„Allerdings, und das macht Sorgen, ist die Psyche Ihrer Mutter beeinträchtigt."

„Ja, das habe ich auch schon bemerkt. Sie hat sich irgendwie verändert, ist traurig. Nicht zu vergleichen mit ihrem Lebensmut, den sie früher hatte."

„Ihre Mutter hat das Trauma des Überfalls noch nicht verkraftet. Sobald sie an das Ereignis erinnert wird, leidet sie unter heftigen Flashbacks."

Der Arzt erklärt ihr, dass Johanna als Folge des Erlebten den Ansatz zu einer Depression entwickelt hat und dass sie akute Panikattacken durchleidet, sobald sie an das schlimme Ereignis erinnert wird. Sie müsse sich unbedingt in spezielle Behandlung geben. Sonst würde die Gefahr bestehen, dass sie eine posttraumatische Belastungsstörung entwickeln würde, unter der sie noch monatelang, sogar jahrelang leiden könnte.

Christina ist vor den Kopf gestoßen. Ihre Mutter, depressiv und panisch? Sie war doch immer standfest. Wie eine *hundertjährige Eiche* haben sie beide gewitzelt, wenn sie mal über Mamas seelische Stabilität gesprochen haben. Nichts konnte sie erschüttern. Sie war eigentlich immer, zumindest fast immer, ein optimistischer, fröhlicher Mensch. Nichts konnte Johanna umhauen. Ja, es gab schon einige Tiefschläge, unter denen Mutter gelitten hat. Aber irgendwie konnte sie das alles verkraften. Offensichtlich *heilte die Zeit ihre Wunden*, wie man oft hört.

Und jetzt soll ihre Mutter psychisch krank sein?

✧

„Mama, das ist unmöglich. Wir werden dich so nicht allein in der Wohnung lassen. Vera kommt erst an Neujahr zurück. Bis dahin gehst du mit mir nach Freiburg."

„Nein, das ist doch zu viel Trubel. Lasst mich einfach zu Hause im Bett liegen. Das bisschen Essen kann ich mir schon besorgen. Ich brauche meine Ruhe."

„Nein, Mama. Der Arzt hat mir deutlich gesagt, dass die Gefahr besteht, dass du wieder einen Flashback erleidest. Dann brauchst du jemand." Christina redet auf Johanna ein. „Mama, denk auch an uns. Wir wären die ganzen Tage nur in Sorge. Komm mit. Jakob würde sich doch so freuen, seine Jomi mal wieder zu sehen." Johanna durfte jetzt, gleich nach der Entlassung aus dem Krankenhaus, nicht unbeaufsichtigt in der Wohnung sein. Wie konnte sie ihre Mutter bloß überreden? Nun hat Christina ihr stärkstes Argument gebracht: Jakob.

Die Erwähnung des Enkels lässt Johanna aufhorchen. Ja, vielleicht hat Christina recht, sie sollte über die Weihnachtstage ihren Enkel sehen.

✧

Es geht ihr gut, seit sie gestern in Freiburg angekommen ist. Heute, am dreiundzwanzigsten hat sich Johanna sogar aufgerafft, in die Freiburger Innenstadt zu gehen. Natürlich nicht mit Christinas PKW, sondern mit dem öffentlichen Bus. Einen Tag vor Heilig Abend wäre nirgends ein Parkplatz zu bekommen.

Sie kennt sich im öffentlichen Verkehrssystem in Freiburg bestens aus, will also ohne die von Christina angebotene Begleitung noch Weihnachtsgeschenke besorgen. Jakob soll sein heiß gewünschtes Computerspiel bekommen. Diesen Tipp hat ihr Christina gegeben. Für ihre Tochter sucht Johanna nach einem schönen Kaschmir-Schal, passend zum schwarzen Daunenmantel, den sie so gern trägt. Thomas will sie mit einem Buch beschenken. Sie wird sich die Liste der Spiegel-Bestseller durchsehen und dann auswählen. Mit einem Rückgabegutschein ist das Risiko des Fehlgriffs tragbar.

Erstaunlich, dass sie sich heute, am zweiten Tag nach der Entlassung aus der Klinik, so gut fühlt. Sicher helfen auch die Medikamente.

Nach, gefühlt, ewiger Zeit hat sie sich sogar wieder mal schick gemacht. Die Reste ihrer Verletzungen, inzwischen gelblich eingefärbte ehemalige blaue Flecken, konnte sie mit Schminke übertünchen, etwas Rouge auflegen, Lippenstift. Okay.

Trotzdem hat Christina darauf bestanden, dass sie ihr Handy in ständiger Bereitschaft eingeschaltet lässt. Warum nicht, soll sie ihren Willen haben.

Johanna stürzt sich ins vorweihnachtliche Gewühl der Freiburger Innenstadt. Alles festlich dekoriert, hie und da Weihnachtsgedudel, flötende Kinder am Straßenrand, bettelnde Frauen an Häuserecken. Johanna nimmt dies alles wahr, aber sie fühlt sich außerhalb des Geschehens. Unbeteiligt. Als stünde sie neben sich selbst.

Da vorn! Ein Blitz durchzuckt Johanna. Kann das sein? Nein, ein Glatzkopf, dieser Riesenmensch. Wenn der auf sie zukommt? Was soll sie dann machen? Johanna sieht sich hilfesuchend um, will sich verstecken, ihr Atem geht stoßweise, sie schwitzt, zittert, alles dreht sich.

✧

Dieses Grinsen. Der Glatzkopf. Bösartig. Der abgebrochene Zahn.

Sie fällt. Will sich festhalten, irgendwo festklammern. Keine Stütze, kein Halt. Sie rast in ein dunkles, tiefes Loch.

Wegrennen, nichts wie weg. Aufstehen, abhauen. Mit enormer Muskelkraft hebt sie an, will ihre Beine bewegen, davonlaufen, dieser Marter entfliehen. Stößt an Grenzen, ist eingesperrt. Fühlt sich wie eine Motte, die verzweifelt immer wieder gegen das Fenster prallt, dennoch erneut einen Versuch macht, an das Licht zu kommen, das lockt, Freiheit verspricht.

Wieder kracht sie gegen die Scheibe.

Ausweglos.

✧

„Was ist mit Ihnen? Soll ich einen Arzt rufen?“ Ein junger Mann beugt sich über Johanna, die auf dem Boden sitzt. Auf dem kalten feuchten Gehsteig.

„Nein, danke, geht schon wieder.“

„Wie kommen Sie denn heim? Soll ich Ihnen ein Taxi rufen?“

„Ja, das wäre nett. Danke.“

„Mama, ich dachte auch, es wird sich mit der Zeit wieder geben. Das wird schon nicht so schlimm sein. Aber, jetzt wird klar, wir müssen die Realität sehen. Der Arzt hat es mir erklärt. Wenn du dich nicht behandeln lässt, werden diese Panikattacken nicht nachlassen. Alles wird noch schlimmer.“

Anker

Montag 21. Dezember

Frau Karen Berger bitte, Sie werden am Meetingpoint in Terminal 3 erwartet.

Schon beim Betreten des Flughafengebäudes hört Karen die Ansage. Der Stau auf der A8 in Richtung Stuttgart kurz vor der Ausfahrt Stuttgart–Flughafen kostete sie gut eine halbe Stunde, dann noch die Parkplatzsuche im Ankunftsbereich des Airports. So viel Puffer hat sie nicht eingeplant. Warum ließ sie nur ihr Handy zu Hause liegen. In letzter Zeit passieren ihr immer wieder solche Nachlässigkeiten. Wäre sie dreißig Jahre älter, würde sie glauben, dement zu sein. In ihrem Alter kann sie hoffen, dass sich die Vergesslichkeit wieder legen wird. Irgendwann muss sie, muss die Familie, diese Krise ja überwunden haben.

Uwe, groß, schlank, braungebrannt, kommt ihr entgegen. Wie vertraut er ihr doch immer noch ist. Die Ähnlichkeit mit Ben fiel ihr früher nie auf. Ben hat vom Vater das Aussehen, Jan ähnelt ihm im Wesen. Aber Uwe ist älter geworden. Das Haar lichter? Eine Falte zwischen den Augenbrauen, markante Einschnitte an den Mundwinkeln. Das hatte er früher nicht.

„Grüß dich, Karen."

„Hallo Uwe." Umarmung. Fühlen des früher so vertrauten Körpers. „Sorry wegen meiner Verspätung. Ein hartnäckiger Stau auf der Autobahn. Mein Handy habe ich sinnigerweise zu Hause liegen gelassen. Nichts läuft rund momentan." Schon krallt sie die Rührung. Uwe nach so langer Zeit wieder zu sehen, seine Nähe zu spüren, unter diesen schwierigen Umständen. Sie war so stark gewesen in den letzten Tagen. Vor ihm will sie jetzt nicht einknicken. Keine Schwäche zeigen! Sie richtet sich auf, holt tief Luft, hebt das Brustbein, macht den Rücken gerade.

„Danke, dass du mich abholst. Sollen wir uns ins Restaurant setzen und reden oder fährst du mich gleich in mein Hotel in Sieglingen?"

Gut, dass Uwe ein Hotelzimmer gebucht hat. Das Übernachten in der Familie hätte eine weitere Reibungsfläche geboten, zusätzlich zu ihren andern Problemen. Manchmal kann Uwe sensibel sein.

„Was du gern möchtest. Jetzt nach der Fahrt erst mal eine Pause im *Red Baron*, hier gleich im Obergeschoss der Abflughalle, wäre ganz gut."

Als Vielflieger kennt Uwe das Flughafenrestaurant gut. Er freut sich darüber, dass es laut Speisekarte auch schwäbische Gerichte gibt.

„Linsen mit Spätzle und Saitenwürste, großartig, lange nicht gegessen. Man bekommt heutzutage auf den Flügen ja nichts Leckeres mehr serviert. Business-Class wollte ich nicht buchen. Ein Platz am Gang mit viel Beinfreiheit ist auch in der Economy-Class okay."

Sie sitzen an der Fensterfront, beobachten die Geschäftigkeit auf dem Flugfeld. Immer wieder faszinierend, diese riesigen Vogelmaschinen aus der Nähe zu sehen. Das Landen, das Starten.

Nett von Uwe, dass er sich müht, eine neutrale Atmosphäre zwischen ihnen zu schaffen. Am Telefon war alles eher verhärtet und verbiestert gewesen. Sie stritten sich bitterböse. Wenn sie sich persönlich gegenübergestanden hätten, wären sicher die *Fetzen geflogen*. Doch es ist nie ihre Art gewesen, Fetzen fliegen zu lassen. Auch nicht bei den härtesten Auseinandersetzungen vor und während der Scheidung. Nie sind Teller, Tassen oder andere Dinge durch die Gegend geworfen worden. Vielleicht ein Fehler? Jeder von ihnen beiden hatte sich so weit im Griff. Ihre Kämpfe wurden leise, doch nachdrücklich ausgefochten. Auch nachtragend.

„Karen, wie geht's zu Hause?" Erst beim Espresso startet Uwe zur anstehenden Aussprache.

„Jan habe ich seit seiner Heimkehr vor einer Woche nicht mehr in die Schule geschickt. Ich habe ihn wegen einer *langwierigen Erkältung* entschuldigt. Weiß nicht, ob man mir das in der Schule noch abnimmt. Ich will ihn schonen. Es wäre zu hart für ihn gewesen. Es geht ihm nicht gut. Er kommt kaum aus seinem Zimmer, schläft viel, redet wenig, isst nur das Notwendige. Jan wollte auch nicht mit zum Flughafen kommen."

„Das hört sich nicht gut an."

„Ich hätte dich nicht um Hilfe gebeten, wenn's nicht so kritisch wäre. Der Junge ist so sensibel, so unsicher. Sonst wäre er auch nicht auf diesen schwierigen Umgang reingefallen. Ich mache mir solche Sorgen, Uwe. Hoffentlich fängt sich der Junge wieder." Karen hofft darauf, dass sich Jan in den Ferien in Brasilien neu besinnen kann. Gut, dass das Jugendgericht das *Okay* für die Reise ins Ausland gegeben hat.

„Es war ja immer schon klar, dass die Erziehung zweier Jungs durch eine Frau alleine schwierig wird. Noch dazu, wenn die Mutter berufstätig ist. Meine Rede."

Das musste jetzt wohl sein. Uwe rührt in der alten Wunde. Macht ihr wieder Vorhaltungen, weil sie sich damals nicht auf die traditionelle Mutterrolle einlassen wollte. Der Hauptgrund dafür, warum ihre Beziehung nicht mehr getragen hat. Ja, Karen macht sich im Geheimen jetzt die größten Vorwürfe. Warum hat sie nicht verzichtet, als damals, bald nach der Geburt der Zwillinge, dieses verlockende berufliche Angebot gekommen ist. Wie oft hat sie in letzter Zeit daran gedacht, ob alles vielleicht anders gekommen wäre, wenn sie zu Hause geblieben wäre oder wenn sie und Uwe zumindest mit den Kindermädchen, die für die Jungs zuständig gewesen waren, mehr Glück gehabt hätten. Warum mussten sie auf diese unzuverlässigen Girls treffen? Wäre eine ältere Frau, vielleicht ein Oma-Ersatz, bei den Jungs besser angekommen? Wieso hatten sie damals diese Pechsträhne, die letztlich irgendwann mit der Trennung enden musste?

Und jetzt, in der aktuellen Situation: Sie hat das Unglück doch kommen sehen. Es gab genug Anzeichen dafür, dass Jan abrutscht. Welche Fehler hat sie gemacht? Hätte sie früher Hilfe holen müssen, professionelle Hilfe? Hätte sie das Jugendamt, einen Jugendpsychiater einschalten müssen? Jetzt nicht auch noch tagsüber. Es reicht, wenn sie sich die Nächte mit Selbstzerfleischung zur Hölle macht.

Und bloß nicht von Uwe provozieren lassen.

„Uwe, bitte, lass doch die alten Streitereien. Die Lage ist zu ernst. Wir müssen jetzt zusammen halten. Es geht um unseren Jungen."

„Du hast recht, Karen. Lass uns nach Sieglingen fahren. Ich möchte unbedingt Jan sehen."

Weggesperrt

Weihnachtszeit

Das ist ihm doch alles Kacke egal. Morgen ist Heiliger Abend. Sollen die sich doch ihre Tannenzweige und ihre Kerzen sonstwohin stecken. Er braucht in seiner Zelle diesen Weiberkram nicht. Stört ihn nur.

Jetzt muss er auch noch zu dieser Weihnachtsveranstaltung gehen. Wie ihn das anpisst. Ein Kirchenchor im Knast. Irgendwelche Leute müssen wohl in der Weihnachtszeit für Knackis was Gutes tun, meinen sie. Eine gute Tat vor der Bescherung.

Eigentlich will er da überhaupt nicht hin. Soll er aber, hat ihm sein Anwalt empfohlen. Pflichtverteidiger. Wurde ihm von denen ausgewählt. Eigentlich ganz in Ordnung, der Mensch. Eher so der Opa-Typ.

Er soll sich im Knast nicht verweigern, hat er ihm geraten. Möglichst viele Angebote annehmen. Nicht bocken. Höflichkeit bei den Befragungen, zum Personal freundlich sein.

Also, geht er halt zu diesem Singsang. Heute, am Tag vor Heiligabend.

Schon seltsam, Weihnachtslieder im Knast. Was sich diese Leute dabei denken? Passt halt überhaupt nicht hierher. Weihnachten ist doch ein Familienfest. Alle hier vermissen ihre Familien. Einige haben es gut, die bekommen Besuch. Er hat gesehen, dass manche Jugendliche auch Päckchen kriegen. Weihnachtspäckchen in den Bau, von den Eltern oder von Geschwistern. Das gibt es für ihn natürlich nicht.

Mutig, diese Leute, die hierher kommen, um von Liebe und Güte zu singen. Von einem kleinen Kind, das in einem Stall geboren wird, von seinen Eltern geliebt und gepflegt. Sind diese Leute mutig oder gedankenlos? Können die sich gar nicht vorstellen, wie weh das manchen Knackis tun muss, wenn sie daran erinnert werden, dass auch sie vielleicht mal umsorgt worden sind, bevor die Eltern geschieden wurden, sich dem Suff hingegeben haben oder einfach abgehauen sind? Wie seine Mutter.

Nein, Weihnachtslieder passen überhaupt nicht hierher. Die vielen Moslems, die im Knast sitzen. Die haben doch gar keine Ahnung, was dieses Weihnachten für Leute von hier bedeutet. Die haben keinerlei weihnachtliche Erinnerung, an der sie sich festhalten könnten oder die sie verdrängen wollen, weil sie weh tut. Na ja, die Muslime sind halt froh, dass es was Besonderes zu Essen gibt. Schon die ganze Woche über. Christstollen und Weihnachtsgebäck extra. Morgen und am ersten Feiertag gibt's bestimmt noch mehr. Vielleicht Gänsebraten? Dürfen Mullas überhaupt Gänsefleisch essen? Fino weiß es nicht. Er will Hakan danach fragen.

Hakan ist der einzige, mit dem er hier sprechen kann. Muss auch Putzdienst machen wie er und über Weihnachten sollen sie beide bei der Essensausgabe helfen.

✧

Auch zwei jüngere Männer waren dabei, bei diesem Chor. Sonst nur Frauen, alte Frauen. Haben die Gefangenen ganz mitleidig angeschaut. Mitgefühl, ja. Sie wollten denen aber auch nicht zu nahe kommen, die könnten ansteckend sein. Könnten ihnen an die Gurgel gehen, Gewalttäter wie sie alle sind. Über Weihnachten im Knast. Bestimmt harte Brocken. Mitleid und Furcht, beides gleichzeitig haben ihre Gesichter gezeigt.

Schon zu beneiden, diese Menschen. Dürfen gleich nachher die Tür aufmachen, rausgehen, die frische Luft genießen, zu ihren Lieben heimgehen, müssen nicht hier im Knast bleiben.

Da war aber Ende. Das war dann doch zu viel. Es ging ja noch, als diese Leute gesungen haben, bekannte Weihnachtslieder, die er aus seiner Kindheit kennt. Lange her, dass er mit Mama, Oma und Opa unterm Christbaum gesungen hat. Bloß nicht daran denken! War auch noch okay, als ein Mann, vielleicht ein Pfarrer, weihnachtliche Worte von sich gegeben hat. Gehört wohl dazu. Das Beste am ganzen Programm war der Gitarre-Spieler. Seine Musik war nicht so kirchenmäßig altmodisch, sondern schon aktueller. Sogar die Moslems haben dazu mit den Zehen gewippt.

Als dann aber dieser Pfarrer verlangt hat, dass man mitsingen soll,

„Oh du fröhliche, oh du selige, gnadenbringende Weihnachtszeit“, wie auf dem Zettel stand, da musste er rausgehen.

Haben die Leute überhaupt keine Ahnung, dass eine Weihnachtszeit ganz bestimmt nicht fröhlich oder selig ist, wenn man hinter dicken Mauern eingesperrt ist? Können die sich überhaupt nicht vorstellen, dass bei den Gefangenen die Erinnerung hochkommt, dass man das irgendwann nicht mehr durchstehen kann, dass man sich aber im Knast, vor den andern, nicht erlauben kann, vor Rührung loszuheulen?

✧

Wenigstens hat er Hakan. Der einzige, mit dem er reden kann. Die anderen Gefangenen verstehen kaum ein Wort Deutsch und sind sowieso nur in Grüppchen unterwegs, beachten die andern nicht. Als Neuer hat er sowieso schlechte Karten in der Knast-Hierarchie.

Aber heute ist Hakan irgendwie komisch. Gar nicht so wie in den letzten Tagen.

Heute, am ersten Weihnachtstag, müssen sie jedem ein Stück Gänsebraten, zwei Knödel, einen Löffel Rotkohl und Soße aufs Tablett schöpfen. Hakan stellt noch den Nachtisch drauf. Was Cremiges. Ein heller Brei? Pudding? Irgendwas in der Art. Egal. Er wird sowieso kaum was essen. Hier hat er keinen Appetit.

Zum Essen werden sie in ihre Zellen eingeschlossen. Finos Kabuff ist winzig. Gerade Platz für seine Pritsche. Zwei Betten wären nicht möglich. Einzelunterbringung. Vielleicht besser als mit irgendwelchen stinkenden Typen zusammen leben zu müssen. Aber man ist schon allein in so einer Zelle. Den ganzen Tag. Über die Feiertage gibt es keine Arbeitsangebote. Da muss man Mittagsschlaf machen, wie kleine Kinder oder alte Leute. Fino will lieber seine Muskeln trainieren. Liegestützen kann man in dem mickerigen Raum gerade so machen. Er boxt auch gegen einen eingebildeten Gegner, tänzelt in seiner Bude rum, haut mit Kraft Löcher in die Luft, Haken von unten, links und rechts. Bloß, damit er nicht immer auf dem Bett liegt oder an dem kleinen Tisch sitzen muss.

Jeden Tag freut er sich auf den *Freigang*. Die Bewegung an der frischen Luft genießt er, ohne den Mief der Zelle, ohne den Gefängnisgestank in den Fluren. Die Aufpasser beim Spaziergang im Freien sind ganz okay, lassen einen ziemlich in Ruhe.

„Fino, mein Freund Kazim muss dir was sagen." Hakan schließt auf, dreht jetzt seine Runden direkt neben Fino. Er hat einen bulligen Typen dabei, Vollbart.

„Ja, was denn?"

„Du hier in Knast nicht sicher. Viele Gefahr." Kazim redet abgehackt, schielt auf das Aufsichtspersonal. Hakan trottet neben Kazim seine Runden ab. Sagt nichts mehr.

„Wieso? Hab noch gar nichts gemerkt. Wer will mir was tun?"

„Wir sind starke Muslime. Halten zusammen. Du allein sein." Der Vollbärtige redet undeutlich, bewegt kaum seine Lippen. Trotzdem kommen die Worte pfeilscharf geschossen.

„Wir dich beschützen. Jeden Tag. Du zahlen an Hakan zehn Euro bei Essenausgabe."

Jetzt erst kapiert Fino. Gehört hat er das schon, wie es im Knast läuft. Dass irgendwelche Typen sich als Beschützer ausgeben und andere erpressen. Auch das noch. Ausgerechnet ihm muss das hier passieren. Er schaut hilfesuchend zum Aufseher. Die Bullen pennen natürlich.

„Ich hab kein Geld."

„Du dir besorgen. Sonst du in Gefahr."

Und schon ist dieser Typ weg. Begleitet von Hakan, den Fino eigentlich bis jetzt ganz nett fand, verschwunden im Gebäude.

✧

Bisher hasste er seine Zelle. Hat kaum Luft bekommen in dieser Enge. Die Wände erdrückten ihn, sind nachts auf ihn eingestürzt, haben ihm Beklemmung verursacht.

Er kam sich vor wie dieser Maikäfer in der Streichholzschachtel, den er als Kind gefangen hatte und ihm absichtlich keine Luftlöcher in die Schachtel machte. Nur manchmal hat er einen kleinen Schlitz des Deckels geöffnet, um zu sehen, wie der Käfer litt, wie er anfangs die Beine noch lebhaft bewegte. Am Schluss zuckten die haardünnen Glieder des Tiers bloß noch. Als Kind schon fand er sich riesig dabei, wenn er über Tod oder Leben des Käfers entscheiden konnte. Luftlöcher ja oder Luftlöcher nein?

Jetzt geht es ihm ähnlich. Ja, Luftlöcher hat er. Er wird nicht ersticken, trotzdem sitzt er in der Falle.

Die Enge machte ihm Angst.

Bisher.

Jetzt, nach dem Gespräch mit diesem Erpressertyp ist er froh, in seine Zelle gehen zu können. Fühlt sich beschützt, nachdem die Bullen die Tür abgeschlossen haben.

Gefangen, aber beschützt. Was soll er tun? Er ist ratlos. Hat Schisse.

Eigentlich kennt er sich gar nicht mehr. Was ist los mit ihm? Er ist doch immer noch Fino, die finale Nummer. Der Schrecken vieler in den Katakomben, der seine Truppe antanzen lässt, der den Jungs befehlen kann. Die fressen ihm doch aus der Hand.

Was will dieser hergelaufene Türke von ihm, vielleicht ist er ja Kurde, Iraker oder Afghane. Jedenfalls kein Deutscher. Der soll ihm mal zu nah kommen. Er, Fino, lässt sich nicht so schnell klein machen.

Jetzt geht es ihm besser.

Ja, er wird stark sein, sich nicht von diesen Ausländertypen erpressen lassen.

✧

„Steck mir die zehn Euro unauffällig in meine linke Tasche." Hakan raunt Fino gleich zu Beginn der Essensausgabe seine Anweisung zu.

„Hab kein Geld."

„Du tust mir leid."

✧

Fino hat nachts schlecht geträumt, war schon beim Aufstehen unruhig, den ganzen Tag über nervös. Doch nichts ist passiert.

Beim Freigang wird es plötzlich einem muslimischen Gefangenen schlecht. Er zuckt mit Armen und Beinen, schreit, fällt hin. Gleich ist eine Gruppe von Mitgefangenen um ihn herum. Die Aufsichtsleute sind alarmiert, versuchen, dem Kranken zu helfen, rennen ins Gebäude um die Bahre zu holen, telefonieren schnell nach einem Arzt. Es ist jetzt, *zwischen den Jahren*, kein ständiger Gefängnisarzt vor Ort. Der Mediziner wird zu Hause angerufen, hat Bereitschaft, soll schnell kommen. Vielleicht ein epileptischer Anfall? Ein Herzanfall? Jedenfalls sieht die Sache schlimm aus.

✧

Anfangs kann Fino noch sein Gesicht schützen. Er hält die Arme vor den Kopf. Dann packen sie seine Hände, drehen ihm die Arme brutal auf den Rücken. Sein Gesicht, sein Kopf, seine Brust, die Bauchgegend, die Geschlechtsteile. Alles ist den Schlägen ausgeliefert. Einer prügelt auf ihn ein, mit Fäusten, traktiert ihn mit Fußtritten. Zwei andere halten ihn fest. Sichtgeschützt im Gefängnishof. Er wird ohnmächtig. Sie lassen ihn los. Entfernen sich unauffällig.

Ohne Antrieb

Anfang Januar des neuen Jahres

Dass sie jetzt wieder zu Hause ist, tut gut. Als halber Pflegefall wollte sie nicht weiter bei der jungen Familie sein. Sie braucht ihre Ruhe, will allein sein. Vera wird sie nicht stören.

Unter ihrer Post befand sich auch eine Neujahrskarte von Gitti und Gabi. Die beiden grüßen von ihrer Mittelmeer-Kreuzfahrt. Aber das interessiert sie nicht.

Johanna überlegt, ob sie einen Kuchen backen soll. Eigentlich müsste sie. Heute Nachmittag will ihre Chorfreundin Gisela zu Besuch kommen. Das große Konzert ist ja schon vorbei, dann Weihnachten, Neujahr.

Schon nett von Gisela, an sie zu denken und sie zu besuchen. Lieb gemeint, aber sie ist müde. Der Besuch ist ihr eigentlich zu viel. Vera war fleißig. Sie hat die Wohnung geputzt und aufgeräumt und ihr angeboten, beim Bäcker Kuchen für den Kaffeebesuch zu besorgen. Das hat es vor dem *Opernabend* nie gegeben. Doch momentan hat Johanna keine Energie zum Backen.

Sie zwingt sich, die Erinnerung an den unsäglichen Abend zurückzudrängen, sobald diese Gedanken irgendwie wieder hochkommen wollen. Für sie war dieser schreckliche Sonntagabend eben der *Opernabend.* Sonst nichts.

Vera arbeitet an irgendwelchen Klassenarbeitskorrekturen. Bald nach den Weihnachtsferien müssen die Noten fertig sein, Mitte Januar ist Abgabetermin, denn am ersten Februar gibt es Halbjahreszeugnisse. Als es klingelt, sitzt sie an den Schülerarbeiten. Vera hetzt zur Tür, öffnet, begrüßt Gisela und klärt sie konspirativ flüsternd darüber auf, dass sie nicht nach dem Überfall fragen darf, sondern unverfängliche Themen mit Johanna bereden soll.

„Hallo Johanna, schön, dich zu sehen. Wie geht's?"

„Danke der Nachfrage. Und dir? Wie war euer Konzert?"

„Es war so schön. Weihnachtsoratorium am vierten Advent, ein Erlebnis. Schade, dass du nicht dabei gewesen bist. Übrigens, dieser nette Tenor, der Jochen, hat nach dir gefragt. Wieso du nicht mitsingst, wollte er wissen. Es sei dir was dazwischen gekommen, habe ich gesagt. Ich soll dir schöne Grüße bestellen."

Lange hat Johanna nicht mehr an Jochen gedacht. Weit weg.

„Wirklich Johanna, es hätte dir bestimmt gut gefallen." Gisela bringt Johanna eine Zeitungskritik zum Konzert mit: überwältigendes Lob für Chor, Orchester und den Dirigenten.

Die Kirche war vollbesetzt. Allein dieser Umstand ist im Sieglinger Kulturleben eine Besonderheit. Alle Karten, die in den Vorverkauf gekommen sind, waren frühzeitig verkauft. An der Abendkasse gab's nochmals eine unerwartet lange Warteschlange. Die Organisation war überfordert. Das Konzert konnte erst mit einer halben Stunde Verspätung beginnen.

„Du kennst ja die Atmosphäre in der Kirche, wenn sich der Raum nach und nach füllt, bald alle Plätze eingenommen sind. Die unruhige Erwartung im Publikum, die steigende Spannung, wenn die Instrumente gestimmt werden. Oh Johanna, es war so schön."

Ja, Johanna kennt die Stimmung vor einem Konzert gut, die festliche Kleidung aller Beteiligten, meist schwarz. Das eingeübte Auftreten der Chormitglieder in zwei Reihen, links Tenöre und Soprane, rechts Bässe und Altstimmen. Wie geübt, stellen sich die Sängerinnen und Sänger auf dem Podium auf, beobachtet von allen Verwandten und Bekannten im Zuschauerraum. Nach dem genau vorgegebenen Ritual der allgemein gültigen Orchesterordnung werden dann die Instrumente gestimmt. Das Orchester verstummt. Nun herrscht knisternde Stille im riesigen Kirchenraum, Kribbeln am ganzen Körper. Der Dirigent tritt auf. Er blickt zu seiner *Ersten Geige*, hebt die Arme, deutet mit minimalistischen Bewegungen den Rhythmus des Stückes an. Nun das Zeichen mit dem Taktstock. Der erste Orchesterton, das festliche Orchestervorspiel, der Chor setzt ein, unzählige Male geübt in D-Dur im dreiunddreißigsten Takt: *Jauchzet, frohlocket, auf preiset die Tage.*

Das alles berührt Johanna nicht mehr. Sie ist ausgeschlossen. Der Besuch Giselas verstärkt dieses Empfinden. Sie gehört nicht mehr zum Chor, hat damit nichts mehr zu tun. Sie will nicht mehr singen, keine Musik mehr hören. Eigentlich will sie nur in Ruhe gelassen werden. Ja, sie hatte sich sehr gefreut auf das Konzert.

Nun ist die Welt anders.

✧

Simon ruft an, fragt, ob er Johanna besuchen darf. Vera ist am Telefon, gestikuliert lautlos mit Johanna. Sie will aber niemanden sehen. Vera hält die Sprechmuschel zu. Und signalisiert Johanna, dass sie zusagen soll.

„Ich habe heute Nacht wieder so schlecht geschlafen. Hab keine Kraft, Besuch zu empfangen."

„Komm, Johanna, Simon ist doch ein einsamer Wolf. Wenn er sich schon mal dazu durchringt und dich anruft. Gib ihm keinen Korb."

„Also."

„Ja, Simon. Johanna kann gerade nicht ans Telefon kommen. Aber sie freut sich auf deinen Besuch. Kommst du morgen so gegen fünfzehn Uhr zum Kaffee?"

✧

Johanna sitzt teilnahmslos auf ihrem Stuhl. Obwohl Vera eigentlich heute, am letzten Tag der Weihnachtsferien, diese Klassenarbeit vollends *wegkorrigieren* wollte, nimmt sie sich Zeit, um Johannas Besuch zu begleiten. Vera hat Simon vor ewigen Zeiten mal gesehen, kennt ihn eigentlich nur aus den Erzählungen Johannas. Sie hat einen dicken, alkoholgezeichneten, leicht vergammelten älteren Herrn erwartet. Zu Besuch kommt aber ein vitaler Mensch, energiegeladen.

„Johanna, du hast mir ja so viel geholfen. Deine Tipps waren Gold wert. Unser Gespräch bei der Feuerzangenbowle. Das hat mir zu denken gegeben."

„Schön für dich, Simon." Johanna will höflich sein. Es berührt sie aber nicht wirklich. Simons Probleme gehen sie eigentlich nichts an.

„Ich habe mit meinen Schwestern einen Besuchsplan vereinbart. Ein rollierendes System. Das klappt ganz gut. Wir wechseln uns wochenweise mit der Betreuung der Mutter ab. Momentan habe ich frei.

Ein ganz anderes Leben. Jetzt gehe ich ins Fitness-Studio. Zwei bis drei Mal pro Woche. Tut echt gut."

„Wie nimmt Ihre Mutter diese Veränderung auf?" Vera will das Gespräch am Laufen halten.

„Das weiß keiner. Ob sie es überhaupt wahrnimmt, dass ich nicht mehr jeden Tag bei ihr bin? Ich weiß es nicht. Sie ist in ihrer eigenen Welt, hat nur noch ganz seltene Lichtblicke. Sie wird auch immer schwächer, kann nur noch mit Mühe selbstständig schlucken. Die Ärzte und Pfleger raten dazu, ihr eine Sonde zu ersparen. Eine künstliche Ernährung würde bloß ihren Leidensweg verlängern, sei im Grunde bei einer so alten Frau fragwürdig." Simon hält ein, wartet auf Johannas Reaktion.

Johanna rührt versonnen in ihrem Kaffee. Kein Kommentar von ihr.

Der Gast erzählt weiter, dass er endlich seine lang verschobene Reise gebucht habe. Im Frühjahr will er starten.

„Wo soll's denn hingehen?" Vera springt wieder ein.

„Eigentlich wollte ich ja mal eine ganz lange, große Reise machen. So habe ich es dir, Johanna, beim Weihnachtsmarkt erzählt. Asien reizt mich. Aber so lange Mutter noch lebt, möchte ich erreichbar sein. Also geht's im Frühjahr in meine nähere Traum-Gegend. Dort würde ich später gern mal leben. Vielleicht eine Wohnung oder ein Haus kaufen. Nähe Gardasee, im Norden, in den Bergen oberhalb von Riva und Torbole. In einer Gegend, in der man frei atmen kann, nicht von den Nachbarn gegängelt wird und keine *Kehrwoche* machen muss."

Auch auf diese witzig gemeinte Bemerkung geht Johanna nicht ein.

Vera begleitet Simon zur Tür. Er zeigt sich erschüttert darüber, wie sehr sich seine frühere Kollegin verändert hat.

„Sie ist doch immer so lebendig und interessiert gewesen. Und jetzt dieses traurige Bündel Mensch. Hoffentlich wird sie bald wieder die Alte."

✧

„Nein, Elisabeth, so stark wie du bin ich nicht." Johanna liegt beim Telefonieren mit der Freundin auf dem Sofa. Sie wehrt Elisabeths Überlegung ab, das offensichtlich stark verletzte Mädchen in der Klinik zu besuchen. Nachdem die Ärzte jetzt das Besuchsverbot aufgehoben haben, will Elisabeth nach der jungen Frau sehen.

„Weißt du, irgendwas verbindet uns doch mit dem Mädchen. Deshalb möchte ich nach ihr schauen."

„Ich bewundere dich wirklich, Elisabeth. Du wagst es tatsächlich, nochmals in diese Klinik zu gehen, dich diesen Erinnerungen zu stellen und das Mädchen zu besuchen, sie vielleicht sogar nach dem Erlebten zu befragen. Du bist taff." Allein der Gedanke an diesen schlimmen Abend lässt in Johanna wieder diese Unruhe aufkommen. Sie muss sich wehren, sich schnell mit anderen Dingen ablenken. Es darf nicht wieder zu einer Panikattacke kommen.

„Und du willst tatsächlich schon wieder arbeiten ab dem elften Januar? Obwohl du deinen rechten Arm noch nicht richtig einsetzen kannst?"

Elisabeth sprüht vor Tatendrang. Wie schon immer. Unverändert. Als sei nichts geschehen.

Nicht so bei ihr. Gewiss, sie kommt zurecht. Kann morgens aufstehen und zumindest kleine Hausarbeiten erledigen. Alles Größere managt Vera. Aber die Lebensfreude fehlt.

Diese Schlaflosigkeit und wenn sie dann doch mal schläft, die ständigen Albträume. So viele Fragen beschäftigen sie. Ihre Gedanken kreisen tags und nachts um den *Opernabend.* Dazu kommen noch die beängstigenden Nachrichten in allen Medien. Die *Kölner Geschehnisse in der Silvesternacht.* Wie waren diese Frauen doch ausgeliefert. Hilflos, von einer Horde unflätiger Machos eingekreist. Ängste und Unsicherheit, wohin man blickt. In Deutschland, auf der ganzen Welt. Sie kann sich kaum dem Sog dieser dunklen Gedanken entziehen, wird davon immer wieder in die Tiefe gezogen. In die Gefahr erneuter Panikanfälle.

„Ja, das geht schon irgendwie. Weißt du Johanna, ich muss wieder unter Leute kommen. Ich kann zwar nicht selbst mit dem Auto fahren, aber das passt schon. Klar, der Bus ist ein bisschen umständlich. Aber okay." Elisabeth lässt keine Probleme aufkommen. Sie hat für alles eine Lösung parat. „Und im Dienst? Du weißt ja, man kann auch im Büro viel *mit Links* machen, zum Beispiel mit Kolleginnen und Kollegen klönen und, nicht zu vergessen, den Telefonhörer abnehmen. Der neue Chef braucht mich. Er hat so vieles noch nicht im Griff. Manchmal ziemlich chaotisch. Vollkommen anders als bei dir früher."

„Lang her. Gefühlt, eine Ewigkeit. Ein anderes Leben." Johanna will ihre Freundin informieren. „Weißt du, momentan geht's mir nicht so toll." Sie setzt nach einer kurzen Pause nach: „Hab nun eingesehen, dass ich mich behandeln lassen muss. Meine Psyche ist durcheinander. Ich versteh ja auch nicht, dass ausgerechnet mir so was passiert. Ich war doch eigentlich immer stark."

„Weißt du, dir fehlt jetzt auch deine Arbeit. Es stabilisiert, wenn man täglich mit Kollegen und anderen Leuten umgehen muss und darf. Und die fachlichen Probleme, die man im Amt zu wälzen hat, lenken auch ab. Tut der Seele gut, keine Zeit zu haben, um zu grübeln. Was glaubst du, warum ich den Arzt so gedrängt habe, mich bald wieder arbeitsfähig zu schreiben?"

Typisch Elisabeth, hat wieder eine pragmatische Erklärung griffbereit, wie immer. Für alle Wechselfälle des Lebens.

„Du, Elisabeth. Eine große Bitte: Sag nichts im Amt von meinen psychischen Problemen. Klar musst du nach deiner Rückkehr vom Überfall erzählen. Das wissen die ja auch schon. Ich will aber nicht, dass die andern erfahren, dass ich mich behandeln lassen muss."

Johanna fragt sich selbst, warum sie so seltsam reagiert. Jedem anderen hätte sie den Rat gegeben, mit einer Krankheit offen umzugehen, kein Geheimnis darum zu machen. Warum wollte sie das nicht? Will sie nach außen als eine andere erscheinen, als sie es tatsächlich ist? Warum sagt sie nichts darüber, wie sehr sie sich dagegen gewehrt hat, therapeutische Hilfe nachzufragen, wie lang Christina, Thomas und Vera auf sie einreden mussten? Warum war sie zu Elisabeth nicht offen? Sie ist doch eine langjährige Vertraute von ihr. Was ist bloß los mit ihr? Warum ist sie so misstrauisch? Sie kennt sich selbst nicht mehr.

„Kein Problem. Ich werde schweigen wie ein Grab. Aber ich habe dir einen Tipp. Über eine Bekannte, die auch Probleme hatte, kenne ich eine Therapeutin, die die Psyche nach der *TCM* behandelt, der *Traditionellen Chinesischen Medizin*. Sie stärkt das *Chi*. Soll ziemlich gut sein."

„Hört sich interessant an. Aber trotzdem Elisabeth, ich glaube, das ist nichts für mich. Ich hab schon den richtigen Therapeuten gefunden."

Johanna will nicht darüber reden, dass sie den Namen des Therapeuten im Branchenverzeichnis unter der Rubrik *Psychiatrie und Psychotherapie* gefunden und aufgrund seiner Homepage telefonischen Kontakt aufgenommen hat. Vera hat ihr zuvor plausibel gemacht, dass es vor allem darauf ankommt, die persönliche Chemie zwischen Arzt und Patientin auszutesten. Die berühmteste Kapazität kann im Bereich einer kranken Psyche nichts bewirken, wenn es an Sympathie und Offenheit zwischen Patient und Therapeut mangelt.

Jedenfalls war die telefonische Kontaktaufnahme mit Herrn *Doktor Leonhard Lanig* ganz angenehm gewesen.

✧

Sie liegt am Boden. Kann sich nicht rühren. Will davonrennen. Ihre Beine versagen den Dienst. Hat sie überhaupt noch Beine? Hilflos.

Ein Mann kommt ganz nah an ihr Gesicht. Bedrohlich. ‚Du Fotze – misch dich nicht ein.' Er ist stark, groß, glatzköpfig. Sein Gesicht verzerrt. Eine Fratze.

Panik.

✧

Herzrasen. Atemnot.

Johanna ist froh, als sie aufwacht. Zitternd. Schweißgebadet.

Wieder einer dieser Träume.

Ohne besonderen Anlass.

Geschunden im Knast

Montag, 4. Januar

„Fino, wie geht es dir?"

Die geschwollenen Augen erlauben es lediglich, einen kleinen Schlitz zu öffnen. Mit großer Anstrengung. Obwohl die Wunden schon ein paar Tage alt sind, ist das Gesicht immer noch aufgequollen.

Fino erkennt Doktor Ufer am wilden Haarbüschel. Der Anwalt atmet schwer.

„Wer hat diese Sauerei veranstaltet? Ist ja unglaublich."

Erleichterung für Fino. Der Verteidiger schaut nach seinem Schützling. Kann er ihm trauen? Er denkt schon. Ihm ist er nicht egal. Er kümmert sich. Zumindest hat Fino dieses Gefühl. Doktor Ufer hat er auch schon von seinen Angstanfällen in der Zelle erzählt. Der Anwalt hat ihm dann den Rat gegeben, im Gefängnis möglichst kooperativ zu sein. Nur deshalb ging er auch zu dieser Weihnachtsfeier und machte bereitwillig beim Putzdienst und bei der Essensausgabe mit. Das alles, so meinte Doktor Ufer, hätte eine gute Auswirkung auf sein Verfahren.

Der Anwalt ist außer sich. Er war über die Feiertage und den Jahreswechsel weggefahren und erfährt nun nach seiner Rückkehr von dem Angriff auf Fino. Noch nie hat er erlebt und selten davon gehört, dass ein jugendlicher Mandant in der Untersuchungshaft derart brutal zugerichtet wurde. Offensichtlich gezielte Schläge auf Augen, Kopf, Bauch und Geschlechtsteile. Gut, dass Finos körpereigenes Schutzsystem reagiert hat und er frühzeitig das Bewusstsein verlor. Das hat den Schlägern wohl Angst gemacht und sie haben von ihm gelassen.

Die Gefängnisleitung hat natürlich einen Verdacht. Sie ahnte schon seit Längerem, eigentlich wusste sie es, dass kriminelle Aktivitäten im Knast am Laufen sind. Aber seither gab es lediglich Vermutungen, keinerlei Beweise. Nun hofft man, durch diesen neuen Vorfall, die Täter und die Hintermänner greifen zu können.

Auf jeden Fall konnte man jetzt eine Person packen: den Simulanten. Der wird inzwischen hart verhört. Ist aber wohl nur ein kleines Würstchen im Getriebe eines größeren Gefüges.

Nun braucht die Gefängnisleitung und die Polizei unbedingt eine Aussage von Fino.

„wen du singe wir dich tod make.“

Wie dieser Zettel hier auf die Krankenstation des Gefängnisses gekommen sein kann, in den Nachtschrank von Fino, ist für ihn ein Rätsel. Aber auch der Beweis dafür, dass die Krallen der Organisation überall hier im Knast greifen.

Das macht ihm Angst.

Haben *die* eine Überwachungskamera installiert? Oder ist das Krankenzimmer mit Mikrofonen verwanzt?

Unauffällig steckt er seinem Verteidiger den zerknüllten Zettel zu, zwischen die Finger, schaut ihm dabei fest in die Augen.

„Ich weiß wirklich nichts, Herr Ufer.“

Der Rechtsanwalt fühlt den Zettel, kapiert sofort, nickt Fino konspirativ zu. Spielt mit.

„Du musst doch die Schläger wiedererkennen!“

„Schläger? Hat mich die Polizei auch schon gefragt.“ Finos Stimme ist jetzt lauter. Er versucht, deutlich zu reden. „Irgendwie kann ich mich an keine Schlägerei erinnern. Der Arzt sagt, ich hätte einen *Blackout*. Sowas gibt's bei Erschütterungen aufs Gehirn. Man hat wohl meinen Kopf malträtiert. War zu viel, auch für meinen harten Schädel.“ Ein verunglücktes Grinsen. Dann mit Anstrengung deutlich: „Ich kann mich an nichts erinnern. Nicht an die Tat, nicht an die Zeit davor. Erst als ich hier im Zimmer aufgewacht bin, ist mein Gehirn wieder angelaufen. Die Ärzte nennen das *zeitweise Amnesie*.“

Teil III – AUFBRUCH

Professionelle Begleitung

Montag, 11. Januar

Jetzt, nach Weihnachten, wird das nasskalte Schmuddelwetter in Sieglingen von einem Wintertraum abgelöst. Die ganze Nacht über muss es geschneit haben. Immer wenn sie aufgewacht ist, hat sie gesehen, wie dicke Schneeflocken gegen das Licht der Straßenlaterne tanzen.

Beruhigend, der Blick durch die Fensterscheiben am frühen Morgen. Dass ein bisschen Neuschnee die Welt doch so verändern kann. Alles ist sauber, sorgsam ein weißes Tuch über den Straßendreck gelegt, lärmgedämpft, friedlich.

Trotz ihrer Albträume in der Nacht fühlt sich Johanna so wohl wie schon lange nicht mehr. Ein gutes Omen für die erste Therapiesitzung heute bei Doktor Lanig?

Mit Vera hat sie gestern Abend anhand des Stadtplans das Praxisgebäude gesucht und von außen inspiziert. Alles, was Johanna verunsichern könnte, soll umgangen werden. Derart ängstlich ist sie inzwischen geworden.

Unter mehreren Namensschildern der im Gebäude untergebrachten Arztpraxen nimmt sich das Metallschild mit roter Aufschrift klein aus: *Praxis für Psychiatrie und Psychotherapie Dr. Leonhard Lanig, 2. Stock rechts.* Die Haustür ist angelehnt, Johanna hat keinen Blick dafür, dass dieses von außen unscheinbar gestaltete Haus im Innern modern und hochwertig renoviert wurde, angenehm riecht und blitzblank geputzt ist.

Pünktlich, fünf Minuten vor dem vereinbarten Termin, klingelt sie an der Praxistür.

Jetzt nimmt ihre Pulsfrequenz wieder zu. Wird sie klar kommen mit diesem Menschen? Sie war noch nie in ihrem Leben bei einem

Psychiater. Unsicheres Gefühl. Wird er ihr helfen können? Werden ihre Einschränkungen wieder verschwinden, ihre Ängste, diese Albträume, die Furcht vor der Welt draußen, ihre Niedergeschlagenheit?

Doktor Lanig kommt ihr offen entgegen. Keine Sprechstundenhilfe, keine Sekretärin, der Arzt selbst empfängt Johanna. Ein ganz junger Mensch! Hochgewachsen, blond, sportliche Erscheinung. Sehr jugendlich. Kann ein solch jung aussehender Mann überhaupt schon die vielen Jahre für Studium, Prüfungen, Praktika absolviert haben? Kann er die nötige Erfahrung für ihren Fall haben?

Offensichtlich legt ihre Mimik offen, welche Fragen sie gerade beschäftigen. Denn nach der kurzen Vorstellung geht der Arzt auf seinen Berufsweg ein.

„Ich will ehrlich sein. Diese Praxis ist ganz neu eröffnet. Nachdem ich zwei Jahre in der Universitätsklinik in Tübingen Erfahrungen gesammelt habe, wage ich nun den Schritt in die Selbstständigkeit. Die Kassenzulassung läuft ab Neujahr, also seit gut einer Woche. Und, ganz ehrlich, Sie sind meine erste wirkliche Patientin als niedergelassener Arzt. Mein erster Fall. Verschreckt Sie das?"

Johanna ist etwas überrumpelt von der direkten Fragestellung. „Nein, natürlich nicht", hört sie sich sagen.

„Nun denn. Lassen Sie uns beginnen."

Ausführliche Anamnese bei diesem ersten Termin. Doktor Lanig fragt auch nach dem derzeitigen Beziehungsgeflecht in Johannas Umgebung: „Sind Sie in eine Partnerbeziehung eingebunden?"

„Nein, ich war in den letzten zwanzig Jahren mit Beruf und meinem Netz aus Familie, Freundinnen, Bekannten- und Kollegenkreis ausgelastet und vollauf zufrieden." Stimmt das? Hat sie wirklich nie einen Partner vermisst?

Johanna bemüht sich, vor diesem netten jungen Arzt nicht die Depressive, Jammernde, Alte und Verstörte zu geben. Sie schildert die traumatische Erfahrung möglichst cool, versucht zu ihrem Inneren Abstand zu wahren, neben sich zu stehen und *zu berichten.* Möglichst ohne emotionale Beteiligung. Vom *Opernabend,* dem Geschehen danach, der Depression, den Panikattacken, den bösen Träumen und der belastenden Kiefer-Zahnbehandlung, die ihr bevorsteht.

„Ich kann so nicht mehr weitermachen. Diese ständigen Ängste, kein Antrieb, am liebsten würde ich mich einigeln. Panikanfälle am helllichten Tag, Schlaflosigkeit und wenn ich mal schlafe: Albträume."

„Ja, es ist gut, dass Sie bereit sind, Hilfe anzunehmen. Wir können das zusammen schaffen: mein Wissen, meine Erfahrung und Ihre Offenheit und Kraft. Es könnte gelingen."

✧

Zur zweiten Sitzung stellt Doktor Lanig sein Behandlungskonzept vor. Nur als Vorschlag, wie er betont. Alles müsse im Einvernehmen geschehen. Wichtig sei Transparenz, also keinerlei Vernebelung. Der Arzt plant die Therapie in Phasen, die nicht stur zu trennen sein werden, sondern sich überlappen können:

Es soll mit der Vergangenheit begonnen werden. *Reinen Tisch machen!* Ballast abwerfen! Frühere seelische Erschütterungen angehen. „Nur wenn Sie vergangene Belastungen aufarbeiten, lässt sich eine Gesundung aufbauen. Wir müssen tiefliegende Ursachen für die derzeitige akute Krise finden. Nachforschen, ob es Unverarbeitetes gibt, das in Ihnen bohrt."

Wenn diese Phase geschafft ist, soll die Aufbauarbeit beginnen: Gegenwarts- und zukunftsbezogen. *Selbstbewusstsein stärken und neue Wege beschreiten!* Das *Ich* in den Fokus! Sich dem aktuellen Ereignis stellen. Die traumatischen Geschehnisse aufarbeiten. Das Heute betrachten. Derzeitige Beziehungen klären. Lebensfreude zurück gewinnen. Leere ausfüllen. Sinnvolle Inhalte für das Morgen suchen. „Das Ziel, das wir am Ende anpeilen, ist im Detail noch nicht klar. Therapie ist ein Prozess, den Sie mit meiner Begleitung gestalten sollen."

Der Schluss klingt ja ganz gut. Aber der Einstieg? Oh Gott. Ihr ganzes Leben aufrollen. Beängstigend.

Doktor Lanig spürt die Zurückhaltung bei seiner Patientin.

„Sicher, Frau Bäcker-Nillin, es wird kein Spaziergang werden, vielleicht erleben Sie Rückfälle, müssen Stolpersteine überwinden. Aber Sie können das schaffen."

Altlasten

Montag, 11. Januar

Erstaunlich, dass seine Mama so großes Vertrauen in ihn hat. Sie hat ihn tatsächlich ganz allein nach Stuttgart fahren lassen. Nach allem, was hier schief gelaufen ist.

Wieder gelangt er durch die provisorische Bretterüberführung, die die riesige Baugrube zu *Stuttgart 21* überspannt, zur Bahnhofsvorhalle. Hier hat sich in den letzten vier Wochen nichts verändert. Auch der Abgang zur Klettpassage ist gleich geblieben. Also bekanntes Terrain für Jan.

Aber doch irgendwie fremd. Seltsam berührt fährt er mit der Rolltreppe nach unten in die Katakomben. Erst vier Wochen liegt es zurück, seit er das letzte Mal in der Klettpassage gewesen ist. Hier unten hat er schlimme Zeiten durchlebt: Sein Abhauen von zu Hause, sein Untertauchen in den Katakomben, immer in der Angst vor der Polizei. Der verhängnisvolle Sonntag mit dem Streit und der Schlägerei. Die Hetzjagd zusammen mit Fino. Der Tiefpunkt.

Dann das Gespräch mit Hans, dem Penner. Das Ende der Flucht. Der Gang zur Polizei.

Für ihn der Wendepunkt. Von diesem Zeitpunkt an ging es mit ihm wieder bergauf. So sieht es Jan im Rückblick. Er muss unbedingt Hans nochmal sehen, bevor er ins Internat geht. Muss sich bei ihm bedanken, will von ihm endlich wissen, ob er wirklich ein Polizeispitzel ist, wieso er diese Autorität in den Katakomben hat, wer er wirklich ist.

Am alten Platz in der unterirdischen Ladenpassage ist alles anders als noch vor vier Wochen. Keine Übernachtungsdecken, keine Schlafsäcke, keine leeren Flaschen, kein Unrat mehr. Der Platz ist clean, sogar gereinigt. Wer hat ihn geräumt? Wo sind die Leute? Jan sucht.

„Hey, wo sind die andern?“ Jan fragt einen Penner, den er in der Nähe des Kartenautomaten am Abgang zu den U-Bahn-Gleisen sieht. Irgendwie kennt er ihn von früher.

„Was wollen Sie? Wer sind Sie?" Vermutlich kann der Mann mit der gepflegten Erscheinung von Jan nichts anfangen.

„Ich bin Jan, ein Freund von Fino und Hans, dem Penner."

„Oh ja, jetzt erkenne ich dich irgendwie. Fino habe ich lange nicht gesehen. Man munkelt, er sei eingebuchtet."

„Wo ist Hans?"

„Der ist nicht mehr da. Seine Tochter hat ihn wieder mal nach Hause geholt. Er soll ein *ordentliches Leben* führen." Der Mann spuckt auf den Boden neben sich, grinst abfällig. „Hat sie schon öfters versucht." Zwischendurch trinkt er aus seiner Flasche, schläft im Sitzen fast ein, wird wieder erstaunlich wach. Er kommt ins Plaudern, erzählt Jan, dass die Bahnpolizei Hans immer wieder holt und er im Polizeirevier in der Königstraße dann seiner Tochter übergeben wird.

Jan wird manches klar: Hans kennt dieses Polizeigebäude in der Königstraße, in das er ihn an jenem frühen Morgen geführt hat, weil er dort schon öfters von seiner Tochter abgeholt wurde.

„Kennst du ihn? Weißt du mehr über Hans?"

„Er war früher irgendein hochgestelltes Tier, Chef von vielen Leuten, reichlich Knete. Ist wohl nach dem Tod seiner Frau abgestürzt. Seine Tochter holt ihn immer wieder mal raus." Zwischendurch ein Rülpser, dann leise, doch überzeugt: „Lange wird's nicht halten. Der kommt bald wieder."

Für Jan traurig. Er hätte Hans gerne nochmal gesehen und nimmt sich vor, bei der Polizei nachzufragen. Die haben die Personalien von Hans in ihrer Datei. Von den Suchaktionen der Tochter, aber auch von diesem Morgen, an dem sie beide zur Polizei gegangen sind und ihre Personalien angeben mussten.

Schwieriger als der Besuch in der Klettpassage wird das Wiedersehen mit Alina werden. Dass sie so lang im Krankenhaus liegt, immer noch, seit dem Angriff, macht ihm die Suche nach ihr leichter, lässt ihn aber nichts Gutes ahnen.

Er weiß kaum etwas über ihre Verletzungen. Die Polizei, die Jugendrichterin, niemand wollte ihn informieren. Im Online-Presseartikel, der nach der Tat in der Stuttgarter Zeitung nachzulesen war, ist von schweren Wunden an Kopf und Gesicht und von Rippenbrüchen die Rede gewesen.

Den zehn Minuten dauernden Fußweg zwischen Bahnhof und Katharinenhospital kann er trotz seiner Knöchelverletzung gut bewältigen. Er hat den Fuß geschont und alles heilte einigermaßen aus. Die Schwellung ist fast ganz weg. Das Tape stützt.

Auf dem Weg zur Klinik reflektiert Jan nochmals den Tatabend. Seither hat er die Erinnerungen daran von sich geschoben, wollte Abstand gewinnen, hat sich bewusst abgelenkt. Während der Weihnachtsferien bei seinem Papa in Brasilien ist ihm das auch nicht schwer gefallen. Nun aber will er mit Alina darüber reden. Will ihr erklären, sich entschuldigen. Möchte gern, dass sie ihn versteht, dass sie ihm vielleicht sogar vergibt.

Über die Drehtür kommt Jan in das Entree des Katharinenhospitals. Das Foyer wird dominiert von einem extrem hohen Glasdach und gleicht einem mehrstöckigen Wintergarten. Die riesigen Bäume unter der Glasverdachung bringen südländisches Flair in das Klinikgebäude.

Gut, dass der Informationsschalter geöffnet ist.

„Alina Ecker, wo finde ich sie bitte?"

Nachdem er Gebäudeteil, Stockwerk und Zimmernummer erfahren hat, geht er durch einen Irrgarten von Treppenaufgängen, Fluren und Zimmerfluchten. Doch alles ist gut beschildert.

Abteilung für Mund-, Kiefer- und Gesichtschirurgie, Plastisch-ästhetische Operationen, Zentrum für Implantologie. Schon allein der Name dieser medizinischen Schwerpunktabteilung bedrückt Jan.

Alles clean, glänzende Böden. Nur Pflegerinnen und Pfleger auf dem Flur. Die Ärzte versorgen wohl momentan ihre Patienten, sind im OP oder in ihren Stützpunkträumen, um Schreibarbeit zu machen. Das alles ist ihm nicht fremd. Doch Krankenhäuser kennt Jan eigentlich nur als Besucher, aber nicht als Betroffener. Er war seither weder Patient noch Angehöriger. Kurz denkt er an seinen Besuch beim geschundenen Ernesto nach der Schulschlägerei. Aber sonst hat er nur bei Botengängen in die Krankenhauswelt reingeschaut, wenn er seine Mutter mal abholen oder ihr etwas in die Klinik bringen musste. Doch nie machte er sich Gedanken über die kranken Menschen, die hinter den Zimmertüren lagen.

Anders heute. Wie wird Alina wohl aussehen? Ob ihre Verletzungen verheilt sind? Ob sie bald nach Hause darf? Wie fängt er das Gespräch an? Über was will er mit Alina reden? Ob sie wohl mit Fino wieder Kontakt hat? Ob sie weiß, dass Fino vermutlich noch im Knast ist? Was haben ihr die Polizisten über die Verletzung der Frauen erzählt? Wie hat Alina den Abend und den Angriff erlebt?

Jan sieht gerade eine Patientin in irgendeinem Zimmer verschwinden. Den Kopf dick verbunden, flüchtet sie vor seinem Blick und sucht fast hektisch den Sichtschutz in ihrem Zimmer.

Sein Mund ist trocken. Kalte Finger, feuchte Handflächen. Leicht zitternd klopft Jan an der angegebenen Zimmertür.

Horcht.

Nichts.

Klopft nochmals.

Ein zaghafter Ton, wohl *Herein* oder *Bitte*.

Ein Dreierzimmer. Die vordere Liege: leer. Im mittleren Bett liegt eine schlafende Frau mit bandagiertem Gesicht. Im Bett an der Fensterfront eine weitere Patientin. Sie wendet sich in Richtung Tür um.

„Alina?“

„Jan?“ Schnell dreht sie sich zur Seite. Zieht ihre Decke über den Kopf.

„Alina?“

„Geh weg.“ Gedämpft durch die Decke. Trotzdem noch deutlich genug.

„Alina, wie geht es dir?“

„Geh weg. Ich will dich nicht sehen.“

„Alina, bitte verzeihe mir.“

„Geh!“

Die Frau im mittleren Bett bewegt sich. Wegen Jans lauter Stimme ist sie aufgewacht. Sie sieht den Besucher an. Ihr Verband lässt Augen, Mund und Nase frei.

„Lassen Sie sie. Sie hat sich mit ihrem neuen Gesicht noch nicht versöhnt. Es ist schwer für sie. Morgen wird sie nochmals operiert. Man versucht hier alles."

Jan ist geschockt.

„Gehen Sie jetzt lieber."

„Sagen Sie ihr bitte, dass es mir sehr leid tut." Versucht es Jan über die Bettnachbarin.

„Mach es gut, Alina."

Keine Reaktion. Sie rührt sich nicht. Jan schließt zerknirscht die Tür hinter sich.

Ist Alina entstellt? Hat sie Narben im Gesicht? Ist sie für ihr Leben gezeichnet? Kann sie später noch *Modeln*, ihren Berufstraum verwirklichen? O je. Jan ist sich bewusst, dass er Mitschuld daran hat. Er hätte nicht so feige sein sollen. Er hätte Fino von Alina abhalten müssen. Zumindest hätte er den Notruf absetzen können und nicht auf Fino hören dürfen.

Kann ihm Alina jemals verzeihen? Kann er Alina das Ganze irgendwann mal erklären?

Bedrückt fährt er nach Sieglingen zurück, erzählt seiner Mutter nichts von seinem Krankenhausbesuch, sagt ihr nur, dass er Hans, den Penner, finden will.

Nach vorn

Dienstag, 12. Januar

Das Ganze muss er jetzt ignorieren. Er muss versuchen, *sein Ding* zu machen, obwohl ihn so vieles belastet. Die Sache mit Alina, mit Fino, mit Hans, die verletzten Frauen, das anstehende Verfahren. Nichts ist gut gelaufen in der letzten Zeit. Das soll jetzt anders werden. Er hat es seinem Papa versprochen, als er in den Weihnachtsferien bei ihm gewesen ist.

Er freut sich auf das Internat. Zusammen mit Papa hat er es online ausgesucht. Mama hat nach den Feiertagen vor Ort recherchiert und von der Internatsleitung grünes Licht bekommen. Gleich nach seiner Rückkehr am vierten Januar haben sie es sich angeschaut. Der Schulleiter, Herr Oberstudiendirektor Oberreiter, ist extra während der Schulferien an seinen Arbeitsplatz gekommen und hat ihnen alles gezeigt.

Eine schöne Schule, fast eine Traumschule, findet Jan. *Landschulheim Oberbayern,* direkt am Ammersee, Stützpunktschule für Segeln, Kajak, Rudern. Mädchen und Jungen aus der Umgebung im *offenen Schulbereich*, angeschlossenes Jungeninternat. Jan bekommt zusammen mit einem anderen Schüler seiner Klassenstufe ein Zimmer, Blick auf Felder und Wiesen. Jetzt im Winter sieht er Loipen, die direkt am Schulgelände entlang führen. Im Sommer muss es hier traumhaft sein. Außer dem Schulleiter kennt Jan noch niemand in der neuen Schule. Die Vorgeschichte des neuen Schülers soll nicht publik werden. Selbst die Lehrer sollen nichts erfahren. Schon gar nicht die künftigen Mitschülerinnen oder Mitschüler. Herr Oberreiter unterstützt Jan. Er will, dass ihm die Wende gelingt.

Ein unbelasteter Anfang. Zumindest vom äußeren Rahmen her.

Jan hofft, dass ihm auch die Altlasten in seinem Innern die Chance auf einen Neuanfang geben.

Therapeutisches Erinnern

Mittwoch, 13. Januar

„Wie geht es Ihnen, Frau Bäcker-Nillin?"

„Geht so. In dieser Woche hat meine Zahnbehandlung begonnen. Erst mal alle Röntgenaufnahmen. Mein Kiefer ist wohl sehr schmal, Implantate würden nicht halten. Also muss Knochenmaterial aufgebaut werden. Das wird eine größere Sache. Eine weitere Baustelle. Alles etwas schwierig momentan."

Viel Negatives in Johannas Leben derzeit. Durchweg belastend. Diese bald anstehende Kiefer-Operation und dann noch die heutige Therapiesitzung. Davor graut ihr irgendwie. Wäre es nicht doch besser, die Vergangenheit ruhen zu lassen? Sie hat doch die letzten zwanzig Jahre auch ganz gut gelebt.

Kann ihr eine solche Therapie helfen? Kann sie ihre Ängstlichkeit, die Schlaflosigkeit, Albträume, Panikanfälle überhaupt jemals wieder überwinden?

Doktor Lanig ahnt die Gemütslage seiner Patientin. „Wollten Sie mir zu Beginn unserer Therapie vielleicht etwas Wichtiges sagen?"

„Nein, doch, ja. Ein bisschen habe ich Angst davor, alles aufzurühren. Ob ich das alles wieder verkraften kann?"

Der Arzt erklärt ihr, dass sie ihre innere Balance ohne ein aktives Erinnern vermutlich lang nicht wieder erreichen könne. Wenn sie wieder in Ruhe leben wolle, müsse sie Unverdautes bewusst hervorholen, besprechen und neu bewerten, also verarbeiten.

„Vermutlich haben Sie recht."

„Aber natürlich ohne Garantie. Die menschliche Seele ist komplex, auch ich kann Ihnen nicht versprechen, dass Sie Ihre Beschwerden ganz verlieren."

Wenigstens ist der Arzt ehrlich, denkt sich Johanna.

„Aber noch etwas wollte ich sagen. Ich denke natürlich zu Hause nach über das, was passiert ist. Immer wieder beschäftigen mich diese Fragen: Warum wurde mir das angetan? Ich bin eine gestandene Frau, warum hatten die keinen Respekt vor mir? Was sind das für Leute, die so gewalttätig werden, jegliche Hemmungen verlieren?" Johanna will es verstärken: „Diese Probleme bohren in mir und machen mir Angst. Ich frage mich, wie eine Gesellschaft überhaupt funktionieren kann, wenn man mit anderen so umgeht?" Sie pausiert kurz. „Darüber komme ich nicht weg. Immer und immer wieder frage ich mich das. Meine Gedanken kreisen um diesen Punkt: Warum?"

Doktor Lanig hört aufmerksam zu.

„Ja, da sprechen Sie eine wichtige Sache an. Darauf müssen wir auf jeden Fall eingehen." Er macht sich kurze Notizen.

„Nun müssen wir heute damit beginnen, uns zu fragen, warum Sie unter diesen Erlebnissen so leiden. Ihre Freundin hat die gleiche Situation durchlebt und keine negativen seelischen Folgen davongetragen. Es gibt viele Gründe, warum Menschen auf ähnliche Belastungssituationen unterschiedlich reagieren."

„Eventuell", so meint Herr Dr. Lanig, „könnten laut Forschung genetische Dispositionen eine Rolle spielen." Zu bedenken sei aber, dass bei Johanna vieles zusammenkomme. Er spricht ihre Umbruchsituation an. Die Berufsaufgabe fehlt, der seitherige Alltagssinn, der Kollegenkreis, die feste Struktur ist verloren gegangen. Schon allein diese Veränderungen machen laut Doktor Lanig jedem Menschen zu schaffen. Dazu komme in ihrer derzeitigen Lebensphase oft noch eine diffuse Angst vor dem Altern. Das Bangen vor der Zukunft. Auch das allein sei für manche Menschen ein Grund, aus dem seelischen Gleichgewicht zu kommen.

Nun könne es aber zusätzlich möglich sein, dass Johanna im Lauf ihres Lebens Krisen durchlebt, aber nicht verarbeitet habe. Dies würde verschärfend wirken.

„Wenn also Unverarbeitetes nach wie vor in Ihnen wühlt und diese Belastungen mehr oder weniger unbewusst in Ihnen bohren, kann sich dies zu einem *Berg* auftürmen." Herr Doktor Lanig erklärt weiter, dass man sich diesen Berg, eher als *Kartenhaus* vorzustellen habe, das vermutlich durch das traumatische Ereignis eingestürzt sei.

„Dieses Erlebnis in Stuttgart kann für ihre Seele gleichfalls der Windhauch gewesen sein, dem das instabile Kartenhaus nicht mehr Stand halten konnte."

Der Arzt weiter in seinem Bild: „Dieser Einsturz hinterlässt Schutt. Der Schutt ist wegzuräumen. Also muss Aufräumarbeit geleistet werden."

Unverarbeitete Krisen? Johanna weiß, sie muss sich jetzt öffnen, alles frei legen; das Beklemmende, lange Verborgene, Verschüttete und fest Verschlossene. Sie muss Herrn Doktor Lanig wohl berichten von ihrer Zeit im Badischen, vom Winzerort *Rebersheim* im Markgräfler Land.

✧

Am zweiten Februar neunzehnhundertzweiundachtzig war die Hochzeit. Glück pur. Dieser schlanke, dunkelhaarige, ausgesprochen hübsche Mann gehörte nun auch offiziell zu ihr. Georg Nillin, der intelligent, charmant und eloquent war, in jeder Gesprächsrunde Mittelpunkt, der von Frauen angehimmelt wurde, alle Leute aufblicken ließ, sobald er einen Raum betrat. Ein Mann, der bestimmt Karriere machen würde im Verwaltungsberuf. Die erste Stufe dieser Leiter hatte er kurz vor der Hochzeit erklommen.

Er bekam die neu geschaffene Amtmann-Stelle, wurde gleichzeitig *rechte Hand* des Bürgermeisters im Winzerort Rebersheim, im Markgräflerland, nahe Müllheim-Baden. Da ihr Verhältnis nun legalisiert war, legte Georg Wert darauf, dass sie nach Rebersheim zogen. Johanna tat es leid, die anonyme Behausung in Freiburg verlassen zu müssen, denn sie hatte die unkomplizierte Atmosphäre und die Toleranz der Studentenstadt genossen. Künftig würden sie also in der kleinen Gemeinde Rebersheim wohnen, am Dienstort von Georg.

Sie bezogen die hübsche Dreizimmer-Dachgeschosswohnung. Eine Dienstwohnung, die ihnen von der Gemeinde vermietet wurde. In einem mittelalterlichen, aber neu renovierten Gebäude, zentrumsnah.

Das tägliche Pendeln vom Wohnort Rebersheim zu ihrer Arbeitsstelle beim Steueramt der Stadt Freiburg war für Johanna keinerlei Belastung. Im Gegenteil, sie empfand es täglich als befreiend, der Enge des kleinen Orts entkommen zu können.

„Jetzt habe ich aber lange geschwätzt." Vera telefonierte am

Montagabend mit ihrer frisch verheirateten Freundin Johanna und erzählte ausführlich von den Wochenenderlebnissen mit der alten Freundes-Clique, von der ausgiebigen Schwarzwaldwanderung zum über tausend Meter hohen *Blauen*. Johanna kannte den Hausberg des Markgräflerlandes aus früheren Wanderungen. Begeistert erzählte Vera, dass sie vom *Berghaus Hohenblauen* aus einen gigantischen Blick gehabt hätten: auf die Alpenkette im Süden und in westlicher Richtung aufs Rheintal und auf die Vogesen. Vera war geradezu berauscht von ihrem Erlebnis an diesem Wochenende.

„Und, Johanna, was habt ihr am Wochenende gemacht?"

„Och, ich hab einen Kuchen gebacken. Ein neues Rezept. Aber Georg hat ihn kaum getestet. Ich glaube, mein Backen an den Wochenenden gebe ich jetzt auf."

„Schade, dein Gebäck ist doch immer so lecker. Ja, und außer Kuchenbacken? Was habt ihr unternommen?"

„Am Samstag war wie immer Haushaltstag, Georg hat eingekauft, ich die Wohnung geputzt. Am Sonntag sind wir rumgehangen. Faulenzen. Lesen. Fernsehen. Georg will sonntags ausruhen. Seine Woche ist so anstrengend, er braucht einen Ruhetag." Johanna plappert weiter: „Der Tatort gestern Abend war super. Ich mag den Haferkamp. Hans-Jörg Felmy kommt so authentisch rüber. Leise Töne. Nicht so aggressiv wie Schimanski. Der kann eine Tür nicht wie normale Leute öffnen, bei ihm geht's nur mit dem gestreckten Bein an der Türklinke."

Johanna erwähnt Vera gegenüber nicht, dass sie beim Tatortgucken jeden Sonntag allein ist. Georg geht regelmäßig in seine Stammkneipe. Mit den Kumpels aus alten Zeiten.

✧

Als Gemeinde-Amtmann und *rechte Hand* von Bürgermeister Schiller war Georg ja nun in Rebersheim eine öffentliche Person. Deshalb versuchte Johanna ihrem Mann zuliebe, sich in der neuen Heimat einzufinden und im Gemeindeleben präsent zu sein.

Ganz so leicht war es allerdings nicht, den passenden Anschluss zu finden. Eigentlich hätte sie sich gern in einem Chor eingebracht. Bei ihrem berufsbedingten Wegzug aus Weisenthal vor über zehn Jahren hatte sie gezwungenermaßen ihre Aktivität im heimatlichen Kirchenchor aufgegeben. Seither vermisste sie das Singen.

In Rebersheim gab es zwei Chöre. Zum einen den Männerchor *Weingärtner Concordia*, natürlich frauenfreie Zone. Dann existierte noch der Kirchenchor der katholischen Gemeinde. Doch eine Schnupperprobe war für Johanna absolut nicht anregend. Chorleiter, Sängerinnen und Sänger, nichts sagte ihr zu. Kein einziges Chormitglied war in ihrem Alter. Durchweg siebzig- und achtzigjährige Frauen, nur alte Männer. Auch die Stücke, die gesungen wurden, überfromme Marienlieder, fand sie abschreckend. Der Chorversuch schlug also fehl. Sie täuschte Stimmprobleme vor und ging nicht mehr hin.

✧

Bürgermeister Schiller wollte sich nach Ablauf seiner Amtsperiode im Sommer neunzehnhundertvierundachtzig aus Altersgründen nicht nochmals bewerben. Er forderte Georg zur Kandidatur auf. Ja, Bürgermeister zu sein, das war seit Langem Georgs beruflicher Wunsch. Johanna freute sich mit ihrem Mann. Sie waren sich schnell einig: Diese Gelegenheit musste ergriffen werden. Georg konnte sich gute Chancen ausrechnen, denn man kannte und schätzte ihn aus seiner Tätigkeit in der Gemeindeverwaltung des Ortes. Inzwischen schon seit drei Jahren. Dazu seine vor den Rebersheimer Zeiten erworbene Verwaltungserfahrung auf dem Bauamt der Stadt Müllheim. Georg und Johanna waren sich darüber einig, dass er die Kompetenzen für dieses Amt hatte. Und er traute sich die Aufgabe zu. Zudem war Georg mit seinen fünfunddreißig Jahren im passenden Alter, um diese Herausforderung anzunehmen.

Der Wahlkampf war hart. Die beiden großen Parteien CDU und SPD hatten jeweils einen ernst zu nehmenden Konkurrenten ins

Rennen geschickt. Diese Mitbewerber wollten unter allen Umständen gewinnen. Sie kämpften erbittert. Böses Blut entstand in der Gemeinde. Trotzdem bekam Georg Nillin als Parteiloser gleich im ersten Wahlgang mit 50,9 % die ausreichende Stimmenzahl.

Nun war Georg also Bürgermeister und Johanna First Lady von Rebersheim.

Zum Zeitpunkt der Wahl passte alles. Johanna war schwanger. Der politisch erfolgreiche Mann konnte also bald mit einer Familie aufwarten.

Just an dem Tag, an dem der Artikel zu Georgs ersten hundert Tagen im Amt des Bürgermeisters in der Badischen Zeitung erschien, wurde Christina geboren, am zwölften Zwölften neunzehnhundertvierundachtzig.

✧

Christina war am Heiligen Abend also erst zwölf Tage alt. Deshalb blieben sie über Weihnachten und Silvester zu Hause in Rebersheim. Johanna und Georg verzichteten auf ihren seit Jahren gewohnten Skiurlaub zwischen den Jahren. Georg hatte zwischen Weihnachten und Dreikönig trotzdem Urlaub genommen. Jedermann zeigte Verständnis dafür, dass der Rathauschef freie Zeit wollte, um seine junge Frau bei der Versorgung des Babys zu unterstützen.

Johanna wusste ja, dass Georg kein Haushaltsmensch war. Sie stellte deshalb ihren Mann von Familienpflichten frei. Er sollte sich nicht den ganzen Tag bei ihr und dem Kind langweilen. Immerhin musste er sich von seinem anstrengenden Start ins neue Amt erholen.

Der junge Vater nahm dieses Angebot gern an. Täglich genoss er die Skipisten im nahen Schwarzwald, kam nach dem Skifahren gut gelaunt heim, um abends wieder auszugehen. Georg war in dieser Zeit viel mit seinen Freunden aus Junggesellenzeiten unterwegs. Tagsüber beim Skifahren, abends in der Freiburger Stammkneipe.

Irgendwie ärgerte das Johanna. Sie fühlte sich ausgeschlossen. Aber hatte sie Georg nicht selbst befreit von den Babypflichten? Doch schon. Vielleicht hätte sie es gern gehabt, wenn er, ganz freiwillig, ohne es als Pflicht zu empfinden, trotzdem Christina gepflegt und ihr, Johanna, etwas Erholung gegönnt hätte.

Es war zwiespältig, aber es beschäftigte sie. Sie überlegte sich, warum sie so ungut reagierte.

Es kristallisierte sich bald heraus, dass die Gesichtszüge des Kindes der Nillin-Richtung zugeordnet werden konnten. Christina war ein ausgesprochen hübsches Kind, leicht mandelförmig gestaltete dunkle Augen, schön geschwungene Brauen, eine hohe Stirn, wohlgeformte Nase, dunkles dichtes Haar und, das Wichtigste, ein offenes herzliches Lachen. Jederzeit. Ein wonniges Kind.

✧

„Georg, wir müssten endlich mal darüber reden, wie es nach meiner Babypause weitergehen soll."

„Warum? Das ist doch klar. Deine Mutter und meine Mutter kommen für die Kinderbetreuung nicht in Frage. Deshalb bleibst du zu Hause."

„Ich habe gestern bei meinem Chef in Freiburg schon mal vorgefühlt. Er wäre mit einer Teilzeitbeschäftigung einverstanden. Man könnte meine Stellenbeschreibung beim Steueramt so verändern, dass ich wöchentlich nur zweieinhalb Tage im Amt wäre. Ich könnte in Rebersheim bestimmt für diese Zeit eine Tagesmutter bekommen."

„Kommt nicht in Frage. Mein Kind wird nicht von fremden Leuten erzogen!"

Damit war für Georg die Angelegenheit erledigt. Er ließ nicht mehr mit sich reden. Ein eingefleischter Macho.

Die Frau des Bürgermeisters sollte nach seinem Verständnis sowieso im Ort Präsenz zeigen und auf eine eigene Karriere zugunsten des wichtigen Amtes ihres Ehemanns verzichten. Haushalt und Familie mussten in geordneten Bahnen ablaufen, er wollte sich nicht um häusliche Probleme kümmern müssen. Außerdem sah er Vorteile für seine Stellung im Ort, die er als gut aussehender junger Rathauschef noch nicht bei allen Bevölkerungsschichten gesichert hatte. Wenn der junge Bürgermeister eine Familie hatte, die nach althergebrachtem Muster funktionierte, würde sich sein Image auch in den Augen der konservativen Rebersheimer Bürgerinnen und Bürger verbessern.

Johanna fügte sich. Wohl oder übel. Sie ließ sich bis auf Weiteres beamtenrechtlich beurlauben, sagte also ihrer seitherigen Tätigkeit in Freiburg adieu. Sie hatte sich fortan als Familienfrau und als Bürgermeistersgattin zu verwirklichen.

✧

Christina machte Freude. Die Kleine war gerade elfeinhalb Monate alt geworden und schon wagte sie, zaghaft und schwankend die ersten selbstständigen Schritte. Ohne Stütze! Gigantisch! Das musste gleich Georg erfahren. Johanna rief sofort über seine Direktwahl auf dem Rathaus an:

„Ich bin's", meldete sie sich.

„Was gibt es denn so Wichtiges, Johanna? Ich kann gerade nicht sprechen." Georg war ungeduldig.

„Sorry, nichts Besonderes", zog sie sich enttäuscht zurück.

Abends wurde das abgebrochene Telefongespräch thematisiert.

Georg war wütend. „Du kannst doch nicht zu jeder x-beliebigen Tageszeit im Büro anrufen! Begreife doch bitte: Es gibt Wichtigeres auf der Welt als Kindergeschrei und Babywindeln."

Johanna war verletzt. Derart verächtlich hatte sich ihr Mann noch nie über ihren Alltag geäußert.

✧

„Ach, Vera, heute musste ich bei Doktor Lanig die alten Zeiten auspacken." Bei einem Cappuccino, während Vera in der Küche eine Korrekturpause einlegte, brach es aus Johanna heraus. Doch Vera geht nicht auf den seufzenden Unterton ihrer Freundin ein.

„Ja, schön war's, Johanna, als wir beide in Freiburg zusammen gewohnt haben. Neunzehnhundertzweiundsiebzig, lange her. Unsere Frau Liebig war eine so liebe Hauswirtin."

Schwelgend und schwärmend erinnern sich die Freundinnen an ihre jungen Jahre. Unbeschwerte Zeiten gleich nach ihrem Abschluss in der Verwaltungsschule. Irgendwie verstanden sich Johanna und Vera von Anfang an. Sie wollten nach dem Abschluss ihrer Verwaltungs-Ausbildung gemeinsam in eine möglichst attraktive Stadt ziehen. Freiburg lockte.

Eine Stelle zu finden war damals kein Problem. Alle Türen standen offen. Die frühen Siebzigerjahre waren die Zeiten, in denen in nahezu allen Branchen der bundesdeutschen Wirtschaft *Nachwuchsmangel* herrschte. Auch im öffentlichen Dienst. Ideale Bedingungen auf dem Arbeitsmarkt.

Johanna erinnert sich gern an ihre erste Inspektorenstelle beim Steueramt der Stadt Freiburg. Vera arbeitete bei der Universitätsverwaltung, in der Personalabteilung. Aber nur für ein halbes Jahr.

„Mensch, was für ein Riesenglück ich doch hatte, dass mir meine Uni-Verwaltung bald so zuwider war. Sonst hätte ich nie und nimmer ein Studium begonnen."

„Stimmt, im Nachhinein betrachtet konnte dir nichts Besseres passieren als diese unpassende Stelle zu bekommen, Vera."

Eine tiefe Krise für Vera damals. Als unerfahrene Inspektorin bekam sie keinerlei Draht zu ihrer Arbeit. Was sollte sie bloß tun? Ein Leben lang in einem ungeliebten Job ihr Dasein fristen? Sie war totunglücklich.

Durch Zufall hatte sie dann erfahren, dass man im sogenannten *Tübinger Modell* aufs *Höhere Lehramt* an Beruflichen Schulen studieren konnte. Die Flucht nach vorn rettete sie aus der Krise.

„Für dich war's klasse", erinnert sich Johanna, „dass du diesen Sprung nach Tübingen geschafft hast. Wahrlich nicht ohne einen sicheren Beamtenjob einzutauschen gegen die Unsicherheit eines BWL- und Germanistik-Studiums." Heute noch bewundert Johanna die Risikobereitschaft ihrer Freundin.

„Aber mir hast du im Badischen arg gefehlt." Vera hat die Eheschwierigkeiten nur aus der Ferne mitbekommen, beziehungsweise erahnen können. Johanna erzählte nicht mal ihrer Freundin, wie es um die Beziehung mit ihrem Mann stand. Sie wollte nicht als Versagerin dastehen. Keinen Beruf, keine glückliche Ehe.

Johanna erinnert sich, dass sie immer öfters ihre Eltern im Oberen Flistal besuchte. Sie flüchtete geradezu aus Rebersheim, suchte zusammen mit Christina in Weisenthal Zuwendung und Trost. Sie wusste ja, dass Georg nicht unglücklich darüber war, abends, nach anstrengender Arbeit, Ruhe zu haben und sich nicht mit einer unzufriedenen Frau und einem lebhaften Kind auseinandersetzen zu müssen.

✧

Weisenthal! Kaum passierte sie das Ortsschild ihres Heimatstädtchens, ging in Johanna irgendetwas auf. Ihr Inneres wurde warm. Wie sie dieses enge Tal, die steilen Hänge, den nahen Wald liebte. Das wurde ihr jetzt, da sie nicht mehr *daheim* lebte, umso mehr bewusst. Die Stiftskirche mit ihren zwei markanten Zwiebeltürmen prägt schon seit Jahrhunderten das Gesicht des Orts. Das Rathaus in der Ortsmitte, ihre frühere Arbeitsstelle, das mittelalterliche Spital, jetzt als Geburtsstation und als Altenheim genutzt, der Marktbrunnen, die engen Straßen und die schmalen Gässchen. All das war ihr so vertraut.

Hier fühlte sie Geborgenheit, hier konnte sie auftanken. Auch für Christina war es immer ein Fest, wenn man zu den Großeltern Bäcker fuhr. Denn Opa und Oma Bäcker hatten zu der Enkeltochter einen innigen Draht. Johannas Mutter hatte für Kinder ein besonderes Händchen. Sie spielte mit ihrer Enkelin stundenlang, hingebungsvoll, wunderbare phantasievolle Spiele. mit bescheidenen Mitteln. Außer Omas kreativen Spielen gab es in Weisenthal noch eine weitere Attraktion für Christina: Opas Heim-Werkstatt. Faszinierend für *Chrisi*, wie sie von ihrem Opa genannt wurde.

Johannas Vater arbeitete über lange Jahre im Polizeiberuf. Seine Passion galt aber der Feinmechanik, speziell der Elektrotechnik. Er war von allem fasziniert, was Rädchen, Lämpchen und einen Motor hatte, was sich drehte, was ratterte, summte, surrte, blinkte und woran man montieren konnte. Er bastelte an strombetriebenen Geräten aller Art herum. Defekte Waschmaschinen, Kaffeemühlen, Toaster, Brotschneidemaschinen, wurden von den Leuten im Ort zur *Radio-Polizei* gebracht, wie man ihn nannte. Die schadhaften Geräte schraubte er auf, fixierte locker gewordene Teile, lötete Drähte, ersetzte Schälterchen. Wenn nötig, wickelte er auch Motoren neu. Meist brachte er alles wieder zum Laufen. Eine ganz besondere Leidenschaft hatte Johannas Vater für elektrische Unterhaltungsgeräte entdeckt, die ab den späten Fünfzigerjahren auch für normale Privathaushalte erschwinglich wurden. Röhrenradios, Schallplattenspieler, Tonbandgeräte, Musiktruhen, später Transistorradios, Fernsehgeräte.

Um das Wissen zu seinem Hobby aktuell zu halten, kaufte sich Johannas Vater Alf die Fachzeitschrift *Funkschau*. Deren Schaltpläne und Fachartikel über neue Entwicklungen im Bereich der Elektronik studierte er stunden- und tagelang.

Chrisi war von Opas Werkstatt gebannt. Sie durfte dem Großvater beim Löten zuschauen, selbst mit dünnen Drähten basteln oder einfach nur in der unordentlichen Werkstatt herumwursteln.

Johanna war froh, dass sie diesen Ort der Zuflucht hatte. In Weisenthal konnte sie ihre Sorgen verdrängen. Zurück in Rebersheim war alles wieder präsent.

Ausweg?

Freitag, 22. Januar

Doktor Lutz Ufer hat das Besprechungszimmer in der Vollzugsanstalt reservieren lassen. Abhörgesichert. Im besonderen Schutzbereich der Gefängnisanlage.

„Fino, du siehst wieder besser aus. Was machen deine Verletzungen? Wie fühlst du dich?"

Fino ist froh darüber, seinen Pflichtverteidiger zu sehen. Endlich kann er mit jemand über seine Situation reden. Er klagt darüber, dass die Tage im Bau für ihn unerträglich sind.

„Nur Mauern und Gitter. Überall. Vor dem Fenster, vor den Bäumen, vor den Wiesen, vor dem Himmel. Alles verrammelt. Ich werd hier noch gaga."

Fino hatte lange keinen Menschen mehr in seiner Nähe, der ihm zugehört hat. Besonders schlimm sei es, seit er aus der Krankenstation entlassen worden sei.

„Keiner will mit mir reden. Alle haben beschissene Angst, alle lassen mich links liegen."

Es erleichtert schon etwas, überhaupt darüber sprechen zu können.

„Fuck. Alle hassen mich." Die Geschichte hat sich schnell in der ganzen Haftanstalt verbreitet.

„Ich bin total allein hier. Keiner kommt in meine Nähe. Hab ich die Pest?"

Fino erzählt seinem Pflichtverteidiger, dass lediglich der Putzdienst und die Essensausgabe Abwechslung für ihn bringen, dass er aber mit Hakan kein einziges Wort mehr wechselt. Die Aufsichtsbeamten wissen ja nicht, dass Hakan den ganzen Scheiß angezettelt hat, dass er in die Gefängnismafia eingebunden ist. Deshalb bekommt er weiterhin diese Aufgaben übertragen. Fino verpfeift Hakan nicht. Das getraut er sich nicht, zumindest nicht, solange er in *dieser* JVA bleiben muss.

Fino redet weiter auf sein Gegenüber ein: „Die Tage in der Zelle sind unglaublich ätzend. Die Stunden vergehen nicht. Totaler Scheiß.

Manchmal höre ich mir eine CD an, die ich von Alex bekommen habe. Ein gutes Stück mit einem Gitarre-Solo ist dabei, cooler Rhythmus."

Leiser, dem Weinen nahe, den Kopf gesenkt, fährt er fort: „Die Nächte sind immer noch fürchterlich. Ich krieg fast keine Luft, habe Platzangst. Jetzt auch noch die Panik, die Typen könnten mich wieder fassen. Horror. Ich wache in Todesangst auf." Nun bedrängt er seinen Anwalt: „Sie müssen mir helfen! Sie müssen mich hier rausholen. Es ist die Hölle."

„Dazu kommen wir nachher, Fino. Wir müssen heute ganz wichtige Dinge besprechen." Doktor Ufer besänftigt zunächst, versucht eine ruhige Gesprächsatmosphäre zu schaffen. Er will seinem Klienten nicht erzählen, wie intensiv er sich in den letzten Tagen auf dieses Gespräch vorbereitet hat, Fäden gesponnen, Strippen gezogen, Beziehungen angezapft.

Er setzt darauf, dass sein Mandant psychisch inzwischen so weit ist, dass er der Polizei gegenüber nicht mehr den starken Muskelprotz spielen will. Heute soll der Durchbruch erzielt werden.

„Fino, dir geht es hier im Gefängnis schlecht. Das sehe ich. Aber nicht nur momentan bist du mies dran, sondern deine gesamte Situation ist doch ziemlich übel." Doktor Ufer schaut seinem Gesprächspartner fest in die Augen.

„Denk mal einen Schritt weiter. Wie sieht dein Leben aus? Nächsten Monat wirst du siebzehn Jahre alt, siebzehnter Geburtstag im Knast. Du bist noch jung, hast aber schon so viel Bockmist gebaut. Was denkst du, wie wird deine Zukunft verlaufen? Welche Möglichkeiten hast du noch im Leben, mit dem, was du alles schon angerichtet hast? Welche Träume hast du?"

„Ich wollte halt mit Jan durch die Gegend ziehen. Frei sein, genießen. Vielleicht mit Alina und Jan. Wir drei passen gut zusammen."

„Und wovon wollt ihr leben? Weiterhin Straftaten begehen?" Der Anwalt beugt sich näher zu Fino hinüber. Sieht ihm fest in die Augen. Eindringlich:

„Mach dir doch nichts vor, Fino. Alina will nichts mehr von dir wissen. Schon gar nicht mehr nach dieser Gewalttat. Du kannst einen Menschen nicht dazu zwingen, dich zu mögen. Und Jan Berger? Du bist blauäugig. Jan kommt aus einem gehobenen Milieu. Er wird weich aufgefangen. Seine Zukunft liegt bestimmt nicht zusammen mit dir auf der Straße. Sieh die Realität! Die ganzen Verfehlungen, die du dir in der Vergangenheit schon geleistet hast. Jetzt noch die aktuelle Tat wegen der du hier in U-Haft bist. Eine *schwere Körperverletzung* nach Strafgesetzbuch. Was glaubst du denn, wie das Verfahren ausgehen wird?"

„Ich denke halt, dass *Sie* mich raushauen werden. Sie sind ein guter Anwalt und schaffen das bestimmt, dass ich nochmals mit einer Verwarnung davon komme."

Fino spielt seine juristischen Kenntnisse aus: „Ich war doch im *Vollrausch,* habe den ganzen Tag gesoffen, kann doch für diesen Ausraster im Charlottenplatz gar nicht bestraft werden, selbst wenn ich es getan hätte."

„Das schätzt du falsch ein. Man konnte nachvollziehen, wie gut dein Hirn gleich nach dem Überfall funktioniert hat. Du hast kaltschnäuzig überlegt und gehandelt. Da gibt es keine *Schuldunfähigkeit*. Also hätten wir auf dieser Argumentationsschiene null Chancen." Doktor Ufer ergänzt mit Nachdruck: „Du musst dir darüber im Klaren sein, dass die Gesellschaft auch vor Leuten geschützt werden muss, die man wegen Schuldunfähigkeit nicht in den Knast schicken kann. Dafür gibt's den *Maßregelvollzug*. Das heißt dann: geschlossene Klapse!"

Doktor Ufer macht eine kurze Pause, lässt seine Worte wirken, legt nach: „Du siehst deine Situation unrealistisch. Man kann dir die Tat nachweisen. Bei dir ist das Maß voll. Alina ist vermutlich für immer entstellt. Eine der beiden Frauen hat psychische Folgeschäden. Mein Lieber, komm runter von deiner Traumwolke. Diese Attacke war kein Jungenstreich mehr. Das war eine schwere Straftat, nach Erwachsenenstrafrecht könnte das bis zu zehn Jahren Freiheitsentzug geben."

Der Anwalt wendet seine gesamte Redekunst auf.

Fino wird blass im Gesicht, schluckt, die ganze Physiognomie zerfällt. Wie bei einem alten Mann. Wangen, Mundwinkel, der Kiefer, alles sackt nach unten. Er sinkt in sich zusammen. Ein Häufchen Elend auf seinem Stuhl.

„Stell dir dieses Leben vor. Mit deiner Klaustrophobie lange Jahre im Knast sitzen zu müssen. Denk an die Horrornächte. Du wirst das psychisch nicht durchstehen." Der Jurist legt nach einer Pause nach: „Entweder du wirst verrückt und landest in der Psychiatrie oder, wenn du den Knast durchstehst, rauskommst und so weiter machst, kommt irgendwann die Sicherungsverwahrung. Das war's dann für dich."

Der Anwalt lehnt sich zurück, versucht mit aufgefächerten Fingern seinen grau-schwarz-melierten Haarwuschel zu bändigen.

Ruhe im Besprechungszimmer. Durch die gepolsterte Tür des Raumes kommt kaum ein Laut herein. Verhaltenes Rauschen der Heizungsanlage.

„Können Sie mir nicht helfen?" Kleinlaut, bettelnd.

„Vielleicht, Fino. Aber es wird schwer, ganz schwer. Ich habe mir das in den letzten beiden Wochen gut überlegt. Es könnte einen Weg geben."

„Was, welchen?"

„Zugegeben, ein schwerer Weg. Du müsstest gut mitarbeiten. Es würde für dich nicht leicht werden." Doktor Ufer sucht in seiner Mappe. Auf einem Notizzettel hat er die wesentlichen Schritte seiner Überlegungen notiert:

Friedrich Norbert Fleischer
Aktennotiz – Strategie
Ziel: Jugendstrafe auf Bewährung
§§ 17/21 JGG i.V. §§ 224-226 StGB
1. Der Polizei wirklichen Tatablauf schildern – Schuld eingestehen
2. Täter-Opfer-Ausgleich: Alina + die beiden Frauen
3. Gutachten mit positiver Prognose für § 21 JGG
    22. Januar Uf

Der Anwalt erklärt. Fino versteht, fragt nicht nach.

„Das wäre die langfristige Strategie. So könnte es eventuell klappen, dich vor einem langen Gefängnisaufenthalt zu bewahren. Wohl gemerkt, es geht hier nur darum, für dich eine *Bewährung* zu bekommen. Du kannst nicht darauf hoffen, dass das Verfahren eingestellt wird. Dafür sitzt du zu dicke drin." Doktor Ufer packt seine Unterlagen ein.

Fino ist wie vor den Kopf gestoßen. Soll es wirklich so schlimm stehen? Das kann er nicht glauben. Es muss doch einen Ausweg geben. *Die* werden doch wieder nachgeben.

„Nun zu deinem aktuellen Anliegen: Du willst weg aus diesem Knast. Verständlich. Mit einem Antrag in dieser Richtung müssten wir das Gericht belästigen. Würde ich ungern machen. Wäre unserer Strategie nicht förderlich." Doktor Ufer weiter: „Ich schlage dir vor, zum jetzigen Zeitpunkt auf einen Antrag zur Verlegung zu verzichten. Die Zuständigen werden sicher von sich aus aktiv, wenn sie das für richtig halten." Nochmals hebt der Anwalt mit Nachdruck an: „Besser wäre es, durchzuhalten, die Zähne zusammen zu beißen und dem Gericht zu signalisieren, dass es dir ernst damit ist, eine Umkehr hinzubekommen."

Für Fino stürzt eine Welt ein. Weiterhin eingebuchtet sein, in diesem Knast? Wird er das durchstehen? Panik kommt auf.

„Fino, ich erwarte von dir heute keine Antwort. Überleg es dir. Wenn du dich für meine Strategie entscheidest, wird der Weg hart. Aber, Junge, glaub mir das: Du hast keine andere Wahl. Wenn du jetzt nicht umkehrst, wirst du dein Leben lang keinen Fuß auf den Boden bringen."

Der Anwalt nimmt seine Mappe. Nickt Fino zur Verabschiedung zu.

„Ich komme in zwei Tagen wieder und will eine Antwort von dir."

Die Tür wird entriegelt.

Fino wird vom Aufsichtsbeamten in seine Zelle geführt.

✧

Das hätte er nicht gedacht von diesem Paragrafenscheißer. Ist die ganze Zeit so harmlos daher gekommen. Hat den Verständnisvollen gespielt, sich in sein Vertrauen geschlichen, getan, als würde er auf seiner Seite stehen. Hat ihn in der Krankenstation besucht, hat vorgetäuscht, er würde mit ihm fühlen. Und nun das. Jetzt will er sich nicht mal anstrengen, ihn aus diesem Knast zu kriegen. Ja, der hat's gut, kann jetzt die Tür hinter sich zu machen, aus dem Bau rausgehen. Braucht nicht bei diesen Mafiatypen zu bleiben. Kann mit seinem Auto rumfahren, mit seiner Frau, mit seiner Familie zusammen sein, in seinem Garten rumlaufen, sein Haus genießen, abends ausgehen, wenn er möchte.

Der kann doch überhaupt nicht mitfühlen, wie es ihm hier in diesem Loch geht.

Der ist doch sein Anwalt. Wieso strengt der sich nicht an. Bekommt doch Geld für seine Betreuung. Sicher nicht wenig. Soll doch gefälligst sein Geld auch verdienen, das er bekommt. Denkt sich eine *Strategie* aus, lässt das von seiner Sekretärinnen-Tussi auf einen Zettel tippen und das war's dann für ihn. Er, Fino, der Auftraggeber soll die Arbeit machen. Er soll einknicken, kriechen, schleimen bei den Polizisten, bei Alina, bei diesen Alten.

Er will hier aber raus. Muss hier raus!

Wie ein Irrer trommelt Fino gegen die Zellentür, haut mit aller Wucht gegen diese Sperre aus Stahl. Wieder und wieder. Gerät völlig außer sich, steigert sich in Rage. Seine Fäuste sind schon rot, schmerzen, die Haut platzt. Er tobt weiter. Rammt Beine und Körper gegen den verriegelten Zellenausgang, rennt mit aller Macht gegen die schwere Eisentür.

„Lasst mich raus."

Die Tür wird aufgeschlossen. Zwei Aufsichtsleute ringen den Rasenden schnell nieder, drücken ihn zu Boden, drehen seine Arme auf den Rücken, versuchen, ihn mit Worten zu beruhigen.

Fino gibt seinen Widerstand auf, schluchzt hemmungslos.

Sonntag, 24. Januar

„Hi Fino, grüß dich."

Alex zeigt auf Finos Verband an beiden Unterarmen.

„Was ist mit deinen Händen?"

„Och, das ist nichts." Fino versteckt seine Arme unter der Tischplatte.

„Dachte mir, ich besuch dich mal wieder. Hab heute frei. Ich hab von Doktor Ufer gehört, dass du aus der Krankenstation entlassen bist. Geht's dir besser? Heilen deine Verletzungen?"

„Geht so." Er freut sich, dass er Besuch bekommt. Keiner seiner Kumpels aus den Katakomben hat sich hier blicken lassen. Die hätten doch bestimmt rauskriegen können, wo er abgeblieben war. Ist er für die schon gestorben?

„Kommst du klar?"

„Geht so."

Obwohl er Alex noch gar nicht lang kennt, ist der irgendwie okay zu ihm. Er hat ihn ja erst an diesem Sonntagabend zum ersten Mal gesehen, bevor ihn die Bullen verhaftet haben. Alex hatte noch Urlaub, als er in die Wohngruppe im Stuttgarter Westen eingezogen ist. In seiner alten Wohngemeinschaft in Sieglingen haben sie ihn ja rausgeschmissen. Wegen dieser kleinen Schlägerei.

Andere Umgebung, anderes Milieu hat der Jugendrichter damals gesagt.

Also, wieder musste er gehen, wieder wurde er ausgeschlossen. Wieder umziehen, wieder neue Leute, wieder neue Umgebung.

„Ich hab dir nochmals eine CD mitgebracht."

„Ist da *Gitarre* drauf?"

„Vielleicht, interessiert dich das?"

„Ja schon. Gitarre ist nicht schlecht."

„Du, Fino, ich kann ein bisschen Gitarre spielen. Hab sogar ein zweites Instrument zu Hause, das ich momentan nicht brauche." Alex wagt den Vorstoß: „Soll ich dir das mitbringen?"

„Zeit hätt ich hier ja. Meinst du, ich kann das?"

„Sicher nicht auf Anhieb. Das muss man schon lernen." Alex setzt nach: „Wenn du willst – ich könnte dir ein paar Griffe zeigen."

„Wär vielleicht ganz gut. Ich werd hier noch verrückt."

„Ja, Fino, du musst raus hier. Doktor Ufer will dir helfen, wie er mir sagte."

„*Der* will mir helfen?"

„Ja klar, er hat einen echt guten Ruf. Wenn dich überhaupt einer raushauen kann, dann er."

„Meinst du?"

Fino zeigt Alex den Zettel des Anwalts. Alex sieht, dass der Zettel wohl zusammengeknüllt gewesen war. Dann wieder auseinandergefaltet und glattgestrichen wurde.

„Zugegeben, Fino, das wird hart. Aber da musst du durch. Das schaffst du!"

Blicke zurück

Montag, 25. Januar

„Nun, Frau Bäcker-Nillin, wie haben Sie sich nach unserer letzten Sitzung gefühlt?"

„Ach, Herr Doktor Lanig, es kommt alles wieder hoch." Ein Gutes hat das Hervorholen der alten Zeiten für Johanna. Das andere, das akut Belastende, der *Opernabend*, tritt irgendwie zurück. „Um ehrlich zu sein, und anders geht's bei Ihnen ja nicht, war die Zeit nach Christinas Geburt nicht nur eitel Sonnenschein."

„Das glaube ich gern", bestätigt der Therapeut, „viele junge Eltern machen sich nicht klar, welche Lebensveränderungen ein Kind mit sich bringt."

„Nachdem Vera so weit weg war, ist es noch schwieriger für mich geworden. Auch das Verhältnis zwischen uns Freundinnen hat sich verändert. Einmal durch die örtliche Entfernung, man konnte sich nicht schnell mal zu einem Käffchen treffen, aber auch durch unser unterschiedliches Leben. Vera lernte in ihrem Studium andere Leute kennen, war taff, ehrgeizig, selbstbewusst. Ich reduzierte mich immer mehr, unzufriedene Hausfrau, keine wirklich gute Mutter. Wie eine Schnecke in ihrem Haus fühlte ich mich, die bei jeder spürbaren Bewegung ängstlich ihre Fühler einzieht. Ich wurde unsicher und war irgendwie einsam."

Johanna erinnert sich an eine Szene: „Sogar mein Mann hat das gemerkt."

✧

„Du bist mit Christina zu viel allein zu Hause. Du brauchst neue Kontakte." Georg kam wieder mal mit seinen *Du-musst-Ratschlägen.* Mit diesem Vorstoß rührte er ihren wunden Punkt an, betonte ihre eigene Unzulänglichkeit.

Ja, es war schwierig für Johanna. Ihr Mann war ihr keine große Hilfe und der Beruf als Ausgleich für private Ärgernisse fehlte. Der früher intensive Kontakt zu Vera fehlte. Diese für den Alltag verlorene Freundschaft hinterließ eine Lücke, die ihr Kind nicht füllen konnte. Auf Anraten ihrer Mutter versuchte Johanna neue Freundschaften zu schließen. Das war aber auch nicht einfach.

Gleichgesinnte Frauen, mit denen Johanna gern befreundet gewesen wäre, konnte sie in Rebersheim nicht finden. Die jungen Mütter, die sie auf dem Kinderspielplatz und im Kindergarten kennenlernte, lebten schon viele Jahre in der Gemeinde und hatten dort ihren festen Kreis. Außerdem waren diese Frauen gut und gern zehn Jahre jünger als Johanna. Sie war als über Dreißigjährige Außenseiterin. Die Situation wurde durch ihre Stellung als Frau des Bürgermeisters nicht einfacher. Johanna fühlte sich im Ort ständig beobachtet. Ob sie ihren Kinderwagen über einen der Weinbergwege schob, ob sie einkaufen ging oder ob sie sich im Frauenturnen versuchte, immer wurde sie freundlich gegrüßt, war aber in keiner Gruppe integriert.

Sie fühlte sich nicht wohl in ihrer Haut.

„Als Bürgermeistersgattin solltest du ehrenamtliche Tätigkeiten annehmen. Ich frage mal im Spital, ob sie dich für die alten Leute brauchen können." Wie in Weisenthal, so gab es auch in Rebersheim ein Spital. Eine sympathische Parallele zu ihrer Heimatstadt, fand Johanna. Das *Spital zum Heiligen Geist* in Rebersheim gehörte einst zu einer Klosteransiedlung und verdankte seine Entstehung, wie andernorts auch, dem mittalalterlichen *Spitalwesen*. Johanna wusste, dass begüterte adelige Herren und Damen Spitale stifteten. Damit wollten sie einerseits die Gesundheitsversorgung der Bevölkerung verbessern, andererseits hofften sie, durch ein gutes Werk den Gefallen Gottes zu erlangen und im jenseitigen Leben göttliche Güte zu erfahren. Seit seiner Gründung im Jahr dreizehnhundertvierundsechzig spielte das Spital eine einzigartige Rolle in der Sozialstruktur der Gemeinde Rebersheim. Es war örtliche Krankenstation, zwischenzeitlich auch Geburtsstation und ist seit einiger Zeit Altenheim und Altenpflegeheim. Denn auch vor einem so kleinen Ort wie Rebersheim machte die gesellschaftliche Veränderung nicht Halt: Weg von der

Großfamilie mit der fast gottgegebenen Versorgung aller Generationen unter einem Dach, hin zur Kleinfamilie.

Betreut wurde das Spital von katholischen Nonnen, die von ihrem Mutterkloster entsandt waren. Johanna bewunderte die Ordensfrauen, die, trotz ihrer unpraktischen schwalbenschwanzartigen wehenden weißen Haube, im Spitalalltag wichtige Arbeiten erledigten. Uneigennützig.

Georgs Vorstoß hatte Erfolg. Johanna konnte wöchentlich für ein paar Stunden ehrenamtliche Tätigkeit verrichten. Zusammen mit der kleinen Christina spazierte sie mit alten Leuten durch den Ort, machte einen Singnachmittag oder organisierte Vorlesestunden im Spital. Die Ordensschwestern hatten einen Draht zu ihr, sie ahnten, dass es der jungen Frau nicht gut ging. Vor allem Schwester Tonita nahm sich Johannas an. In ihr fand sie bald eine vertrauenswürdige Gesprächspartnerin. Das Spital wurde für Johanna ein bisschen zur Heimat.

Diese altruistische Tätigkeit der Gattin des Bürgermeisters wurde binnen Kurzem im Ort bekannt. Das gefiel auch Georg. Seine Frau als Vorreiterin für unbezahlte soziale Dienste in der Gemeinde. Bald fand Johanna Unterstützerinnen und mehrere Frauen in Rebersheim machten gemeinsam *Spitaldienst.* Selbst die lokale Presse wurde aufmerksam und ein wohlwollender Artikel in der Badischen Zeitung lobte die Arbeit der *Spitalfrauen*.

Für Johanna hatte diese ehrenamtliche Tätigkeit viele Vorteile. Die alten Leute freuten sich und waren dankbar. Ihr selbst tat die Anerkennung gut, die sie in der dörflichen Öffentlichkeit und natürlich auch bei Georg bekam. Zudem hatte sie in Schwester Tonita eine mütterliche Vertraute gefunden, hatte durch das Team der Spitalfrauen endlich auch Kontakte zu sozial eingestellten Frauen im Ort.

Sie war nicht mehr isoliert wie in der ersten Zeit ihrer Mutterschaft.

✧

„Das hat ihre Situation sicher stabilisiert, Frau Bäcker-Nillin."

„Ja. Eine Zeit lang ging es gut. Georg hatte sich auf seinem Rathaus eingearbeitet, war akzeptiert bei den Einwohnerinnen und Einwohnern und kam mit seinem Gemeinderat klar. Er konnte den Ort nach der polarisierenden Bürgermeisterwahl befrieden. Sein tolles Mitarbeiterteam war ganz wichtig für ihn. Marianne Schneider, seine Sekretärin, hielt ihm den Rücken frei."

Aber es blieb nicht so, erzählt Johanna fast dreißig Jahre später ihrem Therapeuten. „Georg war ehrgeizig. Er wollte gestalten, wollte in Rebersheim Akzente setzen. Er arbeitete eine *Zukunftsvision* für Rebersheim aus."

✧

Die Präsentation seines ehrgeizigen Entwicklungskonzepts für Rebersheim im öffentlichen Teil der Gemeinderatssitzung fand gewaltige Resonanz. In der Lokalpresse und im regionalen Radiosender wurden Teile aus Bürgermeister Georg Nillins Rede wörtlich zitiert:

„…will ich jetzt den Boden bereiten. Unsere Gemeinde soll bis in etwa sechs Jahren, also bis zum Ende meiner ersten Amtszeit, einen Zuwachs der Einwohnerzahl verzeichnen. Entgegen dem bundesweiten Trend für vergleichbare Gemeinden und entgegen der momentanen Bevölkerungsentwicklung in Rebersheim. Wenn wir die derzeitige Entwicklung ohne Gegensteuerung in die Zukunft projizieren würden, müssten wir uns bald mit den Nachteilen einer schrumpfenden Gemeinde auseinandersetzen. Ich möchte Sie bitten, in den nächsten Jahren mit mir gemeinsam alles zu tun, um den gegenwärtigen Negativtrend umzukehren und unser Ziel einer Zunahme an Bewohnerinnen und Bewohnern mit all ihren Vorteilen für unser Rebersheim zu erreichen."

Diese Zielsetzung sollte auf verschiedenen Wegen und mit unterschiedlichen Vorhaben erreicht werden: Die beiden wichtigsten Projekte waren eine geplante *Industrieansiedlung* und die Erschließung eines *Baugebiets für den privaten Wohnungsbau*. Für die Industrieansiedlung mussten passende Grundstücke gefunden, von der Gemeinde aufgekauft und erschlossen werden. Parallel hatte man geeignete Betriebe zu finden und zur Investition in Rebersheim zu motivieren. Auch für das Konzept eines neuen Wohngebiets brauchte es zweckmäßige Flächen. Jungen Familien sollten Baugrundstücke zu günstigen Bedingungen angeboten werden. Georg hatte schon die Fühler ausgestreckt, um Fördergelder beantragen zu können. Die Planungen des Bürgermeisters sahen zusätzlich den *Ausbau des Fremdenverkehrs* vor. Auch für Feriengäste wollte Georg das Weindorf Rebersheim attraktiver und bekannter machen. Die Potenziale von Rebersheim sollten für den Tourismus genutzt werden: die landschaftlich schöne Lage inmitten des Markgräflerlandes, das angenehme Klima und die günstige Ausgangslage für Ausflüge in den Schwarzwald, die Schweiz oder nach Frankreich.

Mit all diesen Vorhaben würde es gelingen, so die Hoffnung Georgs, Einkommen und Arbeitsplätze in der Gemeinde zu generieren. Damit könnten sicher die Betriebe in Rebersheim, seien es Handels- oder Handwerksbetriebe, die hiesigen Weinbauern, auch Gaststätten, Aussicht auf ein Fortbestehen haben. Höhere betriebliche Einkommen, die dann erzielt würden, könnten wiederum höhere Steuereinnahmen in die Gemeindekasse spülen. So wären wünschenswerte Infrastrukturmaßnahmen finanzierbar, beispielsweise eine Kindertagesstätte, ein Jugendhaus, ein Vereinshaus. Die Lebensqualität in der Gemeinde und damit wiederum die Zuzugsattraktivität würde steigen.

✧

„Sind die breiten Schilderungen der Gemeindepolitik langweilig für Sie?“ Johanna unterbricht ihre Erinnerungsberichte. Sie ist unsicher.

Dr. Lanig: „Nein, dass Sie sich so genau erinnern können, selbst nach so langer Zeit ist ein spezielles Signal für mich. Ihre Erinnerung wäre verblasst, die Details wären verschüttet, wenn das Ganze nicht so bedeutend für Sie gewesen wäre. Und alles, was damals wichtig für Sie war, ist für unsere Analyse heute auch relevant.“

„Verstehe ich. Ich will Ihnen das auch deshalb so ausführlich schildern, damit Sie einen Eindruck davon bekommen, welche gewaltigen Aufgaben auf meinen Mann zugekommen sind."

„Heutzutage hat man normalerweise einen Coach, Supervision oder eine anderweitige Stütze bei anspruchsvollen Funktionen. Denn bei solchen Herkulesaufgaben sind Konflikte zu erwarten, die einen Menschen leicht überfordern können."

Johanna ist froh, dass Doktor Lanig die Situation so gut einschätzen kann.

✧

„So, Frau Bürgermeister, Ihr Ma' chommt hüt' ja scho wieder in der Zitung", hörte Johanna frühmorgens von der Bäckersfrau beim Brötchenholen. Wie von allen älteren Leuten wurde sie von ihr als Frau Bürgermeister angesprochen.

„Ja, überall wird gestritten im Dorf. Es ist nicht mehr friedlich in Rebersheim, seit ...", mischt sich eine ältere Kundin ein.

Johanna sieht sich gezwungen, ihren Mann zu verteidigen: „Er will halt unsere Gemeinde voranbringen."

„Des isch genau s'Richtige, soll er nur Lebe' rei'bringe, sonscht verschlafe mir in unserm Dorf vollends", machte die Bäckersfrau ihre zustimmende Meinung zum Projektvorhaben deutlich.

Obwohl es Johanna sehr zu schaffen machte, dass sie in der Bäckerei von der kritischen Kundin quasi als Frau eines Unruhestifters angesehen wurde, erwähnte sie Georg gegenüber nichts von dem Vorfall. Zum einen bekam sie des Öfteren entsprechende Andeutungen zu hören, wichtiger für sie aber war es, Georg nicht auch noch zu Hause mit der schwierigen Situation zu belasten, die er im Amt durchzustehen hatte. Ihr Mann brauchte nach dem Dienst einen Schonraum und musste daheim nicht auch noch mit beruflichen Problemen belastet werden. Es gab zwischen ihnen beiden genügend private Reibungspunkte, die ausdiskutiert sein wollten.

Georg war also einer gewaltigen psychischen Belastung ausgesetzt. Dazu kam, nicht zu vergessen, das enorme alltägliche Arbeitspensum, das auch irgendwie gehandhabt werden musste. Er konnte kaum ausspannen. Wie alle Bürgermeisterkollegen war er sowieso abends selten vor zwanzig Uhr zu Hause. Oft kam er gegen siebzehn Uhr von der Büroarbeit auf dem Rathaus heim, aß schnell etwas, legte sich im Idealfall kurz hin, meist aber bereitete er noch für seinen Anschlusstermin eine Ansprache vor, zog sich um und ging gegen neunzehn Uhr wieder aus dem Haus, um einen Abendtermin wahrzunehmen.

Eine weitere Belastung in dieser Zeit brachte der familiäre Hausbau. Die gemeindeeigene Dachgeschosswohnung war für die Familie inzwischen zu klein. Von einem privaten Verkäufer konnten sie ein Grundstück erwerben. Es war ihnen wichtig, keinen Bauplatz von der Gemeinde zu kaufen. Sie wollten sich auf keinen Fall in die Nähe einer Begünstigung bringen lassen. Es war ihnen klar, dass bei einem derart exponierten Amt wie dem des Gemeindechefs, ganz strenge Regeln bezüglich des moralischen Verhaltens zu beachten waren. Auch bei privaten Geschäften. Es wurde ein Fertighaus. Ein konventionelles Bauvorhaben wäre zu zeitraubend gewesen. Trotzdem, für Georg eine weiterer Kraftakt, den er zu stemmen hatte.

In dieser Zeit, als ihr Haus erstellt wurde und die Industrieansiedlung so stark umkämpft war, häuften sich die Abend- und Nachtarbeiten bei Georg, so dass er und Johanna sich wochentags meist nur kurz sahen. Fast nur noch morgens, bevor Georg das Haus verließ. Oft blieb sie abends gar nicht auf, bis er heimkam. Frühmorgens war Johanna mit der kleinen Christina beschäftigt und Georg ging, meist ohne zu frühstücken, schon wieder gegen acht Uhr aufs Rathaus.

„Frau Bäcker-Nillin, Ihr Mann kann heute doch nicht zum Mittagessen kommen. Ich soll Ihnen ausrichten, er isst hier im Amt etwas und kommt erst spätabends heim. Sie sollen nicht warten." Marianne Schneider verschaffte ihrem Chef zeitlich Luft. Johanna war diese Art von Anrufen inzwischen gewohnt. Vielleicht würde ja alles besser, wenn die wichtige Bürgerversammlung überstanden wäre. Dass Georg den Termin dieser Veranstaltung auf den zwölften Dezember legen musste, den zweiten Geburtstag von Christina, zu dem die Großeltern eingeladen werden sollten, musste Johanna akzeptieren. Sie verlegte die Geburtstagsfeier eben auf den folgenden Adventssonntag.

✧

Georg und der Gemeinderat hatten es erwartet: Schon lang vor Beginn der Bürgerversammlung waren alle Sitzplätze belegt. Weitere Einwohnerinnen und Einwohner standen im hinteren Teil des Saales und an den seitlichen Wänden.

Seine launige Anmerkung zur Einführung, dass Rebersheim doch nun wirklich kein verschlafenes Nest, sondern unübersehbar eine lebendige Kommune sei, in der sich die Bürger für ihr Gemeinwesen interessierten, brachte Georg Pluspunkte. Er forderte bei allen sich widerstreitenden Meinungen zum fairen Umgang miteinander auf. Heute Abend und künftig. Gleich in der ersten Phase der Versammlung, dem Informationsinput durch Georg, zeigte sich, dass der Appell an die gegenseitige Fairness berechtigt war, denn beide Lager, die Befürworter und die Gegner waren wohl äußerst zänkisch gestimmt. Diese divergierenden Interessengruppen stritten in aufgeheizter Stimmung: die örtlichen Gewerbetreibenden, die Gemeinderatsfraktionen von CDU, SPD und GRÜNEN, die Pro-Bürgerinitiative *Zukunft für Rebersheim*, die Contra-Bürgerinitiative *Schönes Rebersheim*.

✧

Der Schlüssel drehte sich im Türschloss. Georg kam endlich heim. Es war schon weit nach Mitternacht.

„Johanna, du bist nicht im Bett? Es ist doch spät." Er war überrascht, dass Johanna sogar noch angezogen war und im Wohnzimmer auf dem Sofa lag.

„Ich wollte auf dich warten. Sag, wie war's?" Johanna merkte ihrem Mann an, dass der Abend wohl nicht erfolgreich gewesen war. Er sah müde aus. Der Adrenalin-Schub, der nach einem Erfolgserlebnis gekommen wäre, fehlte. Georg berichtete, dass es anfangs ganz gut lief, die Pro- und Contra-Gruppen zwar aufgeheizt, aber sachlich argumentiert hätten. Doch sei die Stimmung gekippt, als Petra Paulin, Vorsitzende der Ortsgruppe der GRÜNEN und Gemeinderatsmitglied, ans Mikrofon kam. Sie argumentierte emotional, bissig, hetzte, polarisierte.

Georg erklärte Johanna den Hintergrund des Eifers dieser GRÜNEN-Chefin: Schon früh nach der Gründung ihrer Partei im Januar neunzehnhundertachtzig in Karlsruhe hatte sich auch in Rebersheim eine kleine Ortsgruppe gebildet, die sich vor allem an die aktive und mitgliederstarke Parteigruppe in der Uni-Stadt Freiburg angliederte. Für Petra Paulin und ihre Mitstreiterinnen und Mitstreiter war das Vorhaben einer Industrieansiedlung in Rebersheim das erste wichtige Thema, das die noch junge Ortsgruppe zu bearbeiten hatte. Also wurde gewaltiges Engagement eingebracht und der Konflikt angeheizt. Natürlich hoffte die kleine Parteigruppe in Rebersheim auf Zulauf durch diese viel beachteten Auseinandersetzungen in der Gemeinde.

✧

Doktor Lanig: „Was machte dieser Stress in der Familie mit Ihnen, Frau Bäcker-Nillin?“

„Ich merkte und sah, wie sich mein Mann veränderte. Bei der endgültigen Abstimmung im Gemeinderat ging sein Konzept zwar mit ordentlicher Mehrheit durch. Aber dieses Erfolgserlebnis brachte ihm keine Ruhe. Er musste das Mammut-Vorhaben ja nun umsetzen. Eine Arbeitsflut.“

Johanna erinnert sich, wie glücklich Georg nach der Abstimmung gewesen ist.

„Leider waren die Projektgegner schlechte Verlierer. Sie opponierten weiterhin und legten Georg, wo immer es überhaupt möglich war, Steine in den Weg. Außerdem gab es in seinem Konzept den Zielkonflikt zwischen einem *Wachstum durch mehr Industrie* auf der einen Seiten und dem *Wohlstand durch die Förderung des Fremdenverkehrs* auf der anderen Seite. Ein Dilemma."

„Das alles", so erinnert sich Johanna weiter, „setzte Georg zu. Er lachte nur noch selten so entwaffnend und fröhlich wie in unseren Anfangszeiten. Nachts schlief er unruhig, wachte auf, wanderte durch die Wohnung und plünderte den Kühlschrank."

✧

Johannas Unruhe wächst wieder. Das Graben in den Erinnerungen macht ihr zu schaffen. Das seither Verdrängte beschäftigt sie noch im Schlaf.

Doktor Lanig: „Was war denn mit ihrem Kind? Wie ging es ihrer Tochter in dieser ganzen Zeit?"

Erst jetzt wird Johanna klar, dass sie wenig von Christina erzählt hat. Dieser ganze Rathaus-Stress überlagerte alles.

War sie eine schlechte Mutter?

Schon zu dieser Zeit?

Gitarre

Dienstag, 26. Januar

„Hi, Fino, nett von den Wachleuten, dass sie mich so spontan zu dir rein lassen."

„Ja, die sind jetzt ganz auf meiner Seite." Fino wirkt gelöster, nicht mehr so bockig, findet Alex.

„Gestern habe ich vor der Gefängnisleitung ausgepackt, im Verhör alles erzählt. Wer die Erpressung hier im Knast angezettelt hat, wie sie von mir das Schutzgeld einkassieren wollten und wer mich niedergeschlagen hat. Dass ich eine Warnung auf einem Zettel sogar in der Krankenstation gefunden habe und dass die Mullas gedroht haben, mich zu killen, wenn ich sie verpfeife."

Dass Fino so viel auf einmal reden kann, ist neu für Alex. Dieser sture Mensch, sonst so wortkarg, redet mehr als einen Satz. Unaufgefordert. Eine ungewohnte Erfahrung mit ihm. Lässt das hoffen?

„Weißt du, Alex, ich war ja tagelang nur hier in der Zelle. Bin eigentlich nie rausgegangen. Eine Scheißangst. Hab mich ständig bedroht gefühlt, Schisse, abgehört zu werden, hab außer den Bewachern keinen Menschen gesehen, mit keinem reden können. So langsam hab ich schon Gespenster gesehen. Ich war schreckhaft wie ein altes Weib. Irgendwann ist dir alles egal und du sagst dir, so kann's nicht weiter gehen. Ein Leben in ständigem Terror macht dich fertig."

Fino setzt überzeugt nach: „Ich muss Schluss machen mit der ganzen Scheiße hier im Knast und überhaupt."

„Alle Achtung, Fino. Das finde ich klasse!"

„Jetzt darf ich natürlich überhaupt nicht mehr raus aus der Zelle. Deshalb sind wir auch nicht im Besucherraum. Ausnahmsweise. Klar, dass die Mafia-Typen gleich festgenommen worden sind. Man hat sie noch am gleichen Tag in einen anderen Knast verlegt. Da haben die Bullen schnell reagiert. Aber die anderen Knackis sind informiert. Jeder weiß doch, dass ich gesungen habe. Die könnten sich an mir rächen, befürchtet man. *Gefangenenehre* oder so was." Verächtlich zieht Fino seine Nase hoch.

Jetzt erst achtet Fino auf das riesige Gepäckstück, das Alex dabei hat.

„Hier bringe ich dir die Gitarre. Ich hab es dir neulich versprochen."

„Oh, zeig her."

„Ich habe heute leider nicht viel Zeit. Will dir nur das Wichtigste zeigen, damit du loslegen kannst."

Alex packt die Gitarre behutsam aus, ein gelb-braun-orange lackiertes Holzinstrument, glänzend, gepflegt, nimmt es mit geübten Bewegungen an seinen Körper und prüft die Saitenstimmung. Innerhalb der nächsten halben Stunde wird Fino von Alex in die Fertigkeit des Stimmens mit Hilfe der Stimmpfeife, in die ersten Grundgriffe, ins Zupfen, in den Gebrauch des mitgebrachten Anfängerbuches, in die ersten Akkorde eingewiesen. Alex merkt, dass Fino ein ganz gutes Gehör hat, auch Gefühl für Rhythmus. Ordentliche Voraussetzungen. Allerdings ist es Alex klar, dass Begabung nicht ausreicht, um wirklich ein guter Gitarrenspieler zu werden. Unabdingbar ist Übung, konsequentes Training, der Biss. Man wird sehen.

„Hoffentlich kracht dir keine Saite, bis ich wieder komme. Eine neue aufzuziehen, wäre noch zu schwierig für dich."

Fino nimmt das Instrument in seine ungelenken Arme, die trotz derzeit weitgehender Fitnessabstinenz immer noch muskulös sind. Er will es Alex sofort nachmachen, merkt aber gleich, dass das Gitarrenspielen nicht so easy ist, wie es aussieht. Schnell ärgert er sich über seine Unbeholfenheit, seine steifen Finger, wird sauer auf sich, fühlt eine aufsteigende Wut.

Es brodelt in ihm. Glühender Zorn kommt hoch.

Sein Gesicht verzerrt sich, er wird weiß, bebt, verkrampft am ganzen Körper, ballt die Fäuste, zuckt mit dem Kopf, öffnet den Mund, fletscht sein Gebiss, sein abgebrochener Schneidezahn wird sichtbar.

„Stopp Fino!" Alex ahnt, dass es im Inneren von Fino kocht. Beschwichtigt. Beruhigt. „Komm runter."

„Du wärst der Erste, der auf Anhieb dieses Instrument spielen könnte. Geduld!"

✧

Alex holt tief Luft. Wie immer, wenn er diesen Gefängnisbau verlassen darf. Die bedrückende Atmosphäre, die grau-dreckigen mit einem Eisen-Treppenhaus verunstalteten Flure, das hohe Geklirre von Schlüsseln, das laute dumpfe Klappern der Schritte, der Nachhall unfreundlich wirkender Stimmen. All das schlägt einem leicht aufs Gemüt. Müsste er in dieser Anstalt länger bleiben, würde er sicher auch eine Knast-Phobie bekommen. Ähnlich wie das bei Fino zu beobachten ist.

Seltsam und beängstigend, wie schnell dieser Junge in Rage kommt. Fino war doch eigentlich gut drauf heute, so gelöst hat er ihn noch nie erlebt. Redete erleichtert von seiner Aussage. War auch gleich begeistert von der Gitarre, nahm konzentriert seine Spiel-Anweisungen auf. Als er es dann selbst probierte, ist nur eine Kleinigkeit nicht so gelaufen, wie er es sich vorstellte, lediglich seine Fingerbeugung war nicht so gelenkig, wie er es gebraucht hätte, schon ist er außer sich gewesen. Total aufgebracht. Auch irgendwie ganz schnell aggressiv, nicht ihm gegenüber, sondern gegen sich selbst.

Unbeständig, absolut instabil, dieser junge Mann. Auf jeden Fall will er den Vorfall in der Supervisionsgruppe ansprechen. Fino war dort schon mehrmals Thema der Sitzung. Alex ist froh darüber, dass er sich in dieser Fallbesprechungsgruppe bei Kollegen und anderen Fachleuten Rat holen kann. Klar hat er im Studium über Mechanismen gelesen, wie man versuchen kann, solche aufbrausenden Typen zu besänftigen. Aber Theorie und Praxis, na ja. Ein Glück, dass ihm der *Stopp-Befehl* eingefallen ist. Das hat bei Fino sofort geklappt. Zumindest dieses Mal.

Ob der Junge lernen kann, sich selbst den *Stopp-Befehl* zu geben? Kann dieser Mensch irgendwann mal sein Aggressionspotenzial selbst steuern?

Es wäre ihm zu wünschen.

Der Gesellschaft aber auch, denkt sich Alex.

Bittere Pillen

Donnerstag, 28. Januar

Irgendwie schon ein komischer Typ, dieser Jonathan. Fino soll ihn beim Vornamen nennen und duzen, hat er gleich in der ersten Sitzung angeboten.

Zwar komisch bei so einem älteren Mann. Oder wie alt ist der wohl? Keine Ahnung. Zumindest ist er noch nicht gebrechlich, hat keinen Bauch, aber auch keine Muskeln. Keinerlei Muckis, eher spindeldürr. Bestimmt Vegetarier. So der Läufertyp, vielleicht macht der sogar Marathonläufe? Könnte man ihm glatt zutrauen, diesem seltsamen Menschen.

Aber okay, wenn er das so will, duzen wir beide uns halt.

Jonathan redet mal leise, dann wieder laut, kommt ganz nah ran, bis man die Hustenbonbons riecht, die er ständig lutscht. Er reißt die Augen auf, wedelt mit den Armen, schüttelt hektisch vor jeder Frage mit seinen Locken, fährt sich wild durchs Haar. Kritzelt fieberhaft ein paar Wörter auf ein loses Blatt. Massenhaft liegen diese Zettel zerstreut auf seinem Arbeitstisch.

Schon ein bisschen seltsam, dieser Jonathan Bergengruen.

Trotzdem irgendwie cool, der Mann. Und ein Freund von Doktor Ufer. Der hat seine Beziehungen spielen lassen, sonst hätte man ewig auf Termine bei einem Gutachter warten müssen.

Jonathan fragt so hinten rum, typisch Seelendoktor, Therapeut, Psychologe, Psychiater oder so. Man weiß nicht richtig, wo man dran ist bei ihm. Fino kann wenig anfangen mit Fragen wie:

„Warum hast du auf Alina rein gehauen?“

Wieso fragt der? Musste ich doch, weil sie sich trennen wollte. Meine Barbie. Dazu hatte sie kein Recht, das musste ich ihr doch zeigen.

„Wie ging es dir, solange du auf sie eingeschlagen hast?“

Ich war total sauer auf sie, bin in Rage gekommen, Weißglut kam hoch. Da hast du's, du Nutte. Mich vor den anderen so zu blamieren. Nicht mit mir, Fino, der finalen Nummer.

„Was hast du gefühlt, als du die drei verletzten Frauen liegen gelassen hast?"

Wir waren total in Hektik, der Zug kam, Leute konnten sehen, was da passiert ist. Wir mussten schnell weg.

„Was denkst du, wie es den Frauen ging?"

Woher soll ich das wissen. Musst du schon die Frauen fragen.

„Wie ging es dir, als du im Knast zusammen geschlagen worden bist?"

Da kann ich gar nicht mehr dran denken. Das war total übel. Ich hatte eine Scheißangst, musste vor Schiss sogar in die Hosen pissen. Überall Schmerzen. Ich konnte mich nicht wehren. Die Schläger haben mich total in ihrer Macht gehabt. Zwei Typen fixierten mich brutal, einer hat zugeschlagen und getreten. Ich konnte mich nicht schützen, war denen total ausgeliefert. Die haben ohne Erbarmen auf mich eingehauen. Immer drauf. Die hätten mich tot schlagen können. Ich war hilflos.

Die Ausfragerei durch Jonathan ging ja noch. Dann kam aber der Kinderkram. Psychospielchen. Er, Fino, als rote hölzerne Spielfigur, wie so ein Holzmännchen beim *Mensch-ärgere-dich-nicht-Spiel*:

„Zeig mal. Wie bist du dagestanden, bevor das im Bahnhof Charlottenplatz passiert ist?" Jonathan fragte und zeigte auf die anderen Figuren: grün war Jan, weiß Alina, gelb seine Kumpels von der Truppe.

Alle sind um mich gekreist. Ich war der King. Alle haben sie mir aus der Hand gefressen. Ich war der Macher, der Antreiber, der Boss.

„Wie stehst du jetzt da?"

Nur die rote Figur ist noch da.

„Was bringt dich zur Raserei? Warum bist du manchmal total außer dir, wieso willst du alles kurz und klein schlagen? Merkst du deine Wut vorher?"

Solche Dinge habe ich mich noch nie gefragt. Darauf finde ich keine Antwort. Das ist halt so. Schon seit meiner Kindheit.

„An welches Ereignis aus deiner Kindheit kannst du dich gut erinnern, schildere das schönste, schildere das schlimmste. Wer hat auf dich aufgepasst? Wie kam das bei dir an, nachdem du verstanden hast, dass dein Vater nicht präsent ist? Wie hast du dich gefühlt, als deine Mutter plötzlich nicht mehr da war? Welches Verhältnis hattest du zu deinen Großeltern?"

Solche Fragen hasst Fino. Daran will er eigentlich gar nicht mehr denken.

Verhör
Freitag, 29. Januar

„Ich schalte jetzt das Band ein und zeichne das Verhör auf. Sind Sie einverstanden?"

Klara Moll und Guido Theis haben den jugendlichen Gewalttäter Fleischer aufs Polizeipräsidium fahren lassen. Aus verschiedenen Gründen wollen sie Fleischer nicht in der Justizvollzugsanstalt vernehmen. Hier im vertrauten Verhörraum ihrer Kriminalinspektion *K 2* schätzen sie beide die Vorteile des Hausrechts: gewohnter Raum, bekannte Technik, eigener Schreibtisch in unmittelbarer Nähe, Zugang zum System, um notwendige Informationen nachzusehen.

Fino nickt.

„Dann schildern Sie doch bitte nochmals die Vorgänge des dreizehnten Dezember im Bahnhof Charlottenplatz. Wie verlief der Tag, der Abend, der Streit, was haben Sie nach der Tat bis zu Ihrer Verhaftung durch uns am Montagmorgen, dem vierzehnten Dezember gemacht?"

Jetzt gibt's keine ausgefuchste Verhörtaktik mehr. Die Geduld ist verspielt. Guido Theis kann diesem Kotzbrocken immer noch nicht vergeben, dass er ihn und seine Kollegin Klara bei der letzten Befragung total ins Leere laufen ließ. Als sei er ein grüner Schulbube. Keinerlei Respekt vor seiner langjährigen Erfahrung als Kriminaler.

Heute geht es um klare Kante. Hopp oder top. Entweder der Typ sagt jetzt endlich die Wahrheit, ohne Faxen. Oder das Verfahren wird in aller Schärfe weiter verfolgt. Jugendlicher hin, Jugendlicher her. Er ist ein Gewalttäter, vor dem man die Gesellschaft schützen muss. In Untersuchungshaft bleibt er sowieso. Wegen der hohen Strafe, die er zu erwarten hat, besteht weiterhin Fluchtgefahr. Die Milde des Jugendstrafrechts hat mal ein Ende. Das muss er spüren. So ist es mit Jugendstaatsanwalt Saile und mit der Richterin besprochen. Egal, wie dieses Verhör hier verläuft. Bis zur Verhandlung muss dieser Fleischer einsitzen.

Allerdings wird Fleischer in eine andere Justizvollzugsanstalt verlegt. Den Gefängnisbeamten gegenüber hat er Anfang dieser Woche schon ausgepackt. Alle Achtung. Mutig, sich gegen eine kriminelle Organisation im eigenen Gefängnis zu stellen. Hätte er von diesem Typen gar nicht erwartet. Schutzgelderpressung, Nötigung, Körperverletzung, alles hat er haarklein beim Verhör geschildert. Die Kollegen haben es dank dieser Zeugenaussage geschafft, die Gefängnismafia auffliegen zu lassen. Alle Beschuldigten wurden verlegt.

✧

Zwei Stunden. Ohne Pause. Ein Kraftakt. Vorübergehend wird Fleischer in einer der Arrestzellen des Polizeipräsidiums einquartiert. Er muss für Nachfragen greifbar sein.

„Da wurde einer vom *Saulus zum Paulus*." Bei der Auswertung des Verhörprotokolls hört man der Kriminalbeamtin die Genugtuung an. Derartige Erfahrungen gehören zu den Sternstunden im Polizisten-Dasein. Nicht zum ersten Mal, aber eher selten, erlebt es Klara Moll, dass ein Jugendlicher durch den Knast-Schock kooperativ geworden ist. Ja, das Knast-Erlebnis kann einen jungen Menschen derart erschüttern, dass er versucht, umzukehren. Manche schaffen das dann sogar. Allerdings hätte sie eine derartige Wende bei diesem einst glatzköpfigen Muskelprotz kaum für möglich gehalten.

Die Taktik von Jugendstaatsanwaltschaft und Jugendrichterin hat ins Schwarze getroffen. Diesen Fleischer wollen sie unnachgiebig anpacken, so hart es die Gesetze eben erlauben. Deshalb hat das Gericht verfügt, ihn bis zur Hauptverhandlung wegen Fluchtgefahr einzubuchten, in der Hoffnung, ihn zur Umkehr zu bringen. Die Vorgehensweise ist mit dem Pflichtverteidiger, dem auf Jugendstrafrecht spezialisierten Doktor Ufer, abgesprochen.

„Der Knast ist manchmal doch besser als sein Ruf. Unsere enge Kooperation hat mal wieder gewirkt."

Das Geständnis von Fleischer deckt sich mit den seitherigen Ermittlungen. Volle Übereinstimmung also mit den Aussagen der Opfer, dem Bericht des Mittäters und den Erkenntnissen aus dem rudimentären Handy-Film. Dass der Ort der Tat nicht im Fokus einer Videoüberwachung gewesen ist, wurde bereits an höherer Stelle thematisiert. Die Video-Ausleuchtung im gesamten Bahnhofsbereich Charlottenplatz soll nachgerüstet werden.

Im schriftlichen Protokoll kann nun genau nachgelesen werden, wie die Tat ablief. Friedrich Norbert Fleischer war also der Haupttäter. Er hat auf Alina Ecker eingeschlagen und eingetreten, als sie schon am Boden lag. Der Mitbeschuldigte Jan Berger versuchte zunächst, Fleischer von dem Mädchen wegzureißen und forderte ihn auf, es in Ruhe zu lassen. Doch Fleischer konnte Berger mit Erpressung dazu bringen, der Tat zuzusehen und das Geschehen zu filmen. Als sich die beiden Frauen einmischten, forderte er Berger zweimal auf, ihm zu helfen. Der stieß eine Frau (Elisabeth Schröder) weg, die dann gleich stürzte, konnte aber allein nicht beide Frauen abwehren. Deshalb hat Fleischer auch hier eingegriffen, von dem Mädchen gelassen und der anderen Frau (Johanna Bäcker-Nillin) einen Kinnhaken gegeben. Sie ist dann auch gleich in die Knie gegangen. Fleischer hat die am Boden liegenden Frauen weiter bedroht und getreten. Berger ließ Fleischer gewähren, er griff nicht helfend ein. Erst als eine Bahn einfuhr und sie befürchten mussten, entdeckt zu werden, ließ Fleischer von den Frauen ab. Fleischer hat dann den Mittäter veranlasst, nach dem Angriff die Verletzten liegen zu lassen, den bereits gewählten Notruf nicht abzusetzen und mit ihm zu fliehen.

Auch die Aussagen zum Verhalten nach der Tat stimmten bei beiden Beschuldigten überein: Dass sich Jan Berger auf der Flucht den Knöchel verstaucht hat, beide der Polizeistreife entkommen konnten, indem sie sich in die Klettpassage retteten und Berger dort bei einem alten Penner geblieben ist. Fleischer räumte ein, sich dann seine *Story* ausgedacht zu haben. Diese, laut Fleischer, unwahre Geschichte, die er jetzt widerrufe, hätte er ihnen, den Kriminalbeamten, bei seinem ersten Verhör aufgetischt.

Lücke

Mittwoch, 3. Februar

„Ben, was möchtest du zu Mittag essen? Mein Dienst beginnt erst ab achtzehn Uhr. Ich kann uns was Schönes kochen."

„Ach Mama. Du, ich habe nach der Schule Probe und komm erst gegen fünf Uhr heim. Will zusammen mit den andern in der Mensa was essen."

Karen zieht sich zurück. Sie fühlt sich fast entbehrlich zu Hause. Seit Jan nicht mehr daheim ist, tut sich eine große Lücke in der Familie auf. Auch beim geregelten Tagesablauf. Jan hat früher, als alles noch in Ordnung war, auf ein anständiges Mittagessen Wert gelegt. Besonders schön ist es gewesen, wenn Jan gekocht hat und seinen Bruder und sie manchmal mit leckeren Kreationen überraschte.

Hat sie sich früher zu wenig Zeit genommen, um gemütlich mit den Jungs nach der Schule zu essen? Nein, sie darf nicht jammern. Die emotionale Situation hat sich beruhigt seit Jan wieder in der Legalität angekommen ist und in seinem Internat lebt.

Dass sie sich von Frieder getrennt hat, war richtig. Sie wollte nicht nochmals ein neues Problemfeld in ihrer zerrissenen Familie auftun. Frieder konnte es nicht mehr zugemutet werden, dass sich ihre Zweierbeziehung ständig um den nicht anwesenden Dritten, um Jan, drehte. Ja, dieser Schnitt war hart, hat wehgetan, tut immer noch weh, war aber wichtig. Nun wird sie ohne Partner leben, sich ganz und gar auf ihren Beruf und ihre Söhne konzentrieren. Denen im Alltag helfen, ihnen irgendwie den nicht anwesenden Vater ersetzen.

„Schade, dann kochen wir halt erst am Wochenende zusammen, wenn Jan da ist. Ich habe mir die ganze nächste Woche frei genommen."

„Ja, das wird gut."

Ein Glück, dass heuer die Fastnacht so früh im Jahr liegt. Rosenmontag ist schon am achten Februar und die *Faschingsferien*, wie man das in Bayern nennt, beginnen an Jans Internat bereits am kommenden ersten Februar-Wochenende.

Er wird also schon an diesem Freitag, gleich nach dem Mittagessen, am Ammersee in den Zug steigen. Seit Tagen fiebert Karen seiner Ankunft entgegen. Sie freut sich so darauf, Jan bald am Bahnhof in Sieglingen abholen zu können. Die täglichen Telefonate, die WhatsApp-Verbindung mit Jan, seine Bilder und Nachrichten helfen ihr mehr schlecht als recht über die Zeit.

Auf und davon

Sonntag, 7. Februar, Fastnachtssonntag

Eine vollkommen andere Gefängnisatmosphäre hier in dieser Justizvollzugsanstalt speziell für Jugendliche. Schon die Wachhabenden waren nicht so verbissen, sogar freundlich, haben ihn mit Namen begrüßt. Alex musste sich telefonisch vorab anmelden. Klar wurde er durchsucht und nach dem Grund seines Besuchs befragt.

„Er ist im Garten." Der Beamte weist den Weg. „Hier zum Torbogen rausgehen. Der Garten ist gleich hinter dem Längsbau. Da sitzt er oft stundenlang in der Kälte. Sie können auch in den Aufenthaltsraum gehen, wenn es Ihnen draußen zu ungemütlich ist."

Alex findet Fino auf einer Gartenbank. Er starrt in den kahlen Baum über ihm, scheint abwesend zu sein.

„Hi Fino."

„Alex", Fino springt auf, „du hast mich gefunden!" Er reicht Alex die Hand zur Begrüßung, drückt sie fest.

„Viel schöner hier als in deinem alten Knast, finde ich."

„Ja stimmt. Man kann raus an die frische Luft. Das Essen ist hier auch besser."

„Gut, dann erholst du dich sicher. Die zehn Kilos, die du seither verloren hast, kannst du hier wieder zulegen."

Fino wirkt gedrückt.

„Was macht das Gitarre spielen?"

„Du, echt scharf. Jeden Abend probiere ich was Neues aus. Muss es dir nachher zeigen. Ist es dir zu kalt?"

Alex ist froh, dass sie ins schützende Haus gehen können. Februar-Temperaturen. Kalt und ungemütlich. Für ganz Westdeutschland wurde Sturm vorhergesagt. Es ist noch nicht entschieden worden, ob man morgen die Rosenmontagsumzüge in den Karnevalshochburgen am Rhein überhaupt durchführen kann. Dieses nahende Sturmtief schickt seine Vorboten.

Im hinteren Teil des Aufenthaltsraums finden sie einen Tisch.

„Möchtest du was trinken, Alex? Hier gibt's sogar einen Kaffeeautomaten."

Alex kann sich nur wundern. Dieser einst glatzköpfige, fiese Muskelprotz als aufmerksamer Gastgeber.

„Gern." Das warme Getränk tut gut. „Wie geht's dir, Fino?"

„Ist echt besser hier. Ich kann wieder aus meiner Zelle rausgehen. Hab nicht diesen ständigen Bammel, dass sich die Mullas rächen werden. Ich bin oft draußen."

„Aber dir geht's doch nicht wirklich gut. Was ist los, Fino? Dich bedrückt etwas."

Erstaunt schaut Fino auf Alex. Lässt sich Zeit. Überlegt.

„Ja, stimmt, Alex. Die Gespräche mit dem Gutachter machen mich fertig. Dieser Jonathan fragt mich die schlimmsten Sachen. Weißt du, Sachen, an die ich lang nicht gedacht habe. Alles kommt wieder hoch."

„Was denn für *Sachen*? Willst du darüber reden?"

„Na ja, die Scheiße halt. Dass meine Mutter abgehauen ist."

Alex kennt die Familiengeschichte von Fino, soweit sie aktenkundig ist. In kühlen Daten. Aktenvermerke in emotionsfreiem Amtsdeutsch: Mutter ist vor der Einschulung des Kindes in die USA ausgewandert. Das Sorgerecht für den Jungen wurde zunächst an die Großeltern übertragen.

Finos Gesicht wird hart. Seine Kiefergelenke mahlen. Die Gesichtsfarbe weiß. Versteinert. Er spricht leise weiter, mit verkrampftem Mund.

„Sie hat einen Freund gehabt. Einen Neger. Ich weiß bloß noch, dass ich diesen Typen gehasst habe. Ich hab immer nach ihm geschlagen und getreten, wenn ich ihn gesehen hab. Das weiß ich noch so gut. Du, ich könnte dir den Macker heute noch zeichnen. So oft hab ich ihn vor mir gesehen. Diese Visage ist in meinem Hirn eingebrannt." Alex merkt, dass eine mühsam zurückgestaute Wut bei Fino an die Oberfläche drängt.

Der Betreuer ist auf der Hut.

Fino darf nicht wieder ausrasten.

„Der hat ihr das Blaue vom Himmel versprochen, wenn sie mit ihm in die USA geht. Und der Hammer! Sie hat das gemacht." Fino wird jetzt laut, greift sich an den Kopf, schlägt mehrmals mit der Hand gegen seinen Schädel. „Die war so doof. Lässt ihr Kind im Stich. Geht mit diesem Schwarzen auf und davon."

Fino zittert, wird blass, bebt sichtlich, verkrampft sich. Das Gesicht verzerrt.

„Fino, stopp! Stopp, Fino."

Fino hält inne.

Atmet tief durch, pausiert.

Wird ruhiger.

Er nimmt einen Schluck aus seiner Tasse, entspannt sich allmählich. „Diese Wut, die ich bald in mir hatte. Ein unglaublicher Hass auf diesen Negertypen, auf meine Mutter, meine Großeltern. Auf die ganze Welt. Auf alles und jeden."

„Bevor der Typ aufgetaucht ist, war alles gut." Fragend, ungläubig weiter. „Wieso war sie nicht zufrieden. Wir haben doch ein schönes Leben gehabt. Sie ist mit mir in den Zoo gegangen, hat mit mir gespielt. Wir haben Oma und Opa besucht. Sie hat einen Job gehabt, da war sie beliebt, glaube ich. Du musst wissen, sie war sehr schön, lange blonde Haare, immer fröhlich. Weißt du, alle Kindergartenkinder haben mich beneidet, wenn sie mich abgeholt hat. Es hat mir auch nichts ausgemacht, wenn die mich gehänselt haben, ich hätte ja keinen Papa."

Wegwerfende Bewegung von Fino.

„Und sie hat mir versprochen, an meinem sechsten Geburtstag zu kommen und mich nach Amerika mitzunehmen. Nichts." Der junge Mann wehrt sich gegen aufkommende Rührung: „Weiber. Du kannst ihnen nichts glauben. Nichts."

Wieder diese hilflose Geste.

Fino pausiert, nimmt den letzten Schluck aus seiner Tasse.

„Ich wollte heimzahlen. Alles, allen. Ich musste stark werden, mich behaupten können, nicht von irgendeinem Menschen abhängig sein, nicht nutzlos auf jemand warten müssen." Finos Gestik ist nun nicht mehr hilflos wie eben. Schon wieder selbstsicher: „Gut, dass ich körperlich die Anlagen dazu hatte, kräftig zu werden. Viel Training. Ein bisschen habe ich natürlich nachgeholfen. Im Fitness-Studio gibt's gute Drinks für Muckis. Erst als ich stark war, hab ich dann Freunde gewonnen. Die haben gemacht, was ich wollte. Die haben mir die Treue gehalten. Und wenn nicht, ist es ihnen nicht gut gegangen. Mit Verrätern darf man nicht zimperlich umgehen."

Für wenige Augenblicke blitzt wieder diese Härte auf.

Fino pausiert, fixiert seine leere Kaffeetasse. Alex merkt, dass es in ihm weiter arbeitet. Fino sieht Alex an: „Dieser Psycho-Typ hat alles aufgerührt. Es lässt mich nicht los." Fino starrt vor sich hin.

Alex: „Soll ich sie suchen?"

Nach einer langen Pause, Fino eher zaghaft: „Meinst du, sie lebt noch?"

Im Krebsgang

Montag, 8. Februar, Rosenmontag

Seit ein paar Tagen beobachtet Vera eine Veränderung bei Johanna. Sie zieht sich wieder zurück, wirkt antriebslos, scheint gedanklich abwesend zu sein.

Eigentlich, so meinte Vera beobachtet zu haben, war Johanna seit Beginn ihrer Therapie Anfang Januar etwas offener geworden. Getraute sich, wieder allein aus dem Haus zu gehen, ist wieder in ihre Chorprobe gegangen. „Vera, Singen ist Medizin. Tut echt gut."

Sogar ihre morgendlichen Spaziergänge nahm sie wieder auf, erzählte, wie sich die Natur veränderte. Nahm jetzt, zum Ende des Winters, die ersten Vorboten des Frühlings wahr. „Vera, heute habe ich die ersten Schneeglöckchen gesehen. Stell dir vor."

Diese gleich nach dem Überfall so verängstigte, zurückgezogene, traurige Johanna, sie war wieder lebhafter geworden.

„Ich muss wieder meine Morgengymnastik aufnehmen. Das geht so nicht, ich werde ganz steif und meine Glieder schmerzen. Nach dem Aufstehen dauert es, bis ich wieder *in die Gänge komme*. Wie einst bei meiner Oma."

Gut, dass Johannas Lebensgeister wieder erwachten.

„Du, Doktor Lanig ist ein netter Mensch. Es tut mir so gut, dass er mich versteht und meine manchmal verdrehte Sichtweise der Dinge zurechtrückt."

Es war interessant, diesen Prozess des langsamen psychischen Gesundens zu beobachten. Vor allem tat es gut, Johanna, wenn auch selten, so doch manchmal, wieder am Telefon lachen zu hören. Meist mit Jakob.

Und nun das: „Vera, es geht mir mies. Ich kann da nicht mehr hingehen." Vera fühlt sich in ihrer Vermutung bestätigt. Also ist der Rückschritt, den sie seit Kurzem beobachtet, nicht eingebildet: Die schleichende Verschlechterung von Johannas Zustand nach anfänglicher Besserung. Offensichtlich setzt ihr die Therapie stark zu.

Vera ist verunsichert. Was soll sie machen? Sich einmischen? Mit Doktor Lanig sprechen? Johanna zureden?

„Warum, Johanna? Warum willst du nicht mehr hingehen? Ist Doktor Lanig nicht mehr der richtige Therapeut?"

„Nein, nein, das wäre schon okay. Aber die Erinnerungen. Du ich hab alles so gut vergraben gehabt, tief in mir, zugedeckt, Deckel drauf. Ich habe doch gut damit gelebt. Diese ganzen Jahre über konnte ich arbeiten, singen, reisen. Mit Christina kam alles ins Lot. Und jetzt, alles ist wieder da."

„Willst du mit Doktor Lanig sprechen? Vielleicht gibt's einen anderen Weg für dich."

Zu Besuch

Sonntag, 14. Februar

In einer Viertelstunde muss er in Ulm umsteigen. Hoffentlich bekommt er seinen Anschlusszug noch. Der Zug ist bereits um fünf Minuten im Rückstand und laut Plan waren es nur rechnerische sieben Minuten zwischen Ankunft und Weiterfahrt, also momentan gerade noch zwei Minuten. Das wird knapp. Der Anschlusszug wird kaum warten. Ein ICE nach Augsburg kann wegen einer kleinen Regionalbahn aus Sieglingen keine Verspätung riskieren.

Die Faschingsferien mit Mama und Ben gingen schnell vorbei. Wie im Flug. Heute Abend wird er schon wieder in seinem Internatszimmer sitzen.

Zu Hause war er eigentlich auf Besuch. Ein seltsames Gefühl. Irgendwie hat er nicht ganz dorthin gehört, so hat er das empfunden. Er hat sich nicht richtig als Fremdkörper gefühlt, nicht als Eindringling, aber irgendwie auch nicht wie ein normales Familienmitglied. Anders als früher.

Mamas Theater um ihn war fast krankhaft. Dass sie ihn verhätschelte von hinten bis vorn, von morgens bis abends, extra für ihn Urlaub genommen hat, ihn bekocht und verwöhnt hat, das alles war fast zu viel. Ben hat sich im Hintergrund gehalten und ihn mitfühlend angegrinst. Sein Bruder war wohl froh, für ein paar Tage dem direkten Betüddeln von Mama entronnen zu sein. Vielleicht vermisste Mama doch ihren Lover. Hoffentlich hat sie sich nicht wegen ihm, Jan, getrennt, das wäre ihm nicht recht. Ja, zugegeben, eigentlich war er wegen Papa eifersüchtig gewesen auf Frieder, er mochte es nicht, dass Mama wieder einen Mann hat. Es gibt doch Papa. Und vielleicht würden sich die beiden eines Tages ja wieder vertragen, so hat er insgeheim gehofft. Aber dass Mama jetzt einsam ist, findet Jan auch nicht okay. Derzeit müssen Ben und er die ganze Fürsorge aushalten. Ihr irgendwie den abhanden gekommenen Gesprächspartner ersetzen, sowohl Kinder als auch Partner sein. Das ist doch zu viel.

Aber, so tröstet er sich, vielleicht normalisiert sich die Situation bald und Mama kann besser mit sich allein zurechtkommen. Sie muss es halt lernen, sich selbst zu genügen. Wie er auch. Das müssen doch alle Leute, die solo auf der Welt herum tigern. Sich selbst aushalten. Ohne Beistand.

Er hat im Internat ja auch nicht wirklich einen Menschen, der ihm nahe steht. Jemanden, den er gern hat und der im Alltag mit ihm zusammen lebt und immer da ist.

Ja, klar, sein Zimmergenosse Maximilian ist meist da. Der ist total okay. Er bewundert ihn ja auch. Maximilian ist in der katholischen Gemeinde seiner Heimatstadt im bayrischen Wald ziemlich aktiv. In den internatsfreien Zeiten engagiert er sich zusammen mit seinen Mitstreitern bei Projekten. Derzeit organisieren sie eine Kleiderbörse für die Flüchtlingsunterkunft in der Nachbargemeinde. Alle Achtung. Jan hat Respekt vor Maximilian. Der soll auch ein echt guter Paddler sein, wie ihm die andern schon verraten haben. Er selbst hat ihn noch nicht im Kajak gesehen. Konnte ihm auch seine Halfpipe-Künste bisher nicht zeigen. Winterpause am Ammersee.

Doch schon, er hat sich eingefunden im Internat. Aber, so richtig daheim ist er dort nicht. Dort nicht, oder noch nicht und in Sieglingen auch nicht, nicht mehr.

Gut war es, dass er sich in der Ferienwoche zwei Mal mit Mick getroffen hat. Mit Mick fühlt er sich immer noch verbunden. Irgendwie vertraut. Obwohl sie sich so selten sehen. Ihm kann er alles erzählen. Mick steht zu ihm. Nach wie vor. Trotz kalter Temperaturen jetzt im Februar waren sie auf der Halfpipe. Mick hat wirklich Fortschritte gemacht, ist nicht mehr so dick, ein bisschen sportlicher geworden. Schon cool, wie sein Freund aus Kinderzeiten zielsicher auf seinen künftigen Beruf hinarbeitet. Mick wird bestimmt mal ein guter Polizist. So wie die beiden Stuttgarter Kriminalpolizisten, Frau Moll und Herr Theis, von denen er seinem Freund erzählt hat. Jan hat mit denen eigentlich gute Erfahrungen gemacht. Ja, Mick ist sicher der Richtige für diesen Beruf.

✧

Geschafft. Ganz knapp hat's noch gereicht. Die Türen waren schon am Schließen, als er die Treppen aus der Unterführung herauf gehechelt kam und ein Bahnbeamter ihm noch eine Sekunde zum Einsteigen gegeben hat. Er konnte durch eine offene Tür in den Zug reinschlüpfen. Jetzt kann er es sich für die nächste Dreiviertelstunde gemütlich machen. In Augsburg muss er dann nochmals umsteigen. Da hat er laut Plan genügend Puffer. Gegen neunzehn Uhr zweiundvierzig wird er in Utting aussteigen, am Westufer des Ammersees. Von dort sind es immer noch ein paar Kilometer bis zum Internat. Er wird nach seiner Ankunft beim Hausmeister im *Landschulheim Oberbayern* anrufen. Der holt ihn ab. Nett von ihm. Ist so geregelt. Der Schulleiter will es nicht, dass seine Schützlinge mit ihren schweren Heimat-Koffern bei der Rückkehr sich selbst überlassen sind.

Gut, dass ihm Mama und Ben bei seinen schriftlichen Sachen geholfen haben. Ohne die beiden hätte er das nicht hinbekommen. So eine handschriftliche Entschuldigung zu schreiben, ist nicht leicht. Mama hat sich juristisch beraten lassen und man sagte ihr, dass seine Abbitte wichtig sei. Obwohl die beiden Frauen auch zufällig in Sieglingen wohnen, hat er lieber den schriftlichen Weg gewählt.

Ein Brief an die Opfer ist das Mindeste. Mit der Formulierung der Entschuldigung für Alina hat er sich ziemlich schwer getan. Er wollte sie ja persönlich um Verzeihung bitten und mit ihr reden. Dass sie sich geweigert hat, nagt immer noch an ihm.

Wie überhaupt das Verfahren gegen ihn weitergehen wird? Jan weiß es nicht genau. Eigentlich erwartet er fast täglich eine Nachricht vom Jugendgericht.

Dieser ganze Mist, den er gebaut hat, alles ist zu Hause wieder über ihn rein gebrochen. Im Internat konnte er das ganz gut wegschieben. Bloß nachts, da sind auch dort die drückenden Gedanken wieder da gewesen.

Seltsam, ausgerechnet in den paar Tagen, in denen er daheim in Sieglingen zu Besuch war, ist der Brief von Hans, dem Penner, angekommen. Offensichtlich hat der Polizeibeamte wahr gemacht, was er versprochen hat. Nett von ihm, dass er die Adresse von Jan weiterleitete.

Hans ist also kein Polizeispitzel, wie das Fino immer vermutet hat. Er kannte die Polizeistation von den Rückholaktionen seiner Tochter. Dass Hans ein normaler Bürger sein soll mit einer ziemlich guten beruflichen Vergangenheit, mit einem ganz gewöhnlichen Haus, mit einer Tochter und mit Enkelkindern, das kann Jan kaum glauben. Wie sehr muss Hans unter dem Tod seiner Frau gelitten haben und immer noch leiden, dass er immer wieder mal abtauchen muss, im Alkohol Trost sucht und auf der Straße lebt. Wie wäre es mit ihm weiter gegangen, wenn er nicht auf Hans getroffen wäre? Würde er immer noch im Untergrund leben als ausgerissener Jugendlicher und als Gewalttäter, der sich vor der Polizei verstecken muss? Würde er immer noch mit Fino rumziehen, sich mit Schnorren oder Klauen etwas Geld verschaffen, sich mit Alkohol und irgendwelchen Joints einlullen, in dreckigen Ecken schlafen? Würde er wieder ausflippen, sich nicht mehr im Griff haben, andere Leute gefährden?

Ein Glück, dass er diese Ausraster nur zwei Mal erlebt hat. Am Nikolaustag beim Streit mit seiner Mutter und bei der Sache am dritten Advent. Wieso ist ihm das damals passiert und jetzt nicht mehr? Er wird das bei der Jugendrichterin ansprechen müssen. Mama sagt er lieber nichts davon.

Der Brief an Hans ist ihm nicht schwergefallen. Hans freut sich bestimmt, dass er wieder auf der richtigen Spur ist, eine ordentliche Schule besucht und zu seinen Fehlern steht.

Erinnerungshölle

Dienstag, 23. Februar

„Danke, Herr Doktor Lanig, dass sie mir so schnell einen Termin gegeben haben."

Johanna ist froh, wieder im gewohnten Praxisraum ihres Therapeuten zu sein. Sie schildert stockend, warum sie die erst kürzlich vereinbarte Therapiepause vorzeitig abbrechen muss. Es sei ihr in den letzten Tagen nicht gut gegangen. Eigentlich so übel wie gleich nach dem Überfall. Vielleicht sogar noch schlechter. Sie sei so deprimiert gewesen, dass die ganze Mühe der seitherigen Behandlung, das schmerzhafte Sich-Erinnern, die Analyse, die zu verarbeitenden Erkenntnisse daraus, dass all dies offensichtlich vergebens gewesen sei. Sie sei antriebslos, wolle sich wieder vergraben, niemanden sehen, wolle eigentlich im Bett bleiben. Nur mit viel Mühe und mit dem Zureden ihrer Tochter und ihrer Mitbewohnerin sei sie aus dem Haus gegangen. Sobald sie einem jungen Mann begegnet sei, hätte sie wieder mit Angstvorstellungen reagiert.

Kürzlich habe sie sogar wieder eine Panik-Attacke bekommen. Wegen einer Erkältung sei sie zum Hausarzt gegangen. Freundlicher Tag, schon fast warme Sonnenstrahlen, eigentlich ein Wohlfühl-Wetter

Unvermittelt, kurz vor dem Haus der Arztpraxis, sei dann ein Glatzkopf vor ihr aufgetaucht. Von hinten habe sie ihn gesehen, auf dem Gehweg direkt vor ihr. Gottlob hat er sie nicht wahrgenommen. Es war nicht dieser Schläger aus Stuttgart. Aber dieser Passant sei ihm so ähnlich gewesen, fruchteinflößend.

„Direkt vor mir", betont Johanna ihrem Therapeuten gegenüber. Es sei wieder schlimm gewesen. Ihre Muskeln hätten sich verspannt, starkes Schwitzen, Zittern, Übelkeit. Sie hätte sich aber weitergeschleppt, versucht, sich zu beruhigen. Letztendlich sei sie fix und fertig beim Arzt angekommen.

„Ich denke, dass die Therapiepause zu früh kam. Es hätte zwar gut gehen können. Doch die Reaktion der Psyche eines Menschen", referiert der Arzt, „ist uns, wie ich schon mehrfach betont habe, auch in der heutigen Zeit noch ein Rätsel. Wirklich, so abgeschmackt es klingt, aber jeder Mensch *tickt* anders. Bei Ihnen sind Rückfallsymptome aufgetreten. Ihre aufgewühlte Psyche war noch nicht ausreichend zur Ruhe gekommen." Doktor Lanig weiter: „Wie dem auch sei. Sie haben nun eine wichtige Erfahrung gemacht und wollen die Kraftanstrengung aufbringen, die Therapie fortzusetzen. Ein sehr gutes Signal."

„Ja, ich hab jetzt erkannt", bestätigt Johanna, „dass ich so nicht weiterleben kann und will. Stellen Sie sich vor, ich sitze am Steuer und sehe auf dem Gehsteig einen Glatzkopf. Wenn ich mich dann als Autofahrerin nicht mehr unter Kontrolle habe, könnte das sogar für Mitmenschen gefährlich werden. Auch immerzu diese Furcht, die Träume, manchmal eine tiefe Traurigkeit. Alles leidet darunter. Ich will wieder zu mir selbst finden."

„Okay. Vielleicht musste diese Krise sein." Doktor Lanig kam ihr wieder entgegen: „Wichtig, dass Sie es erkannt haben: Sie wollen weitermachen. Nun können wir hoffen, dass Sie die verdrängten Erinnerungen vollends hervorholen, untersuchen und verarbeiten können. Dann müssen Sie Ihre eigene Geschichte nicht ein Leben lang in Ihrem Inneren verschließen, sondern können offen darauf zurückblicken. Freuen Sie sich darauf, sie werden sich befreit fühlen."

„Ja, das ist wohl so. Ich kann auch dem Aktuellen nicht davon laufen. Polizei und Staatsanwaltschaft haben sich bei mir gemeldet. Heute in einer Woche soll ich zur Jugendrichterin kommen. Das alles drückt."

„Das Ziel wäre also jetzt klar definiert: Mit dem Aufbrechen der belastenden Ereignisse in Ihrer weit zurückliegenden Vergangenheit können Sie bald *tabula rasa* machen. Danach gehen wir die nächste Therapiephase an und bearbeiten die Frage: *Wie soll das Trauma des Überfalls verarbeitet werden*?"

✧

„Christina, was für ein Kuchen würde denn passen?"

„Weißt du Mama, ich muss ihn halt gut transportieren können. Ich glaube, dass jeder Kuchen den Leuten in meiner Klasse schmecken wird. Die sind da nicht so wählerisch."

‚Tolle Bemerkung. Bei meinem Kuchen kann man auch wählerisch sein.' Johanna denkt sich das nur. Sie will nicht gleich wieder Streit anzetteln mit ihrer Tochter. Nicht am Vorabend ihres zehnten Geburtstags.

Okay, sie wird heute Abend zwei eingefrorene Englische Teekuchen aus dem Eisschrank nehmen, morgen früh überziehen, mit Schokoglasur den einen, mit Zitronenglasur den andern. Dieser Sandkuchen mit den vielen Sultaninen, Zitronat und Orangeat, mit reichlich Eiern gebacken, ist problemlos im Schulbus zu transportieren. Man kann ihn ohne Teller und Kuchengabel essen und, wenn man dünne Scheiben abschneidet, bekommt jeder und jede aus der Klasse zwei Kuchenstücke. Eine geschickte Schachtel hat sie schon hergerichtet, Servietten, ein Kuchenmesser.

✧

„Guten Morgen, mein Schatz. Alles Liebe zum Geburtstag!" Johanna weckt Christina. „Danke Mama."

Auf dem Frühstückstisch die Geschenke: Von Johanna der gewünschte Pulli.

„Och Mama, der ist echt schick."

„Probier ihn doch gleich mal an", Johanna ist selbst neugierig. „Ja, passt perfekt."

„Den ziehe ich gleich heute in die Schule an. Spitze!"

Sogar Georg quält sich schon um sechs Uhr fünfundvierzig aus dem Bett.

„Alles Liebe, meine Prinzessin."

„Danke, liebes Papsilein." Ein inniges Küsschen.

Etwas provokativ innig, wie Johanna findet. Na ja, wie so oft haben sich die beiden mal wieder zusammengetan, um ihr, der Mama, eins auszuwischen. Natürlich. Und das übertriebene Geschenk von Georg: Ein Fernsehgerät im Miniformat mit grell orangefarbenem Gehäuse für Christinas Zimmer. Dieses Geschenk war natürlich der Renner. Da kam ein Pulli nicht mehr mit. Musste das eigentlich sein, ohne es mit ihr vorweg abzusprechen? Dem Kind ein Fernsehgerät ins Zimmer zu stellen! Immerhin waren sie beide, Vater und Mutter, für die Erziehung ihrer Tochter zuständig.

Und eine Glotze im Kinderzimmer?

Johanna ärgerte sich über Georgs Alleingang. Mal wieder.

Dass Christina in diesem Jahr keinen Kindergeburtstag zu Hause machen wollte, auch keine Geburtstagsparty, wie man das ja auch nennen könnte, hatte Johanna erstaunt. Ihre Tochter wollte keine Begründung abgeben. Vielleicht eine neue Mode unter den Mädels?

Zu Kindergartenzeiten wurden die Geburtstage noch in der Familie gefeiert. Als dann zuerst Georgs Vater, bald danach auch Johannas Eltern und Georgs Mutter nicht mehr kommen konnten, musste eine neue Form gefunden werden. Seit der Schulzeit brachte dann Christina ihre Freundinnen und Freunde am Geburtstag mit heim. Schöne lebhafte Kinderfeste!

Nun, mit ihren zehn Jahren, sollte ihr Geburtstag nicht mehr gefeiert werden? In Johanna kam ein ungutes Gefühl hoch.

✧

„Frau Bäcker-Nillin, ich soll Ihren Mann für heute abmelden. Wegen einer Besprechung kann er nicht zum Mittagessen heimkommen. Heute Abend hat er einen Außentermin. Es kann spät werden, soll ich ausrichten."

Selbst an Christinas Geburtstag konnte er es nicht richten. Kein gemeinsames Mittags- oder Abendessen.

Wieder musste Frau Schneider bei Johanna anrufen. Nicht zum ersten Mal versteckte sich Georg hinter seiner Sekretärin, um sich zu Hause entschuldigen zu lassen. Er getraute sich nicht, Johanna selbst Bescheid zu sagen.

Johanna war sauer auf ihren Mann. Das ungute Gefühl in ihrem Magen verstärkte sich. Es war nicht das heftige Magendrücken nach einer Fress-Orgie oder bei starker Nervosität, das sie seit ihrer Kindheit kannte. Es war eher eine schleichende Verkrampfung ihres Magenmuskels, die sich in letzter Zeit festsetzte.

✧

„Nicht traurig sein, Christina. So machen wir uns halt ohne Papa heute einen schönen Tag."

Klar, dass man dazu nach Freiburg fahren musste. Johanna hatte den Fahrplan in der Innenseite des Küchenschrankes eingeklebt, es gab eine komfortable Busverbindung. Befreites Genießen gab's nur in der Dreisamstadt.

Ja schon, man hätte auch in Rebersheim ins Gasthaus gehen können, aber dann wären sie unter Beobachtung der vielen Neugierigen gestanden. „Schon wieder die Frau Bürgermeister ohne ihren Mann ...." Getuschel, Geschwätz, Gerede. Johanna kannte das. Deshalb mied sie es, sich zu oft in Rebersheim sehen zu lassen.

Freiburg hatte für beide Nillin-Frauen besondere Reize: Johanna genoss die Atmosphäre. Besonders stimmungsvoll derzeit die weihnachtlich geschmückten Geschäfte. Und sie liebte Freiburger Buchläden. Christina wollte natürlich Shoppen und, da Geburtstag war, gab es einen Burger bei Mac Donalds. Diese sich ausbreitende amerikanische Kette war längst auch in Freiburg angekommen und hatte beim Martinstor, einem der schönsten historischen Stellen in der Innenstadt, eine Filiale eröffnet. Das Schnellrestaurant zog Christina magisch an.

Nach dem Geburtstags-Burger trennten sie sich.

„Christina, willst du zu deinem neuen Pulli noch eine passende Hose kaufen? Ich spendiere dir das."

„Och, Mama, das wäre super."

Johanna gab ihrer Tochter einen Hundert-Mark-Schein und sie trennten sich für eine halbe Stunde. Christina liebte es, verschiedene Boutiquen zu durchstreifen. Johanna wollte in ihrer Lieblingsbuchhandlung in der Bertoldstraße vorbeischauen.

Beim getrennten Bummeln hatte jede von ihnen beiden die Chance, das Richtige zu finden und das Risiko, sich zu streiten war geringer.

Johanna schlenderte im vorweihnachtlichen Trubel auf dem belebten Gehweg die Kaiser-Josef-Straße entlang, vom Martinstor ausgehend in Richtung Bertoldsbrunnen. Ein schmuddeliger, kalter Dezembertag. Die Menschen dick eingemummt.

Wie? Eine Sinnestäuschung? War das nicht der Hinterkopf ihres Mannes? Doch, ja, Georg ging vier, fünf Meter vor ihr. Nein, das konnte doch nicht sein. Aber alles stimmte, die Größe, die Statur, das licht werdende grau-melierte Haar.

Sie wollte rufen. Doch dann nahm sie es wahr: Er hatte seinen Arm um eine hochgewachsene Frau mit langen dunklen Haaren gelegt. Die beiden wirkten vertraut. Diese Frau, irgendwie kam sie ihr bekannt vor. Ja, jetzt erkannte Johanna die Begleiterin ihres Mannes. Das war diese grüne Gemeinderätin, Petra Paulin. Die beiden lachten sich an. Küssten sich, wirkten glücklich.

Täuschte sie sich? Das konnte nicht wahr sein. Aber es war real! Johanna drängte sich durch die vielen Menschen auf dem Gehweg etwas nach vorn, in die Nähe des Paares, immer in Deckung. Sie wurde nicht gesehen. Doch, wirklich, das war Georg. Und ja, auch das stimmte, er hatte eine Frau dabei, diese Paulin, die ihm im Gemeinderat als Chefin der GRÜNEN schon so viel Steine in den Weg gelegt hatte. Ein Paar. Ganz offensichtlich.

Johanna wurde übel.

Sie gab die Verfolgung des Paares auf. Es verschwand in der Menge der Passanten.

Sie konnte nicht mehr weiter gehen. Leicht nach vorn gebückt kauerte sie an einer Schaufensterwand. Alles an ihr zitterte, sie drohte einzuknicken, musste sich an der Häuserwand abstützen. Passanten zogen in vorweihnachtlicher Hektik an ihr vorüber.

Kurze Erholung.

Was sollte sie nur tun?

Christina durfte nichts merken. ‚Reiß dich zusammen.'

Johanna beschwor sich selbst. ‚Mein Gott.'

„Hallo, Mama. Du, ich habe eine ganz tolle Hose gefunden. Ich habe sie gleich angelassen. Schau, die sitzt super und passt auch klasse zu meinem neuen Pulli." Christina plapperte, war glücklich über ihren Einkauf. „Du Mama, ich hab in dem Laden Anja getroffen. Die geht mit ihren Brüdern am Samstag zum Skifahren auf den Belchen. Da soll's schon geschneit haben. Ihr Papa fährt. Kann ich mitgehen?" Christina wartet vergebens auf ein ‚Ja'.

„Mama? Alles okay?"

„Ja, klar, Christina. Alles bestens. Ich bin nur etwas geschafft. Großstadt ist halt anstrengend für uns Landeier." Es kostete Johanna viel Kraft, sich vor ihrer Tochter zu verstellen. Am liebsten hätte sie getobt, geschrien, losgeheult, wäre weggerannt ... Das alles ging ja nicht.

‚Ich muss vor Christina Haltung bewahren.'

Irgendwie sind sie mit dem Bus wieder nach Rebersheim zurückgekommen. Auch den Spätnachmittag und den Abend hat Johanna überstanden.

Irgendwie.

✧

Sie lag wach im Bett, immer noch aufgeputscht. Ihr war schlecht. Sie hatte Magenschmerzen. Nach diesem Riesenkrach mit Georg konnte sie nicht einschlafen. Sie haben fürchterlich gestritten, durften sich aber nicht laut anschreien, mussten auf die in ihrem Zimmer im ersten Stock schlafende Christina Rücksicht nehmen. Waffe der Auseinandersetzung war also nicht die Lautstärke ihrer Worte, sondern deren Inhalt, die Artikulation und die Körpersprache. Und das alles hatte es wahrlich in sich. Was warf sie ihrem Mann alles an den Kopf: „Dein Machogehabe kotzt mich an, deine Hinterhältigkeit ist unglaublich. Vor mir bejammerst du die politischen Angriffe dieser Frau und hinten rum vögelst du mit ihr. Geschmacklos, schändlich ..." Worte, die sie sonst nicht verwendete, ihren ganzen Frust, ihre Trauer, ihre Verletzung spie sie aus, scharf geschossen, doch in der Tonstärke gedämpft. Deutlich, überdeutlich.

Georg konterte mit Bosheiten, Beleidigungen, Rechtfertigungen.

Ein Riesenkrach. Noch nie so dagewesen in ihrer Beziehung.

Seither lief in ihrer Ehe alles eher subtil ab, hinten rum, mit stichelnden Anmerkungen, mit beleidigendem Verhalten, aber jetzt krachte es. Auch von Georg wurde alles ausgekotzt: Sie sei eine unzufriedene, frustrierte, inzwischen hässliche Hausfrau. Ihr Äußeres sei verschlampt, sie sei nachlässig gekleidet, sei mürrisch, selbst die Bevölkerung spreche ihn an, was mit seiner Frau los sei, mit Christina habe sie ständig Krach, das Kind würde ja aus dem Haus getrieben, wolle mit anderen Familien Ausflüge unternehmen, wolle keine Freundinnen mehr in ihren lustlosen Haushalt einladen, nicht mal zu ihrem Geburtstag.

Es war schon weit nach Mitternacht als Johanna nach diesem bitterbösen Streit ins Bett ging. Georg verließ das Haus. Sie hörte, wie er die Haustür verriegelte. Er blieb die ganze Nacht weg.

✧

Man musste vorsichtig fahren, heute Morgen. Schneerieseln. Die Straßendecke war mit einer schmierigen Schicht überzogen. Tückisch. Man glaubte, die Straße sei nur feucht, doch sie war glitschig. Geringe Minusgrade, dazu die schlechte Sicht, leicht beschlagene Scheiben, Dunkelheit, die wenigen entgegenkommenden Autos blendeten Marianne Schneider.

Die Fahrt von *Schweighof* zu ihrer Arbeitsstelle im Rathaus in Rebersheim war heftig. Von ihrem kleinen Heimatdorf aus, an der schmalen Schwarzwaldüberquerung zwischen Wiesental und Rheintal gelegen, oberhalb von Badenweiler, noch in den Schwarzwaldhügeln, bis nach Rebersheim im Rheintal, waren einige Schwierigkeiten zu überwinden. Gefällstrecken, kurze Steigungen, enge Straße, holpriger Belag, schlechte Straßenbegrenzung, kurvig. Eine echte Herausforderung bei diesen winterlichen

Verhältnissen. Obwohl sie diese Strecke inzwischen seit fast dreißig Jahren tagtäglich mit ihrem schmutzig-grauen VW-Käfer fuhr und eigentlich nie etwas passiert war, machte sie sich wieder Gedanken darüber, wie sie wohl den Winter überstehen würde. Der fing jetzt erst richtig an. Dass sie von ihrem Heimatort wegziehen könnte, in die Nähe ihrer Arbeitsstelle, wurde nie erwogen. Sie wollte ihre alte Mutter, mit der sie zusammen wohnte, nicht im Stich lassen.

Aber alles ging gut. Wie seither an jedem Arbeitstag.

Sie parkte auf ihrem Stammplatz. Nur für den Bürgermeister und für sie gab es vor dem Rathaus einen reservierten Stellplatz. Dieses Privileg hatten ihre Kolleginnen und Kollegen nicht. Alle anderen Rathausbediensteten mussten auf den hinter dem Gebäude liegenden Platz fahren und einen etwas längeren Fußweg bis zum Rathauseingang in Kauf nehmen.

Wie an jedem Morgen war sie auch heute die Erste, die im Büro ankam. Pünktlich um sieben Uhr fünfzehn. Die andern würden vermutlich alle so gegen halb acht eintrudeln. Sie entsperrte die Rathaustür und musste dann den widerspenstigen schmiedeeisernen Türknopf nach rechts drehen, mühsam, wie immer. Das Schloss knackte, der Riegel zog sich zurück und gab die Tür frei. Marianne wuchtete sich wie gewohnt gegen die große schwere Holztür. Gut, dass sie nach innen aufging, was bei öffentlichen Gebäuden eigentlich nicht erlaubt war. Aber aus Gründen des Denkmalschutzes wurde an diesem Haus eine Ausnahme gemacht.

Der Eingangsbereich des Rathauses, noch dunkel.

‚Was ist hier los? Licht im ersten Stock? Hat man gestern Abend vergessen, das Licht zu löschen?'

Auf dieser Ebene, auf dem das Büro des Bürgermeisters und ihr Vorzimmer lag, gab es auch eine Herrentoilette. Das WC war beleuchtet und einen Spalt weit geöffnet. Marianne stutzte: ‚Der Bürgermeister so früh im Amt?' Sie wollte die nach innen schwingende Toilettentür weiter öffnen, um an den Lichtschalter zu kommen.

Doch etwas bremste.

„Was ... aber ...“, sie konnte den Türspalt verbreitern, um ihren Kopf durchzuzwängen, sah, dass jemand zwischen Waschbecken und Pissoir lag. Die Füße in Richtung Tür gestreckt. Diese Herrenschuhe kannte sie.

Nach einer Schrecksekunde:

„Herr Bürgermeister? Sind Sie das?“ Ein weiterer Versuch: „Herr Nillin, was ist mit Ihnen? Kann ich helfen?“ Marianne drückte sich mit ihrem ganzen Körpergewicht gegen die Toilettentür, zwängte sich durch den verbreiterten Spalt in das Innere des Raums. Der Bürgermeister gab keine Reaktion von sich.

„Mein Gott.“

eins – eins – zwei

„Schnell, kommen Sie mit einem Notarztwagen. Rathaus, Rebersheim, bewusstloser Mann. Beeilen Sie sich. „Erster Stock.“

„Machen Sie die Eingangstür auf und kommen Sie dann wieder ans Telefon.“ Marianne rannte die Treppe nach unten, zog die schwere Außentür ganz auf, stellte sie mit einem Holzkeil fest. Hetzte wieder nach oben zum Telefon.

„Bitte. Was? Herzdruckmassage? Ich probier's.“

„Ja, ich stelle auf Lautsprecher.“ Fieberhaft. Sie machte die Tür zu ihrem Büro weit auf, stellte mit fliegenden Fingern den Lautsprecher des Telefons auf volle Lautstärke, legte den Hörer auf ihren Schreibtisch. So konnte sie die Stimme des Sprechers auch in der Herrentoilette hören. Wie es ihr der ferne Helfer durchs Telefon angab, drehte sie den Bewusstlosen auf den Rücken. Startete mit der Herzdruckmassage. Mit aller Kraft, schnell, etwa in der Pulsfrequenz eines Menschen, drückte sie den Brustraum des Bürgermeisters rhythmisch ein und ließ ihn los. Zupackend. Anstrengend.

Der neue Verwaltungslehrling kam als erster zum Dienst, wurde von ihr schnell eingewiesen, konnte sie ablösen.

✧

Das Telefon. Endlich. ‚Das ist sicher Georg. Der ruft bestimmt an, um sich zu entschuldigen.'

Johanna plagte sich ächzend aus dem Bett. Nach dieser fürchterlichen Nacht, in der sie, gefühlt, kein Auge zu getan hatte. Gerädert.

Georg war die ganze Nacht weggeblieben. Eigentlich zum ersten Mal. Aber kein Wunder, nach diesem Streit. Christina hatte sich wohl schon allein für die Schule fertig gemacht und das Haus verlassen. Das machte sie öfters in der letzten Zeit, weckte ihre Mutter morgens nicht, ging unbemerkt in die Schule. Das Mädchen wurde selbstständig. Sie hat ihre Tochter auch heute früh nicht gehört. Also, so wunderte sich Johanna, war sie gegen Morgen wohl doch noch etwas eingeschlafen.

„Bäcker-Nillin, ja bitte?"

„Schneider hier. Frau Bäcker-Nillin."

‚Schickt er schon wieder seine Sekretärin vor? Was soll das?' Johanna fuhr innerlich wieder ihre Stacheln aus.

„Frau Bäcker-Nillin, bitte regen Sie sich nicht auf. Aber Ihr Mann liegt bewusstlos hier im Rathaus. Kommen Sie schnell, der Notarzt wird demnächst da sein."

„Was? Bewusstlos? Ich komme!"

Hellwach. Schnell in die von gestern Abend noch daliegenden Kleider geschlüpft, kurz auf die Toilette, in Eile etwas Wasser ins Gesicht geschüttet, im Rauslaufen Creme aufgetragen, mit der Bürste durch die Haare gefahren. Die Bürste fiel ihr aus der Hand. Egal, sie ließ sie liegen. Wie würde es schneller gehen? Zu Fuß oder mit dem Auto? Sie schnappte schnell die Autoschlüssel. Unten angekommen, die Frontscheibe ihres R4 vereist. Keine Zeit zum Kratzen. Sie rannte los. Alles noch dunkel. Auf den Straßen im Neubaugebiet, in dem sie seit ein paar Jahren wohnten, gab es noch keine Passanten. In der Dorfmitte, vor der Bäckerei, waren schon Menschen unterwegs. Johanna hetzte an ihnen vorbei, kam mit pfeifender Lunge an, sah schon von Weitem den Sanitätswagen vor dem Rathaus stehen.

Sie hastete ins Gebäude, in den ersten Stock. Die Tür zur Herrentoilette weit geöffnet. Hektik. Unordnung. Verpackungen, weggeworfene Einwegspritzen auf dem Boden. Rathausbeschäftigte, die inzwischen zur Arbeit erschienen waren, standen im Flur. Johanna sah, dass sich der Notarzt mit Georg beschäftigte. Der war offensichtlich nicht ansprechbar. Frau Schneider kam auf Johanna zu.

„Gut, dass Sie so schnell gekommen sind. Ich habe ihn hier gefunden."

„Was ist", Johanna wandte sich an den Arzt, „ich bin seine Frau."

„Ich kann Ihnen noch nichts sagen. Wir bringen ihn jetzt in die Universitätsklinik nach Freiburg. Wollen Sie mitfahren?"

„Ja."

✧

Doktor Lanig erkennt, dass seine Patientin nun am Schmerzpunkt angekommen ist, am Siedepunkt ihrer inneren Pein. Dass sie eben dabei ist, die vor langer Zeit verschlossenen Kammern ihrer Seele zu öffnen.

„Wir können gern eine Pause machen, Frau Bäcker-Nillin."

„Nein, das geht schon."

Sie muss das jetzt hinter sich bringen. Muss das Verdrängte hervorholen, nach über zwanzig Jahren. Es fällt ihr schwer.

„Wie alles genau abgelaufen ist, wie ich alles organisiert habe, weiß ich nicht mehr. Irgendwie ging's."

Johanna erzählt Doktor Lanig, dass die Stunden vor dem Hirnschlag von ihr im Nachhinein so rekonstruiert worden sind: Nach dem bösen Streit ist Georg wohl in sein Büro geflüchtet und hat dort ziemlich viel getrunken. In seinem Blut wurde ein hoher Alkoholspiegel festgestellt. Vermutlich ist es ihm dann übel geworden, weshalb er zur Toilette ging und sich dort erbrochen hat. In der Klinik diagnostizierte man, dass er eine Hirnblutung erlitten hatte und deshalb morgens ohne Bewusstsein gefunden wurde.

In der Freiburger Universitätsklinik operierte man sofort.

Drei Tage später ist er gestorben. Im Alter von fünfundvierzig Jahren.

Am sechzehnten Dezember neunzehnhundertvierundneunzig, wenige Tage nach Christinas zehntem Geburtstag.

✧

Die Tage würden anbrechen. Wie immer. An diesem heutigen Tag, dem siebzehnten, am achtzehnten, am neunzehnten, an allen weiteren Dezembertagen, an allen Tagen. Es würde hell werden trotz dieser Dunkelheit in ihr.

Der Himmel grau, prall angefüllt mit Wolken, in denen unendlich viele einzelne Schneesterne darauf warteten, auf die Erde fallen zu dürfen. Diese Flocken würden bald alle schönen und alle hässlichen Dinge auf der Erde bedecken. Neuschnee würde das kalte Land verhüllen. Kinder würden sich freuen über die schönen dichten vergänglichen weißen Schäumchen, die bald vom Himmel tanzen würden. Berufstätige Menschen würden auch heute früh aufstehen, in aller Eile eine Tasse Tee oder Kaffee hinunterstürzen, wohlig eingemummt zum Bus hetzen oder ihre dick vereisten Autoscheiben freikratzen. Menschen würden lachen, weinen, sich freuen, sich ärgern, sich lieben, sich hassen. Dieser siebzehnte Dezember neunzehnhundertvierundneunzig würde für andere Menschen ein ganz normaler Tag sein.

Nicht für Johanna.

Gestern war Georg gestorben. Ihr Lebensgefährte, ihr Ehemann, der Vater ihrer Tochter, tot.

✧

„Warum ich so sehr um Georg getrauert habe, ist rational kaum nachvollziehbar." Weiter erinnert sich Johanna: „Wir hatten doch so oft Streit. Eigentlich hatte ich mich innerlich von ihm bereits distanziert. Das Wort *Scheidung* war bloß noch nicht ausgesprochen zwischen uns. Aber es lag in der Luft. Vermutlich wäre es nach der Entdeckung seiner Beziehung mit dieser Frau nicht mehr anders gegangen."

Johanna versucht, Doktor Lanig die schwierige Zeit ihrer Trauerkrise zu schildern.

„Es geht wohl den meisten Frauen so, die unvorbereitet in die Witwenschaft geschleudert werden. Die Umstellung von *Paar* auf *Single* ist keine Kleinigkeit." Johanna resümiert zusammen mit ihrem Therapeuten. Bestimmte Fähigkeiten, Fertigkeiten, Kompetenzen sind im Lauf der Ehe verkümmert durch die Fixierung auf *Mann, Paar* und *Kind.* Allein muss die Witwe nun einen Lernprozess starten. Beim Entscheiden und Organisieren der Alltagsdinge, auch der *großen* Angelegenheiten, beim Einüben des alleinigen Umgangs mit anderen, beim Auftreten in der Öffentlichkeit. Gleichsam einer Häutung, wie die Natur dies in der Tierwelt vorsieht, muss die Hinterlassene und Verlassene ihr neues Ich suchen, zu sich selbst finden, sich auch im veränderten Beziehungsgeflecht anders verorten. Das Gewohnte hinter sich lassen. Schmerzhaft. Eigentlich, so fabuliert Johanna, sollte man ein *Single-Training* durchlaufen. Auch eher Banales müsste in diesem Kurs thematisiert werden, so die Frage ‚*Wie verhalte ich mich im Café ohne Begleitung?*'.

„Dieses Umlernen von *Ehefrau* auf *Witwe,* von *Anhängsel* auf *Einzelwesen,* lief bei mir später ab, nachdem ich wieder im Beruf war. *Arbeiten* und *Singen,* das hat mir geholfen. Zumindest oberflächlich."

„Aber gleich nach Georgs Tod war daran nicht zu denken. Ich bin in ein dunkles Loch gefallen. Der Boden war entzogen. Die Erdung weg." Nach einer kurzen Pause weiter: „Ein abgründiges Tief hat mich angezogen. Zerstörerisch."

„Wie hat sich das bei Ihnen gezeigt?" Der Therapeut bohrt.

Johanna schildert, dass sie, nachdem die Beerdigung überstanden war und alle Traueraktionen beendet waren, in eine absolute Müdigkeit verfallen sei.

„Nein, *Müdigkeit* ist der falsche Ausdruck für meinen damaligen Zustand. Ich war lethargisch, apathisch, vollkommen interessenlos. Keinerlei Kraft, kein Antrieb. Ich habe im Haushalt geschludert, nicht gekocht, undiszipliniert gegessen. Nicht mal Magenprobleme hatte ich. Alles war tot in mir. Vielleicht auch abgetötet durch meine *Valium*-Tabletten und die sonstigen Beruhigungs- und Schlafmittel, die ich nahm, um nachts zur Ruhe zu kommen. Nichts interessierte mich. Am liebsten blieb ich den ganzen Tag im Bett liegen, weinte, schlief. Nahm kaum wahr, dass ich eine halbwüchsige Tochter hatte, dass ich eigentlich Verantwortung für das Kind übernehmen sollte. Alles war mir zu viel. Meine alte Mutter ahnte wohl, wie es mir ging. Sie machte sich große Sorgen. Aber ich täuschte ihr vor, Christina und ich würden es schon schaffen. Ich wollte nicht, dass sie nach Rebersheim kam. Auch das wäre mir zu viel gewesen."

„Wer hat Alarm geschlagen", wollte Doktor Lanig wissen, „Christina?"

„Nein", Johanna musste ausholen: „Christina war ja auch schon während der Ehe und meiner Probleme mit Georg sehr selbstständig geworden, um nicht zu sagen, vernachlässigt. Sie trauerte auch sehr um ihren Papa. Eben anders. Der Teenager ging nach außen, löste sich von der depressiven Mutter und dem traurigen Haushalt. Vielleicht genoss Christina auch die Freiheit, nichts verboten zu bekommen, schon in diesem frühen Alter keinerlei Grenzen beachten zu müssen. Soll ich etwas abkürzen?" Johanna wundert sich, dass sie so offen und ausholend aus dieser Zeit berichten kann. Doch vielleicht zu ausführlich?

„Nein, reden Sie ruhig. Auch die Details sind interessant."

Johanna weiter: „Ich habe mich vergraben. Dass ich mich im öffentlichen Raum nicht mehr sehen ließ, ist Schwester Tonita aufgefallen. Die Spitalschwester hatte inzwischen ein hohes Alter erreicht. Trotzdem war sie in Rebersheim noch tätig. Mein Ehrenamt im Spital habe ich nicht mehr wahrgenommen, habe es einfach auslaufen lassen, obwohl es mir doch so viel bedeutete. Fast zehn Jahre lang. Aber ich wollte und konnte nicht mehr diese alten Leute betreuen und bespaßen. Alles ging über meine Kräfte."

Johanna berichtet ihrem Arzt weiter, dass Schwester Tonita wahrnahm, dass nichts mehr stimmte. Die Ordensfrau sei auf Christina zugegangen, habe sie gefragt, ob es einen Menschen gäbe, zu dem ich Vertrauen hätte, ob mich jemand *herausholen* könne.

„Christina kam sofort der Gedanke, dass Vera die richtige Ansprechpartnerin sein könnte. Sie kannte ja meine langjährige Freundin."

Vera wohnte nicht mehr in Tübingen. Sie hatte ihr Studium längst abgeschlossen, das Referendariat hinter sich gebracht und war als Studienrätin im Schuldienst tätig. *Lehrerin* zu sein war Veras Lebenstraum. Schon zu Kinderzeiten. Trotz des Umwegs über den Verwaltungsberuf hat sie sich diesen Traum erfüllt. Vera war eben eine Powerfrau. Ist sie auch heute noch. Sie unterrichtete damals schon an der Kaufmännischen Schule in Sieglingen im Flistal, nahe meines Heimatortes Weisenthal.

„Dass ich in dieser schlimmen Lebenskrise steckte, wusste Vera nicht. Sie brachte sich auch damals schon voll und ganz in ihren Beruf ein, musste und wollte viel arbeiten und nahm außerhalb ihrer Schule wenig wahr. Als Christina bei ihr anrief, einige Zeit nach Georgs Tod, war Vera sofort da."

✧

Es klingelte. Zerschlagen schleppte sich Johanna zur Haus-Sprechanlage.

„Hallo Johanna, ich bin's, Vera."

Johanna öffnete die Haustür. „Oh! Bitte entschuldige, ich habe mich eben nochmals hingelegt."

Obwohl es schon Nachmittag war, sah Johanna noch schmuddelig aus. Vermutlich hatte sie heute noch nicht geduscht.

„Sorry, dass ich unangemeldet komme. Ich besuche an diesem Wochenende eine alte Kollegin aus früheren Zeiten an der Uni-Verwaltung in Freiburg. Hoffentlich störe ich nicht. Wollte halt mal wieder vorbeischauen."

„Lieb von dir. Trinkst du einen Kaffee mit?"

Johanna fingerte aufgeregt nach einer Filtertüte, um ihnen beiden einen Kaffee aufzugießen, fand die Kaffeedose erst nach einer kürzeren Suchaktion. Befremdlich unordentlich, konstatierte Vera. Es war nicht das normale Nicht-Aufgeräumt-Haben. Nein, alles war desolat in dieser Wohnung. Auf dem Couchtisch im Wohnzimmer stapelte sich gebrauchtes Geschirr, benutzte Gläser, teilweise noch Essensreste auf den Tellern, vergammelt, Kleider und Wäsche lagen auf Sofa, Sessel und auf dem Boden, die Zimmerpflanzen, einst Johannas Prachtexemplare: vertrocknet. Auch in der Küche schmutziges Geschirr, Schränke teilweise geöffnet. Chaotisch. Verwahrlost. Ungelüftet. Vera war schockiert.

Wenn sie vom Zustand der äußeren Umgebung auf die innere Verfassung schloss, dann musste Johanna in einem fürchterlichen seelischen Zustand sein.

Stimmt, Schwester Tonita und Christina hatten recht, Johanna brauchte Hilfe.

„Was ist los mit dir, Johanna?"

„Es geht mir mies, Vera." Zum Schauspielern hatte Johanna keine Kraft mehr. „Diese ständigen Schuldgefühle, meine Gedanken drehen sich im Kreis. Ich kann kaum schlafen, brauche Schlaftabletten, hab keine Energie, komme kaum aus dem Bett, würde am liebsten den ganzen Tag die Bettdecke über den Kopf ziehen und gar nicht mehr aufstehen. Über allem liegt ein grauer Schleier."

„Aber du hast doch Christina. Sie braucht dich. "

„Weißt du, Vera, Christina lebt neben mir her. Sie ist so selbstständig. Ich hab keine Kraft, sie zu erziehen. Ich komme ja nicht mal mehr mit mir selbst klar. Um ein pubertierendes Mädchen kann ich mich schon gar nicht kümmern."

„Hör auf mit dem Selbstmitleid, Johanna. Reiß dich zusammen!"

Vera agiert

Dienstag, 23. Februar

„Eigentlich ging's dann ganz schnell", erinnert sich Johanna beim Gespräch mit Herrn Doktor Lanig.

„Vera handelte. Keine Psychogespräche, keine Frage ‚*wie geht es dir heute*', sie agierte praktisch. ‚*Johanna, du brauchst einen neuen Lebensinhalt*', O-Ton Vera. Sie sagte mir, was zu tun war. Vera meinte, ich solle etwas Neues anfangen. Nicht mehr im Spital ehrenamtlich tätig sein als frühere *Frau Bürgermeister.* Nein, ich müsse eine Arbeitsstelle suchen. Dann hätte ich etwas zu tun, müsse raus gehen. ‚*Das Herumhängen in der Bude*', so Vera, ‚*macht doch jeden krank.*'

Aber ganz so leicht konnte die berufliche Wende in meinem Leben nicht vonstatten gehen. Immerhin war ich über zehn Jahre aus dem Job raus. Jedenfalls sah ich überall Hürden und Bremsen, zumal in meinem Zustand.

An meine frühere Arbeitsstelle bei der Stadt Freiburg wollte ich nicht mehr zurück gehen. Sie alle kannten ja Georg, hatten vielleicht über seinen Lebenswandel einiges gehört, würden vermutlich hinter meinem Rücken klatschen. Das hätte mich zu sehr verletzt. Vera hatte die Idee: ‚*Du musst weg aus dem Badischen. Hier hast du zu viele schmerzende Erinnerungen. Wo könntest du denn hin?*'

Weisenthal! Ja, die Heimat. Wie ein Geistesblitz durchfuhr es mich. Dort würde ich mich geborgen fühlen. Im engen Flusstal, behütet von den steilen Bergen, eingehüllt in das Grün der Wiesen und Wälder, die das Städtchen umgaben. Ich wollte wieder *nach Hause.*"

„Ein gewaltiges Vorhaben, das Sie zu bewältigen hatten. Ein riesiger Berg", erfasst Doktor Lanig die Tragweite dieses Entschlusses: „Suche der passenden Arbeitsstelle in der Heimatregion, Verkauf des Hauses in Rebersheim, Wohnungssuche in Weisenthal, Schulwechsel für Christina organisieren, Umzug ... Alle Achtung, das haben Sie in Ihrem Zustand geschafft?"

„Ohne Vera wär's nicht gegangen. Sie war immer da. Hat alles für mich und für uns organisiert. Ich hatte großes Glück. Bei der Stadtverwaltung Sieglingen, in meiner alten Schulstadt, knapp zwanzig Kilometer von Weisenthal entfernt, suchte man Verstärkung. Eine Stelle als *Oberinspektorin im Städtischen Steueramt* war ausgeschrieben. Und ich bekam prompt eine Zusage. Der berufliche Teil der Aktion konnte also erstaunlich schnell bewältigt werden." Johanna berichtet weiter:

„Aber Christina machte Schwierigkeiten. Sie weigerte sich anfangs, aus dem Badischen wegzuziehen. In Freiburg hatte sie ihren Freundeskreis, war dort auch im Sportverein aktiv. ‚*Mama*', so der Tenor ihrer Blockade, ‚*ich will hier bleiben. Weisenthal ist schon schön, aber eben für die Ferien. Und seit Opa nicht mehr lebt, ist auch dort alles irgendwie traurig*'. Meine Argumentation: ‚*Christina, es geht nicht anders. Und denk an Oma, sie freut sich so, dass wir beide jetzt wieder bei ihr wohnen werden. Ein Lichtblick in ihrem Witwendasein.*'"

Johanna reflektiert weiter: Ihre Tochter war wirklich ein liebes Mädchen. Nach allem, was sie mitgemacht hatte. Mir und ihrer Oma zuliebe gab sie ihren ganzen Lebenskreis im Badischen auf und ging mit nach Weisenthal.

„Klar", so erzählt Johanna ihrem Arzt weiter, „hielt sie Kontakt zu Freundinnen, verbrachte Ferienaufenthalte bei ihnen. Bald lernte sie in Freiburg Thomas kennen, ihren jetzigen Mann. Sie lebt heute wieder in ihrer geliebten badischen Region, zusammen mit Thomas und ihrem Sohn."

„Wie ging es Ihnen dann selbst, nach dem alles überstanden war?"

„Eigentlich schon besser. Ich war ja ziemlich beschäftigt. Der Verkauf des Hauses in Rebersheim, die Umsiedelung nach Weisenthal in mein Elternhaus, ab Oktober neunzehnhundertfünfundneunzig die neue Stelle, das Einleben im alten Haus, das tägliche Fahren von Weisenthal nach Sieglingen. Ich kam gar nicht mehr zum Grübeln, zu meinen Schuldgefühlen und zu meinem Selbstmitleid. Wenn dunkle Gedanken aufkommen wollten, habe ich sie weggeschoben und mich fieberhaft mit anderen Dingen beschäftigt. Schlaftabletten, die ich nach wie vor brauchte, haben mir in der Nacht Ruhe verschafft."

Nur kurz denkt Johanna daran, dass schon bald nach ihrem Wegzug aus Rebersheim ihre Mutter krank wurde und starb. Also wieder eine hektische Lebensphase: Das Elternhaus in Weisenthal war zu groß für sie und Christina, also musste es geräumt werden. Eine Mieterfamilie wurde gesucht. Wieder war Umzug angesagt. Nach Sieglingen. So konnten Christina und sie das tägliche Pendeln von Weisenthal nach Sieglingen vermeiden. Dass zeitgleich auch Vera nach der Trennung von ihrem damaligen Lebensgefährten eine neue Wohnung brauchte, passte. Sie drei wohnten nun zusammen.

„Als ich das Gröbste hinter mir hatte, nahm mich eine Kollegin mit in den Sieglinger Kirchenchor. Den alten Chor in Weisenthal, in dem ich als junges Mädchen mitgesungen habe, gab es nicht mehr. Das Singen hat mir viel geholfen. Das war nochmals ein wichtiger Schritt nach vorn."

„Ich denke", so Doktor Lanig, „der Aktionismus war auf kurze Sicht gesehen für Sie genau die richtige Maßnahme. So sind Sie aus der akuten Krisensituation herausgekommen, konnten sich stabilisieren. Und, wie wir ja erlebt haben, konnte sich das über Jahre halten. Doch", so setzt der Arzt seine Analyse fort, „dass Ihre tiefen Schuldgefühle nicht aufgearbeitet wurden, dass Sie mit niemandem darüber geredet haben, sich nicht mal gestatteten, selbst daran zu denken, war auf lange Sicht nicht gut. Wir haben es bei der akuten Krise vorgeführt bekommen. Dass Sie den Ansatz zu einer *Posttraumatischen Belastungsstörung* entwickelt haben, ist sicher auch darauf zurückzuführen, dass in Ihrem Innern etwas aufgebrochen ist, das unbearbeitet verschlossen war."

„Ja, ich denke schon, dass das so sein muss", bestätigt Johanna, „der beste Beweis ist meine Freundin Elisabeth. Sie hat keinerlei Probleme, lebt fröhlich weiter als sei nichts geschehen. Sie konnte sogar das verletzte Mädchen besuchen."

„Sie sind auf gutem Weg, Frau Bäcker-Nillin. Nun sind wir im Kern unserer Analyse angekommen. Es geht jetzt darum, Ihre Erinnerungen detailliert anzuschauen und gegebenenfalls neu zu bewerten. Wenn wir das geschafft haben, können wir zum nächsten Schritt übergehen."

Fallbesprechung

Donnerstag, 25. Februar

„Saile."

„Guten Morgen Ulrich, Helga hier", meldet sich die Jugendrichterin Speidel telefonisch.

„Wir sind für heute Vormittag verabredet wegen der Sache Fleischer / Berger am dritten Advent im Bahnhof Charlottenplatz. Wann hättest du Zeit?"

„Gib mir eine halbe Stunde, ich muss noch ein Schriftstück fertig machen. In deinem Zimmer oder im Besprechungsraum?"

„Am besten in meinem Zimmer. Wir sind ja nur zu zweit. Ich habe dir gestern die Datei mit dem psychiatrischen Gutachten für den Beschuldigten Fleischer rüber gemailt. Die anderen Unterlagen hast du schon länger. Bis nachher."

✧

„Komm, Ulrich, gehen wir in die Sitzgruppe. Ist bequemer als am Schreibtisch. Meine liebe Frau Hahn hat schon mal einen grünen Tee gemacht. Dir zuliebe."

„Oh, wie aufmerksam. Vielen Dank."

Die Jugendrichterin holt ihren Aktenstapel und den Laptop vom Schreibtisch, nimmt selbst einen Schluck aus der Teetasse. Signalisiert durch ein Räuspern, dass sie zügig zur Sache kommen will. „Wir müssten Folgendes klären:

1. Beurteilung des Tatverlaufs und Einordnung der Tat anhand der vorliegenden Verhörprotokolle und Zeugenaussagen.
2. Beschuldigter Fleischer: Gutachten des Jugendpsychiaters Bergengruen. Haftverschonung bis zur Hauptverhandlung? Sanktionen? Perspektiven?
3. Beschuldigter Berger: Einschätzung seines Parts. Einstellung des Verfahrens?
4. Täter-Opfer-Ausgleich.

Dr. Helga Speidel ist froh darüber, dass sie beide diesen Fall zusammen bearbeiten. Ein glücklicher Zufall, dass Ulrich Saile und sie hier im *Haus des Jugendrechts* nach ihrem Referendariat ihr Betätigungsfeld gefunden haben. Sie als Jugendrichterin, er als Jugendstaatsanwalt. Sie kennen sich seit Studienzeiten und arbeiten jetzt *Tür an Tür* zusammen. Das hat sich vielfach bewährt. Gut, dass man mit Ulrich sachlich gut kooperieren kann. Im Gegensatz zu einigen seiner Geschlechtsgenossen kann er mit Frauen ohne *Gockelgehabe* kommunizieren. Ulrich muss sich oder anderen nichts beweisen. Weder als Mann noch als Jurist. Er hat keine überdimensionierten Karrieregelüste. Wichtig ist für sie beide *die Sache an sich.* Sie wollen für die straffällig gewordenen Jugendlichen einerseits und für die Opfer und die Gesellschaft andererseits die Interessen möglichst vernünftig ausgleichen und eine klare Linie verfolgen. Selbstverständlich werden die Ergebnisse ihrer Konferenz noch mit den anderen Beteiligten besprochen und in der Hauptverhandlung letztlich abschließend beurteilt. Einem zügigen Ablauf ist allerdings eine kurze Vorab-Einschätzung geschuldet. Das handhaben sie in schwierigen Fällen meist so.

Helga Speidel hat es sich angewöhnt, die Resultate ihrer Besprechungen gleich selbst zu protokollieren. Die Kollegen bewundern sie wegen ihres geschickten Umgangs mit der Schreibsoftware. Auch weil sie im Zehnfingersystem blind in den Laptop tippen kann und das in einer ordentlichen Geschwindigkeit. Diese technischen Fertigkeiten hat sie sich während ihres Studiums angeeignet. Leider ging parallel dazu ihre Handschrift verloren. Sie kann nur noch kritzeln. Um leserlich zu schreiben benötigt sie Hingabe und Zeit. Beides will oder kann sie nur selten aufbringen.

✧

„Okay. Jetzt haben wir alle Punkte abgearbeitet. Gut, dass wir uns bei der Einschätzung des Haupttäters einig sind." Schon heftig, was sie in diesem Gutachten zur Kindheit von Fleischer lesen mussten. Ein Vater war nie präsent, die Mutter ließ ihr erst fünfjähriges Kind im Stich. Warum auch immer. Versprechen, Vertröstungen, Enttäuschungen. Das Kind blieb mit Schuldgefühlen zurück, mit Trennungsschmerz, Trauer, später Wut. Wie sollte sich da ein stabiler Charakter entwickeln?

„Konsequenz, Denkzettel und Perspektive ist bei ihm angesagt. Dass wir die Hauptverhandlung fix angesetzt haben und ihn bis dahin in Untersuchungshaft lassen, ist meiner Meinung nach ganz wichtig. Klar, irgendwie an der Grenze des Erlaubten. Trotzdem, eine Fluchtgefahr, die Gefahr des Untertauchens, angesichts der hohen Straferwartung, kann man bei ihm nicht wegdiskutieren. Dann wirst du also demnächst den Pflichtverteidiger nach Paragraf einhundertsechzig-b StPO kontaktieren. Mit Doktor Ufer kann man ja immer gut arbeiten."

Helga lehnt sich zurück, atmet tief durch. Entspannung. Ulrich signalisiert Einverständnis. Er macht sich gleich Vermerke in seinem elektronischen Terminplaner.

„Ich werde zügig die Opfer anrufen und die Familie von Jan Berger benachrichtigen. Bei Berger können wir uns ziemlich sicher sein, dass seine Tat Episodencharakter hat. Es spricht augenscheinlich für den Jungen, dass er mich wegen seiner *Ausraster* angesprochen hat."

Die Richterin hat in ihrem Gespräch dem besorgten Jan in Erinnerung gerufen, dass seine beiden Wutanfälle immer nach Drogenkonsum aufgetreten sind. Er hatte bei der polizeilichen Registrierung vor seiner Aussage am Morgen nach der Tat einen beträchtlichen Drogen-Cocktail im Blut. Hätte sie selbst oder ein anderer Erwachsener, so erklärte sie es Jan Berger, diese Rauschgifte intus, würde auch sie keinerlei innere Hemmschwellen mehr wahrnehmen. „Es macht schon Sinn", so konnte sie sich dem Jungen gegenüber den pädagogischen Zeigefinger nicht verkneifen, „dass unser Gesetzgeber harte Drogen verbietet."

„Ich frag mal gleich bei Frau Hahn nach, ob unser Wunschtermin für die Hauptverhandlung möglich ist." Schnell checkt die Sekretärin den Terminplan des Jugendgerichts und gibt grünes Licht.

„Na denn. Verhandeln wir die Sache am Mittwoch, den dreiundzwanzigsten März. In etwa einem Monat."

✧

„Guten Morgen Herr Doktor Ufer“, begrüßt der Jugendstaatsanwalt den Verteidiger in seinem Büro. „Schön, dass Sie gleich auf meinen Terminvorschlag eingehen konnten“, bedankt er sich. Schon öfters hatten sie miteinander zu tun. Doktor Ufer kennt die Vorliebe des Gastgebers für grünen Tee und nimmt gleich ein paar Schlucke des gesunden Getränks.

„Das Gutachten für Friedrich Norbert Fleischer liegt uns beiden ja seit ein paar Tagen vor und es ist gut, dass wir uns jetzt über den Stand des Verfahrens besprechen.“

„Wie zu erwarten, nicht ganz einfach, mein Mandant.“

„Mit Verlaub“, setzt der Jugendstaatsanwalt ein Ausrufezeichen, „mit einer derart prekären Analyse müssen wir uns gottlob nicht alle Tage auseinander setzen.“

Der Gutachter schätzt Fleischer als ziemlich problematisch ein. Harter Tobak: eine *antisoziale Persönlichkeitsstörung,* gekoppelt mit einer *narzisstisch gestörten Persönlichkeit*. Differenziert begründet der Gutachter seine Einschätzung. Das seitherige aktenkundige Fehlverhalten des Beschuldigten passt zu diesem gutachterlichen Ergebnis. Viele der typischen nicht akzeptablen Verhaltensmuster kann man bei Fleischer feststellen: frühes Schulschwänzen, Weiterreichen von Schule zu Schule, verhaltensbedingte Versetzung in eine Förderschule, später wurde sogar spezielle Online-Beschulung zur Erlangung des Hauptschulabschlusses erforderlich, privat betreut, außerhalb einer Klasse. Dann Probleme in der Ausbildungsstelle. Keine feste Beziehungsstruktur im persönlichen Umfeld. Nicht annehmbares Gebaren in den Wohngruppen gegenüber den Betreuern und Mitbewohnern, häufiges Lügen und Stehlen, Grausamkeiten gegenüber anderen, keine Gefühle für Schmerzen seiner Mitmenschen, aalglattes unehrliches Gesprächsverhalten bei Verhören, Lügen, impulsives Handeln, leichte Reizbarkeit und Aggressivität, eine Vielzahl von kleineren und größeren Gesetzesübertritten wie Schwarzfahren, Dealen, Klauen, tätliche Angriffe auf andere, Bedürfnis nach Dominanz gegenüber anderen.

Sie beide wissen, dass psychologische Langzeit-Untersuchungen ergeben haben, dass bei dieser Art der Persönlichkeitsstörung keine

Interventionsform wirklich erfolgreich ist und laut Statistik mit einer hohen Abbruchsquote und mit hoher Rückfallwahrscheinlichkeit nach einer Therapie gerechnet werden muss.

Bei aller korrekten Einschätzung der problemhaltigen Analyse will Doktor Ufer nun die jüngsten, seiner Meinung nach positiv zu bewertenden Entwicklungen seines Mandanten ins Gespräch bringen:

„Wir wissen, dass die Hauptprobleme bei dieser Persönlichkeitsstörung das fehlende Gewissen und die mangelnde Motivation sind, sich ändern zu wollen." Doktor Ufer argumentiert weiter: „Aber hier sehe ich bei Fleischer durchaus auch einen Hoffnungsschimmer. *Erstens*: Er hat sich dem Sachverständigen gegenüber geöffnet. Offensichtlich hat er gut mit Bergengruen zusammen gearbeitet. Also ist der Beschuldigte noch *erreichbar*. Wie wir alle wissen, *das* Kriterium überhaupt, um auf eine Besserung bei jugendlichen Gewalttätern hoffen zu können. Der Knast-Schock sitzt tief bei ihm. Er ist bereit, vieles dafür zu tun, dass er eine Strafe zur Bewährung ausgesetzt bekommt." Der Jugendstaatsanwalt macht sich Notizen. Doktor Ufer fährt fort.

„*Zweitens:* Fleischer ist bereit, die Tat aufzuarbeiten. Er hat der Polizei inzwischen seine Verfehlung eingestanden und sogar im Fall der Knast-Mafia mit der Polizei zusammen gearbeitet.

Des Weiteren und bei mir *Punkt drei*: Er hat sich mir gegenüber bereit erklärt, mit den Opfern einen Ausgleich zu suchen. Er will sich bei allen drei verletzten Frauen entschuldigen. Sogar zu einem persönlichen Treffen ist er bereit, sofern das die Geschädigten selbst wollen."

„Ich muss schon sagen, Herr Doktor Ufer, da haben Sie mal wieder klasse Arbeit gemacht. Ein Glück, dass dieser Jugendliche *Sie* als Verteidiger bekommen hat."

„Danke, Herr Saile. Kann ich also darauf hoffen, dass Sie bei Fleischer eine *Strafaussetzung* nach Paragraf einundzwanzig JGG beantragen könnten?"

„Sie wissen ja, dass letztlich ein unvorhersehbares Geschehen in der Hauptverhandlung alle Prognosen zunichte machen kann. Aber wenn wir keine unliebsamen Überraschungen erleben müssen, denke ich, dass auch die Richterin für eine *Bewährung* offen sein wird."

Doktor Ufer ist es noch wichtig, die Absicherung der positiven Ansätze für die Zukunft seines Schützlings zu thematisieren. Dass bei Friedrich Norbert Fleischer einiges in der frühkindlichen Entwicklung und in der Kindheit schief gelaufen ist, wurde im Gutachten hinreichend thematisiert. Nicht selten mussten sie Ähnliches in ihrer Gerichtspraxis erleben. Eine Entwicklung von *Urvertrauen*, *die* lebensentscheidende Erfahrung für einen heranwachsenden Menschen schlechthin, ging wohl bei Fleischer gründlich daneben. Zusätzlich gibt es bei ihm eine vermutlich angeborene Charakterausprägung, die ihn zur Aggressionsausübung empfänglich macht.

Eventuell kann man diese Anlage zur Gewaltausübung umpolen auf ein anderes geeignetes Interessengebiet. Man weiß beispielsweise, dass Spitzensportler teilweise auch dieses *Aggressions-Gen* in sich haben und ihre Angriffslust im Sport kanalisieren können.

Ob bei Fleischer im Nachhinein ähnlich Positives gelingen würde?

„Ich weiß", bringt der Anwalt einen neuen Aspekt ins Gespräch, „dass Fleischer zum Betreuer seiner Wohngruppe so etwas wie ein *zartes* Vertrauensverhältnis aufgebaut hat. Ich schlage vor, dass das Gericht diesen Alex Scheuer zum Betreuungshelfer nach Paragraf zehn JGG bestellt. Er könnte sich dann, sofern Fleischer zustimmen würde, mit unserem Segen in die familiäre Problematik stürzen und eventuell verschüttete Spuren freilegen. Zu der verschollenen Mutter, vielleicht sogar zum leiblichen Vater und zur noch lebenden Großmutter."

„Gute Idee. Ich treffe heute noch die zuständige Jugendrichterin in einer anderen Sache und werde Ihren Vorstoß vortragen."

Jugendstaatsanwalt und Strafverteidiger einigen sich noch zusätzlich darauf, für Fleischer eine Therapie zu beantragen. Wenn er das mittragen würde, könnte der Betreute vielleicht doch noch dem drohenden Abwärtsstrudel entkommen.

Licht

Dienstagvormittag, 1. März

„Ich werde Sie der Jugendrichterin melden. Bitte kommen Sie in den Besprechungsraum."

Karen und Jan sitzen nervös in diesem von ihnen als kühl empfundenen Raum im *Haus des Jugendrechts* in Bad Cannstatt. Gut, dass Jan vom Schulleiter für diesen Tag freigestellt wurde. Da er in Jans Situation eingeweiht ist, musste Karen am Telefon nicht viel erklären.

Schon seit dem Ende der Faschingsferien wartete Jan tagtäglich auf eine Nachricht vom Gericht. Er kennt Frau Doktor Speidel ja schon aus einer früheren kurzen Begegnung und hat Mama ein bisschen berichten können. Die Jugendrichterin ist keine *Scharfmacherin*, denkt sich Jan. Das schließt er daraus, dass sie ihm erlaubt hat, die Weihnachtsferien bei seinem Papa in Brasilien zu verbringen, ihm geglaubt hat, dass er wieder zurück kommen wird und sich gleich nach der Weihnachtspause bei ihr melden würde. Wie sie ihn bei diesem Gespräch wegen seiner *Ausraster* beruhigt hat, fand er besonders klasse. Und sie war es auch, die ihr Okay dazu gegeben hat, sich in einem Internat außerhalb des Stuttgarter Raums anzumelden. Sie war nett und hat ihm alles Gute gewünscht für den Start im Internat.

„Es freut mich, dass wir heute das Verfahren von Jan voranbringen können. Ich habe gute Nachrichten für Sie beide."

Bei Karen sind während der Wartezeit im Flur des Bürogebäudes ihre Nervositätsflecken am Hals wieder aufgetreten. Brennen und Jucken.

Doch der freundliche Ton und der höfliche Stil der Jugendrichterin wirken vertrauenerweckend. Gleich bei der Einleitung, als Karen hört, dass es gute Nachrichten gibt, fällt Beklemmung ab. Als ihnen dann die Richterin eröffnet, dass das Verfahren nach Jugendgerichtsgesetz eingestellt ist, von der weiteren Verfolgung der Taten Jans also abgesehen wird, kann Karen nur noch in Stücken den Ausführungen der Juristin folgen.

O Gott, wie erleichtert sie ist.

Ja, klar, muss Jan trotzdem einen Denkzettel bekommen. Doch, schon erledigt: Die Entschuldigungen bei den Opfern waren ihm sowieso ein Bedürfnis. Selbstverständlich wird er die Weisungen annehmen. Natürlich werden sie ein geeignetes Krankenhaus für den Sozialdienst suchen. Richtig, er braucht eine nachhaltige abschreckende Erfahrung. Ja, er muss erleben, ja fast am eigenen Körper spüren, welche Schmerzen Verletzte erleiden. Ob sie ihre Blessuren bei Schlägereien zugefügt bekamen oder durch selbst- oder fremdverschuldete Unfälle. Ja, Jan wird das alles selbstverständlich annehmen. Nein, sie werden keine Rechtsmittel gegen diesen Gerichtsbeschluss einlegen.

Gewiss wird Jan in der Hauptverhandlung als Zeuge aussagen. Im Verfahren gegen seinen früheren Freund Fino, Friedrich Norbert Fleischer.

Natürlich nicht, Jan hat seither keinerlei Verbindung mehr zu Fino und das Wiedersehen wird nicht leicht für ihn werden. Aber ja, das wird der Junge durchstehen.

Selbstverständlich wird er sich künftig von der Klettpassage fernhalten und zu Fino keinen weiteren Kontakt aufnehmen.

„Jan, das versprichst du mir hier vor der Frau Richterin."

„Ja, Mama, ich verspreche es."

Kein Entrinnen

Dienstagnachmittag, 1. März und der Tag danach

Warum hat sie sich nur breitschlagen lassen. Der Anruf vom Gericht hat sie gleich wieder beschäftigt.

Johanna war vorgewarnt. Elisabeth hat bei ihr angerufen und ihr von einem Gesprächstermin bei Gericht erzählt. Nun kann sie wohl nicht mehr entkommen. Sie muss sich stellen, dem Druck standhalten. Die Ohnmachtsgefühle sind wieder präsent.

Seit sie in Therapie ist, hat es Johanna vermieden, das Thema *Opernabend* Elisabeth gegenüber anzuschneiden. Peinlich genug, die Panikattacke in ihrer Gegenwart im Krankenhaus und das Eingeständnis ihr gegenüber, nicht in der Lage zu sein, das Mädchen zu besuchen und professionelle Hilfe in Anspruch nehmen zu müssen. Johanna hat eine fragile Fassade des Wohlbefindens aufgebaut. Auch Vera gegenüber hat sie nie die Tiefen ihres Entsetzens erwähnt. Bloß weg mit diesen Erinnerungen. Wieder verdrängt. Auch das.

Nur bei Doktor Lanig ist sie offen. Notgedrungen.

Nun muss sie sich auch hier stellen. Diesem Verfahren. Kein Flüchten. Deshalb sitzt sie im Gerichtsgebäude. In diesem kleinen Besprechungszimmer. Sie wartet. Ja, die Sekretärin ist sehr freundlich. Sie hat die Jugendrichterin wegen einer unvorhergesehenen Verzögerung entschuldigt. Frau Bäcker-Nillin solle bitte verzeihen, Frau Doktor Speidel würde sich um etwa fünfzehn Minuten verspäten. Ob sie einen Cappuccino trinken wolle? Ob sie ihr die Tageszeitung zu lesen geben dürfe?

Wohltuend, diese freundliche Stimme im Vorzimmer der Richterin. Ganz kurz denkt Johanna an die langen Diskussionen in ihrer Abteilung um den Besucherservice beim Städtischen Steueramt. Lang her. Gefühlt ein anderes Leben.

Schnell ist sie wieder mit ihrer jetzigen Situation beschäftigt. Kaum nachzuvollziehen, dass ihr die Therapie immer noch so zusetzt. Ja, sie sind am Knackpunkt angelangt. Der Tod Georgs. Die

Umstände seines Sterbens. Immer noch ein Tabu für ihre Gedanken. Das alles, einst gut verstaut, in ihrem Innern, wird nun wieder aufgerührt. Das tut weh. Ob sie wieder eine Pause einlegen sollte? Alles belastet sie.

Und jetzt auch noch die aktuelle Problematik. Dieser Termin bei Gericht. Gleich nach dem Anruf der Jugendrichterin ist ihr unwohl geworden, wieder kam diese Unruhe in ihr auf. Nachts hat sie erneut gegen Dämonen gekämpft, ist ins Bodenlose gefallen, war hilflos, hat das Zucken und Grinsen dieses glatzköpfigen Muskeltypen durchlitten. Ist schweißnass und aufgewühlt aufgewacht. Alles kommt wieder hoch. Wie lang soll das bloß so weitergehen?

„Frau Doktor Speidel ist schon in der Tiefgarage." Die Gerichts-Sekretärin hält Johanna auf dem Laufenden.

„Speidel", stellt sich die Jugendrichterin vor. Eine selbstsichere, gut aussehende Frau, vermutlich Mitte vierzig, schlank. „Entschuldigen Sie bitte meine Verspätung. Der Gerichtstermin von eben hat sich ungeplant in die Länge gezogen."

„Johanna Bäcker-Nillin", kurzer Händedruck, „guten Tag. Ist in Ordnung. Ihre Sekretärin war sehr freundlich. Sie hat mir die Wartezeit so angenehm wie möglich gemacht."

„Ja, Frau Bäcker-Nillin. Wir sehen uns zum ersten Mal, obwohl ich Sie aus den Akten schon lange kenne. Sie sind eine der geschädigten Personen aus dieser Attacke zweier Jugendlicher am dreizehnten Dezember. Wie geht es Ihnen inzwischen, Frau Bäcker-Nillin?"

„Wie es mir geht? Sagen wir so: Die körperlichen Verletzungen sind vernarbt. Auch die Wunde vom ausgeschlagenen Zahn ist unter dem Provisorium so weit abgeheilt. Demnächst kommt das Implantat. Ich schätze, dass ich in zwei, drei Monaten mit der Zahnbehandlung fertig bin. Aber die seelischen Wunden, die machen mir immer noch zu schaffen."

„Haben Sie denn Hilfe? Alleine ist es schwer, mit psychischen Verletzungen umzugehen."

„Ja, ich bin schon seit Mitte Januar in Therapie. Einerseits hilft das, andererseits wühlt es auf. Nicht einfach."

„Das kenne ich aus vielen Fällen. Eine Therapie kann belasten. Trotzdem, ich rate Ihnen: Bleiben Sie dabei. Langfristig hilft es Ihnen."

Frau Doktor Speidel macht eine Gesprächszäsur, bootet ihren Laptop, gibt das Passwort ein.

„Nun mein Anliegen an Sie. Wir haben es mit zwei Tätern zu tun, die beide unter das Jugendrecht fallen. Vor allem der Hauptbeschuldigte Friedrich Norbert Fleischer macht uns Sorgen. Wir haben deshalb einen Gutachter hinzugezogen. Beim Mittäter Jan Berger liegen die Dinge nicht so problematisch. Erst heute Vormittag hatte ich ein abschließendes Gespräch mit ihm und seiner Mutter.

Konzentrieren wir uns auf den Beschuldigten Fleischer. So viel darf ich Ihnen sagen: Es liegt eine ganz schwierige Gemengelage vor. Bei solch problematischen Fällen arbeiten in Stuttgart alle damit befassten Institutionen im Projekt *Haus des Jugendrechts* eng zusammen. Also das Jugendamt, die Polizei, die Staatsanwaltschaft des Jugendgerichts, die Eltern oder Erzieher des jugendlichen Straftäters, der Rechtsbeistand, in diesem Fall ein Pflichtverteidiger und natürlich das Jugendgericht."

Frau Speidel referiert klar, deutlich, zielgerichtet. Johanna kommt diese schnörkellose Art des Informationsinputs entgegen. Diese *Behördensprache* ist sie gewohnt.

„Nun wollen wir als Jugendrichter nicht nur zu einem möglichst gerechten Urteil kommen, wobei unter *gerecht* gemeint sein sollte, die Interessen der Täter sowie der Opfer und das Interesse der Öffentlichkeit an einer Sanktionierung von Straftaten möglichst fair auszugleichen. Das ist die eine, ganz schön schwierige Aufgabe. Andererseits, und das liegt uns als Ausführende des *Jugend*strafrechts besonders am Herzen, haben wir die *Zukunft* des Täters im Blick. Wir wollen möglichst alles tun, um Wiederholungsstraftaten zu vermeiden. Auch im Interesse der Gesellschaft. Bezüglich der Zukunftsprognosen für den Straftäter Fleischer gibt es keine besonders rosigen Perspektiven. Trotzdem sehen wir den Schimmer einer Hoffnung." Die Jugendrichterin erklärt Johanna, dass diese Hoffnung viel damit zu tun habe, dass der Jugendstraftäter im Laufe des Verfahrens zu betreuenden Personen Vertrauen gefasst habe. „Das A und O für eine Umkehr", so betont die Richterin. „Vermutlich wird sich bei Ihnen der Verteidiger von Fleischer und sein Betreuungshelfer Alex Scheuer melden." Sie fragte Johanna um Genehmigung zur Weitergabe ihrer Kontaktdaten.

„Um nun dieses minimale Besserungspotential auszuschöpfen, also sozusagen, um diesen Strohhalm, der sich bietet, ergreifen zu können, müssen bestimmte Bedingungen erfüllt werden."

Die Richterin vergewissert sich mit einem Blick auf ihr Gegenüber, dass Johanna ihren ausführlichen Erläuterungen folgt.

„Eine Bedingung, die Sie als Geschädigte betrifft, wäre der sogenannte Täter-Opfer-Ausgleich. Damit ist einmal gemeint, dass Sie als Opfer finanziell für Ihre Nachteile entschädigt werden sollen, sofern angemessen und überhaupt bezifferbar. Zusätzlich soll ein menschlicher Ausgleich angestrebt werden. Der Täter soll sich bei Ihnen, dem Opfer entschuldigen. Das könnte notfalls schriftlich geschehen. Herr Fleischer hat sich nun aber bereit erklärt, Ihnen gegenüberzutreten und sich bei Ihnen mündlich zu entschuldigen. Eine solche persönliche Entschuldigung würde ihm bei der Strafzumessung selbstverständlich zugute kommen. Als Richterin kann ich die sogenannte *Reue* als strafmildernd ansehen."

Doktor Speidel lehnt sich zurück, lässt ihre Ausführungen wirken.

„Nun die Gretchenfrage an Sie."

Frau Speidel signalisiert die Bedeutung des folgenden Satzes, richtet sich auf, hebt die Stimme und schaut Johanna fest in die Augen.

„Wären Sie als Geschädigte bereit und in der Lage, sich einer solchen Gegenüberstellung mit dem Täter zu stellen? Bevor Sie mir antworten, möchte ich Ihnen versichern, dass es mir bewusst ist, was ich von Ihnen verlange. Eine Konfrontation mit Ihrem Peiniger ist für Sie bestimmt keine einfache Sache, zumal Sie angedeutet haben, dass Sie mit der Aufarbeitung des Erlebten noch nicht abgeschlossen haben."

Das Unwohlgefühl bei Johanna steigert sich. Ihre Beklemmung wuchs mit jedem Satz, den ihr Gegenüber an sie richtete. Johanna ahnte das Anliegen der Richterin, bevor es ausgesprochen wurde. Sie ist mitnichten überrumpelt.

„Sie haben Recht, das wäre keine Leichtigkeit für mich." Johanna versucht verzweifelt, einen Ausweg aus der Situation zu finden, will die entscheidende Antwort hinauszögern.

„Sie müssen mir nicht sofort Bescheid geben. Vielleicht habe ich Sie mit meiner Bitte überfahren."

Aufatmen. Gut, dass ihr die Richterin zu Hilfe kommt und sie nicht unter Druck setzt.

„Ich möchte nochmals betonen: Es ist eine *Bitte* an Sie, eine große Bitte. Aber *Sie* müssen entscheiden, ob Sie diesem Anliegen nachkommen wollen und nachkommen können. Ganz allein *Sie* entscheiden das."

„Fühlen Sie sich nicht gedrängt. Reicht Ihnen eine Woche als Überlegungszeit? Ich melde mich in einer Woche wieder bei Ihnen. Mein Rat an Sie: Besprechen Sie das mit Ihrem Therapeuten. Vielleicht kann er Ihnen bei Ihrer Entscheidung helfen. Er kann beurteilen, ob und wann eine solche Konfrontation in den Fortgang Ihrer Therapie passt."

Wieder fühlt sich Johanna zurückgeworfen. Wieder kommt sie sich wie ein hilfloses Kind vor. Wo ist ihr Selbstbewusstsein?

„Danke dafür, dass Sie nicht sofort meine Antwort wollen. Ich werde mich bei Ihnen melden."

✧

„Doktor Lanig, hier ist Johanna Bäcker-Nillin." Hektisch, leicht panisch meldet sie sich am Telefon.

„Was ist passiert, Frau Bäcker-Nillin?"

„Es kommt auf mich zu. Ich muss mich diesem Typen stellen. Das Gericht hat gefragt, ob ich zu einem persönlichen Treffen bereit wäre."

„Keine Sorge, das schaffen Sie."

✧

Gleich am nächsten Tag wird die Analyse fortgesetzt. Johanna soll die Dinge aus den Rebersheimer Ereignissen aufschreiben, die ihr immer noch Unbehagen machen.

1. Meine Mutterrolle
2. Mitschuld am Tod meines Mannes. Abschied im Streit

PS: Zusätzlich belastet mich immer noch die Frage: Warum hat mir ein junger Mensch das angetan? Was treibt diesen Schläger an?

Obwohl Johanna sonst fast nichts mehr von Hand schreibt und ihr *tablet* als Notizzettel benutzt, ist es ihr wichtig, die Anmerkungen für Herrn Doktor Lanig in einer möglichst persönlichen Form zu verfassen.

✧

„Hallo Christina."

„Hi Mama, zu so ungewöhnlicher Zeit?"

„Hoffentlich störe ich dich nicht, Christina. Ich muss endlich einen großen Brocken loswerden. Man kann das ja kaum telefonisch machen. Trotzdem, es muss heute sein."

Dann monologisiert Johanna: „Ich war eine schlechte Mutter und habe dir nicht genügend Beachtung geschenkt. Anfangs, als junge Mutter, war ich ohne meinen Beruf sogar unzufrieden. Du allein hast mich nicht ausgefüllt. Später haben wir dir dann zugemutet, immer wieder streitende Eltern erleben zu müssen. Als ich gemerkt habe, wie gut du dich mit deinem Vater verstehst, bin ich sogar eifersüchtig gewesen. Dass ich dir nach dem Tod deines Vaters über die Trauer nicht hinweggeholfen habe, wühlt immer noch in mir. Ich war nur auf mich bezogen, habe mich hängen lassen und dich vernachlässigt. Ich weiß noch gut, wie ungern du vom Badischen weggegangen bist. Trotzdem habe ich dich aus deinem Umfeld herausgerissen und du bist mit mir nach Weisenthal und später nach Sieglingen gezogen. Christina, dass du trotzdem immer wieder bereit warst und bist, mit mir als Mutter klar zu kommen, ist ganz arg lieb von dir. Weißt du, ohne dich und deine Familie hätte ich meine aktuelle Krise nicht beackern können. Danke dafür. Bitte verzeih mir alles."

„Och Mama, du siehst das falsch." Christina konnte in einer Atempause Johannas Redeschwall unterbrechen. „Ich hatte doch eine so schöne Kindheit. Ihr habt mich alle umsorgt. Sonst wäre ich auch nicht ein so glücklicher Mensch geworden." Christina fügt an: „Mama, du brauchst dir keinerlei Gewissen zu machen. Wir reden, wenn wir uns bald wiedersehen."

Johanna ist wie vor den Kopf gestoßen. Sie sieht das falsch? Christina erinnert sich gern an ihre Kindheit?

Und sie lebte so lang mit einem unguten Gefühl.

Seelenpuzzle

Mittwochabend, 2. März und Tage danach

Johanna googelt. Warum ist ihr das nicht früher eingefallen? Warum recherchiert sie erst nach so vielen Jahren über das Thema *Hirnschlag oder Hirnblutung?*

Gründe, Vorwände, Ausreden. Einerseits gab es vor über zwanzig Jahren, als das mit Georg passierte, noch nicht diese komfortable Möglichkeit zur Recherche über das Internet wie heute, zumindest nicht für Privatleute wie sie. Nicht mehr nachvollziehbar für die Kinder- und Enkelgeneration im noch jungen einundzwanzigsten Jahrhundert.

Aus weiter Ferne kommen die Gedanken an Johannas erste Berührungspunkte mit der neuen Technik, in ihrer Lehrzeit in den späten 60er Jahren auf dem Rathaus Weisenthal. Das Thema *Elektronische Datenverarbeitung* war bis dahin für sie völlig unbekannt. Der junge Stadtinspektor Glatt startete ein Projekt zur Datenerfassung in der Steuerverwaltung mittels der neu aufkommenden Computertechnik. Und zwar in Kooperation mit den Bürgermeistern der umliegenden Gemeinden, also für die gesamte Region *Weisenthal-Albaufstieg*. Nur gemeinsam konnten die beteiligten Gemeinden die hohen Kosten für das geplante Rechenzentrum schultern. Dieses Vorhaben löste daher den Zwang zu einer gemeindeübergreifenden Zusammenarbeit aus, erinnert sich Johanna. Selbstständige kleine Gemeinden gründeten also einen Gemeindeverbund. Und das in Zeiten, in denen die öffentlichen Gelder für sonstige kommunale Investitionen auch auf dem flachen Land sprudelten und jeder Bürgermeister für sein Dorf ein Hallenbad, einen Festsaal, eine neue Turnhalle bauen wollte. Möglichst schöner und größer als die Nachbargemeinde.

Insofern hat die beginnende Digitalisierung die sich einst oft feindselig und neidisch gegenseitig beäugenden Ortschaften eher zusammengeführt. Also, findet Johanna, kann man hier so etwas wie eine *historisch-kommunale Großtat* durch die Computerisierung konstatieren. Die enge Kirchturmpolitik wurde nicht gerade überwunden, bröckelte aber, zumindest in Ansätzen.

Ja, das waren die Anfänge, sinniert Johanna. Euphorie überall, die Möglichkeit der neuen Technik begeisterte. Wenn sie den Jungen erzählen würde, wie man die steuerrechtlichen Daten der Bürger zum Beginn ihrer Ausbildungszeit auf dem Rathaus erfasst und bearbeitet hat. Ein müdes Lächeln würde sie den Gesichtern von Tochter und Enkel entlocken. Johanna nimmt sich vor, bei nächster Gelegenheit Jakob von ihrem ersten Arbeitsauftrag als *Stift* auf ihrem Weisenthaler Rathaus zu erzählen: Von der Aufgabe, die *Wasseruhrkarten* umzusortieren, von der alphabethischen Reihenfolge in die Anordnung nach Straßen. Heute kann man diese öde stunden- ja tagelange Arbeit mit einem Klick in der Datenbank umgehen: Umsortieren und neu ausdrucken oder gleich dem technischen Mitarbeiter ein *tablet* mitgeben, in das er die erhobenen Daten eingibt. Arbeitserleichterung, Zeiteinsparung, geringere Kosten, Vernetzungsmöglichkeiten. Viele Vorteile.

Jeder ihrer Altersgenossen hat ein eigenes Beispiel dafür parat, mit dem der ungeheure technische Fortschritt seit der Kindheit trefflich demonstriert werden kann. Gemeinsames Erfahrungsgedächtnis der Nachkriegsgeneration. Verbindend und prägend.

Andererseits: Auch ohne das *www* hätte es früher Informationsmöglichkeiten gegeben, um sich über Georgs Krankheit schlau zu machen. Aber, zugegeben, sie wollte und konnte sich nicht informieren. Über zwanzig Jahre lang.

Was spuckt das aktuelle Gedächtnis der Netzgemeinde zum Thema *Hirnschlag – Hirnblutung* aus?

✧

„Johanna, du bist am PC?"

„Ja, Vera, endlich kann ich die Freiburger Geschichten anfassen."

Das ist neu, wundert sich Vera. Seither durfte man gegenüber Johanna nie die alten Erlebnisse erwähnen. Sie sperrte sich dagegen, wollte nicht an die damaligen Ereignisse zurückdenken.

„Weißt du, Vera“, Johanna öffnet sich, „diese Psychotherapie war zeitweilig schon belastend. Du hast die *Zwangspause von der Therapie* und meine reumütige *Rolle rückwärts* ja mitbekommen. Aber jetzt geht’s irgendwie voran. Doktor Lanig leitet mich geschickt. Ich muss das Geschehene auseinanderdröseln.“

Johanna zeigt ihrer Freundin, was sie auf verschiedenen Webseiten zum Thema *Hirnschlag – Hirnblutung* im Netz gefunden hat.

Vera überfliegt:

Selbst bei raschem chirurgischem Eingreifen besteht das Risiko eines tödlichen Ausgangs oder bleibender neurologischer Schädigungen. Ein Hirnschlag stellt immer ein lebensbedrohliches Ereignis dar. Etwa 15 % aller Fälle führen entweder sofort oder innerhalb der ersten 30 Tage zum Tod.

„Weißt du, ich habe mir immer schlimme Vorwürfe gemacht, weil ich nicht bei ihm war, als es passiert ist. Dass ich vielleicht seinen Tod hätte verhindern können, wenn ich bei ihm gewesen wäre. Diese Selbstvorwürfe haben mich damals in die totale Krise gedrückt.“

„Ja, Johanna, das war kaum nachvollziehbar. Deshalb vermied ich es, überhaupt davon zu reden. Ich dachte mir halt, *Zeit heilt Wunden*“, reflektiert Vera ihr damaliges Verhalten. „Heute ist mir auch klar, dass das zu oberflächlich war.“

„Nein, Vera, Doktor Lanig meint, das war in dieser akuten Krisenlage genau das Richtige. Durch deinen Aktionismus hast du mich aus dem absoluten Tief rausbekommen, und ich konnte wieder *leben und funktionieren*. Das war auch wegen Christina das einzig Wahre. Bloß hätte ich vermutlich dann irgendwann mal meine persönliche Geschichte reflektieren müssen. Dass ich erst Großmutter werden musste“, sinniert Johanna weiter, „und diesen extremen Anstoß von außen brauchte.“

„Gut, dass du die Sache jetzt anpackst. Aber sicher haben dich seine Ärzte damals über das Krankheitsbild, die Notoperation und die genaue Todesursache detailliert informiert.“

„Weiß ich nicht mehr, Vera. Vermutlich. Aber bei mir kam das alles nicht richtig an. Ich war ja so geschockt von diesem unerwarteten Tod. Von einem Tag auf den andern. Eine vollkommen andere Lebenssituation. Plötzlich alleinerziehende Mutter eines pubertierenden Teenagers." Johanna analysiert die Bildschirminformationen: „Wenn ich das aber jetzt sehe, diese akute Gefährlichkeit, selbst bei schnellem und richtigem Eingreifen."

„Mach dir bloß keine Vorwürfe, weil du nicht bei ihm gewesen bist", nimmt Vera diesen Aspekt wieder auf, „man kann einem erwachsenen Menschen nicht immer hinterherlaufen. Das darf man nicht mal bei einem Kind tun. Es war Schicksal, dass Georg gerade in diesen Stunden, in denen er nicht zu Hause war, den Hirnschlag erlitten hat."

Sie studieren die Statistik zu Folgeschäden beim Überleben nach Hirnschlägen und Hirnblutungen: *Lediglich 60 % der Betroffenen überlebt das erste Jahr. Die Mehrzahl davon ist dauerhaft auf fremde Hilfe angewiesen.*

„Schon heftig, schlimme Behinderungen, wenn man zu denen gehört, die das überleben", wundert sich Vera, „und das heute noch, trotz unserer hochtechnisierten Medizin. Welche Chancen hatte Georg dann vor über zwanzig Jahren?"

„Ja, Vera, und Georg wurde gleich in die Universitätsklinik Freiburg eingeliefert. Das war nicht ein kleines Krankenhaus irgendwo auf dem Land, das mit dieser Situation vielleicht überfordert gewesen wäre. In einer Uni-Klinik war man auch damals schon bestens versorgt. Und wenn die es nicht mal geschafft haben, ihn zu retten ... Und dann, selbst wenn Georg den Notfall überlebt hätte, was wäre er danach für ein Mensch gewesen? Wäre er noch glücklich geworden?" Johanna atmet tief durch: „Das entlastet."

✧

„Sie wirken heute entspannter als seither. Täusche ich mich?"

Doktor Lanig kennt seine Patientin inzwischen gut. Johanna erzählt ihm von ihrer Internetrecherche, von der Analyse des Krankheitsbildes, von der bedrückenden Langzeitstatistik bei *Hirnblutung und Hirnschlag* und von der neuen Bewertung ihres eigenen Fehlers, einer eventuellen Schuld durch ihr Versäumnis, nicht bei ihrem Mann gewesen zu sein, als er diese plötzliche Erkrankung hatte.

„Nicht zu vergessen, meist kommt ein derartiger Einbruch nicht aus dem blauen Himmel. Das bahnt sich an. Sicher haben Sie auch über die *Ursachen* recherchiert?"

Johanna berichtet ihrem Arzt, dass sie lang gedacht hat, der Grund für diesen plötzlichen Tod sei ihr Streit gewesen. Die Aufregung über die Auseinandersetzung mit ihr. Letztlich sei *sie* also schuld gewesen an seinem schnellen Tod.

Johanna zeigt ihrem Therapeuten den Ausdruck über die Gründe dieser Erkrankung. Doktor Lanig liest vor:

Alle präventiven Maßnahmen zielen darauf ab, Risikofaktoren zu minimieren. In vielen Fällen bedeutet dies Abbau von Übergewicht. Daneben sollten Blutdruck und die Cholesterinwerte regelmäßig vom Hausarzt kontrolliert werden. Wer bereits unter Bluthochdruck, Diabetes oder Herzmuskelschwäche leidet, ist besonders gefährdet und sollte kontinuierlich ärztlich überwacht werden. Eine gesunde Ernährung, sportliche Betätigung und der Verzicht auf Nikotin können ebenfalls zu einer Minimierung der Risikofaktoren beitragen.

Wie oft hat sie Georg in den letzten Jahren auf seinen ungesunden Lebenswandel aufmerksam gemacht! Sein starkes Rauchen, der Alkoholgenuss, die nächtlichen Plünderungen des Kühlschranks, wenn er wegen seines beruflichen Ärgers nicht einschlafen konnte. Unzählige Male wollte sie ihn zum Arzt schicken, durchchecken lassen, in der Hoffnung, dass er einsehen würde, dass es so nicht weitergehen konnte. Er war dick geworden. Es gab auch keine nennenswerte sportliche Betätigung mehr. Winters Skifahren, ja, aber selten. Statt mit ihr und mit Christina Wanderausflüge in den Schwarzwald zu machen, lag er sonntags lieber auf dem Sofa und ging abends in seine Stammkneipe. Sicher hatte er bei seinem Übergewicht auch hohen Blutdruck und durch sein Trinken waren vermutlich auch andere Organe belastet.

„Ihr Mann hatte vor seinem Zusammenbruch getrunken. Hatte er einen Alkoholvorrat im Büro?"

„Vermutlich war das so. Denn nach unserem Streit war es spät. Er konnte wohl kaum noch Alkohol besorgt haben, nachdem er aus dem Haus gegangen war. Alle Geschäfte in Rebersheim hatten geschlossen. Eine Tankstelle, bei der er sich nachts hätte Alkohol beschaffen können, gab es nicht. Ich habe Frau Schneider nie danach gefragt. Sie hätte sicher gewusst, was in seinem Privatschrank im Büro deponiert war."

Doktor Lanig fasst in seiner ruhigen Art zusammen. Er bestätigt Johanna bezüglich der Risikofaktoren ihres Mannes. Also auch bezüglich der Phase vor dem Hirnschlag sei irgendeine Mitschuld ihrerseits an seinem Tod nicht zu sehen. Im Gegenteil. Sie wollte ihn in seinen letzten Lebensjahren mit vielen Anläufen dazu bringen, einen gesünderen Lebenswandel zu führen.

„Es wird mir leichter. Okay. Die Tatsache seines frühen Todes muss ich akzeptieren. Ich habe keine Schuld daran. Ich will es glauben und eigentlich haben Sie mich auch überzeugt. Zumindest rational hab ich das nun verstanden. Hoffentlich hat es auch meine Seele kapiert. Doch, ja, vermutlich beruhigt sich auch mein Unterbewusstsein. Ich konnte in den letzten Nächten schon ohne Medikamente einschlafen."

Eine gewisse Traurigkeit zeigt sich noch bei Johanna, sie spricht leise, lächelt verhalten, sitzt wieder verkrampft vor ihm.

„Aber es plagt mich noch, dass wir im Streit auseinander gegangen sind. Das tut immer noch weh. Ich mache mir Vorwürfe. Warum haben wir bloß so arg gestritten, an seinem letzten Abend."

„Ja, das bohrt. Das verstehe ich. Man wünscht sich einen guten Abschied von einem nahen Menschen. Aber im Leben lässt sich nun mal nicht alles lenken."

„Einen Milchkaffee?" Die Atmosphäre lockert sich. Es ist schon so, nur Doktor Lanig schafft es, einen so guten Kaffee mit perfekt geschäumter Milch zu fabrizieren.

„Warum, Frau Bäcker-Nillin, warum haben Sie sich denn so arg gestritten? Wollen Sie die Erinnerung wieder herholen?"

Lang hat sie sich verboten, darüber nachzudenken. Alle Gedanken an diesen schicksalhaften zwölften und dreizehnten Dezember wurden von ihr zurückgedrängt. Und jetzt, nachdem sie diese Erinnerungen zulassen und im Einzelnen reflektieren soll, war alles wieder da. So klar, als sei es gestern passiert.

Das menschliche Gedächtnis. Ein Mysterium: Das Geburtstags-Shopping in Freiburg mit Christina, die Entdeckung des verliebten Paares, das Heucheln vor Christina, es sei alles in Ordnung, das Warten am Abend bis Georg spät nach Hause kam, der zerstörerische Streit in der Nacht, während Christina im oberen Stockwerk geschlafen hat, das Knacken des Haustürschlosses, als Georg weg gelaufen ist, ihre durchwachte Nacht bis zum frühen Anruf aus dem Rathaus. All diese Geschehnisse waren präsent, in allen Einzelheiten gespeichert.

Auch die Gefühle kamen wieder hoch, der Unglaube, der Schock, als sie Georgs Untreue entdeckte, dieses Grauen in ihr. Das Gefühl des Versagens, der Ablehnung, der Ausgrenzung, des Mit-Füßen-Getreten-Werdens, der Unwertigkeit. Der Schwindel, wie dann der Boden bebte, das Gefühl, sie würde gleich fallen müssen, die Übelkeit, die Ratlosigkeit. Die Erinnerung an die unglaubliche Kraft, die sie aufbringen musste, um alles vor Christina zu überspielen. Der aufkommende Zorn, ihre Zanksucht, ihre Zerstörungswut, ihre schonungslosen Vorwürfe beim schlimmen Streit. Dann die Verzweiflung, ihr Gefühl der Einsamkeit, ihre Panik, was denn nun werden solle.

„Versuchen Sie mal, ihre Gefühle außen vor zu lassen, kühl zu analysieren:

Warum kam es zum Streit? Wer hat den Grund dafür gegeben? War die Auseinandersetzung gerechtfertigt oder wäre sie vermeidbar gewesen? Wäre es besser gewesen, das Geschehene zu ignorieren und ohne diese *Aussprache* mit ihrem Ehemann weiterzuleben?“

Das hat sich Johanna nie überlegt. Seither war sie nie über die Fragestellung hinausgekommen: „Warum sind wir im Streit auseinandergegangen?“

Nein, ein Verschweigen des Entdeckten, ein oberflächliches Weitermachen, ein *So-tun-als-ob*, ein Ignorieren ihres Wissens, das hat sie in keinem Augenblick erwogen. Die Möglichkeit, ein weiteres Eheleben auf Heuchelei aufzubauen, war nie im Bereich ihrer Überlegung gewesen. Das wäre doch für ihre ganze Familie zerstörerisch geworden. Sie wäre *vor die Hunde* gegangen, Christina wäre in einem Sumpf von Lügen aufgewachsen, Georg hätte wahrscheinlich gefühlsmäßig gemerkt, dass seine Ehefrau immer kühler zu ihm wird und hätte sich vermutlich innerlich immer weiter von ihr entfernt, wäre bestimmt noch seltener heim gekommen.

Nein, das wäre kein Leben gewesen! Nicht für sie! Der Streit musste sein!

Alte Wunden

Donnerstag, 10. März

„Gut, Johanna, dass wir noch ein bisschen Zeit haben." Noch eine Viertelstunde.

Johanna friert, obwohl es im Raum warm ist. Ein leichtes Zittern.

„Ich find's schon mal super, dass wir uns hierher getraut haben."

Manchmal ist es ihr zu viel, dass Elisabeth immer alles positiv sieht.

Seit sie das Auto in Stuttgart-Degerloch abgestellt haben und in die U-Bahn eingestiegen sind, wurde kaum ein Wort zwischen ihnen gewechselt. Jetzt aber, im Obergeschoss des *Café Königsbau*, an einem der begehrten Aussichtstische mit Blick auf die Königsstraße, auf das städtische Treiben an diesem zehnten März, einem der ersten Frühlingstage, weicht die Anspannung auch bei Johanna.

„War schon komisch, das Déjà-vu. Fast wie am dreizehnten Dezember." Wieder sind sie beide zusammen nach Stuttgart gefahren, wieder haben sie das Auto in Degerloch geparkt, wieder ging es mit der U-Bahn weiter in die Stuttgarter Innenstadt. Aber sie haben vorab besprochen, dass sie nicht im *Bahnhof Charlottenplatz* aussteigen werden, sondern erst an der nächsten Station, am *Schlossplatz*.

„Hast du rüber geschaut zu *der Stelle*?"

Wenn Johanna *danach,* wegen ihrer Zahngeschichte, ins Katharinenhospital nach Stuttgart fahren musste, wurde sie immer von Vera gefahren. Direkt zum Parkhaus beim Krankenhaus. Die U-Bahn haben sie gemieden, vor allem um den *Bahnhof Charlottenplatz* machten sie einen großen Bogen.

Auf Anraten ihres Therapeuten hat sie es aber heute zusammen mit Elisabeth zum ersten Mal seit der Gewalttat gewagt, sich wieder in diese Gegend zu trauen.

„Frau Bäcker-Nillin, Frau Schröder?" Der großgewachsene junge Mann kommt gut zehn Minuten zu früh, spricht sie an, stellt sich vor: „Alex Scheuer. Wir sind verabredet."

„Volltreffer", Elisabeth legt gleich in ihrer etwas vorlauten Art los. „Setzen Sie sich, Sie haben auf Anhieb die richtigen beiden Alten gefunden. Trotz reichlicher Auswahl." Elisabeth zeigt an die Nebentische, durchweg besetzt mit reiferen Damen, kaum ein Herr dabei.

„Ich bin Elisabeth Schröder, hier meine Freundin Johanna Bäcker-Nillin."

Alex übernimmt die Gesprächsführung. Johanna ist froh darüber. Sie findet es sympathisch, dass er sich dafür bedankt, dass sie beide sich zu diesem Kennenlernen vor der eigentlichen *Gegenüberstellung* bereit erklärt haben, dass er erwähnt, selbst auch zum ersten Mal in einer derartigen Situation zu sein und dass er hoffe, nicht allzu viele Fehler zu machen.

„Wie geht es Ihnen beiden inzwischen?" Elisabeth nickt Johanna zu.

„Wissen Sie, ich bin in diesen drei Monaten seit der Tat durch die Hölle gegangen. Mit fachmännischer Hilfe ist inzwischen vieles gut. Mein Therapeut hat mir geholfen, das Trauma dieser Tat und die ganzen seelischen Folgen zu bearbeiten. Derzeit bereitet er mich sorgfältig darauf vor, bald stark genug für die Konfrontation mit dem Haupttäter zu sein. Vom Mittäter, von diesem Jungen mit den langen schmuddeligen Haaren, der auch beteiligt war, kam eine schriftliche Entschuldigung. Wir beide haben das akzeptiert."

Johanna hat sich auf dieses Statement vorbereitet. Es ist ihr wichtig, dass die Gegenseite ihre Nöte versteht. Sie hat inzwischen gelernt, ehrlich zu sich zu sein und bohrende Dinge in ihrem Innern nicht erneut zuzudecken, keinesfalls wieder damit anzufangen, alles zu überspielen. Inzwischen weiß sie ja, dass sich die Psyche irgendwann dafür rächt, wenn man ihr nicht genügend Beachtung schenkt.

„Trotzdem bin ich noch nicht fertig mit der Geschichte."

Johanna muss sich dazu überwinden, auch in Anwesenheit von Elisabeth über dieses innerste Anliegen zu sprechen, das sie jetzt Alex Scheuer verdeutlichen will. Sie hofft, dass die Freundin so fair sein wird, nicht alles im Büro auszuwalzen.

„Die *Missachtung* meiner *menschlichen Würde i*st es, die mich nicht los lässt." Johanna betont diesen Satz. „Das klingt hochtrabend, ist aber fundamental." Sie setzt nach. „Ich bin eine Frau, die im Beruf anerkannt war, in der Gesellschaft geachtet ist, ein Kind erzogen hat und sich nie etwas zuschulden kommen ließ. Ich bin dazu erzogen worden, die Menschen in meiner Umgebung wertzuschätzen und tolerant mit ihnen umzugehen." Mit jedem Satz drängender, heftiger in der Artikulation. „Das erwarte ich verdammt noch mal auch von meinen Mitmenschen. Auch von Jugendlichen. Man hat gefälligst meine Ehre zu achten." Nachdrücklich. Doch sie darf nicht laut werden, im Café muss gedämpft geredet werden.

„Ich muss wissen, warum mich dieser Täter so beleidigt, so erniedrigt, so zerstörerisch behandelt hat. Was bringt einen Menschen dazu, auf andere einzuschlagen, sie zu treten, zu beschimpfen. Auf Leute, die ihm nichts, gar nichts getan haben." Lange hat sie sich diese Formulierungen überlegt, hat die Worte hin und her gedreht. Sie will, dass ihr Anliegen deutlich bei ihrem Gegenüber ankommt.

„Auf diese Frage muss ich eine Antwort bekommen. Deshalb habe ich mich auch zu der Gegenüberstellung mit diesem Herrn Fleischer und zu dem heutigen Treffen bereit erklärt."

Johannas Worte wirken. Auf Elisabeth. Auf Alex. Die Servicekraft bringt die bestellten Kuchen. Zwangspause.

„Ich bin froh, dass Sie so offen sind. So kann auch ich offen zu Ihnen sein. Fino, so nennt sich Herr Fleischer, hat mir sein Okay gegeben. Ich darf Ihnen alles über seine Herkunft, sein Leben, seinen Werdegang erzählen."

Alex berichtet nun, was er es aus Gesprächen mit Fino weiß. Er erzählt von einem Jungen, der seinen Vater nie kennen lernt. Von einer Mutter, die in die USA auswandert, ihren fünfjährigen Jungen zurück lässt, die verspricht, ihn zu sich zu holen. Ihn aber wieder und wieder enttäuscht, ihn ständig vertröstet, sich schließlich nicht mehr meldet. Alex redet von Großeltern, die mit der Erziehung des immer aggressiver werdenden Kindes nicht mehr klar kommen und davon, dass der Junge auch in der Schule auffällig wird. Schulversager, Außenseiter.

“Bald geriet Fino mit dem Gesetz in Konflikt. Zunächst nur Bagatelltaten, später gewalttätige Vergehen. Natürlich hat längst das Jugendamt die Verantwortung übernommen. Allerdings wurde Fino von einer Wohnunterbringung in die andere geschoben. Überall eckte er an. Man signalisierte ihm immer wieder, dass er nicht gewollt ist. Er wuchs ohne Bodenhaftung auf." Alex pausiert, beobachtet die beiden Frauen: Konzentriertes Zuhören.

„Er schaffte sich seine *Ersatzfamilie*. Eine Gruppe von jungen Leuten, die er in seinen üblen Dunstkreis zog, über die er Macht ausüben konnte."

Johanna und Elisabeth schauen sich an.

Wurzeln gekappt

Donnerstag, 17. März

Aus einer der offenstehenden Zimmertüren kommen Schreie, Urlaute, unverständliches Schimpfen. In einem anderen Raum nimmt Alex im Vorbeigehen einen zitternden Mann wahr, der im Rollstuhl sitzt.

Schnell weiter.

Der deprimierende Eindruck, der gleich aufkam, als er dieses Haus betrat, verstärkt sich mit jedem Schritt den er weiter geht. Schon im Foyer fühlt sich Alex in eine andere Wirklichkeit versetzt. Oder besser, außerhalb des Kosmos befindlich. Alte schieben ihre Rollatoren vor sich her, Greisinnen sitzen an Tischen, fernab der hiesigen Realität, dösend oder vor sich hin starrend, nichts wahrnehmend, in ihrem eigenen Erinnerungsgebäude lebend. Lebend? Vielleicht eher dahinsiechend, vegetierend?

Auf sein erstes Klopfen an der Zimmertür meldet sich niemand. Die Pflegerin vorn im Flur nickt ihm aufmunternd zu. Okay, er tritt ohne Aufforderung ein.

Der Gestank nimmt ihm den Atem, kommt in einem Schwall auf ihn zu, als er ins Krankenzimmer tritt. Vergleichbar dem Betreten eines Dampfbades, bloß kommt einem dabei eine Wand an feuchter, wohltuender und eher wohlriechender Luft entgegen. Nur mit Mühe kann er einen Brechreiz niederhalten, muss sich mit einem lauten Husten-Gewürge erleichtern, den Ekel verdrängen.

„Guten Tag Frau Fleischer."

Das Pflegebett steht im Zentrum des Raumes. Ein knochiger, nahezu haarloser Schädel wendet sich Alex zu.

„Grüß Gott." Zahnloser Mund, eingefallene Wangen. Aber eine unerwartet lebhafte Stimme, helle Tonlage, zwar leise, trotzdem deutlich zu verstehen.

Erstaunlich, dass aus einem Stimmapparat, der zu diesem halbtoten Körper gehört, überhaupt ein gesteuerter Laut kommen kann. Sogar gut verständliche Worte.

„Frau Fleischer, mein Name ist Alex Scheuer. Ich soll Ihnen von Ihrem Enkel viele Grüße ausrichten."

Die alte Frau hebt ihren Kopf, versucht, sich im Bett aufzurichten. Vergeblich.

„Von meinem Enkel, von Friedrich?" Das magere Antlitz hellt auf. Die Augen bekommen ein Leuchten. Ein Strahlen im ausgemergelten Gesicht. Kurios. Offensichtlich ist diese Frau vollkommen klar im Kopf. Zwar zu schwach, um das Bett zu verlassen und wohl nicht mehr in der Lage, ihre Schließmuskeln zu beherrschen, aber erkennbar mit funktionierendem Verstand.

Alex kann es nicht mehr aushalten, geht zum Fenster, fragt höflichkeitshalber kurz nach, ob das okay sei, lässt Frischluft herein. Bevor er sich wieder der Liegenden zuwendet, schnappt er nochmals einen Atemzug der Außenluft. Autoabgase. Besser als das hier drinnen.

„Friedrich. Wie geht es ihm? Erzählen Sie."

„Schon wieder besser", so beginnt Alex seinen Bericht, dessen Inhalt er sanft verpackt, nicht in seiner ganzen Schonungslosigkeit der alten Frau zumutet. Er sieht, dass sie es versteht, dass der Junge wieder mal Mist gebaut hat und dass er sich jetzt bessern will. Wieder mal?

Dann erzählt Finos Großmutter die Geschichte ihrer Tochter Katharina, die als dreizehnjähriges Kind im Jahr neunzehnhundertzweiundneunzig mit nach Deutschland übersiedeln musste, aber lieber in Kasachstan geblieben wäre.

„Ich war eine alte Mutter. Als Katharina auf die Welt kam, war ich schon dreiundvierzig Jahre alt." Vielleicht, reflektiert die Greisin, schon zu alt, um ein quirliges Kind zu erziehen.

„Mein Mann und ich vergötterten Katharina von Anfang an. Wir hatten lang auf die Geburt unseres einzigen Kindes warten müssen." Sie macht nur eine kurze Erinnerungspause, erzählt dann weiter.

Als Heranwachsende sei die Tochter ihren Eltern gegenüber eher verschlossen gewesen, habe zu Hause nie viel erzählt, sei immer mehr außer Haus gewesen, bei Freundinnen oder im Nachbargehöft bei anderen Kindern.

„Es war unser Lebenstraum." Sie erzählt in ihrem gebrochenen Deutsch, dass ihr Mann und sie, deutschstämmig, immer zurück wollten in das Land ihrer Vorfahren. Dass sie, wie schon ihre Eltern, in ihrer Gemeinde in Kasachstan ein Leben lang die deutsche Sprache und die alten Bräuche gepflegt haben. Als dann die wirtschaftliche Situation in der zerfallenden Sowjetunion immer schlechter wurde und die Deutschstämmigen immer mehr Repressionen erdulden mussten, wollten sie nur noch weg, berichtet die alte Frau.

„Ich habe von einem Badezimmer mit warmem Wasser geträumt und von einem Haus mit einem dichten Dach."

Als die Übersiedelung nach Deutschland näherkam, habe sich Katharina immer mehr gesperrt. Sie wollte in ihrer Heimat bleiben, bei ihren Freundinnen und Freunden, den Tieren in der Nachbarschaft, in der gewohnten Umgebung. Das sei natürlich nicht gegangen. Ihr Mann und sie, so erzählt die Alte weiter, hätten sich eingeredet, dass sich das Kind bald an Deutschland gewöhnen würde, an dieses Wunderland, in dem es alles geben würde. Und das in Hülle und Fülle.

Über *Friedland*, die Erstaufnahmeeinrichtung für Spätaussiedler, und über verschiedene Durchgangsorte ist die Familie hier im Schwäbischen gelandet.

„Uns hat es in Deutschland von Anfang an gefallen. Obwohl wir nie das schöne Haus bewohnt haben, von dem wir in Kasachstan geträumt haben. Wir haben immer in Wohnblocks mit vielen anderen Mietern zusammen gelebt." Frau Fleischer erinnert sich weiter: „Die gebrauchten Kleider aus der Kleiderkammer waren besser als das, was wir in Kasachstan besessen haben. Der Staat hat uns auch gleich mit Übergangsgeld geholfen. Mein Mann war auf dem Bau tätig und hat später gutes Geld verdient. Ich habe sogar bei einem Supermarkt einen Job bekommen, musste also nicht mal Putzen gehen. Bloß Katharina hat sich in der neuen Heimat nie zurecht gefunden."

Es war nicht so wie im Sprichwort mit den alten Bäumen, sinniert die Alte weiter. Nein, bei ihnen war es eigentlich umgekehrt. Ihr Mann und sie, die *alten Bäume*, hätten sich problemlos verpflanzen lassen. Aber Katharina, die *junge Pflanze*, wollte oder konnte im neuen Boden nie richtig wurzeln.

Die alte Frau hat jetzt feuchte Augen. Die Erinnerung tut weh. Sie erzählt, dass sich Katharina in der deutschen Schule schwer getan hat.

Eigentlich sei sie in Kasachstan eine gute Schülerin gewesen. Doch hier wurde sie von Anfang an ausgegrenzt, als *Russlanddeutsche* betitelt und wegen der gebrochenen Aussprache verlacht.

Frau Fleischer pausiert kurz. Setzt ihre Anstrengung fort:

„Katharina war sensibel. Diese Ablehnung in Deutschland ist ihr nah gegangen. Sie war todunglücklich."

Alex hat den Eindruck, die Bettlägerige wolle sich ihre Sorgen von der Seele reden. Obwohl am Ende ihrer Kräfte, wollte die Kranke die Geschichte ihrer Tochter erzählen.

Katharina fand keine Freundinnen in Deutschland, wollte so schnell als möglich die Schule beenden und begann gleich nach der Hauptschule eine Ausbildung als Friseurin. Aber auch hier konnte sie nicht wurzeln. Von ihrem Arbeitgeber und von den Kundinnen fühlte sie sich nie angenommen. Bald gab sie diese Lehrstelle auf und verdiente ihr Geld als Kellnerin. Anfangs in Restaurants, später in Bars. Früh, schon mit sechzehn Jahren, hat das Mädchen wechselnde Freunde gehabt. Katharina war hübsch, schlanke Figur, lange blonde Haare.

„Katharina hat wohl bei Männern den Halt gesucht, den sie in der neuen Heimat sonst nirgends finden konnte."

Die Greisin setzt ab, macht eine kurze Pause.

„Dann kam mit neunzehn Jahren ihre Schwangerschaft. Der Mann dazu ist uns nie vorgestellt worden." Die alte Frau verstummt. Ihre Augen fallen zu.

Alex wartet. „Frau Fleischer. Soll ich gehen? Wird es Ihnen zu anstrengend?"

„Nein, nein. Ich will das alles erzählen."

„Der Junge wurde noch vor der Jahrtausendwende geboren. Katharina war damals", so betont die Greisin, „erst zwanzig Jahre alt. Die Schwangerschaft kam überraschend für sie. Aber sie hat das Kind angenommen und geliebt." Die Greisin lächelt. „Fritzi, mein kleiner Fritzi, hat sie den Jungen genannt. Wann irgendwie sie es einrichten konnte, hat sie sich mit dem Kind beschäftigt. Spaziergänge, Zoobesuche. Spiele." Sie alle, fährt sie fort, die Familie, die Nachbarn, alle hätten Friedrich gern gehabt. „Es war viel für Katharina. Ihre Arbeit, vor allem abends und nachts und das Kind." Sie als Großeltern hätten viel geholfen, sich des Jungen angenommen und die Tochter finanziell gestützt. Sie mochten Friedrich, obwohl er oft schwierig gewesen sei.

„Noch schwieriger ist es dann geworden", erinnert sie sich, „als der Junge in den Kindergarten gegangen ist. Dort fragten die Kinder nach seinem Vater, den er eigentlich seither nie vermisst hatte. Katharina wohnte in einer Zweizimmerwohnung, zusammen mit einer Freundin. Die beiden Frauen waren in der gleichen Bar beschäftigt. Wenn sie abends arbeiten gingen, ließen sie den Jungen allein in der Wohnung, eine Nachbarin hatte einen Schlüssel und schaute nach ihm."

Alex fragt sich, ob Finos Horror vor verschlossenen Räumen vielleicht in Kindheitserlebnissen gründet.

Leise und stockend erzählt die alte Frau von der Wende in der Beziehung zwischen Mutter und Kind als Katharina den dunkelhäutigen Amerikaner kennen lernte.

„Katharina hat sich an diesen Mann geklammert, obwohl der Junge ihn nicht mochte. Der Bube war eifersüchtig auf den Mann, der sich zwischen ihn und seine Mama gedrängt hat. Friedrich ist oft zu uns gebracht worden. Wir mochten den Jungen. Aber es war nicht einfach mit ihm."

Für das Kind sei eine Welt zusammengebrochen, so erinnert sich die alte Frau weiter, als die Mutter mit dem Amerikaner in die USA gegangen sei.

„Sie hat Friedrich versprochen, ihn nachzuholen. Sie wollte zu seinem sechsten Geburtstag kommen und ihn dann mitnehmen. Ich erinnere mich noch gut an den sechsten Geburtstag des Jungen. Wir wollten ihm eine Freude machen und ich habe ihm eine Geburtstagstorte gebacken. Mit sechs Kerzen darauf. Aber der Junge wollte die Torte nicht ohne seine Mama mit uns essen. Er hat stundenlang auf sie gewartet. Im Treppenhaus, vor der Wohnungstür, auf dem Fußabstreifer."

Nach einer langen Pause weiter: „Mein Mann war herzkrank, bei mir kam der Krebs in dieser Zeit zum ersten Mal. Wir waren nicht stark genug für den Jungen." Matt fällt die Kranke in ihr Kissen zurück. Nickt ein.

„Es ist jetzt zu anstrengend für Sie. Vielen Dank, Frau Fleischer."

„Dort in der Schublade. Nein, in der zweiten. Nehmen Sie den obersten Brief raus. Da steht die Adresse von Katharina drauf. "

„Aber", Alex liest den Absender des Briefes, „das ist eine deutsche Adresse."

„Ja, Katharina ist nicht mehr in den USA. Schon länger nicht mehr. Bitte bringen Sie die beiden zusammen. Ich hab nicht mehr die Zeit dazu. Dieses Mal gewinnt der Krebs."

„Vielen Dank, Frau Fleischer. Alles Gute. Ich werde Ihrem Enkel einen Gruß von Ihnen ausrichten."

Die alte Frau nickt. Erschöpft.

Konfrontation

Montag, 21. März
Ein spezieller Morgen

Nun ist es so weit. Heute also wird sie dem Täter gegenüberstehen, ihm in die Augen sehen. Im Vorfeld wurde sie von Angst geplagt, träumte schlecht.

Ob sie stark genug sein wird, diese Konfrontation durchzustehen? Zusammen mit Doktor Lanig hat sie darauf hingearbeitet. Er mühte sich damit ab, sie auf diesen Tag vorzubereiten, versuchte es mit verschiedenen Methoden: Fotos vom Schläger, Rollenspiele, Gespräche, immer wieder Gespräche. Auch Informationen zur Kindheit des Typen haben sie besprochen.

Sie sind gemeinsam die Fragen durchgegangen, die sie an diesen Menschen stellen will. Sie haben seine Motivlage beackert: Braucht dieser Mensch die Täter-Opfer-Gegenüberstellung lediglich, damit er nochmals glimpflich davon kommt? Wird er nur auf sein Opfer eingehen, damit er *Bewährung* bekommt? Kann er wirklich bereuen?

Wird sie ihm verzeihen können?

Es ist für sie heute das erste Mal, dass sie in ein Gefängnisgebäude gehen muss. Auch ein Privileg im Leben, immerhin ist sie inzwischen fünfundsechzig Jahre alt, denkt sich Johanna. Sie ist angespannt. Ihr Magen verkrampft sich. Doktor Lanig ist bei ihr. Sie werden hier den Verteidiger von Fleischer und den Betreuer Alex Scheuer treffen. Und natürlich den Schläger selbst. In einer Viertelstunde.

„Wie besprochen, Frau Bäcker-Nillin, sobald es Ihnen zu viel wird, geben Sie mir ein Signal. Dann legen wir eine Pause ein oder wir brechen die ganze Aktion ab. Also keinerlei Zwang."

Johanna ist Doktor Lanig so dankbar, dass er ihr das jetzt nochmals sagt.

Während der Zugfahrt hierher wird sie geblendet von der aufgehenden Sonne durch das bis zur Blindheit verschmierte Wagenfenster. Dann die Weiterfahrt mit der U-Bahn, die vielen berufstätigen Menschen, die um diese Zeit zu ihrer Arbeitsstelle hetzen, sich in Züge quetschen.

Nun dieses letzte Briefing von Doktor Lanig auf dem Fußweg von der Haltestelle zum Jugendgefängnis, die als bedrückend wahrgenommene Atmosphäre im großzügigen Gefängnispark. Welcher Kontrast zur hell leuchtenden Morgensonne.

Und jetzt zu viert im Besucherraum: Der Verteidiger von Friedrich Fleischer, Herr Doktor Ufer, der Betreuer von Fleischer, Alex Scheuer, den sie bereits aus dem Treffen im Café Königsbau kennt und sie beide, die Opferseite. Elisabeth hat auf die Gegenüberstellung verzichtet. Ihr hat die schriftliche Entschuldigung von Fleischer genügt.

Wie neben sich stehend, gleich einer Mitwirkenden in einem Schwarz-Weiß-Film, nimmt Johanna wahr, wie die Wartenden flüstern, angestrengt horchen.

Noch vor ein paar Wochen wäre ein solches Treffen für sie absolut nicht möglich gewesen. Sie denkt zurück an diesen Flashback um die Weihnachtszeit in der Freiburger Innenstadt. Ein kahlrasierter Schädel hat ausgereicht, um ihren Verstand auszuschalten und die pure Panik in ihr zu verbreiten. Dieser Horror, diese fürchterlichen Albträume. Immer wieder.

Inzwischen ist sie stärker, hat an ihr altes Leben angeknüpft, kann nach vorn schauen. Sie weiß jetzt, dass sie die aktuelle Herausforderung stemmen wird, künftig ohne ihren Beruf auskommen zu müssen. Sie wird wieder Lebenssinn finden. Wie? Anders als Gitti und Gabi, anders als Simon. Sie fühlt, dass diese *Wand*, gegen die sie gleich bei ihrer Pensionierung zu rasen glaubte, Türen hat. Sie wird den Weg finden, eine Tür für sich zu öffnen.

Doktor Lanig hat ihr bei einer der letzten Sitzungen zur Therapie-Phase *Zukunftsorientierung: Neue Wege beschreiten* wichtige Leitplanken zu ihrer Orientierung mitgegeben. Sie müsse sich die Frage beantworten, wie es ihr in der Vergangenheit gelungen sei, Tiefen einzuebnen. Daraus könne sie für die Bewältigung der aktuellen Krise lernen.

Beim *Praxisschock* im Weisenthaler Rathaus war's wohl die Hilfe durch die netten Kolleginnen und Kollegen, aber auch schlichtweg

Gewöhnung. Das *Ehrenamt* im Rebersheimer Spital und die Güte von Schwester Tonita halfen ihr bei den *Problemen als junge Mutter*. Ihre *Trauerdepression* konnte sie mit Veras Aktionismus, mit Berufstätigkeit und dem Chorsingen bewältigen. Wichtig waren jedes Mal Menschen, die ihr beigestanden haben. Und die hat sie auch jetzt. Zum Glück.

Zuerst muss aber dieser heutige Termin bewältigt werden. Sie will das Ganze hinter sich lassen. Nur noch dieser eine Schritt und dann noch die Hauptverhandlung, übermorgen.

Dann ist alles überstanden.

Ihre einstige Panik hat sich gewandelt, wurde zur Wut. Dass sie sich diesen Termin heute antut, ist ihrer Entrüstung geschuldet. Warum? Wieso? Weshalb?

Teilweise wurden ihre Fragen im Café Königsbau geklärt.

Jetzt will sie von *ihm* direkt noch Antworten. Das ist sie sich schuldig. Sie muss dieses Kapitel abschließen können.

Seit der Besprechung im Café Königsbau ist sie zuversichtlich. Sie wird das schaffen. Dieser Fleischer ist auch nur ein Mensch. Sogar ein bedauernswerter. Seltsam, ihre Gedanken. Wieso soll sie ihren Peiniger bemitleiden?

Alex Scheuer und Doktor Ufer entschuldigen sich kurz. Sie wollen nach ihrem Schützling sehen. Warum verspätet er sich?

Es dauert.

Sie hört Schritte. Die Tür zum Besucherraum wird geöffnet. Johanna zwingt sich, hinzuschauen. Begleitet von Rechtsanwalt und Betreuer kommt er herein. Ist er es? Ist das dieser einst kahlrasierte, bullige, furchteinflößende Schlägertyp?

Ein junger Mann, kurzer Haarschnitt, blass, eher unsicher, absolut nicht furchteinflößend. Blicke zum Boden gewandt. Er schaut auf. Grüßt verhalten.

Der Anwalt übernimmt die Prozedur des Vorstellens, erklärt die Verspätung seines Mandanten damit, dass es ihm gesundheitlich nicht gut gehe und er die ganze Nacht nicht geschlafen habe.

Pause.

Doktor Ufer nickt seinem Schützling aufmunternd zu. Der Täter, farblos, leicht zitternd, bedrückt, richtet seine Worte an Johanna. Spricht seine Entschuldigung aus, sagt, er bereue, was er getan habe. Zerknirscht.

Sie wollte ihn doch anschreien. Ihre Wut raus brüllen. Ihn mit Fäusten malträtieren. Wollte eine Antwort aus ihm heraus zwingen. Warum hat er sie misshandelt? Was gab ihm das Recht dazu? Warum hat er ihr das angetan?

Johanna sagt nichts. Schaut ihrem Gegenüber in die Augen.

Nickt.

Sie will in diesen vor ihr stehenden bejammernswerten Menschen nicht insistieren. Diesen niedergedrückten Jungen will sie in Ruhe lassen. Sie verzichtet darauf, ihre vorbereiteten Fragen an ihn zu stellen. Ihr Magen entkrampft sich. Sie gibt Herrn Doktor Lanig und den anderen ein kurzes Zeichen. Bedeutet, dass sie gehen möchte.

Sie ist die *Starke, er* ist der *Schwache.*

✧

„Hallo Johanna, Jochen hier. Stör ich dich gerade?" Selten, dass jemand vom Chor anruft, obwohl die Kontaktdaten aller Sängerinnen und Sänger auf der Chorliste verfügbar sind.

„Nein, du störst nicht. Bin gerade beim Kochen."

„Oh, was gibt's denn Feines?"

„Rehschulter mit Spätzle und Blaukraut. Meine Mitbewohnerin hat Geburtstag. Ein schönes Abendessen ist mein Geschenk an sie." Sie werden heute Abend zu dritt dinieren: Vera, Rolf und Johanna.

„Klingt äußerst verlockend. Du warst gestern so schnell verschwunden. Ich wollte dich eigentlich noch was fragen."

Stimmt, sie ist gestern gleich nach der Probe zusammen mit ihrer Chorfreundin Gisela heimgegangen. Sie wollte noch den Rehbraten einlegen, damit er heute frühzeitig in den Backofen kann. Mit der

Niedrigtemperaturmethode wird die Rehschulter zart. Das Fleisch braucht aber mehrere Stunden im Ofen, bis es seine *Kerntemperatur* erreicht hat.

„Was wolltest du fragen?" Johanna spontan weiter: „Du Jochen, ein Überfall: Hast du heute Abend schon was vor? Willst du zum Essen kommen? Es reicht locker für eine weitere Person."

Johanna wundert sich über sich selbst. Aber warum eigentlich nicht. Jochen ist nett und er hat schon ein paar mal Kontaktversuche bei ihr gestartet. Immer höflich, doch bis jetzt vergebens. Vera hat sicher nichts dagegen, wenn sie statt zu dritt, nun zu viert am Geburtstagstisch sitzen werden.

„Im Ernst jetzt, Johanna?"

„Ja, würde mich freuen. Passt neunzehn Uhr?"

„Gern. Bis heute Abend. Ich freu mich auch."

Katharina

Freitag, 25. März

Fino ist siebzehn, seine Mutter war zwanzig bei seiner Geburt. Wenn Alex richtig gerechnet hat, müsste sie jetzt siebenunddreißig Jahre alt sein. Ist das möglich? Ihm sitzt eine *alte* Frau gegenüber, strohiges blondes langes Haar, strähnig, ungepflegt. Aufgedunsenes Gesicht, unförmiger Körper, schwerfällig in den Bewegungen.

Vielleicht ist sie krank? Alkoholikerin?

Katharina scheucht die Katzen vom Sofa, räumt einen Sessel ab, indem sie die Sachen auf den Boden legt, in die Ecke, zu den anderen Dingen, die dort schon lagern. Zeitschriften, Katzengeschirr, angebrochene Tüten mit Katzenfutter. Mit ungelenken Fingern versucht sie, die Katzenhaare vom Sessel abzuzupfen, bietet ihrem Gast einen Platz an. Spült in der Küche zwei Gläser.

„Nein danke, bitte nichts Alkoholisches. Gern Mineralwasser."

Abgestandene Luft.

Alex denkt an die Kindheitserinnerungen von Fino. Seine schöne Mama, lange blonde Haare.

Das Leben spielt manchen Menschen brutal mit.

Nein, sie wolle ihren Jungen nicht sehen. Sie schäme sich. Der Traum von einer Heirat in den USA sei schnell geplatzt. Die zukünftigen Schwiegereltern hätten sie abgelehnt. Eine Weiße, das passe nicht zu ihrem Sohn, nicht zu ihrer Familie. Ihr Freund war wenig mutig, ließ sie fallen, wollte auf das Geld seiner Eltern nicht verzichten. Er distanzierte sich bald von seiner Braut. Eine Hochzeit gab es nicht.

Enttäuschung, Schmerz, Leere. Ihr Lebensglück, ihre Hoffnung. Dahin. Eigentlich wollte sie nicht mehr leben. War zu feige, sich umzubringen. Nicht mal das hat sie fertig gebracht.

Irgendwann konnte sie sich aufraffen, einen Job suchen. Es folgten immer wieder neue Arbeitsstellen in den USA. Ihre Verbindung zu Deutschland, zu ihrem Kind, zu ihren Eltern musste sie ganz auslaufen lassen. Anfangs habe sie noch Päckchen geschickt und Briefe,

Fritzi versprochen, ihn bald zu holen, habe ihn immer wieder vertröstet. Dann aber wollte sie auch damit einen Schnitt machen. Schweren Herzens. Der Junge sollte sie vergessen.

„Ich wollte durch meine Briefe keine Unruhe mehr in sein Leben bringen. Ich dachte, das ist besser für ihn."

„Haben Sie das tatsächlich geglaubt?"

„Er war doch gut betreut. Hatte meine Eltern. Zumindest habe ich mir das immer wieder eingeredet."

Nur mit ihrer Freundin telefonierte sie noch, schickte E-Mails, aber selten. Sie habe sich so geschämt. Nichts sei ihr gelungen. Ja, es habe Männer gegeben, auch nach John. Aber nie was Bleibendes. Ihr Kind nachholen? Nicht möglich. Wie hätte sie für sich und für den Jungen sorgen sollen? Er war doch behütet, habe sie sich immer wieder selbst beruhigt.

Als sie schon über dreißig Jahre alt war und in den USA wieder eine Beziehung in die Brüche ging, sei sie nach Deutschland zurück gekehrt. Die Freundin konnte ihr einen Job hier in Frankfurt besorgen. Aber diese Stelle sei nicht toll gewesen. Sie habe trotzdem immer wieder Arbeit gefunden: Jobs in Bars, Kellnern, Putzstellen.

„Dann die Krankheit. Arbeitslosigkeit, jetzt Harz IV." Ein hilfloses Auflachen, eine wegwerfende Bewegung.

Diese Geste kenne ich doch von Fino, schießt es Alex durch den Kopf.

Beim Tod ihres Vaters vor zwei Jahren habe sie einen Anruf von ihrer Mutter bekommen. Die Freundin hat wohl zu ihren Eltern die ganze Zeit über Kontakt gehalten, so bekam ihre Mutter die deutsche Anschrift von ihr. Sie wollte aber nicht zur Beerdigung kommen.

„Vielleicht war ich zu feige", gesteht Katharina. „Seither halte ich losen Kontakt, schreibe manchmal Briefe, habe meine Mutter auch schon im Pflegeheim besucht." Gierig trinkt sie aus dem Wasserglas. Wie eine Ertrinkende.

„Mama wird bald sterben, knapp achtzig Jahre alt. Der Krebs. Ich kann das Elend nicht mit ansehen. Die Frau verfault innerlich."

Der Sohn? Ja, sie weiß, dass er auf die schiefe Bahn geraten ist.

Ihr sei alles misslungen in ihrem Leben. Keine richtige Heimat, kein Beruf, kein Mann, keine Familie. So kann sie doch nicht vor ihren Sohn treten.

Meinen Sie? Glauben Sie tatsächlich, dass er mich verstehen kann? Mir vergeben würde? Mir vielleicht sogar helfen kann? Sie denken wirklich, dass es auch für mich noch eine Chance gibt? In einem solch verkorksten Leben?

Ein Wiedersehen? Das kann ich nicht versprechen.
Ich muss darüber nachdenken.

Frischluft für Fino
Ende März

Die Jungs haben ihn nett empfangen. Sogar ein kleiner Blumenstrauß stand in seinem Zimmer. Alex hat für alles gesorgt.

Fast rührend.

Aber keiner von denen in der Wohngemeinschaft kann nachempfinden, wie es ihm wirklich geht. Er ist wieder in Freiheit. Hat die Justizvollzugsanstalt verlassen dürfen. Nach über drei Monaten. Ist nicht mehr in einem engen Raum eingeschlossen, mit Blick auf Gitterstäbe, von Mauern blockiert. Er hört abends nicht mehr, wie sich die Riegel im Türschloss drehen, unerbittlich, wie das Licht abgedreht wird, wie er ausgeliefert ist in diesem engen Raum. Abgeriegelt. Fühlt nicht mehr die Panik in sich aufsteigen, nicht mehr die Atemnot, das Gefühl, ersticken zu müssen.

Überall Mauern. Zu sehen, aber auch unsichtbar in den Köpfen der Leute. Die Mitgefangenen, die Aufpasser, die Gefängnisleitung. Alle haben sie Mauern in ihren Hirnen, Vorschriften, Beschränkungen, Grenzen, die Vorgesetzten, die Untergebenen, Befehl und Ausführung, alles geregelt, keine Freiheiten. Davon haben die Leute *außerhalb* keine Ahnung. Das macht einen Menschen krank. Verkrüppelt sein Denken und Fühlen.

Ja, im zweiten Gefängnis hatte er einige Freiheiten. Trotzdem, gigantisch, dass er nun wieder sein eigener Herr ist, über seine Zeit selbst bestimmten kann, über seinen Tagesablauf, über seine Computerzeiten, über seinen Handygebrauch, über seine Beschäftigung, über sein Essen, über seinen Aufenthaltsort, über seine Freunde, einfach über alles.

Dass er seine Ausbildungsstelle wieder aufnehmen musste, ist halt so. Die Richterin hat ihn dazu verdonnert. Bewährungsauflagen darf er nicht vernachlässigen. Sein Chef ist zwar immer noch ein *Arschloch*, aber er muss das jetzt halt akzeptieren. Muss damit klar kommen, wenn nicht alles glatt läuft. Das lernt er in der Therapie, die er begonnen hat.

Jetzt hat er auch seine Gitarre. Wenn er Ärger hat, malträtiert er hinterher sein Instrument. Mit aggressiven Rhythmen. So lang, bis Protest von den Mitbewohnern kommt. Klar, auch jetzt ist seine Freiheit nicht grenzenlos.

Gut, dass er heute Nachmittag von der Arbeit freigestellt ist. Den Zahnarzttermin hat ihm Alex gemacht. Er soll seinen abgebrochenen Schneidezahn reparieren lassen. Okay, warum nicht.

Beim Zahnarzt war er schnell fertig. Den Nachmittag will er genießen. Immer noch kann er es kaum glauben, seinen Tag ohne Kontrolle und Regeln gestalten zu können. Er will in den Straßen Stuttgarts ziellos herumlaufen, sich auf Parkbänke setzen, durch Shops streichen, in Straßencafés sitzen, Leute beobachten. Aber, er wird nicht in die Klettpassage gehen. Das verbietet er sich. Auch an diese Bewährungsauflage wird er sich halten.

Bloß kein Risiko eingehen. Er will nicht wieder im Knast landen.

In der nächsten Woche darf er sich bei den Musikern vorstellen. Er soll vorspielen. Die suchen einen Gitarristen für ihre Gruppe. Wäre cool, wenn das klappen würde. Alex übt morgen nochmals mit ihm, zeigt ihm wieder ein paar Tricks.

Warum ist Alina so stur? Sie reagiert nicht. Auch auf seinen zweiten Kontaktversuch. Irgendwie liebt er sie immer noch. Sie war doch seine Barbie, sein Mädchen. Das schmerzt. Alex sagt, er könne nichts erzwingen, soll sich nicht hineinsteigern.

Leicht gesagt.

Jan hat er abgeschrieben. Der lebt in einer anderen Welt. Jetzt in Bayern. Aber cool von Jan, dass er bei der Hauptverhandlung zu ihm zur Anklagebank gekommen ist und ihn gegrüßt hat. Überhaupt war Jan fair bei seiner Aussage.

Fino macht sich jetzt keine Gedanken mehr darüber, wie ihn die Polizei so schnell gefunden hat. Ob er durch Jan verpfiffen wurde, ob der Penner ihn der Polizei ausgeliefert hat oder ob es doch Zeugen gab. Irgendwie, so weit ist er inzwischen gekommen, musste das vielleicht so sein.

Er hat jetzt ein neues Leben.

Aber *sie* bohrt in ihm, lässt ihn nicht los. Am Telefon war sie freundlich. Fast kommen ihm die Tränen, wenn er daran denkt, dass er mit seiner Mama geredet hat. Lang ersehnt. Immer verdrängt. Sie lebt tatsächlich. Er darf sie sogar besuchen. Übernächste Woche. In ihrer Wohnung in Frankfurt. Tag und Stunde haben sie schon ausgemacht.

Alex hat ihn darauf vorbereitet, dass sich seine Mutter verändert hat. Er sagt, sie sei nicht gesund. Er soll sie schonen. Soll sich mit seinen Fragen nach dem *Warum*, mit seinen Vorwürfen, seinen Schuldzuweisungen noch zurück halten. Soll ihr erst später sagen, dass er seinen leiblichen Vater suchen will und dass sie ihm bei der Recherche helfen muss.

Später dann.

Epilog

Sonntag, 11. September

Wieder daheim. Erholt. Erfüllt von Erlebnissen und Eindrücken während ihrer Wanderwoche an der Amalfiküste. Johanna fühlt sich rundum wohl. Obgleich die Heimreise endlos war. Das frühe Aufstehen, Busfahrt zum Flughafen, Abschiedsblick auf den Golf von Neapel, Schlange stehen in der Abflughalle bis zum Einchecken, Verzögerung am Gate, endlich der unpünktliche Start. Aber was soll's: *Happy Landing* in Frankfurt, das Wichtigste. Abschied von den *Norddeutschen* am Flughafen. Dann der verspätete Weiterflug der restlichen Reisegruppe nach Stuttgart, Heimfahrt mit dem Sonderbus über Esslingen, Plochingen, Stopps an verschiedenen Ausstiegsmöglichkeiten für Mitreisende entlang dem Unteren Flistal, zu guter Letzt die Ankunft in Sieglingen. Endlich ist sie daheim, erst spät am Abend. Ruhe in der Wohnung. Vera ist längst ins Bett gegangen, um morgen für den ersten Schultag nach den großen Ferien fit zu sein. Ein Zettel von ihr:

Nachrichten auf dem Anrufbeantworter.

Schnell abhören.

„Hallo Johanna, Jochen hier. War's schön im Urlaub? Du musst berichten. Ich habe für Dienstagabend nach deiner Rückkehr eine Konzertkarte. Streichquartett, schönes Programm. Hast du Zeit und Lust? Meldest du dich? Tschüss!"

Johanna schmunzelt, sichtet sofort ihre Termine.

Noch eine Nachricht. Wie war das? Lauter gestellt:

„Guten Tag Frau Bäcker-Nillin, Alex Scheuer hier. Ich hoffe, es geht Ihnen gut. Sie haben mir damals im Café Königsbau ihre Telefonnummer gegeben. Hier am AB nur ganz kurz: Ich habe einen Anschlag auf Sie vor. Zusammen mit Kollegen plane ich für das beginnende Schuljahr ein Patenprojekt für unsere Jungs, auch unbegleitete minderjährige Flüchtlingsjungen, die derzeit in unseren Wohngruppen unterzubringen sind. Wir brauchen Leute wie Sie. Sie könnten uns sehr helfen. Rufen Sie zurück? Wäre schön, von Ihnen zu hören. Hier meine Nummer ..."

Alex Scheuer? Ja, dieser nette junge Mann, der Betreuer des Schlägers vom Charlottenplatz.

Johanna wird erst jetzt bewusst, dass sie lang nicht mehr an diese Sache mit dem *Opernabend* gedacht hat. Während dieser Italien-Woche sowieso nicht. Die nette Unterhaltung in der Reisegruppe, das Verwöhntwerden im Hotel, das wuselige Leben in den Städten, die bestrickenden Ausblicke auf Meer, Inseln und Landzungen entlang der Wanderwege, die wohlriechenden blühenden und zeitgleich früchtetragenden Zitronenbäume, die pittoresken Städtchen, angeschmiegt an steil abfallende Küsten, die Faszination von Pompeii, das unerwartete Echo am Krater-Rand des Vesuvs auf einen vereinbarten gemeinsamen Schrei der Reisegruppe. Dann der Massenauflauf auf Capri, ein Erlebnis der besonderen Art. Eingepfercht und geschoben in einer Walze aus Touristen. Unglaublich. Erlebte Realsatire.

Schon viele Jahre hat Johanna von einer Reise an die Amalfi-Küste geträumt. Bereits ihre Mutter schwärmte von dieser, wie sie behauptete, schönsten Ecke Italiens, obwohl sie all das nur aus ihren Zeitschriften und Romanen kannte. Jetzt, in der nachberuflichen Lebensphase, konnte die Tochter diesen Traum realisieren.

Ein Patenprojekt für Jugendliche? Wäre sie stark genug? Verlangt Alex Scheuer da nicht zu viel von ihr?

Aber schon eine sinnvolle Sache.

Arbeit mit jungen Leuten. Dafür könnte sie brennen – gerade sie, mit ihrer Erfahrung.

Mal sehen.

Danke

Glücklicherweise habe ich ein Netzwerk von Verwandten, Freundinnen und Kolleginnen, die meinen Schreibprozess wohlwollend begleitet haben. Die mentale Unterstützung durch euch war mir eine große Hilfe.

Auch an euch, ihr lieben *WoRTkünschtler* von meiner Reutlinger Schreibgruppe, ein Dankeschön für eure Bestärkung.

Ganz herzlichen Dank an Frau Bienia von der *Literaturagentur Tübingen.* Mit Kompetenz, Erfahrung, Beständigkeit und Empathie spürte sie Unebenheiten in meinem Manuskript auf. Ein Glück, sie als Lektorin zu haben.

Vielen Dank an Herrn Wagner vom SWB-Verlag, der auf mein Manuskript aufmerksam wurde und das Wagnis einging, diesem Debüt eine Chance zu geben.

Ohne Joachim wäre das Ganze überhaupt nicht möglich gewesen. Grazie!